LION ARDENT

ou la confession de Léonard de Vinci

CHRISTIAN COMBAZ

Lion ardent

ou la confession de Léonard de Vinci

FAYARD

ISBN : 978-2-253-11424-6 – 1re publication LGF

À Simonetta Greggio,
à Gaston de Neufmontiers.

Quand j'étais enfant, derrière chez mon grand-père, en un lieu nommé l'Acuto, la neige atteignit la hauteur du jarret d'un cheval.

Lorsque j'eus l'esprit de l'observer, je la vis souvent à Florence et quand je fus à Milan, je l'étudiai à loisir, mais le temps m'aura manqué de relever sa géométrie. Chaque étoile possède six branches. Chaque extrémité des six branches veut s'unir à ses voisines en poussant un rejet vers elle selon un angle unique. Si l'on applique, à une figure semblable qui lui serait jointe par les côtés, chaque figure ainsi décrite, on voit un nid d'abeilles. Ses alvéoles à six angles s'assemblent pareillement. Je ne sais si l'araignée, en tissant sa toile, use des mêmes proportions. Il n'est plus temps de le vérifier. Les fortifications du château de Milan sont de forme semblable. Je l'ai remarqué en retrouvant les plans que j'ai tracés il y a trente ans dans la Corte Vecchia. La construction de la forteresse des Visconti à Milan dura presque la moitié d'un siècle. Au bout d'un temps si long, qui peut dire s'il y eut un architecte ? Il n'y en eut pas. La géométrie de ces châteaux ne fut point calculée davantage que celle du logis des abeilles ou de l'araignée, car les gens de guerre obéissent à la loi des insectes.

Francesco ? Salay ? Où êtes-vous ?

Et toi, infaillible maître Lionardo, où es-tu donc ? Tu as manqué être emporté avec ta troupe. Ton paquetage et ta monture sont renversés sous un rocher. Tu contemples les étoiles de neige sur ta manche pour te convaincre que tu n'es pas mort, mais où sont les autres ? L'amas de glace a enseveli les voyageurs. Il n'en reste aucun. Mes membres sont gelés. Mon esprit a perdu sa clarté. Mon bras droit est privé de vie. Sommes-nous saufs ?

Mon petit serviteur gémit de froid, mais il est vivant. Les mules sont là aussi. Les portraits n'ont pas quitté le dessus de nos caisses. Je demanderai à Francesco d'examiner la couture des peaux qui les protègent. Il lui faudra trier mes carnets, car le temps presse. Il y a, dans ces écrits, des choses que je ne veux point garder.

Le froid qui m'engourdit m'empêche de lever la tête et de voir qui me caresse le front.

Est-ce toi, Salay ? Non, tu ne saurais être avec nous. Tu n'as point voulu nous suivre. Les accents de notre dernière dispute résonnent à mes oreilles. Tu gravissais les marches d'un escalier. Tu t'agrippais à la rampe, tu bondissais jusqu'au palier. Tu poussais des rires aigus avec rage, avec feu, avec haine. L'escalier ressemblait à celui de la villa Martelli ; impossible, pourtant, car notre querelle eut lieu certainement à Milan. C'était en présence de plusieurs personnes dont le nom m'est à présent inconnu. (Encore qu'il s'y trouvât, peut-être, celui qui a une tête de poisson et un œil mort. Mais j'ai oublié son nom aussi.)

Tu me reprochais mon entêtement et mon orgueil. Tu prétendais balancer avant le voyage en France. Et puis tu es resté à Milan sur la petite terre que je t'ai donnée. Tu disais être retenu là-bas par l'admiration d'un prince puissant et doux. Ce prince n'existait pas, j'en suis sûr. Ou s'il existait, il devait y avoir entre vous un secret que je ne veux point connaître.

Tu avais peur de franchir ces montagnes. Tu répétais que j'y laisserais la vie. Que je n'atteindrais jamais la France. Qu'à mon âge on ne changeait point de maître.

Si je vais en France, ce n'est point pour changer de maître. Je n'ai d'autre maître que moi-même. Tu m'as prédit que j'allais faire mourir Francesco mon élève, nos muletiers, nos montures et nos guides ; que j'allais perdre mon paquetage, le *Gianbattista*, la *Fiorentina*, et tous mes écrits. Tu as dit encore que j'avais été souvent criminel par un effet du même orgueil. Que si je ne périssais point dans la montagne, que si j'étais le seul à sauver ma vie, je rassemblerais les affaires des miens pour les renvoyer à leur famille, avec une liste exacte et scrupuleuse de ce qu'ils possédaient, car j'aimais, par-dessus tout, à dresser des listes ; mais que, dans l'heure qui suivrait leur mise en terre, je reviendrais à mes études, sans gémir et sans verser de larmes, parce que mon indifférence à l'infortune d'autrui était immense. Et tu n'avais pas tort. J'étais ainsi. À présent il importe peu. D'ailleurs, si nous périssons, mes carnets seront perdus. Je n'aurai de liste à dresser pour personne.

Pourquoi es-tu avec nous dans la neige, si tu n'as point voulu venir ? Que dis-tu ? Nous ne sommes point perdus dans la neige ? Fort bien. Alors d'où vient cette blancheur, d'où viennent ces myriades d'étoiles à six branches qui piquent nos figures et s'accrochent à ma barbe, poussées par les nuées aveugles ? Elles ont emporté les hommes et les mulets de l'équipage qui nous précédait dans un cliquetis lugubre au son d'un cor de brume. Je me souviens très bien. Deux jeunes hommes aux cheveux noirs serrés d'un bandeau de laine étaient avec eux. Que sont-ils devenus ? Leur beauté m'a frappé à l'auberge.

Ils sont morts comme les autres. *Aiuto* ! À peine un cri, à peine un gémissement au milieu du grondement de la montagne et leur voix s'est tue comme le hennissement des mulets. L'un de ces animaux, tournoyant au milieu du flot de neige, est passé devant moi les jambes en l'air, animé d'une extraordinaire vélocité. Mon serviteur Battista et moi-même avons été fauchés à son passage. Non par ce fleuve qui charriait des falaises de glace, mais par l'effondrement de la rive où nous étions debout, impuissants et transis. Francesco a failli périr étouffé. Quant à moi, la neige a enseveli mon corps et pénétré mon vêtement. J'ai suffoqué. J'ai juré. J'ai maudit le sort.

Je savais qu'en franchissant ce col avant la fin des neiges j'allais périr. Le royaume des glaces fut pour moi toujours semblable à celui de la mort. Le mystère des clartés inaccessibles m'effrayait déjà dans ma jeunesse, quand je regardais les neiges du Montalban. Quand j'ai gravi le Boso, il y a vingt ans, j'ai cru mourir aussi.

Si je ne vois point la France, c'est égal. Ce voyage ne m'inspirait aucune confiance. J'avais pour l'entreprendre des motifs que nul ne peut comprendre. Pas même toi, Salay. Et pourtant tu n'y es pas étranger.

Tu m'affirmes à présent que nous sommes justement dans le royaume de France et que je suis couché dans mon lit. Mais alors d'où vient ce froid ? Pourquoi mon côté droit est-il engourdi par la neige ?

Tu me parles avec compassion, avec douceur. Tu me caresses le dos. Tant de patience me prouverait, s'il était nécessaire, que ceci n'est qu'une illusion de mon esprit, car ce ne sont point tes manières habituelles avec moi. D'ailleurs tu ne saurais être à la fois resté à Milan, et perdu avec nous au milieu de la montagne.

Oui, tu es bon de me laisser croire que nous avons atteint la France, mais c'est inutile.

Pourtant ma mémoire y est allée quand même. Je tiens pour assurées des choses impossibles. Je m'afflige d'avoir perdu mes carnets tout en demandant à Francesco de les trier. Comment cela peut-il être ? Francesco, m'entends-tu ? Oui, c'est à toi que je m'adresse. Tu ne sais pas ? Moi non plus.

Je le répète : tu arracheras de mes carnets les pages où mon orgueil s'est montré sans fard. Tu détruiras le carnet entier, s'il le faut. Il vaut mieux ne rien dire de ses actes que d'en tirer une fierté trop apparente. Tu peux épargner les carnets marqués du *lion ardo*, qui est entouré de flammes. Mais tu brûleras ce que j'ai nommé *Les Histoires de ma main gauche*. Tu supprimeras ceux où se trouve inscrite la devise *Leo Sum*. Je la renie. J'ai vu le sort que les chiens des Français ont fait au lion offert par le roi de Naples.

C'était dans la forteresse d'Amboise un jour qu'il faisait grand froid. On courait un tournoi. Il m'en souvient, j'ai donc vu le roi François. Je ne l'ai pas vu seulement quand il se présenta devant les murailles de Milan. Je l'ai vu chez lui. C'était en France.

On ceignait du collier de saint Michel une vingtaine de jeunes hommes, entre de grands arbres, devant une chapelle étroite. Il y avait des combats. Les cavaliers rompaient des lances en l'honneur de leur saint.

Une cage de bois fut tirée vers nous. Elle était semblable à celle où le roi Louis le Onzième enfermait ses ennemis. Quoique aussi solide, elle était plus haute et renforcée d'ingénieuses ferrures en forme de triangle. Elle contenait un prisonnier d'une espèce plus féroce qu'un cardinal. Ses geôliers en avaient grande crainte. C'était un lion de Naples. Des soldats blonds en cuirasse sonore l'excitaient et le piquaient de leur lance. Sa queue décharnée lui battait les flancs avec lenteur. Il poussait des grognements désolés.

Trois mâtins furent introduits dans la cage au son d'une trompe de cuivre afin d'être dévorés pour le divertissement des hôtes du roi. Mais, tandis que le seigneur des animaux se dressait sur ses arrières pour saisir entre ses griffes le premier des chiens, les deux autres s'abattirent sur son dos et sa poitrine. Leurs crocs acérés se plantèrent dans sa fourrure. L'un le mordit à l'aine, l'obligeant à lâcher sa première proie pour se défendre. Alors les autres montrèrent une telle férocité qu'ils furent au bord de s'entre-dévorer. Le lion blessé eût péri si des piqueux ne s'étaient entremis pour lui épargner le sort que l'on destinait aux chiens.

Mon esprit en fut frappé. J'y songeai nuit et jour. Ainsi, me dis-je ce jour-là, l'homme aux pensées élevées est-il toujours livré aux cruautés de la meute.

Tu m'es témoin, Francesco : quand nous avons quitté Rome, je n'aurais pas pu rester dans cette ville une semaine de plus.

Il y avait autour du pape trop d'hommes attachés à ma perte. Mes entreprises et mes plans ne plaisaient plus à personne. On me disait aveuglé par l'orgueil, hanté de pensées funestes. On disait que l'âge m'avait gâté l'esprit. Après m'avoir accusé de nombreux vices qui tenaient à ma nature gauchère, on m'en attribua d'autres, auxquels je n'étais point sujet. Je dessinais les entrailles des morts. Je suivais les canaux qui menaient de la cervelle aux parties corporelles. Or, il se trouvait qu'un représentant d'une illustre famille pénétrait souvent la nuit au dépôt de l'hôpital Santo Spirito, où j'ouvrais la poitrine des suppliciés et des fous. Il se penchait sur les charmes des jeunes défuntes pour en jouir.

Un soir, cet homme arriva entouré de deux sbires portant un masque sur le nez. J'étais dans une partie obscure et souterraine de l'hôpital, où les essences répandues sur le marbre ne parvenaient point à couvrir l'odeur des trépassés. Pour mon malheur, je montai jusqu'à l'entrée des salles du jardin. À peine parvenu au sommet des marches, je vis à l'œuvre mes futurs accusateurs : ils se branlaient en couvrant de caresses l'objet de leur passion. Ces beautés froides leur aiguisaient les sens. Ces mamelles qui ne frémissaient plus, ces culs fermés les jetaient dans d'odieux transports.

Ils furent pris, et leur infamie rapportée à l'ancien gonfalonier de Florence, Soderini, qui s'en confia au camérier Dell'Aquila, lequel en parla au pape. Ma disgrâce fut consommée comme si j'étais l'un d'eux.

Deux Allemands m'aidaient dans mes travaux sur le grand miroir du Belvédère. L'un, vous le savez, était fort remonté contre moi : c'était Johann, qui ressemblait à un poulain à crinière blonde, dont il avait aussi les genoux, le nez ossu, et surtout les dents très grandes et apparentes. Il se moquait toujours de ma bouche gâtée en montrant la sienne avec un sourire plein d'offense. Francesco faillit avoir un duel avec lui un jour qu'il cherchait à m'infliger des insolences et passait nu devant moi en tenant son heurtoir à la main. Il tirait de sa queue une indigne fierté. Ayant entendu que, chez d'autres, ce trait ne m'était pas indifférent, il se branlait en ma présence en proférant des fourberies dans sa langue. En six mois, il n'avait même jamais eu garde d'apprendre le toscan.

La calomnie qui m'accablait à propos des cadavres de Santo Spirito lui parvint. Ce fut par le truchement des Florentins du pape, lesquels ne manquaient aucune occasion de desservir ma réputation (dussent-ils apprendre, pour cela, une langue étrangère). L'Allemand alla partout répétant que maître Lionardo ouvrait le ventre des trépassés de l'hôpital et faisait, par le stylet et par la plume, des représentations de leurs organes intimes, qu'il destinait à de hauts personnages. Lesquels personnages, cardinaux, camériers, ambassadeurs, envoyaient nuitamment un serviteur les prendre chez lui.

Voilà comment, dans ces temps nouveaux, on atteignait par la *bugiale* ceux qu'on ne savait point égaler par l'esprit. Mais la patience protège de l'injure comme les vêtements protègent du froid. Il faut se couvrir davantage quand le froid augmente. C'est ce que je fis.

On envoyait souvent, il est vrai, des serviteurs chez moi pour recueillir des travaux que l'on m'avait commandés : les plans d'un jardin, le dessin de quelque fontaine. Quand le sol s'y prêtait, j'étais capable comme je le fis à Milan de percer le flanc d'une maison pour y conduire un aqueduc. Les eaux jaillissaient ensuite au milieu d'un cloître dans des récipients de profondeur différente, où leur cascade produisait une musique élégante et joyeuse.

Parfois on me confiait le dessin d'un modèle d'orfèvrerie pour la confection d'un sautoir en argent que l'on portait à Santa Maria le jour de Quasimodo. Mais une autre légende s'ajouta donc à celle de mes talents d'orfèvre ou de fontainier. J'avais, pour satisfaire la curiosité d'un abréviateur du *parco maggiore*, accepté de fournir un large dessin d'anatomie, qu'il me paya.

« Mon élève Salay vous le portera avant huitaine », lui avais-je dit.

Or, le montant du paiement fut vite connu de Salay. Il brisa le sceau qui fermait la bourse. Il compta l'argent. Inutile de le nier, Salay, je le tiens du jeune Francesco, ici présent, qui t'a confondu le jour même. D'ailleurs il y eut tant d'affaires semblables entre nous que je te retire le bénéfice du doute.

Selon son habitude, Salay est donc retourné chez ce cardinal à mon insu. Il l'a fait en mon nom. Il a proposé au prélat d'acheter d'autres dessins d'anatomie réalisés par son maître, Lionardo *il Fiorentino*. Ces feuillets étaient pour la plupart cousus dans les cahiers qui sont à présent réunis sur nos mules.

Aucun dessin ne pouvait être séparé des autres pour être vendu. C'est pourquoi Salay eut recours à son habituelle méthode. Il parvint à distraire quelques feuilles pour copier mes études de trépassés. Il usa pour cela d'un cadre de bois qui servait souvent à mes apprentis. Cette machine à dessin permettait de tracer les contours des objets sans en altérer les proportions.

Puis il alla vendre le produit de ses efforts. Mais il le fit trop souvent, et de surcroît pour des sommes de plus en plus faibles. L'insistance de sa cupidité attira l'attention sur mes études anatomiques. Et voilà comment tout éclata.

Le visiteur nocturne de l'hôpital et ses complices furent confondus par le *barigello*. Le commandeur de Santo Spirito fut révoqué sur ordre du pape. Quant à moi, on m'accusa de nécromancie.

Mes diffamateurs furent sans doute inspirés par le gonfalonier Soderini, comme j'ai dit. Cet homme aux yeux exorbités m'a poursuivi d'une pointilleuse exigence il y a quinze ans, quand il était à Florence. Placé plus tard au service du pape, il chercha encore à nuire à ma réputation. Il y parvint fort bien.

Le pape me signifia qu'il n'accordait aucune foi aux calomnies dont j'étais la victime, mais il m'intima l'ordre de renoncer à mes dessins de trépassés. Je lui obéis. Mais mon obéissance ne suffit pas à conjurer la rumeur.

Le plus âgé de mes apprentis allemands m'ayant aussitôt pris en aversion, si je n'avais eu auprès de moi le généreux Francesco pour me défendre, on eût cherché à m'intimider, à exercer sur moi quelque chantage au nom des fables qui m'accablaient par toute la ville. On disait que j'allais au bordel pour y être traité comme une femme. Que je dessinais des intromissions pour les vendre à des cardinaux. Que je me plaisais à entendre les contes des mondaines pour enrichir mes *Histoires de ma main gauche*.

L'Allemand paraissait chez moi dès le matin. Il se moquait de mon vêtement. Il singeait la douceur de mes manières (il n'en avait aucune). Sachant aussi mon goût pour les oiseaux, qui sont les plus nobles et les plus heureuses créatures de la terre, il les tuait de son escopette pour me les présenter morts et sanglants, leurs ailes déployées, comme s'il me crucifiait moi-même.

Il me faut dire encore qu'il était fort encouragé dans cette conduite par celle de Salay. Si, je l'affirme. En ces heures affreuses, la rancœur que Salay avait nourrie contre son pauvre maître s'est exprimée avec une âpreté, une méchanceté dont il n'a jamais eu conscience. Mais elle m'a causé grand tort.

Quant à toi Francesco, je te dis encore ma gratitude. Car malgré ta jeunesse tu as osé l'affronter et prendre ma défense, tout en évitant, avec sagesse, de te croire son rival, car Salay ne saurait avoir dans mes pensées le moindre rival. Il fut le seul amour de ma vie.

Il faudrait que je te raconte la façon dont il m'a traité dans les derniers jours de notre séjour à Rome. Tu n'as pas été témoin de nos plus graves querelles. Elles te diront pourquoi il n'a point voulu nous suivre en France bien qu'il prétende à présent se trouver dans la montagne avec nous, par un mystère que j'ignore.

Sache que mon destin a rencontré celui de Salay un jour que je revenais de Pavie à Milan. Il avait dix ans. Il était maigre. Il avait les cheveux blonds et bouclés, et il tenait en laisse une chèvre, sous un arbre, derrière une auberge où son père buvait avec d'autres hommes. C'était le milieu du jour. C'était aussi le milieu de juillet. J'attendais que le soleil décline pour me remettre en route.

L'enfant dessinait à la pointe d'un bâton. De sa main gauche il traçait sur le sol des étoiles à six branches, fort semblables aux étoiles de neige que je vois à présent sur ma manche. Je m'avise que son geste était donc lui aussi guidé par l'instinct de nature qui enseigne aux abeilles la géométrie de leur nid.

Mais, au début, je regardai sa chèvre. C'était elle qui m'avait d'abord attiré. Elle arborait une robe à trois couleurs que je n'avais jamais vue. Tandis que cet animal dardait sur moi son œil de démon, l'enfant me dit à peu près : « Ma chèvre a de la chance de manger les feuilles du laurier, car moi je n'ai rien pris depuis hier. »

Il me dit, ensuite, que son père en sortant de l'auberge lui donnerait du pain dont il garderait un morceau pour sa mère malade.

Sans attendre le père, j'allai chercher du pain et des œufs, et les lui apportai. L'enfant défendit son pain contre sa chèvre et l'engloutit. Puis il goba les œufs, qui n'étaient pas moins de quatre. « N'en laisses-tu pas pour ta mère ? », lui demandai-je en riant.

Son géniteur survint avant sa réponse. Il se nommait Piero Caprotti. Sa figure encore jeune était d'une santé brutale. Son nez droit et ses cheveux bouclés se retrouvaient presque identiques chez son fils. Quelqu'un l'avait prévenu qu'un seigneur avait acheté de la nourriture pour Giangiacomo, me dit-il.

C'est ainsi que pour la première fois j'entendis le nom de l'enfant. Ensuite il me parla de mon cheval, qu'il avait admiré à l'écurie. Il supputa sa provenance et son prix, sans se tromper. Il me dit que, si j'avais besoin de quelque garçon pour prendre soin d'un si bel animal, Giangiacomo ferait l'affaire. Tout en me parlant il regardait mon vêtement.

Il faut me voir tel que j'étais il y a vingt-cinq ans. Tu n'étais pas encore né, Francesco. Je gravissais les montagnes. Je dressais mes chevaux sans le secours de quiconque. J'étais vêtu comme il seyait chez les Sforza. On y changeait moins souvent d'habit qu'à Florence. De surcroît je ne variais guère en été. Je portais du lin et des manches nouées, un haut-de-chausses gris, une besace de cuir et un chapeau rouge à bord mince. Je n'avais pas encore la barbe que vous me voyez à présent. Elle était courte à la façon de Cesare Borgia, auprès de qui je la laissai croître, plus tard, quand je ne voulus ressembler à cet homme à aucun prix.

Mes cheveux blonds et roux étaient plus longs que la coutume du temps. C'est à quoi peut-être Caprotti jugea que j'étais peintre, à moins que l'aubergiste ne le sût par l'un de ces espions qui rôdent dans la région à la recherche de quelque réputation à perdre. Pavie est le repaire des plus grands espions. Pour lui disputer cette suprématie je ne connais que Mantoue. À Pavie, même les ânes se méfient de leur voisin d'écurie.

Caprotti me dit qu'à Milan j'aurais certainement besoin d'un serviteur aussi zélé que son fils. À quoi je répondis que cet enfant avait davantage besoin d'une mère que moi d'un serviteur.

« La sienne est morte il y a trois ans », me dit-il.

Le regard de l'enfant remonta vers moi. Il voulait s'assurer que je n'allais pas le trahir en révélant à son père que, un instant plus tôt, il m'avait donné sa mère pour vivante et malade. Je ne songeai pas à le confondre. Et cependant il me sembla que, en m'incitant à protéger ce mensonge, l'enfant m'obligeait à absoudre ceux qui allaient suivre. J'y consentis de bon cœur et je lui souris.

Le père m'assura que Giangiacomo voulait apprendre un autre métier que celui de gardien de chèvres.

« Que veut-il faire ? lui demandai-je.

– Il veut sortir de l'infortune, répondit-il.

– C'est le meilleur métier du monde », lui dis-je.

Pour m'émouvoir il me raconta que l'indigence l'avait contraint à vendre une terre à de puissants voisins. Il la tenait d'un oncle, dont il avait offensé la mémoire en la cédant contre son propre serment. Mais les temps étaient cruels. Sa famille avait subi la peste.

« Soit, lui dis-je, je prendrai ton fils à mon service, et s'il est patient je le paierai. »

Il m'assura de la patience de son fils. Son regard caprin me parut insinuer quelque chose à quoi je ne songeais pas.

Le mensonge de Giangiacomo au sujet de sa mère m'avait ému (en vérité sa mère naturelle était morte, et celle qui l'avait élevé, fort malade). La blondeur rousse de ses cheveux, son œil bleu, son teint blanc, me rappelèrent l'enfant que j'avais été. En outre il usait comme moi de la main gauche pour tracer dans le sable ses étoiles à six branches.

Pour le reste, il ne me ressemblait pas. À son âge, j'étais fort travailleur et soucieux d'apprendre, tandis qu'il vivait comme un chat : il regardait passer les gens dans la cour, le col dressé, l'œil rond, et ne pensait qu'à manger.

Dès mon retour à Milan j'eus honte de sa saleté devant mon compère Ambrogio da Predis, qui partageait mon gîte, ma servante et mes soucis de peintre. Lui-même était en outre affecté par la maladie de son frère Evangelista, qui allait mourir à la fin de l'été. La peste avait naguère emporté nombre des siens et la malpropreté de Giangiacomo le frappa. D'autant qu'il le voyait ramenant chez nous quelque mal venu de Pavie. Il alla donc laver cet enfant dans la cour. Ensuite il m'indiqua un tailleur qui me ferait un bon prix pour le vêtement dont il aurait besoin.

J'emmenai Giangiacomo, le jour d'après, chez le tailleur Rieti. Je lui fis faire deux chemises, une paire de chausses et un pourpoint droit. Rieti me consentit, comme il l'avait promis à Ambrogio, un prix intéressant de quatre lires. Dès que nous fûmes rentrés, je réunis l'argent dans un fragment de moule à l'entrée de l'atelier. Je comptais ainsi m'en souvenir au moment de sortir. Mais l'enfant s'en souvint avant moi. Le lendemain, à l'instant d'ajuster mon chapeau, je jetai les yeux dans la coupelle de plâtre : elle était vide.

J'accusai de ce larcin mon nouveau serviteur, qui secoua la tête dans sa chemise neuve et me mentit, autant qu'il le fallait pour me faire lâcher prise. Lorsque Ambrogio passa par l'atelier avant la tombée du jour, je lui racontai l'affaire. Je déplorai que l'enfant fût peu bavard malgré mes efforts pour l'amadouer. Il était maussade et montrait en tout de la mauvaise volonté. Ainsi j'avais demandé à l'un de mes apprentis qui avait dix-sept ans, Bernardino da Monza, de nous lire pendant notre travail l'histoire du géant Morgante. J'avais acheté ce livre quelques mois plus tôt et il le connaissait déjà presque entièrement de mémoire.

Mais le jeune Giangiacomo Caprotti, notre nouvel hôte, n'en avait rien voulu entendre. Il avait même affecté de se boucher les oreilles quand nous riions. Du plat de ses mains il se couvrait les côtés de la tête, avec un geste gracieux des poignets vers l'avant. Les hauts faits du géant Morgante ne lui plurent pas du tout. Quand je l'interrogeai, c'est à peine s'il consentit à me répondre qu'il ne comprenait point le langage du poète. Ainsi préférait-il se boucher les oreilles plutôt que de l'apprendre.

Le surnom que je lui donnai provient de ce livre où il est dit que l'ange Salay, se souvenant des circonstances de sa chute, fait sa plus triste figure. Quand le nôtre nous montra la sienne, nous lui citâmes :

come fa Salaý del cadimento,
ch'udendol ricordar par sì scontento

et il alla se cacher en nous maudissant comme l'eût fait son modèle. Cela nous fit beaucoup rire.

Ambrogio me rapporta que l'enfant lui avait longtemps parlé et qu'il l'avait trouvé bavard.

« Bavard ? En ma présence il n'ouvre jamais la bouche ! (sauf, il est vrai, pour manger comme un affamé). Et que t'a-t-il dit ?

– Qu'il avait peur de toi. »

Son père l'avait vendu à un orfèvre de Pavie, un homme méchant et vieux qui avait voulu jouir de lui. Giangiacomo s'était sauvé après avoir pillé sa maison.

Je répondis en riant que, s'il daignait ne point piller la mienne, je le persuaderais que je n'avais pas l'intention de jouir de lui. Mais que, s'il se bouchait les oreilles, il serait malaisé de l'en convaincre.

Ambrogio me promit de lui représenter tout cela et je dis : « Eh bien, nous attendrons la suite. »

Il n'y eut guère à attendre.

Un architecte de mes connaissances, chez qui nous soupions le jour d'après, voulut être agréable à l'enfant ; il l'appela *Messer Giacomo le jeune* (car lui aussi se nommait Giacomo) et lui témoigna plaisamment de grands égards. Mais Salay prit cette civilité en mauvaise part. Il brisa trois coupes, renversa la bouteille, et son pourpoint fut taché de vin. Je m'avisai pour la première fois que ces maladresses n'en étaient pas. Les circonstances où Salay se montrait agité, étourdi et voleur étaient celles où régnait chez moi une félicité dont il se croyait écarté.

Outre qu'il n'était ni persévérant, ni studieux, son âge lui interdisait de se mêler à la plupart de nos entreprises, et sa solitude n'était que trop visible. Ainsi j'eus pendant plus d'un an un apprenti nommé Marco qui travaillait avec un autre, plus jeune, à longs cheveux noirs. Salay était jaloux du premier. Il le vola. Il vola aussi un autre de mes élèves, Boltraffio, qui a gagné depuis, comme peintre, une estime fort méritée, et que j'aimais tendrement.

Les deux fois, on retrouva l'objet dérobé dans la propre caisse de Salay. L'enfant aurait pu le cacher ailleurs. Les abords de la Corte Vecchia ne manquaient pas de lieux où dissimuler le produit de ces larcins. Mais il lui importait peu d'être confondu sous mon toit. Il le souhaitait plutôt, afin que chacun s'interrogeât sur les raisons de son inconduite.

Ambrogio da Predis m'exposa ces raisons, un jour que Salay avait subtilisé une pièce de cuir qu'on m'avait offerte et qu'il avait revendue pour s'acheter des friandises.

« De qui venait ce présent ? me demanda Ambrogio.

– Du peintre Agostino Vaprio. Il m'a donné ce cuir un jour que nous préparions ensemble le bal du mariage du jeune duc de Milan. »

Ambrogio voulut entendre quelles étaient mes relations avec Agostino.

Elles étaient excellentes. Jamais je n'eus davantage à me louer d'avoir travaillé avec quelqu'un si ce n'est, peut-être, avec Ambrogio lui-même.

« Eh, je le sais bien, me dit celui-ci, je ne parle pas de cela, mais du jour où cet enfant t'a volé : que faisait-il ?

– Il me suivait, comme toujours, lui dis-je.

– A-t-il vu Agostino Vaprio te donner le coupon de cuir ? »

Oui, il l'avait vu et s'était montré agité ensuite.

« Ainsi, en te volant, il t'arrache les cadeaux que tu ne songes pas à lui faire, me dit Ambrogio. Il détourne ceux que l'on t'offre. Il exige sa part des satisfactions que l'on prodigue autour de toi. Ce qui est beau, ce qui brille, ce qui réjouit et séduit le cœur, il veut le posséder. Tu vois ma chevelure, me dit-il encore (et je jetai les yeux sur l'épaisse toison rousse qui, en tombant sur ses épaules, faisait flamboyer ses bijoux d'or, la soie verte à son col, les pierreries et les perles qui ornaient son chapeau de velours), je me souviens d'un jour où j'étais seul avec lui. Quand il eut bien détaillé les ornements de mon vêtement, Salay tira des mèches de ma chevelure, dont la couleur elle-même parut offenser son orgueil, car il voulait que la nature donnât sans attendre à ses cheveux ce ton de cuivre, et il me l'eût arrachée s'il l'avait pu. »

Je n'avais pas attendu les conseils d'Ambrogio da Predis pour vêtir cet enfant selon son amour-propre. Et selon le mien aussi, je le confesse. J'aimais à le voir paré comme ceux qu'il côtoyait grâce à moi. Il n'avait point encore trouvé sa place dans la salle de ma fabrique à la Corte Vecchia, car il ne voulait rien faire qu'il ne sût déjà. Or, comme il ne savait rien, il ne faisait rien. Mais à me suivre toujours, il fut partout à son aise. Quatre ou cinq années plus tard, chez les dominicains de Santa Maria, sa tâche était d'entretenir le feu dans la salle et de diriger sur moi les miroirs qui reflétaient le soleil afin d'éclairer mon travail. Comme je ne parlais pas, il dansait d'un pied sur l'autre en attendant que j'eusse fini. Quand nous étions seuls, il me citait les rumeurs qui couraient au château. Il se plaisait à me rapporter toutes celles qui me concernaient. J'étais content qu'il se mêlât aux visiteurs et surprît les conversations, car elles m'étaient favorables. D'abord il le fit devant ma statue équestre, puis devant mon Christ et mes apôtres.

Or (j'en viens à ce que je voulais dire), jamais il ne vola le moindre des personnages éminents à qui j'eus affaire. Ils portaient pourtant, accrochés à leur vêtement, toutes sortes d'ornements, de plumes, de chaînes et d'insignes d'argent. Mais Ambrogio avait raison : Salay réservait ses larcins à mes amis et à mes élèves.

« Et qu'ont donc de commun tes élèves et tes amis ? », me demanda Ambrogio.

Je répondis qu'ils étaient peintres, excellents ouvriers et soucieux de bien apprendre les procédés dont j'usais en peinture.

« N'est-ce pas plutôt *toi*, Lionardo, qu'ils ont en commun ? Cet enfant ne s'intéresse qu'à toi, et à ceux que tu traites avec amitié. Pourquoi ? »

Je restai muet.

« Parce qu'il est jaloux de ton affection, affirma-t-il. »

Un épisode lui donna raison aussitôt : il arriva qu'un jour de fête, Salay commit un vol dans la salle où les écuyers du prince Sanseverino endossaient leurs habits. On préparait le tournoi qui devait illustrer les mérites de ce personnage. Le camp du prince était paré de plumes et de costumes que j'avais dessinés. J'avais tracé la forme des casques, imaginé les ornements des roues, les parements des chevaux. Les trompes de cuivre qui annonçaient le triomphe du champion sortaient de mes fonderies. L'apprêt de ces fêtes me fut toujours un plaisir extrême. Un élan constant me portait vers les écuyers et ces jeunes soldats que je devais vêtir.

Or, je me souviens que j'eus devant Salay un geste d'intimité vers l'un d'eux. À l'instant où il revêtait son habit rouge d'homme sauvage, je touchai ce jeune homme à l'arrière du périnée, la paume en avant, le poignet tendu, avec le geste du vigneron saisissant la grappe sans en presser les grains. Il avait une figure ronde et alanguie par la douceur de l'enfance. Mais son corps déjà rompu à l'exercice militaire évoquait plutôt les héros des guerres de César. Son épée dépassait fort de sa tunique.

Je le voyais chaque jour aux bains de la Porte, où j'étudiais en hiver.

Salay comprit que cet homme sauvage avait eu avec moi des privautés. Il l'en punit en lui dérobant deux lires et quatre sols.

À quoi je vis qu'Ambrogio ne s'était point trompé.

Les soucis d'argent dont nous fûmes accablés ensuite et que j'avais déjà endurés à Florence m'épargnaient depuis sept ans. À l'exception du temps que nous passâmes, vingt ans plus tard, chez le père de Francesco Melzi, au bord de l'Adda, je ne connus pas d'années plus heureuses que celles-ci.

Ambrogio, mon compère, se consolait mal de la mort de son frère Evangelista ; il ne songea bientôt qu'aux maux dont lui-même pouvait être atteint, il ne vit partout que la peste et dormit avec un masque de lin, mais, quant au reste, il ne craignait personne et défendait fort bien nos intérêts.

Nous étions en querelle avec les moines de San Francesco pour le paiement d'une Vierge peinte à l'huile. Ils nous offraient à peine cent lires. C'était trois fois moins que le prix proposé à Milan pour ce genre d'œuvres. Or, ils ne voulaient point nous laisser reprendre ce tableau malgré l'insistance en notre faveur de la famille Sforza. Ces disputes d'argent et l'entretien de ma maison dévoraient la moitié de mes journées, mais j'avais l'âme allègre et le corps délié. Le matin j'allais aux bains pour mes études. L'après-midi je m'occupais de chevaux et d'oiseaux, avec Salay.

L'enfant s'intéressa d'abord aux observations que j'avais entreprises sur le vol des tourterelles, des chauves-souris et de tous les corbeaux apprivoisés que l'on m'apporta pour lui plaire. Il m'incita de jour en jour à m'y consacrer davantage. Ces travaux étaient les seuls auxquels il voulût participer, jusqu'à tracer des plans avec moi. Aucun de mes autres élèves ne se livrait à ces enfantillages. Ils déploraient que leur maître s'y livrât lui-même. Il est vrai que leur père payait pour qu'on leur montrât plutôt l'art de la peinture et celui de tracer des figures de madones.

Le père de Salay ne versant pas un sou, j'avais le loisir d'occuper son fils comme je l'entendais. Quoi qu'il en fût, Salay ne voulait jamais faire ce que faisaient les autres. Ce partage des tâches est fréquent parmi les frères d'une même famille, et nous étions une famille. Mon entourage ne comptait jamais moins de cinq personnes. Nul ne disputa jamais à Salay le goût qui le porta longtemps à assembler des plumes et à coudre de la soie sur des tiges d'osier afin de faire voler dans le ciel des simulacres d'oiseaux, comme font les habitants de la Perse.

C'est à quoi j'employai souvent mes journées au lieu de dresser ma statue équestre. Ce fut une époque de grâce dans ma vie. Quant à Salay, sa curiosité pour les créatures célestes le détourna des autres.

J'essaie de retrouver l'ordre dans lequel tout s'est succédé. Mais ces événements paraissent être advenus ensemble. Le temps ralentissait sa course et grossissait comme le flot qui s'apprête à sauter la digue. Quand la première brèche apparaît, la rivière qui semblait calme comme un lac se déchaîne en un bouillon furieux.

Tout commença par la réapparition d'un garçon qui m'avait accompagné à Milan au début de mon établissement dans cette ville. Il se nommait Tommaso di Giovanni Masini. C'était un grand bavard qui avait abusé plus d'un naïf. Il parvint en quelques jours à se lier à tout ce que la ville comptait de voyageurs. Il nous décrivit les émerveillements des rivages lointains de l'Afrique et de l'Asie. Comme tous ceux qui frayaient souvent avec les Vénitiens, il craignait la cruauté des Turcs, dont il parlait sans cesse. Il haïssait tous les gens de guerre. Toute brutalité le révulsait, fût-elle infligée aux animaux, qu'il ne mangeait pas, mais dont il était fort entouré. Il protégeait les ânes, tout comme moi. Chaque fois qu'il voyait l'une de ces infortunées créatures livrées à la cruauté des hommes, il l'achetait pour lui caresser le front et lui demander pardon. Outre un chien de Naples nommé Galeo, il possédait un lézard d'une demi-brasse, un petit serpent jaune, et promenait à son épaule un oiseau qui avait la queue rouge d'un coq. Cet oiseau venu de l'Afrique volait partout en criant *Zoroastro, Zoroastro* (c'était le surnom que l'on donnait à Masini à Florence). Il proférait en outre toutes sortes d'injures romaines apprises au château Sant'Angelo, dont il avait gardé les antichambres comme les oies du Capitole.

Salay voulut un grand oiseau semblable, afin de porter lui aussi à l'épaule un compagnon ailé capable d'atteindre le sommet des arbres. Mais on n'en trouvait qu'à Venise et à Rome, deux cités où il croyait déjà que la vie était plus fastueuse et plus douce que la nôtre. Je promis de lui dénicher plutôt la corneille *grigia* qui se cache au printemps dans les trous des collines. Mais il ne voulut que l'oiseau à queue rouge. Enfin il s'avisa que ces créatures de l'Afrique avaient beau porter des couleurs vives, elles laissaient de la fiente sur l'épaule de leur maître autant que les autres. Et comme il tenait fort à ses pourpoints, il n'en parla plus.

Pour le consoler de n'avoir pas de coq parleur à lui donner, Masini me dit : « Je lui ferai porter quelque chose qui l'étonnera, et qui t'étonnera toi aussi. »

Nous étions aux bains de la Porte, aux premières heures, comme de coutume. Masini observa que le claquement de la main sur la croupe de mon cheval d'argile (car j'avais en train la statue équestre de Francesco Sforza) ressemblait au son que produisait l'argile humaine, quand les enfiévrés se frappaient le cul ou la poitrine au bord des bassins. Masini se rendait là dès l'ouverture, car c'était l'heure où la jeunesse était la moins nombreuse. Brun, les sourcils farouches et les joues creusées d'une fossette, sa belle figure lui eût permis des conquêtes flatteuses. Mais comme tu n'as point manqué de l'apprendre plus tard, Francesco, il se plaisait à la compagnie des hommes vieux. Il s'amusait à les voir se livrer aux caresses de l'eau qui fumait autour d'eux, et les caressait lui-même en leur claquant les fesses. Il leur laissait téter sa queue à l'abri des regards et leur racontait de grands mensonges pour leur plaire : il leur disait qu'il était le bâtard d'un Rucellai de Florence. Il affirmait qu'il pouvait redresser les virilités défaillantes au moyen d'un vin de sa fabrication, qu'il vendait fort cher. Cet attrait pour les anciens, dont je vis plusieurs exemples à Rome, avait à mes yeux quelque mérite. Masini connaissait à merveille le travail de l'argile et le mélange des métaux, car, avant d'être au service d'un ambassadeur du Portugal, il avait vécu dans le giron d'un faiseur de cloches romain, mort entre ses bras dans son grand âge, et c'est pourquoi ses plaisanteries et facéties parlaient souvent de branle et de battants.

On prétendait alors qu'il me serait impossible de fondre la statue équestre de Sforza. Mais Zoroastro n'était point de cet avis. Il me donna ce jour-là le conseil de le faire dans une fosse et m'expliqua sa manière. Quoique ce cheval de terre dût rester plus d'un an couvert d'échelles (et piqué de flèches avant d'être détruit par les soldats français), je me trouvai bien de son conseil. Les études que j'entrepris ensuite démontrèrent pourtant que Masini avait tort, car les pattes du cheval fussent sorties fragiles si j'avais appliqué son procédé. Mais je lui sais gré de m'avoir conduit à la bonne conclusion. Je lui sais gré surtout d'avoir étonné Salay, ainsi qu'il l'avait prédit, au moyen d'une illusion qui imitait fort bien la nature.

Le jour qu'il produisit cette illusion, j'étais prévenu de l'arrivée du prince Sforza et d'un architecte, le Sangallo (celui qui érigea le Palazzo Gondi et d'autres merveilles). J'étais en train de donner l'ordre de dégager la statue des draps humides qui l'entouraient, afin de la leur présenter.

Pour consoler Salay d'avoir dû renoncer à son oiseau d'Afrique, Zoroastro voulut faire à l'enfant une farce et un présent, desquels découlèrent mille conséquences. Il s'était hissé par l'échelle jusqu'à la planche supérieure de la construction. Là, dissimulé par le drap qui couvrait les montures de bois, ce diable d'homme nous lança quelque chose qui parut animé de l'agilité d'un épervier. Cela savait se mouvoir dans les airs, cela tournait au-dessus des têtes sans battre des ailes. Mais le vol de cet oiseau, car c'en était un, ne semblait point obéir à sa volonté, il errait plutôt au gré du moindre souffle. Il plongea vers la gauche, remonta comme s'il était soulevé par le vent au flanc d'une colline, puis s'abattit à droite, et son vol rapide frôla la tête bouclée de Salay, qui se baissa.

En trois pas, j'allai ramasser l'oiseau avant l'arrivée du prince, de sa suite et de l'architecte. C'était un genre de rapace de couleur brune. Ses ailes de soie peinte étaient attachées à son corps par deux tiges d'osier qui n'en formaient qu'une. Chaque tige décrivait une boucle à l'extrémité de l'aile et, dans la partie centrale, les deux brins étaient réunis pour se séparer encore, afin d'être introduits dans deux tubes. Mais, où les ailes des vrais oiseaux couverts de plumes sont articulées en trois segments, celles-ci restaient déployées pendant leur vol. J'observai que la soie flottait librement au bord arrière de leur surface. L'une étant à demi détachée sur le pavé, j'ôtai les anneaux de l'autre et je réunis les trois éléments sous mon bras. Le corps de ce simulacre d'oiseau, fait d'une soie plus rigide, était trempé d'une cire peinte, imitant à merveille un plumage moucheté. J'en gardai un fragment sous l'ongle et je fis disparaître l'objet derrière une caisse sous les yeux de Salay.

Masini s'apprêtait à nous retrouver par l'échelle. « Alors, me dit-il, Salay a-t-il aimé mon oiseau venu de la Perse ? » Il nous révéla qu'un voyageur d'Asie lui avait rapporté plusieurs de ces ingénieuses merveilles. L'usage là-bas était de lever ces oiseaux vers le ciel en les tirant à soi le dos au vent. Ils n'étaient point faits pour voler sans un fil, mais, en glissant une pierre à l'intérieur, on les lançait devant soi comme font les fauconniers.

Tout en parlant, il cherchait son oiseau du regard. Salay, offensé de me l'avoir vu soustraire, s'apprêtait à répondre, mais je les fis taire, afin d'accueillir le duc de Milan et l'architecte Sangallo venus admirer ma statue découverte.

Francesco, tu es trop jeune pour avoir vu Ludovico Sforza. Je te livre d'un mot son portrait. *Il Moro* était l'être le plus orgueilleux et le plus vain que l'on pût imaginer. Imposteur, régnant depuis dix ans à la place de son neveu, qu'il laissait dans l'ignorance des affaires de l'État, il était fort brutal. Il aimait les richesses, la puissance et la galanterie au-delà de toute raison. Mais la plus grande de ses faiblesses était son amour-propre. Il n'était point difficile de lui faire accroire ce qu'on voulait, à condition de louer premièrement ses vertus. Hélas, à la quantité, à la vigueur, à l'insistance de mes louanges, il rapporta ce qu'il savait de ses mérites. La comparaison le flatta d'autant moins qu'il connaissait les miens.

Encore n'évaluait-il mes talents que dans les choses à sa portée, lesquelles étaient, de surcroît, peu nombreuses. Il avait quelques notions d'architecture. Il goûtait la musique. Il s'entendait aux ruses de la guerre et jugeait assez bien des fortifications et du placement des armées. Mais dans la peinture et la sculpture ses opinions n'étaient pas même celles d'un *condottiere*. Quant à disserter avec les gens d'église à propos des beautés d'une voûte, il ne le pouvait pas. Il le pouvait si peu qu'il laissait à sa suite le soin de le faire à sa place. De là vint aussi que la résolution de notre querelle avec les frères de San Francesco prit dix ans. Il ne fit rien pour venir en aide à Ambrogio da Predis ni à moi-même afin que nous fussions payés pour notre Vierge, comme l'eût exigé la justice. Les peintres de toute la Lombardie n'étaient là que pour servir sa gloire. Quand la fortune cessa de lui obéir, quand le temps vint de protéger ses biens, ses écuries et ses fils contre les entreprises des Français, il me laissa gémir après le peu d'argent qu'il me donnait et me mit au travail, moi, Lionardo le Florentin, avec des journaliers, sous les voûtes d'une salle du palais où je peignis de la vigne et du feuillage.

Les princes s'entendent à maintenir les inventeurs et les peintres dans l'état de nécessité quand ils ne peuvent croire à leur sujétion. *Il Moro*, duc de Milan par son propre décret, ne croyait pas à la mienne. Il avait raison. Ses paupières lourdes et immobiles ressemblaient à celles du lézard de Zoroastro. Sa coiffure noire, apprêtée sur les bords, demandait à ses valets des soins ridicules. Il ne quittait guère le haut de son armure par crainte d'un de ces coups de dague dont ses ancêtres étaient prodigues. Il craignait le poison, la peste, et les lieux qui n'avaient qu'une porte.

Le premier jour que je le vis, c'était à Florence, nous avions dix-sept ans tous les deux, et il était en visite à la Seigneurie. Je l'avais jugé déjà maudit par la sottise des siens. Cette engeance grossière des Sforza régnait sur les arts sans les aimer. Et comment l'eussent-ils pu ? Il fallait d'abord aimer l'humanité. Ils ne connaissaient que la haine, la cruauté et les plaisirs. Ludovico, certes, était plus magnanime que son épouvantable père. Mais il était aussi fort sournois et se méfiait de mes louanges. Il croyait déceler des rivaux et des comploteurs jusque dans la corporation des poètes.

La statue que j'avais érigée de son père à cheval l'avait persuadé de l'excellence de mon art (bien qu'il réclamât toujours l'opinion de ses proches avant d'arrêter la sienne). Mais il vit que ma manière donnait au héros moins d'esprit qu'à son cheval (ce qui n'était que la vérité). Il me reprocha d'ailleurs de dire *il cavallo* quand je parlais de la statue et me rappela qu'elle était faite pour la gloire de son cavalier.

Mais je reviens au jour où l'oiseau de soie s'abattit à mes pieds devant *il Moro*, et où je le fis disparaître sous les yeux de Salay.

Je présentai au duc ceux qui étaient avec moi. Il ne regarda point Zoroastro, mais ses yeux tombèrent sur l'enfant. Plein de moquerie, il se tourna ensuite vers l'architecte.

Lorenzo di Medici m'avait naguère envoyé à Milan non comme peintre, mais comme luthier. Je fus donc surpris qu'il eût dépêché Sangallo auprès de Sforza comme architecte. Vous me demandez pourquoi. Eh bien, parce qu'il l'était !

Le Magnifique, pour une fois, ne s'était pas trompé sur les qualités de son messager.

Il faut dire que les Medici m'auront toujours infligé leur dédain pour me punir d'avoir manqué de soumission. Quand j'ai dessiné leur lion dans sa geôle, ce lion que j'ai mis plus tard au pied d'un saint Gérôme, un compagnon du Magnifique m'a demandé ce que je faisais : « un autoportrait », lui ai-je dit, et j'ai tracé à la plume une tête de lion, que je lui ai donnée, avec les mots *lion-ardo*, dessin qu'il a aussitôt montré à son maître, lequel ne tolérait déjà plus d'autre lion que lui-même, et en fut mécontent.

Au moins Sangallo raconta-t-il, en rentrant à Florence, qu'il avait vu, entre les murs du château, l'extraordinaire cheval qu'avait fait Lionardo.

Quant à Ludovico Sforza, celui qui se disait duc de Milan, pour rabaisser ma condition, cet homme orgueilleux n'avait pas besoin d'affecter d'ignorer mes talents comme le firent les Medici. Il lui suffisait de connaître mes passions. Il me dit qu'il était inquiet des débauches de son neveu Giangaleazzo dont il assumait la tâche de gouvernement en attendant qu'il en devînt digne.

Pour être sûr que ce jour n'arriverait jamais, il inventait mille manières d'augmenter son indignité. Je ne connaissais guère Giangaleazzo Sforza. Je l'ai toujours évité. Il vivait à Pavie entouré de jeunes hommes portant, disait-on, un haut-de-chausses orné d'une fenêtre à lacets qui ouvrait sur leur partie de derrière. D'autres lui servaient les friandises dans un panier accroché à leur membre comme une couronne à la lance du vainqueur. *Il Moro* voulait me compromettre dans la préparation des fêtes de ce débauché. Mais j'affectais une modestie qui l'en dissuadait.

Tout en toisant, avec méfiance, la statue de Francesco Sforza son père, *il Moro* évoqua devant moi le mariage de ce neveu qu'il avait grand mal à rendre fécond. Ce garçon, disait-on, n'aimait qu'un genre de crocheteur sodomite au membre noir comme celui d'un mulet, et que toute la ville appelait le Rustre. Giangaleazzo se faisait enfiler par cet animal devant son épouse, laquelle était obligée à le bien voir en cet état. Voilà certes une passion qui était impropre à assurer sa descendance. Ludovico *il Moro* ajouta pour moi, à part, comme souvent, quelque phrase qui signifiait : « Toi, Lionardo, qui connais ces choses, peux-tu me trouver quelque phrase à lui dire ? »

Et il me confia que le roi Ferrante de Naples, aïeul de l'épouse, commençait à prendre ombrage de la savoir traitée ainsi. Sur quoi il revint à sa suite. Il affecta de caresser la tête bouclée de Salay afin d'illustrer ma connaissance de « ces choses ».

Salay, lui, ne pensait qu'à la mécanique volante que j'avais fait disparaître à l'abri d'une caisse. Quand le duc observa, pour lui et ceux qui les entouraient, que maître Lionardo s'entendait à dénicher les oiseaux dont il voulait caresser la queue, Salay répondit que ce n'était point pour cela, mais pour les voir voler, à quoi le seigneur répliqua qu'il ne disait pas autre chose.

On se chargea de répandre ce trait par la ville. La journée s'acheva pour moi dans une telle confusion d'esprit que je ne me souviens même plus du reste.

Dès le soir, Masini me demanda la raison du rougissement qui m'avait saisi. Je répondis que je rougissais aux contrariétés comme le faisaient autrefois le père de mon père, Antonio, et mon malheureux oncle Francesco, qui avaient tous deux la peau claire, les cheveux d'un roux pâle et les yeux bleus. Il n'y avait à cela aucune raison, non plus qu'à les voir toujours user de la main gauche, trait que j'avais hérité d'eux, comme d'autres encore, lui dis-je, en ajoutant : « Je ne sais si tu m'entends. »

Zoroastro m'assura qu'il m'entendait très bien.

« Salay est lui aussi de nature gauchère, me dit-il encore. Pourquoi ne veux-tu pas en jouir ? Et pourquoi es-tu si distant avec tes élèves ? »

J'étais ainsi avec ceux de ma fabrique, parce que, entre le maître et l'élève, l'éloignement est favorable à l'apprentissage. Les maîtres trop familiers commettent un inceste par l'esprit. Tel qui croit contenter ses enfants ou ses apprentis en les traitant comme ses compères ne contente que lui-même. Mais la véritable raison pour quoi je n'eusse jamais porté la main sur Salay est que je lui avais épargné le même sort, en le tirant de chez un orfèvre. Je ne pouvais l'avoir soustrait à cet esclavage pour le rendre esclave de mes propres passions. Si je lui achetai les plus beaux vêtements, ce ne fut donc pas pour lui plaire, mais pour le garder de succomber ailleurs aux convoitises et d'offrir son cul à un marchand pour quelques habits neufs.

Mais je me trompais encore. En comblant cet enfant de présents et de friandises, en l'empêchant de se soumettre à des débauches et d'attraper le mal français contre un pourpoint brodé, je l'ai peut-être empêché de s'élever par ses mérites. Je n'ai pas éveillé ses talents en peinture. Je l'ai fait où la tâche était moindre. Je l'ai fait, en somme, pour me divertir.

Mon principal divertissement fut la fabrique de ces simulacres d'oiseaux dont il fut occupé pendant plus d'une année. L'épervier de soie qu'avait lancé Zoroastro du haut de l'échafaudage de la Corte Vecchia fut suivi de nombreux autres. Salay les construisit presque sans mon aide. Il modifia le dessin de leurs ailes, coupa, banda des tiges d'osier et fit si bien que, à la fin, il me persuada presque de ses dispositions pour l'étude.

Le matin à la première heure, lorsque l'air était immobile, lorsqu'on n'entendait point encore les troupes à cheval, lorsque seul le chant de la forge s'élevait au milieu du cri des coqs, il lançait son oiseau du haut de la tour, puis il dévalait l'escalier, ramassait son épervier de soie et recommençait. Il ne revenait chez moi que le soleil bien haut pour y dormir dans sa caisse. Ni les cris, ni les appels, ni les essais du canon dans la plaine ne le réveillaient avant l'heure de midi. Dès qu'il était debout, il ne parlait encore que d'oiseaux.

Je faisais chercher pour lui les soies les plus légères et les brins d'osier les plus souples. Il eut l'idée de charger le corps de l'épervier d'une petite quantité de sable, en un point de son corps placé devant le milieu des ailes. Quand aucun vent ne soufflait aux abords de la tour, ce lest lui donnait un vol constant. C'est du moins ce qu'il affirma. Comme j'hésitais à le croire, il insista pour me le démontrer, et son insistance fut vite mêlée de pleurs. En voyant ses larmes, mon cœur s'émut devant lui comme au premier jour. Et même plus encore, car lorsque je me penchai vers lui, il me repoussa pour me signifier de lui épargner mes moqueries, mais son geste porta par mégarde entre mes jambes. La douleur que j'en éprouvai ne fut rien auprès de son embarras. Sa gêne était si grande qu'elle trahit la signification qu'il accordait à cet incident négligeable. Elle me rappela les nombreuses tentatives qu'il faisait pour surprendre ma nudité au bain, au lever, quand je revêtais ma robe de travail.

Sa participation aux jeux que j'avais avec mes apprentis n'était pas non plus innocente. J'aimais à leur faire peur. Je plaçais parfois des masques à ressorts ou des fleurs bondissantes sous une serviette, et Salay cherchait à m'imiter, mais c'est à moi et à mes vêtements qu'il s'en prenait toujours. Il y cachait des boules de bardane. Il me volait parfois une pièce de linge pour dormir avec elle.

Je consentis à le suivre sur la tour cardinale, où il me démontra que l'oiseau volait toujours selon la direction qu'il avait prédite. Là, il me persuada de construire avec lui un autre de ces rapaces, plus grand et plus beau que les premiers.

C'était un admirable simulacre d'oiseau. Il mesurait trois brasses d'envergure et ressemblait à un aigle. Il avait des yeux peints sur le côté de la tête et des renforts de rafia verni à l'attache des ailes. Au bord arrière, la soie se tendait au vent comme la voile d'un bateau. Sur un tiers de sa surface, aucune armature n'alourdissait ce fragile tissu qui flottait librement.

Le matin où nous allâmes jeter l'aigle du sommet de la tour, Salay me dit son contentement, car il était certain qu'il volerait plus loin qu'aucun de ceux que nous avions faits jusqu'alors et savais-je pourquoi ? (Il me posa cette question comme le jeune Jésus parlant aux docteurs de la loi.)

Parce que, me dit-il, notre aigle était le fruit de deux esprits contraires et qui étaient pourtant l'un à l'autre nécessaires : le mien et le sien, le calcul et l'instinct, le savoir et l'expérience. Je lui avais reproché le soin médiocre qu'il mettait à construire nos ornithoptères. Je déplorais le défaut de symétrie et d'exactitude dans le dessin de leurs ailes. Il m'avait répondu qu'en observant le vol des corbeaux qui s'élançaient des arbres et qui jouaient dans le vent venu du Tessin il avait remarqué le mouvement dissymétrique de leur ramage et de son amplitude. De quoi il avait conclu que mes propres oiseaux mécaniques avaient le défaut de ne point épouser les dômes invisibles de l'air.

Il prédit que celui que j'avais entre les mains (et que j'avais assemblé pour qu'il gardât quelque mollesse, selon une règle contraire à celle que j'avais appliquée jusqu'alors) susciterait tant d'admiration et de commentaires qu'il nous faudrait le cacher pour n'être point imités par les jaloux.

Cette construction n'était nullement contraire à ma règle. J'avais songé depuis longtemps à ce qu'il disait ; j'y avais songé depuis que j'observais moi-même le vol des corbeaux sur les montagnes de mon enfance ; la plaine s'étendait alors sous mes yeux comme une tapisserie au soleil. En ce temps-là mon esprit allait plus haut que les nuages et j'étais porté par mes pensées sous l'aile des oiseaux.

L'enfant interrompit mes imaginations des monts du Chianti et me demanda, opiniâtre :

« Si cette règle est la tienne depuis longtemps, pourquoi ne l'as-tu pas appliquée ? »

C'est qu'il ne suffisait point, lui dis-je, d'imiter les corbeaux planant au gré des vents tout immobiles. Il fallait que notre ornithoptère pût s'élever vers le ciel en agitant ses ailes. Mais la force des bras d'un homme ne pourrait seule lui faire quitter le sol. Il fallait donc user de celle de ses jambes. Par quelque procédé mécanique, l'homme qui habiterait le corps de l'oiseau ne déploierait pas plus d'efforts pour voler qu'il n'en usait pour marcher. Il pourrait survoler les montagnes en se jouant.

Pendant que nous finissions de gravir l'escalier de la tour, Salay me tint un raisonnement dont j'ai lieu de me souvenir, et premièrement parce que je dus l'entendre jusqu'au bout, n'ayant pu l'arrêter tant j'étais essoufflé. Avec toute l'impudence dont il était déjà capable, il me prédit que je ne pourrais jamais faire voler un homme dans l'âge mûr parce que la voilure faite pour le porter devrait être agrandie. Elle devrait l'être dans des proportions qui lui interdiraient de se mouvoir dans l'air. Il n'en aurait pas la force.

Mais, à condition que la voilure restât immobile, il estima que seul un enfant d'un poids très faible serait susceptible de quitter la terre sur cet oiseau, comme Ganymède enfourchant Jupiter. Et encore, dit-il, plutôt du sommet d'une montagne que du bord d'un toit, et par jour venteux, afin que la rapidité de son vol lui soit donnée par le mouvement de l'air, et non par celui de sa course.

Je fus, hélas, entièrement persuadé qu'il disait vrai.

En parlant nous contemplions les frondaisons lointaines, nimbées de cette lumière bleue qui précède le lever du soleil en direction de Bergame. Sur des milles alentour on entendait chanter les oiseaux de la création rassemblés dans l'attente d'un prodige.

Je prédis à Salay que notre aigle allait se rompre. Il m'annonça au contraire que son vol serait le plus long et le plus paisible que nous eussions vu, et que mes études sur les oiseaux connaîtraient bientôt un renom extraordinaire.

« Car pour une fois, me dit-il, tu as appliqué tes propres préceptes et écouté quelqu'un qui n'a aucune science. »

J'étais hors d'haleine, mais ce que j'entendis ne fit rien pour me rendre le souffle.

« D'où tiens-tu, lui dis-je, que d'ordinaire je n'applique point mes propres préceptes ?

– Tous tes apprentis, élèves et serviteurs le savent, répondit-il : tu veux être l'homme le plus savant de la ville, tout en disant que la science n'est rien. »

Il n'était pas temps de lui représenter son erreur, mais, je l'avoue, j'eusse été en peine de le faire.

Il vérifia que le poids de toutes les parties de l'oiseau était équilibré en deux points qu'il avait tracés sous ses ailes. Il y plaça ses doigts, puis il me le tendit. Je le saisis sous le corps pendant que Salay l'exhortait à voler et je le lançai devant moi contre le vent qui frappait la tour. Je me gardai de lui donner plus de vélocité qu'un oiseau véritable. Nous le vîmes s'élever aussitôt dans l'air attiédi. Le soleil dardait ses premiers rayons sur la brique, et Jupiter fut porté par cette chaleur comme un pétale de cendre sur la braise. Il frémit de l'aile. Il se souleva d'un côté quand il rencontra un dôme de vent. Mais, au lieu d'être rejeté par le tourbillon de l'air chaud venu de la cour, il fut emporté vers l'empyrée céleste. Il vola en décrivant de vastes cercles, comme les cigognes qui font étape à Cesena, sur le chemin de Constantinople.

Son ascension fut rapide et régulière à la fois. Nous n'eûmes plus à craindre les imitateurs et les espions aux abords du château. Un concours de vents chauds le fit planer aussi haut et loin que Salay l'avait prédit. Le dessous blanc de ses ailes dans le ciel matinal fut bientôt si lointain qu'il parut scintiller sous un nuage du côté du Seveso. La hauteur qu'il avait atteinte était si grande qu'il restait inaperçu de ceux qui descendaient de Cassano et de Monza. Les haies brumeuses et les toits bruns défilèrent sous ses ailes. Il vit la géométrie des champs jaunis et des terres irriguées. Il vit les villas au portail droit, les canaux bordés de piquets de bois et les campaniles qui jettent leur ombre étroite jusqu'aux dernières maisons du village. De ses yeux peints, l'aigle de Salay vit tout cela. Puis, quand il ne fut qu'un point à l'horizon sur le fond gris de l'orage, sa hauteur diminua brusquement.

Salay s'écria : « Il tombe, il tombe ! », et il voulut aller le chercher afin que nul ne perçât le secret de sa fabrication.

Je le retins contre moi.

« Étourdi, lui dis-je, où le chercheras-tu, si tu n'attends pas de voir où il tombe ? »

Je le saisis par son vêtement, il se raidit, chercha dans mes yeux l'assurance de ma bienveillance, la trouva et scruta de nouveau la campagne, en ayant garde de croiser mon regard.

« Je le vois, je le vois ! répéta-il enfin. Et toi, maître, le vois-tu ? »

Je l'apercevais à peine. Mes yeux s'affaiblissaient déjà, car j'avais plus de quarante ans. Tout en supputant l'endroit de la chute de notre Jupiter, Salay me dit que désormais il suffisait de le construire quatre fois plus grand et de placer dessus son Ganymède. Il me dit aussi qu'il n'y avait qu'un enfant comme lui pour être emporté jusqu'aux nuages.

« Ou pour en redescendre », répondis-je en désignant l'oiseau qui s'abattait en scintillant dans la plaine.

C'était une plaine déserte, bordée par un canal, où j'avais relevé quelques plans pour Ludovico Sforza. Salay voulut y courir, mais je l'obligeai à descendre de la tour pas à pas.

Quand nous fûmes dans la Corte Vecchia, je lui fis détacher mon cheval, qui était resté sellé depuis la veille. Il en avait grand-peur, mais le mena vers moi sans gémir. Nous partîmes sur cette monture à la recherche de l'oiseau, en remontant la procession des marchands et des voyageurs qui franchissaient les arches de la Porte d'Orient.

Salay me tenait par la taille. Il avait glissé la pointe de ses pieds dans la boucle de mes sangles, qu'il agrippait du gros orteil, comme les singes. Ma selle avait un épais dossier d'argent. Je m'étais avancé pour permettre à mon jeune passager de s'asseoir derrière moi. Mais à peine fut-il installé que je sentis contre moi une roideur aussi ferme que le dos de ma selle. Je forçai l'allure, mais, en suivant le trot de l'animal, l'enfant suivit le mien. Il conforma aux miens tous ses mouvements. De sorte que sa roideur me frotta le dos selon la même cadence. Il se branlait contre moi, avec une telle vigueur qu'à la fin je n'osai plus bouger du tout. Je subis l'allure de mon cheval en discourant à tue-tête pour cacher mon trouble. L'enfant, quant à lui, resta bandé et silencieux jusqu'au bout.

Ayant bientôt retrouvé le champ et la haie où l'oiseau était tombé du ciel, nous vîmes notre aigle entre les mains d'un jeune paysan qui menait un âne. Sur l'animal était juchée une fillette au teint sombre et aux yeux clairs comme les siens. J'expliquai à ce *contadino* qui parlait d'une voix mélodieuse d'où venait l'oiseau qu'il avait ramassé. Il me crut à peine. Cependant, je vis tout de suite qu'il avait un grand désir de m'être agréable à cause de la présence de Salay derrière moi.

Il ne regardait guère mon passager, mais il m'approuvait d'aller en sa compagnie. Il en concevait pour moi davantage d'intérêt qu'il n'en eût montré si j'avais été accompagné d'une femme vieille ou d'un homme laid. Son nom était Antonio. Je répondis que mon grand-père s'appelait comme lui – que je vénérais ce nom-là, car j'avais fort aimé mon grand-père, et je lui fis des civilités sans nombre.

Quant à Salay, il dit qu'il avait faim et qu'il voulait rentrer à Milan.

Il était presque l'heure de midi. Je menai mon cheval derrière l'âne d'Antonio et nous allâmes jusqu'à la ferme où vivaient ses parents. On nous servit une soupe et des œufs.

À table, Salay ne parla guère. Il lia les ailes et le corps de notre Jupiter, qu'il enveloppa d'un drap, et sembla de nouveau fort pressé de revenir à Milan.

Comme nous finissions le repas, au milieu d'un bruit de forge venu du dehors et dans le piaillement d'une troupe d'enfants qui aidaient à quelque transport entre deux bâtiments, le jeune Antonio tendit sa main sur la table tout contre la mienne. Il se plut à comparer la différence de nos teints.

Le sien était de couleur brique noircie par le feu. Le mien était plutôt comme le dessous des doigts de chat, d'un rose pâle et couvert de poils blonds. La couleur de ma peau me venait de mon grand-père Antonio et de mon oncle Francesco. Tout comme ma voix trop haute, mes yeux bleus et quelques autres caractères singuliers. Ma peau était sujette à de fréquents rougissements. Adolescent, ma figure manquait de rudesse. Je me souviens du portrait que Verrocchio fit de moi en David. Il fut copié souvent par Sodoma pour m'embarrasser. Quand j'étais jeune et jusqu'à près de cinquante ans, mes lèvres étaient trop pleines, mon regard trop doux, mes sourcils trop clairs. Les premiers cheveux blancs donnèrent ensuite à ma blondeur rousse la teinte du vermeil. Je ne portais que des toques, des chapeaux verts et des bonnets rouges. Le blanc ou le bleu m'eussent fait ressembler à la Madone.

C'est pour me préserver de ce ridicule que j'ai longtemps gardé cette barbe de garde suisse, qui semblait taillée sous un heaume. Je l'ai fait aussi pour déjouer l'ironie de ceux qui me disaient peintre de moi-même quand je faisais une Vierge. Toi-même, Salay, ne m'as-tu pas reproché de peindre toujours la même figure, qu'elle fût d'un homme ou d'une femme, quand je n'avais point de modèle ? Or, j'eus un modèle. C'était une femme. Tu l'as rencontrée.

Salay, où es-tu ? Si tu es là, pourquoi ne puis-je point voir ta figure ?

La destinée a voulu que cette femme te soit présentée un matin afin que tu la reconnaisses. Ce qui devait advenir est advenu. Tout le reste en a découlé. Je vais dire comment cela est arrivé.

Je veux que Francesco l'entende, afin qu'il comprenne. Afin qu'il comprenne que tu n'as jamais eu de rival dans mon cœur. Mais auparavant je veux confesser que j'ai menti. Le jour que nous sommes allés ramasser notre oiseau Jupiter dans la campagne, le *contadino* qui ne cessait de comparer sa main à la mienne m'a révélé qu'il y avait, au bout d'une haie droite sur une terre voisine, un bassin creusé au temps de l'ancien duc de Milan.

J'ai donc pris ce jeune homme sur ma selle. Nous sommes allés examiner ensemble cet ouvrage inachevé. Et nous sommes revenus contents de ce que nous avions vu.

Une fois de retour à la Corte Vecchia, Salay m'a interrogé sur cette visite au bassin. Il trouvait étrange que je n'en eusse tiré aucun croquis, à quoi j'ai répondu que l'endroit, fort en ruine, ne le méritait pas. J'ai prétendu que j'allais le dessiner de mémoire un jour prochain, mais je ne l'ai jamais fait.

Quelques jours plus tard, comme je représentais à la plume un homme jeune, qui rassemblait comme toujours les traits de l'athlète et ceux de l'éphèbe qui leur étaient contraires, l'enfant a observé tout haut qu'il ressemblait fort à notre *contadino* et il a ajouté ceci :

« La pudeur qui t'interdit de dessiner sa figure ne t'empêche pas de représenter son membre dressé : je sais ce que vous avez fait ensemble. »

Je regrette de n'avoir pas éclaté de fureur, cela m'eût épargné de mentir avec tant de confuse maladresse, et de lui assurer que nous n'avions rien fait du tout. Oui, j'ai dévoilé les charmes de ce paysan dans les eaux, claires du bassin, j'ai serré son corps brillant qui évoquait jusque par sa couleur les bronzes de l'atelier de mon ancien maître, et nous sommes revenus fort heureux l'un de l'autre.

Cette confession est inutile sans doute. Vingt ans plus tard, à Rome et surtout à Florence à ce que l'on m'a dit, tu rapportais, Salay, mes habitudes à chacun en disant que ma réputation d'abstinence avait une seule explication : ma crainte de la maladie et du scandale. Elle m'avait toujours fait préférer les jeunes paysans aux fils de patriciens.

Mon goût pour les beautés de la nature ne s'arrêtait point aux coquillages pétrifiés, aux torrents de Bormio, aux rivages de Lecco. Je t'en donnerai maints autres exemples si l'occasion s'en présente encore. Elle se présentera. Je ne manquerai point de te dire où et quand mes voyages studieux en Lombardie m'ont permis d'herboriser les hommes en même temps que les fleurs spontanées. J'aimais à les respirer, à recueillir leur suc entre mes lèvres. J'ouvrais leurs corolles frémissantes. Je regardais couler leur rosée qui scintille au soleil et qui s'étire, au bout des doigts, comme un fil d'araignée.

T'es-tu demandé pourquoi j'ai tant dessiné de voiles pour les pêcheurs de Côme ? Pourquoi j'ai bravé les tempêtes à l'embouchure de l'Adda ? Auprès d'eux j'ai apaisé mes convoitises charnelles et parlé la langue des gauchers, que je connaissais avant le berceau. Chaque jour de ma vie, je fus ardent comme un lion, mais toujours en secret, pour échapper à la férocité des chiens.

Vois comme je m'en suis bien trouvé : je t'ai mené partout, Salay, tu as été insolent, bavard, trop apprêté, trop parfumé, tu as espionné les uns et les autres, ton inconduite a été vite connue de tous, tu as fréquenté les pires scélérats de Milan, tu as vendu tes faveurs à un cardinal, à un Medici, à un Borgia, à des Français de la suite du duc d'Amboise et à d'autres que je ne connais pas. Et pourtant nul ne m'a jamais reproché de t'aimer, tant j'ai mis de vertu à m'épargner les calomnies. Non, je ne me blâme pas moi-même de t'avoir aimé, mais de t'avoir perdu. C'est pour t'en persuader que je parle aujourd'hui, même si tu n'es pas là. Es-tu là ? Sommes-nous dans les montagnes ? Si nous sommes dans les montagnes, comment croire que tu sois avec nous ? Et si tu es avec nous, et si nous ne sommes pas dans les montagnes, où sommes-nous ?

Tu ne réponds pas ? Tant pis. D'ailleurs ce n'est pas à toi, mais à Francesco, que je veux parler à présent.

Je veux lui parler afin qu'il comprenne d'où vient notre amitié. Elle n'obéit à aucune raison commune. Me voilà donc contraint de lui exposer des raisons qui échappent au commun.

Où en étais-je ? À mes madones, et à leur modèle.

Le sort voulut que Salay, resté seul un matin à ma fabrique, accueillît une femme qui avait apporté, sous le couvert d'une peau de chèvre, un portrait sur bois qu'elle disait être de ma propre main.

Elle disait vrai. C'était une figure de madone, la plus pure et la plus douce que j'eusse tracée dans ma jeunesse. Je m'en souviens exactement. Quand je l'avais exécutée, j'étais âgé de trente ans et si heureux de mon sort que mon contentement se retrouvait, pour ainsi dire, dans tout ce que je faisais. Le fond de rochers bleus et embrumés était parfaitement semblable à celui de la petite vallée où vivait mon grand-père, derrière Faltognano.

Quand Salay vit ce petit panneau de bois, il ne douta point qu'il fallût me prévenir aussitôt. La messagère lui avait affirmé que la femme que l'on voyait peinte attendait ici, à la porte du château Sforza, accompagnée du fils d'un aubergiste, qui lui tenait lieu de gardien depuis le matin. Elle ne voulait point entrer, disait-elle, tant que maître Lionardo ne l'en prierait pas, car elle le voulait voir. Elle espérait que ce portrait saurait le persuader de l'accueillir avec bonté.

On me fit monter la peinture dans sa peau de chèvre par l'entremise d'un nouvel apprenti, Giulio, que Zoroastro avait introduit chez moi et qui l'aidait chaque jour à sa ferronnerie. Ce Giulio, ayant du sang allemand, était fort insolent, et il l'était davantage depuis qu'il s'était mis en tête de me séduire. Plus j'affectais l'indifférence à ses entreprises, plus j'évitais de croiser son regard, et plus il m'infligeait son importune admiration. À la fin, d'ailleurs, montrant son peu de sincérité envers moi, il s'enticha d'un de mes élèves qui était fort amoureux des femmes et qui manqua de le tuer d'un coup d'épée, un soir qu'ils étaient ivres.

Le jour que l'on vint me montrer le portrait, j'étais juché sur la dernière planche devant la statue équestre de Francesco Sforza, couverte de son *padiglione*. Je pestais contre tous. J'étais fort mécontent. La chaleur de juillet rendait la confection malaisée. La terre glaise séchait sur ses armatures à la moindre négligence. Or, les serviteurs affectés à son arrosage manquaient du zèle nécessaire. En outre ils se moquaient de moi. Je les entendais glousser entre les bois tendus de toile.

Giulio prit le portrait des mains de Salay, écouta ce qu'il avait à lui dire et monta sur les planches. Mais une fois là-haut il me trouva en colère pour les raisons que j'ai dites. Comme il n'avait point écouté toutes les explications de Salay, il s'embrouilla au moment de me les rapporter, ce qui me fâcha encore plus.

J'appelai en bas, en vain. Outre le bruit des charrettes et celui du vent qui claquait dans les toiles, nos voix étaient couvertes par une troupe de tailleurs de pierres qui travaillaient au fond de la cour et que j'avais grand mal à tolérer depuis le matin.

Le jeune apprenti se montra si incompréhensible que je fus surpris de le voir me tendre cette peau de chèvre qui protégeait la petite madone. Je lui demandai encore l'histoire. En dévoilant cet objet, je le reconnus peu à peu. Tremblant, suant, je cherchai à conjurer une vérité dont j'étais assuré : ma mère, Caterina, était sans doute morte. On m'apportait la madone que je lui avais offerte parce qu'au moment de rendre l'âme elle me l'avait fait envoyer.

J'étais tant persuadé de ma propre illusion que mon cœur avait déjà pris le deuil. Un frisson de bonté et de chagrin me gagna, et je descendis tout frémissant.

Je fis dire à Salay que je voulais voir à l'instant la messagère de celle qui m'avait mis au monde, car c'était d'elle que venait ce portrait. Il me répondit que j'avais raison. Caterina en personne attendait hors des murs du château, accompagnée du fils de son aubergiste.

Comme j'eus honte d'avoir déploré la mort de ma mère avant l'heure ! Voilà que j'allais l'accueillir chez moi, au lieu d'en porter le deuil !

Mais je doutais encore que ce fût bien elle. Je me fis conduire, par Salay et par la messagère, jusqu'à l'endroit où elle m'attendait.

Et je la vis. Je vis cette figure étroite que je n'avais pas contemplée depuis des années. Je vis se dresser sa forme petite et mince, habillée d'une étoffe bleue, qui par le mouvement des épaules et la soumission dont témoignait sa frêle complexion me rappela toute mon enfance.

Elle était épuisée par le voyage. Elle se leva, et reposa sa tête chérie sur mon épaule en pleurant, comme si elle eût échappé dans l'heure à un grave péril. Je dus interrompre ses récits. Je remis à plus tard l'exposé des raisons qui l'avaient chassée de Toscane, car je répugnais à donner ce spectacle à ceux qui m'avaient reconnu. La circonstance m'ayant arraché au travail de ma statue sforzesque, j'étais poussiéreux comme un journalier et fort embarrassé de mon apparence. Salay me fit cruellement observer cela dès que nous fûmes rentrés à la Corte Vecchia. « Tu n'avais de souci que de toi-même », me dit-il.

Il se prit d'une soudaine admiration pour celle qui m'avait mis au monde. Il voulut lui être agréable de mille façons. J'avais une femme de chambre appelée

Caterina elle aussi, à qui je voulus confier le soin d'installer ma mère, mais Salay ne toléra point qu'une autre s'en chargeât à sa place. De surcroît il déplaça ses propres affaires afin de ménager pour elle une alcôve fermée d'un rideau rouge.

Ce démon de Salay fit si bien qu'après quelques jours ma mère le cherchait du regard dès qu'il n'était plus là. Quant à moi, je crois qu'elle craignait mon ressentiment. Bâtard, j'avais été placé hors de son foyer au bénéfice de son autre famille, laquelle, après trente années, venait d'être décimée par le sort. Son époux était mort. L'un de ses fils avait péri d'un coup d'épée. Elle ne pouvait compter sur aucun secours de ses filles et moins encore sur celui de Ser Piero, mon père naturel, un homme que la vieillesse avait fort endurci.

J'eus grande fierté que ma mère réclamât mon soutien. Dans les quelques jours qui suivirent son arrivée, j'écrivis à mon père pour lui notifier que j'avais pris soin d'elle, mais cet homme terrible me répondit que ce faisant j'avais obéi à ce que me dictait le devoir et non la charité. Il se réjouissait de l'excellence de ma position à Milan. Il parlait de mon cheval sforzesque, dont la renommée était parvenue jusqu'à Florence où le Magnifique en avait eu la description par ses ambassadeurs. Il formait le vœu que j'eusse trouvé assez de courage pour renoncer à ce qui bridait mon caractère, sans me signifier davantage ce qu'il entendait par là. Mais je le savais depuis longtemps. (Ser Piero mon père fut cause que Lorenzo de Medici ne me prit jamais au sérieux, sauf il est vrai quand il me demanda de l'accompagner au chant dans ma jeunesse, privilège que j'eusse volontiers laissé à d'autres.)

D'après les termes de la lettre paternelle, ma faveur chez les Sforza étonnait encore de nombreux Florentins. Mon père et tous les Medici en étaient certainement chagrinés. Il leur déplaisait qu'en moi fût honoré, hors de leur orgueilleuse influence, un peintre qu'ils avaient si légèrement dédaigné. Mais la cause véritable de la réticence que j'inspirais à Ser Piero, mon père naturel, était plus précise et plus secrète : elle était que mon caractère lui rappelait de près celui de son propre père, Antonio, et de son frère Francesco, tous deux promis dans leur jeunesse à embrasser le métier de notaire, mais contraints, par leur nature irrémédiablement gauchère, à une existence retirée du monde.

Ils l'avaient menée l'un et l'autre sur leurs terres de Vinci et de Faltognano pendant trente années, avant de trouver une descendance à cinquante ans. Mon père en sa jeunesse avait sans doute entendu dire que son propre père rôdait par les chemins au-delà de San Baronto à la recherche de quelque jeune homme qui voulût s'offrir à lui. Je n'ai rien su de tel avant l'âge de dix-huit ans. Mais mon grand-père était fort roux et gaucher lui aussi. Quant à mon oncle Francesco, qui aimait le vin et avec qui j'allais parfois écouter les conteurs ou jouer aux cartes à Porciano, sur une terre voisine de la nôtre, il fut le seul guide de mes découvertes, avant qu'on me plaçât chez mon orfèvre.

Cet oncle, auprès de qui je revins souvent trouver l'explication des mystères qui hantent les âmes gauchères, avait un collier d'or, les cheveux vermeils et bouclés comme moi, une voix claire et haute comme la mienne. Et toute sa personne, malgré sa taille élevée, ses mains fortes, la largeur de ses épaules et les rides profondes qu'il avait au creux des joues, exprimait le regret de ne pas être une femme. Il s'en consolait en se livrant aux palefreniers d'un seigneur voisin de chez mon grand-père, lequel le traitait avec la rudesse de celui qui a reconnu, sous son toit, ses propres démons.

C'est ainsi d'ailleurs que me traita Ser Piero, mon père, lorsque la nouvelle de mon indignité courut Florence et qu'on vint me colleter chez mon maître, via dell'Agnolo, pour avoir joui d'un modèle nommé Giacomo. Parmi les clients de son cul figurait un autre Lionardo, qui était un parent du Magnifique. Je prétendis ce jour-là que le dénonciateur nous avait confondus mais ce fut en vain. Le tambour fit son œuvre. On me livra comme sodomite aux Officiers de la nuit. Je fusse resté en prison pour longtemps sans le secours de la providence, et peut-être celui de mon père.

Certes, j'aurais pu dire que je n'avais jamais joui de Giacomo Saltarelli, puisque c'était son frère que j'avais entrepris. Mais cette défense, je le crains, n'eût guère pesé en ma faveur. L'aîné proposait son frère Giacomo à la convoitise de ceux qui passaient par le Vaccherecchia, et s'offrait lui-même à leurs caresses en échange de six lires. Je me souviens du prix. Ce garçon réunissait si bien les traits de l'homme et ceux de la femme que j'en eusse payé douze pour le voir écarter les jambes. Le ravissement de voir rassemblés en une seule créature les attributs masculins et la noble figure de l'ange hantait souvent mes rêves. Hélas le plus grand cauchemar de ma vie lui fut associé, le jour où j'encourus l'infamie de la prison. Car le lieu où je fus mené possédait un escalier en hélice fort étroit et fort sombre qui menait à un cul-de-basse-fosse.

Je n'y restai que jusqu'au soir du premier jour, mais ce fut assez pour que mon esprit se laissât entraîner vers une folie insidieuse et profonde. J'en sais la cause aujourd'hui. Je vais la dire. Je subissais, alors, l'horreur des maux de l'âme sans la comprendre et sans la conjurer. Le plus affreux de ces maux, celui qui hantait mon sommeil, celui qui me dressait sur ma couche le cœur battant et le dos moite, aux heures où la nuit s'achève, était la vision d'un escalier dont l'étroitesse allait croissant, comme il se voit dans la pointe des coquillages.

Par une méchante fantaisie du sort, dans la semaine où ma mère fit son apparition chez moi, à la Corte Vecchia de Milan, des jeunes gens qui avaient appris mon goût pour les coquilles des créatures marines, désirant gagner quelque argent, m'en apportèrent un sac rempli, comme pour me rappeler ce sujet de détresse.

Avant de dire pourquoi la présence de ma mère sous mon toit accentua cet effroi, et pourquoi Salay ne fut pas étranger à mon épreuve, je veux affirmer que ma curiosité devant les trépassés de l'hôpital Santo Spirito à Rome ou de Santa Maria Nuova, ou du dépôt des morts de Milan, ne s'expliqua par aucune passion criminelle, ni par la nécromancie. Elle eut pour première raison ce que j'ai dit de mon grand-père et de mon oncle Francesco. J'avais en tête de trouver, dans la cervelle et les organes des trépassés, la cause de leur inclination pour un sexe ou pour l'autre.

À Rome les confidences que j'ai reçues des services du commandeur de Santo Spirito m'auront permis de découper le ventre et le crâne de certains hommes dont la vie m'était connue pour une part et dont je savais, parfois, s'ils avaient été gauchers, sodomites, ou les deux ensemble (ce qui se rencontre parfois). Je pus questionner quelques-uns d'entre eux avant leur trépas. Dans les derniers jours de leur maladie, certains consentirent à me laisser examiner leurs organes intimes après leur mort afin que je pusse trouver de quel endroit provenait leur semence et si elle se déversait de leur cervelle à leur membre par un canal unique. Il y en eut des jeunes et des vieux. Il y eut même un homme qui avait presque cent ans, à qui l'âge avait séché les veines. Il discourait encore avec moi quelques heures avant que son cœur immobile ne fût ouvert entre mes mains. Il me confia que son oncle et son grand-père avaient eu du goût pour leur sexe, mais que lui n'en avait point, alors que son frère en avait hérité. Ce frère qu'il chérissait prenait cela pour un mal semblable à la peste. Il avait fait, à cause de cela, m'assura-t-il, un fort mauvais franciscain. (Voilà qui n'est point certain.)

De mon enquête, après tant d'années, j'ai conclu que l'inclination vénérienne se transmet entre mâles de même sang comme le caractère gaucher ou la couleur des yeux. Les dénonciations dont la ville de Florence était agitée au temps où mon grand-père Antonio suçait le sein de sa mère étaient aussi vaines et cruelles que si des hommes, au lieu de sodomie, avaient été pendus pour la couleur de leur teint.

Plus tard mes recherches anatomiques me menèrent à l'étude d'un autre sujet qui me regardait aussi de fort près : j'ai voulu connaître la façon dont les enfants viennent à la lumière. L'apparition de ma mère à Milan aiguisa fort mon attention sur cette matière. Elle dit à Salay une confidence qu'elle ne m'avait jamais faite, mais que l'enfant me rapporta pour me complaire : ma naissance avait été si difficile qu'elle en avait cru périr avec moi. J'étais son premier-né. Mon corps était déjà d'une taille supérieure au commun. Ma tête au moment d'apparaître était entourée du cordon vital du menton jusques au col. On m'avait extrait de son ventre en me tournant sur moi-même afin d'assouplir ce lien qui m'eût retenu dans la matrice et renvoyé dans les limbes que je quittais à peine.

Quand Salay m'apporta cette révélation, je m'avisai que mes visions d'escaliers étrécis en leur extrémité n'avaient point d'autre cause que celle-là, et je fis un rêve effrayant de noyade. J'essayais de remonter un tourbillon d'eau vers la lumière, mon corps se tordait en vain, ma naissance n'aurait pas lieu, me disais-je, et dans un effort bouleversant je parvenais à voir le soleil quand il allait s'éteindre.

Quelques jours plus tard, dans notre cour du château Sforza, des enfants se présentèrent avec un sac de coquillages dont le cône usé possédait une âme en escalier. Cela redoubla mon effroi.

Ces enfants venaient des rives du Pô, entre Pavie et Voghera. Il s'y trouve des coquillages qui paraissent avoir traversé les époques où la mer baignait les rives du lac d'Iseo. Je vis donc devant moi deux garçons poussant une petite charrette à bras chargée non seulement de coquilles vides, mais de légumes et de fruits aux couleurs éclatantes. Ces petits colporteurs étaient menés par deux autres, de seize ans, qui avaient entendu dire que maître Lionardo payait un bon prix pour ces coquilles. Par bonté je leur versai une lire mais les deux aînés revinrent chez moi le soir même pour m'offrir des services dont la nature n'était que trop apparente.

J'en fus effrayé. Il fallait que sur les rives du Pô ma réputation fût établie pour que ces fils de paysans vinssent ainsi se vendre chez moi. Il est possible que Salay les rattrapa en ville après leur visite, pour les convaincre de solliciter mes entreprises. Il en était fort capable. Salay voulait toujours m'éprouver afin de mieux se figurer quels étaient mes goûts. Par exemple, il s'en remettait entièrement à moi pour le choix de ses vêtements. Au début je n'avais cure de le voir porter ceci ou cela, et ma seule aversion était le velours noir, dont je ne voulais à aucun prix autour de moi. Le plus jeune des frères Saltarelli, celui qui faillit me coûter ma liberté à Florence lorsque je fus cité par le tambour au nombre des clients de son cul, était vêtu de velours noir. Il allait toujours ainsi. Dès qu'il sortait de chez Verrocchio, il courait à Sant'Ambrogio pour montrer sa cape doublée de drap d'argent, son pourpoint noir et sa braguette à chaîne d'or. Salay n'était pas plus sobre que lui dans ses préférences, mais il montrait pour se vêtir un goût que j'aimais, puisque c'était le mien.

Sa propre inclination le portait toujours vers les habits les plus chargés de broderies, de soufflets et de lanières (l'usage du temps était de laisser flotter de larges pétales autour de la taille, comme une fleur retournée). Salay prétendait en outre que ma mère, à qui il parlait souvent des étoffes et des chausses qu'il eût achetées sans moi, approuvait ses choix ridicules, et il n'avait pas tort. Elle penchait, sans balancer, vers tout ce qui était commun.

Pour m'être agréable, elle affectait de goûter au plus haut degré mes travaux de peinture. Mais en vérité elle préférait les fleurs et les mignardises de mes élèves. Pour paraître au fait de ce que nous disions, elle penchait en avant sa tête étroite. Ses cheveux gris et blancs étaient lissés sur chaque oreille comme les ailes d'un pigeon. Elle approuvait toutes les choses qu'elle croyait *di antico stile* parce qu'elle entendait souvent ces mots des gens qui arrivaient chez nous. Un jour j'eus le front de dire que, si elle n'avait point épousé son mari, qui ne savait faire que des ennemis et des dettes, je l'eusse gardée avec joie sous mon toit. Je voulais signifier qu'elle y eût goûté ces raffinements qu'elle semblait regretter à présent, mais elle me répondit :

« Et que fût devenue ma propre vie ? »

Comme je ne savais que lui répondre, elle ajouta qu'elle était fière de me voir ingénieux et doué de multiples talents, mais qu'elle n'eût point renoncé pour moi à son gueux de mari, ni à ses autres enfants, qui étaient certes éloignés des fastes des Sforza mais fort proches du Christ. Si elle n'ajouta pas qu'elle eût aimé pouvoir le dire à mon sujet, sans doute le pensa-t-elle.

Salay la chérissait comme la mère qu'il avait perdue. Il lui citait des passages d'*il Momo*. Il lui racontait les aventures de *Morgante Maggiore*, en échange de quoi elle lui décrivait à voix basse les émerveillements du prêtre Jean, qui avait fondé en Asie le royaume du Christ et qui envoyait à Rome ses ambassadeurs.

Ce sont là des fables, nul ne vit jamais le prêtre Jean. Ses prétendus ambassadeurs n'étaient que des menteurs qui convoitaient les banquets du pape. Mais ma mère croyait à tout cela et Salay aimait à le croire avec elle. Elle lui donnait toujours raison dans les querelles qu'il avait avec mes élèves.

Le soir elle lui disait « dors bien ». Le matin elle lui donnait le pain et les fruits dont elle ne voulait plus. En remerciement, il la défendait contre les animaux dont elle avait grand-peur. Zoroastro était revenu chez nous avec un deuxième lézard et un singe destiné à un seigneur de Brescia. Il laissait voler partout son coq parleur qui répétait *Zoroastro, Zoroastro*. Et pendant ce temps Salay continuait à construire des aigles de soie dont le dessin était fort médiocre, mais dont il savait modifier le vol, à force de poids et d'équilibre. Son ignorance parvint ainsi aux mêmes résultats que ma science. Voilà qui ne laissa pas de m'irriter.

Je m'agaçai plus encore de le voir fréquenter notre fournisseur de tissus, Rieti, de chez qui il rapporta, un jour, une brasse de velours que je n'avais ni commandée, ni payée. Il me dit qu'il n'avait point besoin de la payer, le marchand voulant m'être agréable, dit Salay, à quoi je n'osai répondre : « Et toi, lui as-tu été agréable ? »

Je ne pus m'empêcher de penser que oui, et d'en éprouver une grande jalousie. Elle s'augmentait de ce que j'étais alors occupé à ma statue sforzesque et plongé dans des études à Vigevano, avec l'architecte Donnino di Angelo.

J'aurais dû emmener Salay avec moi comme je le fis plus tard à Lecco. Mais, feignant d'avoir choisi ce que je ne pouvais que constater, je l'avais prié de rester auprès de ma mère dans la Corte Vecchia et il veilla sur elle en mon absence, autant que ses visites au marché de la Porte orientale lui en laissèrent le temps. Pour comble d'inconvénient mon compère Ambrogio da Predis avait quitté Milan avec l'équipage de la nièce du duc, devenue la femme de l'empereur d'Allemagne. Il ne restait donc à ma fabrique qu'un seul homme ayant passé vingt ans, Masini, sur qui je ne pouvais compter pour appliquer ma règle, car il avait grand mal à appliquer la sienne. Aussi ne demeurais-je jamais longtemps hors de la ville.

Dès que je retrouvais la Corte Vecchia, Salay excitait ma jalousie en produisant un ruban qu'il disait avoir obtenu en paiement de mystérieux travaux. Ma mère, assise devant la haute fenêtre près de ma table, attestait trop vite la réalité de ces travaux. Il lui arriva même de prétendre qu'elle avait donné l'argent du ruban. Or, j'attribuais à ma mère à peine vingt sous par semaine. De son côté Salay parvint à me prouver qu'il avait reçu commande, par l'intermédiaire de Masini, d'un épervier de soie de petite taille destiné à divertir les enfants d'un marchand de Monza. Mais je fus mécontent de cela aussi, car je ne voulais pas divulguer le fruit de nos études sur le vol des oiseaux, de crainte que des imitateurs ne s'en arrogent le bénéfice à ma place.

« Voilà longtemps, me dit Salay, que nous devons faire ensemble un aigle capable de voler d'une montagne, mais tu préfères travailler à ton cheval plutôt que de tenir ta promesse. »

Il me reprocha d'autres choses en usant de phrases au sens caché. J'enrageais de voir que ma mère elle-même n'en était point dupe. Quand ce diable de Salay affirmait que j'allais par la campagne étudier les bassins laissés par l'ancien duc, ma mère pliait de l'étoffe avec un soin muet. Le silence résonnait en moi comme une clameur. Je rougissais quand ma mémoire me rappelait malgré moi le tableau de mes joies champêtres les plus récentes, mais l'ivresse du corps et celle de l'esprit étaient pour moi convergentes. Les représentations les plus parfaites des mouvements de la nature, la manière dont les nuages se développaient dans le ciel, les torsions de l'eau prisonnière des canaux, les volutes qui l'animaient au passage d'un pont, la disposition des sables, du roc et de la craie au flanc des montagnes, tout me venait en tête avec exactitude par le mélange incessant de mon expérience et de mon imagination.

Or, la sensualité les mêlait de façon identique. Je traçais mille croquis pour me représenter la cause de mes émois. Je dessinais un membre tout arboré, le mien, pénétrant l'objet de son désir dans une variété de positions et de circonstances. Des anges entouraient cet accouplement. Parfois je donnais à mon champion les traits d'Hercule. Sa victime était fière et dangereuse comme Gorgone. Ses cheveux emmêlés se voyaient de dos et dessinaient des formes puissantes. Je faisais des lions membrés comme des chevaux et des aigles couvrant Ganymède. J'ai brûlé ces carnets à Rome, pour la plupart, de crainte qu'on ne vînt enquêter chez moi quand le pape s'émut de mes hérésies. Salay m'en a aussi volé pour les vendre. Il m'en reste une vingtaine, que Francesco aura soin de faire disparaître après ma mort.

Mes amours contadines m'auront gardé du mal français et d'un autre plus cruel encore, qui est la calomnie. En allant à Vigevano rôder parmi les vignes et du côté du Pô, où j'affectai de chercher des coquillages antiques, je cherchai la trace de la mauvaise réputation qui avait pu conduire chez moi les quatre enfants colporteurs. Mais je fus vite rassuré. Nul ne me connaissait autrement que comme un homme riche. Ce fut à cause de mon cheval. Cet Olona était, il est vrai, fort beau et de belle race, mais sa première qualité était de savoir donner l'éveil. Dès qu'un étranger s'approchait du lieu champêtre où je jouissais d'un jeune homme qui alliait à la figure d'Apollon la noire vigueur d'Hermès, Olona poussait un hennissement et faisait *falaf falaf*. C'est ainsi que je me suis presque toujours gardé des importuns dans la besogne amoureuse. Je m'en suis fort bien porté. La vigilance d'Olona et la nature secrète de mes amours contadines n'auront pas seulement ménagé ma réputation, qui est la chose la plus facile à perdre quand on vit à la cour d'un prince. Elles auront aussi préservé l'ingénue noblesse de ces rencontres, leur grâce dénuée des apprêts et mensonges qui travestissent les inclinations humaines quand on s'y livre en société. Mes entreprises sur les *contadini* que je surprenais en train de tailler la vigne exprimaient la vigueur de la nature comme les soubresauts des chevreuils dans les forêts qui bordent la haute vallée de l'Adda.

Dans les années qui ont précédé la mort de ma mère, cet appétit charnel fut insatiable. Il puisait aux sources de la fécondité de mon esprit, laquelle était fort grande aussi. Je m'émerveillais de voir que ces sources-là ne tarissaient jamais. Le flot grossissait sans cesse. Hélas, mes cauchemars augmentaient avec lui. Ma mère avait, comme dans mon enfance, un empire très grand sur mon imagination. Cette femme rude et timide, dont le corps était rompu aux travaux, mais dont la figure étroite restait angélique et mystérieuse, n'avait guère quitté, de toute sa vie, les parages de l'humble maison qui m'avait vu naître. Mais elle avait écouté les récits des aïeux et des voyageurs. La vie de Rome lui était familière. Elle décrivait les pires dévastations pour donner toujours un prétexte à ses prières. Ainsi de terribles tempêtes avaient grossi le Tibre à l'élection de Sixte IV. Le ciel, disait-elle, était resté noir pendant plus de vingt jours. Les morts emportés par le flot se heurtaient à la porte des maisons et s'accrochaient aux arbres. C'était la punition divine pour les laideurs et les impiétés commises autour du tombeau de saint Pierre. Si la ville n'était point punie par les eaux, elle le serait par les Turcs. Les récits de ma mère dataient souvent de sa jeunesse, de la chute du despote de Morée et des fêtes données à Rome pour exhiber les prisonniers mahométans qui avaient causé tant de tourments.

Sans offenser sa piété, je lui représentais que les horreurs commises dans Rome l'étaient désormais par les factions romaines (elles le furent ensuite par les Français). Je tenais de plusieurs sources qu'une quantité extravagante d'assassinats avait ravagé la ville à l'élection du nouveau pape. Les intrigues avant le conclave n'étaient rien auprès de la furie et de la cupidité qui s'emparaient de Rome aux premières rumeurs d'élection. La foule pillait le palais de celui qu'on disait élu. Ses vases, ses ors et ses tableaux disparaissaient au prétexte qu'il n'en aurait plus besoin. Ses serviteurs qui avaient la folie de s'opposer au pillage étaient tués.

Les récits que ma mère fit à Salay et dont je me contentais d'entendre le principal eurent sur mon esprit de grands effets : le premier, comme j'ai dit, fut qu'à cause des circonstances de ma naissance je me vis souvent gravir l'escalier en hélice d'un donjon, qui devenait trop étroit pour me livrer passage. L'autre fut causé par ces inondations qu'elle décrivait et auxquelles je rapportais mes souvenirs de barrages, de vannes rompues, mes longues stations au bord des torrents grondant dans les vallées et les grottes de Bormio, mes effrois devant les fureurs de l'orage quand les pentes abruptes déversent leurs eaux sales sous les ponts. À l'instant encore je ne puis détacher ma pensée de ces deux garçons portant au front un bandeau rouge et que la neige vient d'emporter sous nos yeux aux cris d'*aiuto, aiuto*. Mon âme saisie d'effroi résiste à la vision du fleuve de glace charriant hommes et bêtes. Elle se refuse à l'écoulement.

Je n'aime que les eaux immobiles.

Un jour que je reprochais à ma mère de flatter l'imagination de Salay, je lui dis qu'elle donnait, par son indulgence, un prétexte à l'insolence qu'il montrait envers moi.

« Tu lui as promis de faire voler un oiseau de plus de quatre brasses aux armatures de peuplier, mais ce garçon se désespère, car il est presque haut comme un homme et il sera bientôt trop lourd pour s'y accrocher.

– Il n'y sera jamais accroché », répondis-je, effrayé.

Je lui dis que j'avais résolu de faire voler plutôt un chien ou un agneau, projet que je conçus dans ses détails au moment de l'exposer, en quoi nous étions fort semblables, car je vis, à l'instant, ce que je lui décrivais. Le vol aurait lieu d'un coteau de l'Adda. L'oiseau, un aigle grand de quatre brasses et demie, serait lancé contre le vent de l'occident, vers le milieu de la journée. À cette heure-là, le soleil chauffe les pentes dépourvues de végétation. La rapidité d'élévation de l'air chauffé dépend en grande proportion de la différence entre le froid des vallées et le chaud des parties exposées au soleil (comme il se voit lorsque des nuages se forment au flanc des montagnes en été). Un torrent frais entre les versants d'une montagne, accentuant le frottement de l'air chaud contre l'air froid, anime les nuages d'une grande vélocité dans leur montée vers l'azur et permet aux oiseaux les plus lourds d'être portés par le vent sans même se soucier d'agiter leurs ailes.

Le cœur exalté par mon récit, je dis à ma mère qu'elle pouvait tout annoncer dès maintenant à Salay : je l'emmènerais bientôt avec moi sur les rives de l'Adda. J'y devais examiner un cheval dont on m'avait parlé et que je voulais acheter. Outre les quatre semaines qu'exigerait la fabrication de l'aigle, j'aurais besoin de quelques jours pour parfaire le dressage du cheval, lequel offrirait à mon esprit un repos commode au milieu des soucis que me causait l'érection de ma statue sforzesque.

Ma mère m'approuva. Elle me dit que Salay échapperait ainsi aux tentations de Milan, car il s'était plusieurs fois flatté devant elle de trouver facilement, si je l'abandonnais, une autre protection auprès d'un homme de noble famille. À ces mots je m'avisai que je n'avais nulle intention de l'abandonner. Il m'était cher comme un fils, puisque ma mère le chérissait comme moi.

En quelques heures, je traçai le dessin d'un nouvel oiseau, qui ne ressemblait guère à un oiseau. Salay l'appela le papillon, le *farfalla*. Il empruntait au *piridione* les proportions de ses ailes antérieures. Elles étaient ovales en leur extrémité et traversées de nervures courbes en baguettes de peuplier, lesquelles étaient cintrées au soleil dans un bain de saumure. La soie des ailes fut vernie à la gomme afin d'empêcher l'air de traverser le tissu pendant la course. Longues de deux brasses et demie, ces ailes s'emmanchaient sur un rectangle où je voulais placer un berceau d'osier. Nous y attacherions un jeune chien. Les pattes de l'animal passeraient dans des trous pratiqués à cet effet. Salay voulut occuper la place du chien, mais il était trop lourd. Ensuite il critiqua mon dessin, qui s'éloignait de l'aigle de Perse et ne laissait aucune souplesse au bord arrière de l'aile. Les défauts qu'il trouvait à mon *farfalla* ne résultaient d'aucune étude. Il lui reprochait seulement de n'être jamais monté jusqu'aux nuages, comme l'autre. À quoi je répondis qu'avant de monter pour la première fois dans l'éther, l'autre n'y était pas allé non plus.

Pour avoir raison davantage, je renonçai à user de la soie pour accroître plutôt la tension des ailes au moyen de peaux de chèvres, cousues et vernies. Il me dit, en haussant les épaules, que les chèvres n'étaient point faites pour voler. À quoi je répondis, irrité, que nous placerions une chèvre dans le berceau d'osier et qu'ainsi nous verrions si elle volait ou non.

Il fallut étudier le moyen de transporter les trois parties du *farfalla* sur les flancs d'un mulet. Je dus aussi obtenir que Salay consente à revenir à Milan sur le dos d'Olona après que j'aurais acheté l'autre cheval. Ce fut malaisé. Cet enfant avait peur des chevaux de race. Il promit toutefois de le faire, car il n'attendait qu'un moyen de gagner ma préférence sur les autres pensionnaires de la Corte Vecchia. Les gens qui passaient chez moi étaient toujours fort nombreux, et fort nombreux à susciter sa jalousie. La plupart blâmaient la construction du *farfalla*. Le cintrage et la couture des ailes me privaient, croyaient-ils, du temps que j'aurais dû consacrer à la fabrication des fours qui fondraient le métal de ma statue sforzesque. Or, j'attendais pour me lancer dans cette entreprise d'avoir pu recueillir le métal qu'elle exigeait, mais il ne venait point. Le duc de Milan me le promettait en vain. Le souci de son salut avait supplanté celui de sa gloire : depuis que les Français se rapprochaient de Milan, où ils n'entrèrent point mais où l'on s'effraya longtemps de leur avance, les hauts faits de son père lui semblaient de moins en moins dignes d'une statue équestre. La matière qui devait la fondre était convoitée par le duc de Ferrare, lequel en voulait faire des canons contre ceux qui menaçaient d'entrer chez lui.

Voilà pourquoi mes pensées étaient occupées d'autre chose et pourquoi, commodément, je décidai de quitter Milan. J'allai séjourner un temps dans les collines de Lecco. Salay me suivit. En vérité je l'arrachai plutôt à cette ville, car quelque personnage de l'entourage du duc de Milan, peut-être instruit et guidé par *il Moro* lui-même, s'était entiché de sa grâce et de ses yeux clairs. Je le savais. En l'emmenant avec moi, je lui épargnais les dangers qui guettent les âmes neuves, à peine jetées dans le monde. Mais qu'on ne croie pas que j'avais la moindre concupiscence envers lui, bien au contraire : sa présence me gêna. Il y avait à mon départ une autre cause, que je dévoile sans honte ni mystère : j'avais hâte d'embrasser les attraits d'un *contadino* ou d'un pêcheur du lac de Côme, dans le secret d'une clairière ou le fond d'une barque au milieu des eaux. Jamais je n'eusse pensé que Salay pût être leur rival. Or, il ne cessa de surveiller mes entreprises et se conduisit souvent comme s'il l'était déjà. Fort heureusement, je dus parfaire le dressage du cheval et le tenir à laisse courte pendant plusieurs heures. Comme Salay en avait peur, il vaquait ailleurs toute la journée.

Je pris à ce dressage un plaisir violent. Non seulement parce que l'animal, suant, soufflant, se rendit bientôt à ma volonté par la raison, eût-on dit, plus que par la force, mais aussi parce que son vendeur avait un neveu de très haute taille, dont la longue chevelure blonde encadrait une figure enfantine. Il s'appelait Giangaleazzo, tout comme le neveu du *Moro*, et comme lui, il était fort enclin à toutes les gaucheries de la terre. Pendant que Salay cherchait le lieu d'où nous ferions voler une chèvre, je visitais les charmes de cet écuyer en qui se trouvaient toutes les vertus contraires que j'aimais : une vigueur corporelle extrême, un fessier rompu à toutes les carrières, et l'étroite figure d'un ange entourée de cheveux blonds et bouclés. Nous vécûmes ainsi quelques jours. Mes cauchemars d'escalier cessèrent. Je composai pour le fils de mes hôtes des épigrammes et des fables avec des aigles, des ours et des lions. Je fis d'un lézard un monstre ailé qui jeta l'effroi dans la cour. Je peignis en moins d'une heure la tête d'un diable sur la porte des latrines. Je mangeai de fort bon appétit, je bus le vin des rives de Côme, je ris à table sans retenue et je conçus mille projets en rêvant à l'ombre des chênes, une plume à la main.

La ferme, longue, étroite, était placée près de la rivière Adda, dont les eaux fraîches servaient à ma toilette à peine le jour levé. Salay se réveillait matin pour m'observer au bain. Je dus le chasser plusieurs fois. Je lui cachais ma nudité, dont j'étais aussi fort jaloux à la Corte Vecchia. Mais il avait entendu mes apprentis en plaisanter sur le ton d'immodestie qui est propre à la jeunesse, et sa curiosité me devenait importune.

À cause d'une légende malheureuse, je fus poursuivi toute ma vie de propositions impudiques. La longueur de mon membre était notoire. Au couvent de San Donato je dus échapper à l'insistance de certain abbé, et prendre la fuite vers Milan sans finir la Vierge et les Rois mages que j'avais commencés. J'ai conçu plusieurs fois des sentiments sincères pour des hommes à qui ma belle figure et mon sautoir inspirèrent une inclination immédiate. Mais j'eus trop peu d'efforts à déployer pour leur plaire. Leur admiration se dirigeait aussitôt vers mes avantages les plus apparents. Dès que je voulais les séduire par d'autres vertus, j'échouais à éveiller en eux des sentiments plus nobles. Mes chants et mes poèmes les faisaient rire. Ils ne songeaient qu'à jouir de tout et de tous et ne goûtaient point la grâce d'aimer selon la philosophie. Hélas ! si l'objet aimé est vil, l'amant s'avilit.

Mon premier exil de Florence n'eut pas d'autre cause. Mon père me fit attribuer une tâche à l'écart de la ville parce qu'il était encore inquiet de mes frasques. Après mon indignité publique, je m'étais épris d'un jeune homme de noble origine, qui ne voulait négliger aucun des plaisirs auxquels sa beauté lui permettait de prétendre et qui rendait, à la mienne, les plus fervents hommages. Mais une seule pratique ne lui suffisait pas. Quand je m'en plaignis, il me renvoya.

Cette mésaventure se reproduisit plusieurs fois. Le dépit que j'en eus fit que je me résolus à flatter cet aspect de moi-même qui plaisait aux autres. Je me complus davantage à embellir ma figure. Je laissai pousser mes cheveux qui mêlaient le blond et le roux, et qui ondoyaient sur mes épaules. Je fréquentai les bains. Je recherchai chez autrui mes propres dimensions et caractères. Cette inclination qui me porte à rechercher, chez un jeune homme, la douceur qu'ont les femmes sur la figure, à la naissance du col et des épaules, mais alliée dans leurs parties inférieures à la plus sombre, à la plus lourde virilité, est fort semblable à celle que j'inspire.

Cependant, pour mon malheur ou mon salut, je n'ai jamais pu consentir aux tournois amoureux qui se donnaient à Florence sous le couvert de divers masques et déguisements. Ma vertu n'est pas celle de l'hermine qui préfère se livrer aux chasseurs plutôt que de souiller son pelage, et ce n'est point à la force de mon caractère que je dois de m'être gardé des excès où furent entraînés nombre de mes amis. Ce qui m'aura retenu est plutôt la crainte d'être reconnu : mon teint, la couleur, la longueur de mes cheveux et la grandeur de ma virilité m'eussent désigné tout de suite comme Lionardo da Vinci. À Venise, où la couleur de mes cheveux est répandue et où je ne risquais point d'être démasqué, j'y succombai. Puisque je me peins sans pudeur, et puisque ce récit n'est point fait pour être écrit, je dirai où et comment.

Pour l'heure nous étions loin de Venise. Dans le silence du matin traversé de chants d'oiseaux, Salay me regardait au bain comme je l'avais fait à son âge, au temps où mon oncle se lavait devant moi. Mon oncle Francesco d'Antonio di Ser Piero avait à peine vingt-cinq ans, étant le cadet de mon père, et il était fort grand, de partout à la fois. Ses mains et ses pieds eussent servi de modèle à ceux des titans de la Seigneurie. Ses épaules eussent porté le monde, son membre lui tombait au milieu de la cuisse, et plus tard c'est à lui que je songeai en lisant les péripéties du géant Morgante. En devinant l'admiration de Salay caché dans les buissons derrière moi, je me souvins de celle que m'inspirait mon oncle, chez qui l'organe de la génération était aussi généreux et inutile que le mien. J'en fus tout attendri. Mais où mon caractère d'enfant était loyal, rieur, et toujours au bord d'avouer à mon oncle l'émoi où me plongeait sa vigueur, Salay restait secret, sournois. Il ne voulut jamais se dévoiler. Il me vola plusieurs fois le spectacle de ma nudité comme naguère il dérobait les rubans et les pièces d'argent, en silence, dans le recueillement du vice. Si parfois je risquai une allusion à sa curiosité charnelle, jamais il ne s'en saisit pour en plaisanter avec moi.

Le dressage du nouveau cheval l'avait écarté de moi. Le vol de la chèvre en fit autant.

Un matin, le ciel clément annonça la journée que nous attendions. Salay m'ayant finalement décrit un endroit qui convenait à l'envol du *farfalla*, nous nous mîmes en route accompagnés d'une joyeuse troupe formée de frères jumeaux fort laids, d'un pêcheur de Lecco qui devait repêcher le *farfalla* sur le lac et recueillir la chèvre dans sa barque, de son frère, du neveu du vendeur, et de plusieurs curieux dont je ne craignis pas l'indiscrétion, car ces pauvres gens étaient illettrés et fort incapables de divulguer mon invention. Tandis que nous cheminions, pour les amuser je leur dis une fable. Je l'ai écrite quelque part. Francesco la retrouvera. Elle racontait qu'un jour un aigle, avisant une chèvre dans la cour d'une ferme, s'en saisit et l'emporta dans les airs. L'ayant déposée tout effrayée et attentive sur quelque rocher, il lui représenta la supériorité de ses semblables sur la gent caprine, supériorité qui tenait aux mille prodiges dont les aigles étaient capables. Sa mésaventure ne l'illustrait-elle point puisqu'elle servirait bientôt de pâture à sa nichée ? Mais la chèvre répondit :

« De quelle supériorité me parles-tu ? Tu ne connais pas le plaisir de gambader entre les rochers, ni celui de nager dans les eaux de la rivière.

– Et vous autres les chèvres, dit l'aigle courroucé, connaissez-vous celui de voler par-dessus les montagnes ?

– Si fait, lui dit la chèvre : il nous suffit d'attendre qu'un aigle nous emporte ! »

Et ayant dit, elle trouva le moyen de lui échapper en se glissant dans une grotte d'où elle sortit, plus tard, pour retrouver les siens.

« La morale de tout cela, dis-je à mes suiveurs, est que le maître est parfois l'esclave de son serviteur. »

À quoi Salay répondit, avec une effronterie que personne d'autre que moi n'entendit :

« Il y a une autre morale.

– Ah ? lui dis-je, et laquelle ?

– Que le serviteur connaît toujours le moyen d'abuser son maître. »

Quand nous fûmes sur les lieux, le spectacle le plus radieux s'offrit à nos yeux. Les eaux du lac scintillaient dans la lumière de l'après-midi. Une brise tiède et légère remontait les pentes.

Nous plaçâmes le *farfalla* dans l'herbe, à deux cents brasses du rivage, puis je préparai les liens de chanvre qui devaient maintenir ses ailes réunies.

La chèvre que nous avions amenée était jeune encore. J'avais calculé son poids d'après celui de la charge emportée par notre premier aigle jusqu'aux nuages. Ses jambes passèrent dans les trous du panier. Son dos fut attaché par deux sangles fines.

Il fut dit que le vent donnerait au *farfalla* le principal de la vélocité nécessaire pour voler. Salay soutiendrait l'arrière de la construction par la jointure de la queue. Pour ma part, étant plus grand que mon élève d'une demi-brasse, je tiendrais le nez du papillon dans la pente, et le vent l'emporterait.

Ainsi fut fait. Le *farfalla* prit son envol. Avec douceur, il s'éloigna, comme porté par une invisible table, sur une longueur de trente brasses environ. La chèvre s'agita fort dans son berceau, mais ce qui arriva ne fut point causé par ses mouvements.

Salay avait eu raison de me dire que la tension de l'appareil était trop forte. Le vent manquait de constance. Une aile fut soulevée brusquement. Nous vîmes soudain la chèvre le dos presque à l'envers, et tous ceux qui étaient avec nous poussèrent un cri d'effroi. Mais le *farfalla* reprit son vol vers le lac. Il s'éloigna encore d'une cinquantaine de brasses et nous le vîmes au-dessus de l'eau. Alors, il bondit de nouveau sur l'air, ses ailes penchèrent à droite puis à gauche, mais au lieu de continuer vers les hauteurs comme font les papillons *piridione* qui franchissent le sommet des haies, le nôtre glissa sur le côté avec une extraordinaire vélocité. On eût dit l'une de ces hirondelles qui s'abattent, le soir, sur les eaux calmes où elles déposent un anneau d'argent.

Au point le plus rapide de sa course, le *farfalla* se retourna d'un trait, à l'exemple de ces oiseaux qui exposent leur dos à la force du vent. Dans ce mouvement, la chèvre, extraite de son panier, ne tint plus à son vaisseau que par la sangle attachée à son cou. Ses jambes crevèrent la peau tendue entre les armatures. L'aile percée se rompit. Elle se mit à battre, à grand bruit, dans les reflets du soleil. La lumière des eaux en se jouant dans la voilure en dessina les armatures entières.

Nous crûmes que le *farfalla* allait se poser sur le lac au lieu exact que nous avions prévu. Mais notre point de vue était trompeur. La construction, dont les deux moitiés ne tenaient plus ensemble que par les liens de chanvre auxquels la chèvre était garrottée, s'abattit droit devant nous comme si elle avait traversé la flamme d'un chandelier. Elle se fracassa dans une cascade de rochers.

La chèvre en mourut et le vaisseau fut détruit. Il n'en resta que le panier. Quand on le remonta, le silence derrière nous était plein de murmures, et Salay n'attendit pas que nous fussions seuls pour me faire des reproches. J'ai lieu de m'en souvenir, car il puisa souvent dans cet épisode l'illustration des défauts de mon caractère. Je n'avais pu me garder, dit-il, d'altérer le dessin de Jupiter pour en faire ce ridicule *farfalla* aux ailes si raides qu'elles ne toléraient plus les caprices du vent. Ma propension tyrannique à tout soumettre au calcul, à la raison, à la symétrie, m'avait éloigné du résultat que je voulais obtenir.

Pendant notre retour à Lecco, il prit en pitié le sort de la chèvre. La fable innocente que j'avais inventée se transforma dans sa bouche en épigramme. Il me dit que la chèvre et Ganymède étaient en tous points semblables. Jupiter l'avait tuée. Il ne suffirait pas de donner quelque argent au pêcheur et la chèvre à cuire aux villageois pour effacer la honte de mon échec.

En outre il eut grand-peur de mon nouveau cheval. Il ne voulut pas qu'il fût lié à sa mule, sous le prétexte que j'avais délivré un âne des cruautés de son propriétaire. Pour finir, il me menaça de rester à Lecco. De toutes ces choses ensemble, je conçus une fureur silencieuse et secrète, car je fus obligé de chevaucher Olona de front avec l'autre cheval, qui marchait plutôt à l'équerre et retarda notre retour à Milan d'une journée.

Le temps, de surcroît, se mit à l'orage. Nos vêtements furent mouillés, mes carnets aussi, et la couleur rousse de l'horizon me parut annoncer des événements funestes, qui ne tardèrent point.

À mon passage chez un forgeron voisin du château, quelqu'un m'avisa que ma mère se mourait. Ce messager était un apprenti de fraîche date, l'un des miens les plus proches de surcroît. (Voilà qu'à présent je ne sais plus son nom.)

Il ne parla pas de ma mère. En vérité il ignorait qu'elle l'était. Ou, s'il ne l'ignorait pas, il savait que je n'en voulais rien dire. Salay se chargeait de révéler notre parenté à ceux qui entraient dans la fabrique. Mais il prétendait que j'en avais honte. En quoi, comme toujours, il se sera trompé. Je n'avais pas honte de ma mère. Je voulais lui épargner la honte d'elle-même, à quoi elle était fort sujette.

Le mal qui l'emporta fut moins pour elle une source de souffrance que d'embarras. Les linges dont Salay frottait son front pour l'apaiser lui servaient à étouffer ses gémissements. Parfois elle lui arrachait le tissu pour l'appliquer sur sa bouche. J'éprouvais la même pudeur interdite que si elle eût mis un septième enfant au monde. Elle enfantait à l'envers. Sa fin m'attirait vers le gouffre où tout commence et s'achève.

Le dernier jour je rôdai devant son alcôve, les mains croisées sous mon col. Ma femme de peine lui prodiguait des soins sur la prescription d'un médecin venu la veille et qui ne vint plus.

Salay versait des larmes d'enfant. Sa bouche charmante se tordait quand son regard rencontrait le mien. Je crois qu'il eût aimé reposer sa tête sur mon épaule, mais je n'osai point le lui permettre. La cour derrière nous était plus bruyante qu'à l'habitude. Les cris d'un nouveau-né couvraient le pas des chevaux. L'orage grondait dans les brumes de Côme.

« Pourquoi ne dites-vous rien à votre mère ? me demanda Salay.

– Parce que, répondis-je, je ne dirais rien qui puisse la soulager. Et parce qu'il ne faut pas ouvrir de nouvelles portes de sa maison quand un hôte s'apprête à la quitter. »

Il me jeta un regard d'apôtre. Il se souvint du temps où sa propre mère était morte à Pavie. Insouciant et rieur, il courait les rives du fleuve pendant qu'elle trépassait. S'il avait su que la mienne était malade, jamais il ne m'eût suivi à Lecco. Il m'assura qu'il fût resté avec elle.

Sur quoi, il me demanda pardon pour toutes les méchantes paroles qu'il avait proférées contre moi en chemin, et promit de s'amender pour m'être agréable. Il voyait que j'étais accablé, bien que je fusse incapable de verser des larmes.

Et il avait raison, j'étais accablé de pensées que je retrouve à présent dans tout leur détail et qui se rapportaient pour la plupart à cette passante que je vis tout au long de ma vie au bord des rivières. À seize ans déjà, quand j'étais via dell'Agnolo chez mon maître et quand nous allions, à trois ou quatre, rôder le long du banc de l'Arno, du côté de la Costa San Giorgio, une femme passait, la figure tournée vers moi, à quelque distance, sur la rive opposée. Je ne pus jamais voir exactement ses traits, mais c'était toujours la même. Elle me regarda ainsi pendant des années, quelle que fût la foule autour de nous. Elle sembla toujours me laisser orphelin en partant.

Quand je fus à Milan, je fus longtemps occupé de canaux et me rendais souvent sur l'Adda. À Rome, à Piombino, à Urbino et à Cesena, je longeai fréquemment les eaux aussi. Et en France sous les murailles d'Amboise. Et devant les bassins de la Sauldre. Et chaque fois une passante, qui semblait entretenir avec ses semblables, par-delà les années et les mondes, un commerce mystérieux, tendait sa figure vers moi en allant sur la rive opposée.

Le chagrin de Salay me rappela celui que j'avais à son âge et je ressentis de nouveau ma plus terrible infortune de jeunesse, celle d'avoir été supplanté dans l'amour de ma mère par la figure, la famille et les enfants de son brutal époux. Si j'aime les madones, c'est qu'elles n'ont point d'autre enfant que le Christ.

Ma mère mourut à son heure. Elle s'en alla sans prononcer une parole, la figure tendue vers moi comme la passante inconnue sur la rive et dans un grand dénuement de l'esprit.

Je formai le vœu de ne jamais consentir à ce dénuement-là. J'entends m'y tenir. Si je dois mourir devant vous, que ce soit sans renoncer à me dépeindre tel que je fus.

Je rends grâce à ma mère d'avoir scellé le lien qui m'unit à Salay. L'orgueil de ce garçon m'a souvent révulsé. Mais l'humble chagrin qui le saisit quand nous suivîmes la procession me fut, au contraire, un soulagement.

Il y eut quelques vieux et quelques enfants derrière la croix d'argent qui dansa sur le chemin du cimetière, et tout fut fini.

J'écrivis à mon père pour lui raconter cette affreuse journée avec une froide exactitude. J'espérais qu'il saurait y discerner les reproches que je n'osais lui faire et, pour un peu, je lui eusse décrit l'infortune de Salay, afin d'illustrer celle qui m'avait causé tant de souffrances à son âge.

En rédigeant cette lettre, je me revis encore enfant sur la couche étroite que j'occupais chez l'orfèvre Verrocchio. Il faisait grand froid. Tout le monde toussait. La fabrique sentait la forge, le minestrone, la poussière et les latrines. Il n'y avait point de verre aux fenêtres. La nuit, Florence résonnait de cavalcades et de cris dans les ruelles. Le séjour des vignes d'Anchiano ne m'y avait point accoutumé. À Milan la Corte Vecchia était bruyante aussi, mais surtout le matin. Ma fabrique était plus vaste et plus chaude que celle de maître Andrea.

La toux des hôtes de la maison ne traversait qu'à peine les murs clos.

Après la fin pénible de ma mère, Salay fut si triste qu'en souvenir de ces jeunes années je lui offris de dormir au pied de mon lit afin de remplacer, par ma présence, la chaleur et l'attention qu'il croyait avoir perdues. Or, il montra envers moi un souci réciproque. Il crut que je l'appelais pour soulager mes propres souffrances.

Mes cauchemars d'escaliers m'avaient repris, mais j'étais surtout tenu éveillé par la perte des derniers espoirs de finir mon cheval sforzesque. À la certitude de ne jamais trouver assez de métal pour couler cette statue s'ajoutait la crainte de manquer d'argent. Je ressassais la folie d'avoir acheté un deuxième cheval rapide. À cause d'un apprenti espagnol de ma fabrique, je l'avais baptisé *Alado*, l'ailé. Olona, le premier de mes coursiers, me satisfaisait, mais l'autre obéissait à ma voix seule, et ce prodige me valait l'admiration de tous. Je lui disais « dors » et il se couchait dans l'herbe. Je lui faisais décrire autour de moi un cercle au galop sans licou. Hélas, ma bourse s'épuisait. On m'en offrait un bon prix. Je méditai de m'en défaire.

Ce fut, de surcroît, un temps où les pluies venues du Tessin furent si fortes que le *padiglione* de ma statue ne suffit plus à la protéger. La nuit je me figurais que le cheval fondait sous mes yeux, et qu'il se transformait en une montagne de boue ruisselante et fétide. J'allumais des brasiers autour de lui, mais il s'effondrait inexorablement. Les gouttières et les canaux crachaient une eau grise tandis que nous tâchions, moi et les miens, de recoudre le tissu qui enveloppait les planches. Toutes les nuits la rumeur des eaux courant les toitures et les pavés du château me tenait éveillé. Elle me rappelait au sort de ma statue, dont dépendait le mien. Malgré moi je formais des plans de barrages qui détourneraient et diviseraient ces eaux dangereuses en ruisseaux séparés. La succession des cascades obligeait à supputer le débit d'une multitude de vannes et de canaux ensemble. Je me dressais sur ma couche le cœur serré, effrayé par mon impuissance à tout gouverner à la fois. Parfois j'enchaînais des cascades de roues dentées devant une assemblée de princes. Je le fis souvent dans la réalité. Je produisis par jeu devant le roi de France et devant Cesare Borgia des mécaniques dont le mouvement était divisé en tant de mouvements intermédiaires qu'aucun esprit, disait-on, ne pouvait en deviner le résultat. Et pourtant, le mien y parvenait toujours. Mais dans mes rêves, ces successions de roues m'égaraient. Je me voyais incapable de prédire le sens du dernier mouvement. J'étais accablé de honte devant mon auditoire.

Au terme d'une nuit où j'avais eu l'esprit échauffé par ces imaginations, je m'aperçus que ma couche n'était point en train de danser sur les eaux d'un torrent furieux, mais sous le poids de quelqu'un qui se glissait près de moi : c'était Salay. M'ayant pris en pitié depuis qu'on avait mis en terre le cercueil de ma mère, témoin de mes insomnies et de mes craintes, animé d'une charité soudaine envers son maître orphelin, il se coucha contre moi sans une parole et sans presque un soupir. De mon côté j'affectai de n'avoir point quitté le sommeil, mais pour un dormeur je montrai bien de la vigueur et de l'esprit. Je courus ma carrière en lui, sans presque en avoir garde. Après quoi je dormis un temps. Il m'éveilla en quittant ma couche et retrouva la sienne. À mon tour, je me levai sans bruit.

Tandis que j'étais debout, hésitant et frileux dans le premier jour, attentif au concert des coqs dans les jardins de la Porte, au moment où je passais la chasuble droite dont je me couvrais au réveil, Salay tendit le bras et frotta sa main contre ma jambe. Mais je m'écartai pour songer à mes travaux de la journée sans lui parler. Il en eut grande colère.

Le lendemain, il se glissa encore près de moi, me prodigua ses caresses et reçut les miennes en silence. Ainsi fit-il, de nombreuses autres nuits, jusqu'à ce qu'il s'avisât de s'en vanter devant les autres. Alors je cessai de lui accorder ma faveur sans lui donner de raison. Il exigea aussitôt la faveur et la raison. Mais ce fut en vain. Pendant cinq jours, je me tins à une abstinence que j'appelai modération et j'écrivis, sur cette vertu cardinale, une ou deux épigrammes que Salay ne voulut point entendre. Il se boucha les oreilles des deux paumes comme il l'avait fait naguère à ma lecture du *Morgante*. Il me menaça de s'en aller plaire à quelqu'un de la maison Sforza, un certain Tommaso qui, à l'en croire, lui avait fait des propositions.

Ce Tommaso était plus jeune que moi. Bien que son membre fût moins vigoureux que le mien, il promettait à Salay, s'il allait avec lui, un médaillon de cuivre incrusté d'une lumerpa d'or, des chausses de velours noir et un bandeau assorti.

J'offris aussitôt à Salay un collier dont les grains de verre étaient mêlés de disques d'argent, une étole de martre et un haut-de-chausses rayé de gris et de blanc, à fenêtre en écu, du plus charmant aspect. Il en eut grande satisfaction. Puis je lui dis qu'aucun de ces *condottieri*, fût-il le plus riche, ne vaudrait le peintre et l'ingénieur Lionardo qui dessinait leurs jardins et décorait leurs fêtes.

Hélas il se trouva qu'après ces jours l'illustre Lionardo eut moins à compter sur leurs largesses qu'à redouter leur parcimonie. Des fêtes, il n'y en eut guère. Le roi de France, Charles le Huitième, était à nos portes avec tous ses soldats.

Il Moro, le duc de Milan, me fit mander souvent pour m'accabler de ses prêches sur les Français. Il m'accueillait vêtu de trois sortes de bleu sous une fenêtre où il faisait placer son fauteuil garni d'or et d'argent, et devant laquelle son visiteur ébloui ne voyait pas sa figure tandis que le duc avait tout le loisir, pour sa part, d'examiner les traits de ceux qui étaient face à lui.

Il vit mon amertume d'avoir été privé du métal qui devait couler la statue de son père. Mais surtout il vit ma réprobation de ce qu'il eût empoisonné son neveu. La ville résonna longtemps de cette rumeur après le départ des Français et il me soupçonna de l'avoir entendue. Il m'accusa même de l'avoir colportée.

Elle venait de cette cour de Pavie qu'il n'aimait pas. Il n'y avait pas à Pavie, disait-il, un soldat ou un évêque qui n'eût son giton. Les jeunes allaient avec les vieux et les hommes se travestissaient en femmes. Ils s'offraient des instruments de bronze et d'argent propres à satisfaire leurs passions infâmes (je vais dire pourquoi le duc m'accablait sur ce thème et quelle rumeur courait à mon sujet). Enfin, me dit Sforza, cette engeance qui entretenait une « fraternité diabolique » était fort capable d'empoisonner quiconque, pour des rivalités femelles, comme je ne l'ignorais pas.

J'accueillis ce discours avec déplaisir. Je fréquentais l'université de Pavie, c'est pourquoi il affectait de me croire au fait des bardacheries de son neveu. Si les circonstances de son empoisonnement m'étaient connues, je les tenais, pensait-il, de la « fraternité diabolique ».

Quand j'y songe à présent, je les avais entendues de Salay, qui les avait lui-même apprises de son Tommaso, lequel passait à Pavie la moitié de son temps.

Pour revenir au *Moro*, cet homme était capable de menacer et de flatter son visiteur dans la même phrase. C'est ce qu'il fit avec moi. Pour apaiser en moi quelque lointain ambassadeur de cette « fraternité » dont il craignait la vengeance, il me promit de remplacer le travail de la statue de son père par « quelque tâche de peinture au château ».

Et il tint sa promesse. C'était un temps où il voulait flatter le roi des Romains d'Allemagne, Maximilien le Premier, afin d'être défendu contre les Français. Pour faire exécuter des fresques à la gloire des armes allemandes, le gouverneur du château Sforza réunit quelques peintres, dont un Espagnol avec qui je m'entendais bien (celui qui avait baptisé Alado mon nouveau cheval et qui, d'ailleurs, me l'acheta).

Voilà comment je me vis bientôt couché des journées entières sous les plafonds des *camerini* du château. Je peignis des enluminures, des vignes, des tresses et des cordons, pressé par des gens de la maison qui entraient dans la salle à toutes les heures et qui nous voulaient voir travailler jour et nuit.

J'étais de surcroît entouré de peintres rieurs et fort paillards, compagnie qui me divertissait d'habitude, mais qui pour l'heure me gênait à cause de Salay. Quand il paraissait à l'entrée des salles avec les serviteurs, portant sur une planche les seaux d'huile et de bleu de Prusse, des persiflages sans gravité l'accueillaient toujours.

Il leur répondait par des obscénités à la mode de Pavie. Une mode qu'il pratiquait fort et qui consistait à ramener tout et rien à des histoires de latrines et de maris à cornes, poussés nuitamment dans leur fosse d'aisance. Un brigand arrachait sa femme à quelque homme de bien avant de lui proposer les services d'une courtisane, laquelle encore, une fois ses habits enlevés, se révélait être un jeune laboureur. Ou bien un époux débile et complaisant invitait un soldat à jouir de sa femme, et pendant que le vigoureux homme s'acharnait sur elle, un seau de fumier tombait d'une planche sur les amants enlacés.

Salay cherchait à m'entraîner, entre deux histoires, dans des plaisanteries qui signifiaient notre intimité. Je démentais comme Pierre reniant le Christ avant le chant du coq. Cette humiliation s'ajouta aux autres.

Je passai dix semaines sur une échelle au milieu de peintres qui n'étaient point mes égaux. Ni par le langage, ni par le pinceau. Je peignis des cordes et du feuillage, au lieu de dresser des palais comme Donnino Bramante, au lieu de mouler ma statue sforzesque, au lieu de construire des machines pour dériver des canaux. On me brocarda chaque jour pour la préférence que m'inspirait Salay, lequel ne daigna point laisser croire que cette rumeur était fausse, mais l'entretint au contraire. Il m'infligea toutes les impertinences. Les serviteurs qui reflétaient par des miroirs la lumière du jour sous les plafonds s'amusaient fort à nous entendre mais je me sentis infortuné, souillé d'être contraint à me livrer à d'humbles besognes sous le regard d'autrui.

Bientôt, je songeai tout haut à revenir à Florence.

Je m'en ouvris à mes compagnons en prétendant que la Seigneurie m'appelait là-bas pour la décoration de la salle du Conseil au Palazzo Vecchio.

Afin que ce mensonge devînt vérité sans attendre, j'écrivis à Florence, où je savais que l'on cherchait quelqu'un pour cette tâche. Mais je savais aussi que nul ne songerait à me la confier. Je proposai toutefois à l'ambassadeur florentin Francesco Pandolfini de m'y rendre, afin d'y rencontrer le moine Savonarole, celui qui avait donné à ses partisans le loisir de régenter la ville. J'attendis.

Je n'eus pas longtemps à attendre. *Il Moro* me convoqua devant la fenêtre de la salle des Dieux pour me dire :

« Ne va pas à Florence, j'ai pour toi d'autres projets dont tu seras content. »

Il ajouta que celui que j'appelais Salay, ce Giangiacomo à la figure de femme, compromettait ma réputation en cherchant à séduire et à comploter dans mon dos jusqu'à Pavie. On disait aussi qu'il me coûtait fort cher. Or, d'après le nombre de mes requêtes d'argent, je manquais de quoi subvenir à l'entretien d'un jeune homme aussi capricieux. Je serais bien avisé d'en choisir un autre.

« Votre Excellence, lui répondis-je, en plus de Salay dont vous me parlez, j'ai d'autres bouches à nourrir et, pour ce que je sais, mes dépenses n'ont pas changé depuis plusieurs mois. J'aimerais qu'on pût en dire autant de votre prodigalité. Il est donc possible que j'accepte d'aller œuvrer à Florence afin de rétablir ma fortune. En outre, lui dis-je encore, mon inclination pour le jeune Giangiacomo, dit Salay, me regarde seul et si j'admets ma faiblesse envers lui, je n'entends pas y remédier. »

Ludovic accueillit ce trait de fermeté avec une ironie qui me fit rougir aussitôt. Puis, oubliant ce sujet, il m'exposa la vision d'une peinture qu'il voulait voir figurer chez les dominicains de Santa Maria delle Grazie, où il voulait mettre son tombeau et celui de son épouse.

Pendant qu'il parlait, je me figurai le parti que j'allais tirer des cires et des vernis que j'avais préparés pour les ailes du *farfalla* et les couleurs du plafond des *camerini*. Mon vœu le plus cher et le plus urgent était de trouver une façon de peindre qui pût me garder de l'humiliation à laquelle m'exposait la fresque.

La peinture à fresque oblige à trouver le trait et la couleur au premier mouvement. Je ne le pouvais pas. Les prouesses des autres peintres m'étaient interdites. Le travail qui s'appliquait à l'enduit frais représentait pour moi une source de peines et d'inquiétudes infinies. Je m'y dérobais faute de pouvoir m'y livrer comme le célèbre Masaccio, dont la main n'hésitait point, ou comme Giotto, qui finissait en une semaine.

J'en étais fort incapable, car je ne savais rien faire au premier geste. La nuit je concevais en rêve avec précision ce que j'avais à exécuter. Les inventions et procédés les plus ingénieux me venaient à l'esprit dans une illumination. Les beautés les plus rares naissaient sous mon pinceau adroit. Mais au matin il me fallait reprendre les contours et proportions, corriger les couleurs, recouvrir et recommencer mon œuvre. J'étais donc très infortuné puisque la faveur des princes allait à ceux qui les étonnaient tout de suite par la rapidité de leur exécution. Même il Montorfano, ce peintre auquel on confia, chez les dominicains, le mur voisin de celui qui m'était promis, montrait un talent plus spontané que le mien. Il fit son mur de la Passion en moins d'une année, sans apprêt ni calcul, tandis que pour ma part je mis, dans *l'Ultima cena*, beaucoup de l'un et de l'autre.

Il me fallut d'abord inventer un procédé qui permît à mon œuvre de ne point sécher avant que j'en fusse satisfait. Or, la satisfaction chez moi était fort tardive. Il fallait toujours que mon travail fût entrecoupé de périodes où je le délaissais entièrement. Quand j'y revenais, je corrigeais avec sûreté les défauts qui la veille ne m'étaient point apparus.

Salay comprit cela très vite. Il le comprit dès le voyage que nous fîmes à Florence, où, pour mon malheur, il s'entretint avec quelques-uns de mes amis, dont Lorenzo di Credi, qui m'estimait grandement, en son jeune âge.

Je n'ai pas dit la première et presque la seule raison de mon intention de retourner à Florence. Elle n'était pas de proposer ma partie dans la décoration de la salle du Conseil, mais de montrer à Salay que je jouissais d'une grande renommée au Palazzo Vecchio.

Ce garçon ne cessait de me dire que le séjour de Milan le lassait. Seules Florence et Rome lui semblaient convenir à la renommée d'un peintre. Le succès de Botticelli lui paraissait l'attester. À quoi je répondis que Botticelli comptait parmi ceux qui admiraient mon art et qu'à Florence ma renommée surpassait la sienne.

« Si c'est vrai, me dit Salay, pourquoi n'y es-tu pas resté ? »

Je lui cachai une part de la vérité. Je l'expose à présent, sans détours : la réputation de mon caractère hésitant et calculateur étant parvenue aux oreilles de Sa Sainteté, on m'avait écarté des travaux de Rome au bénéfice de Sandro parce qu'il travaillait sans autre souci que de plaire. Il traçait une peinture à main levée en quelques jours, quand je m'efforçais deux mois sans en faire la moitié.

Il y eut à mon premier exil de Florence et au déchirement de ma jeunesse une autre raison. J'avais trente ans et je nourrissais un sentiment pour un jeune homme qui voulait me voir partager les faveurs qu'il m'accordait. Comme je ne pouvais m'y résoudre, j'avais préféré m'écarter de lui. Le dépit que j'en eus m'eût presque fait mourir.

Cette année-là j'avais donc décidé d'accepter toute commande qui se serait présentée, pour peu qu'elle m'obligeât à vivre hors de la ville. Or, la première qui réunit les deux conditions était celle que mon père me proposait depuis de longs mois : c'était une adoration des Mages au couvent de San Donato.

Mon père s'était entendu avec le prieur pour m'écarter des vices qui m'avaient valu le tambour à Florence. Il avait si bien fait que l'attention des frères de San Donato fut attirée vers moi pour cette raison. Je dus résister aux entreprises du premier d'entre eux, le prieur lui-même, qui s'était fort entiché de ma figure et de mes proportions.

Comment savait-il mes proportions ? Je le dirai bientôt, mais je reviens premièrement à Salay, qui voulait, lui aussi, aller à Florence pour une raison secrète : il voulait éprouver son attrait sur les patriciens de la ville. Son impatience me fit peine.

À Parme, où la mort de sa mule nous arrêta deux jours et où j'eus de surcroît une douleur de dents affreuse, il m'interrogea sur la vie prodigieuse que l'on menait naguère à l'ombre des Medici.

« Voilà, lui dis-je, une époque entièrement révolue. »

D'après les récits que j'en avais, les temps étaient aux *pleurnichards*. Ainsi appelait-on ceux qui approuvaient le moine Savonarole et ses parangons de sainteté.

Cet homme régentait la vie de ses semblables et les invitait à régenter pareillement la vie de leurs parents et voisins. En sorte que ceux qui naguère s'adonnaient aux plus grands vices affectaient à présent les plus grandes vertus. Florence, la cité des fêtes et des plaisirs, paraissait livrée à la méchanceté et à la contrition.

Je trouvai pourtant à ce voyage de délicieux avantages. J'ai dit qu'en ce temps-là mon sentiment pour Salay fut porté à son extrémité. Mais je n'ai pas dit pourquoi. Je l'avais emmené pour lui montrer que j'étais fort en estime dans la ville de ma jeunesse. Or, partout où nous allâmes, ce fut lui qui raconta que j'étais, à Milan, le plus vénéré des peintres et des architectes placés au service d'*il Moro*. Pourtant, il venait de m'entendre évoquer avec amertume et en privé le traitement que je subissais chez les Sforza. Il fallait donc qu'il m'aimât assez pour vouloir soulager mon orgueil.

À cette pensée, je ressentis pour lui une gratitude des plus vives, qui me tira des pleurs au creux de la nuit. Tandis qu'il dormait près de moi, je me ressouvins de ses propres larmes sur le cercueil de ma mère, de ses rires joyeux quand l'aigle Jupiter était monté jusqu'aux nuages et soudain j'aimai tout en lui : son goût pour les colliers d'argent, la finesse de ses pieds et de ses mains, sa paresse au matin, qui laissait libre cours à mes entreprises indiscrètes, ses accès d'insouciance qui répondaient aux instants de tristesse que mon âme traversait sans raison.

Ses défauts eux-mêmes ne me rebutaient plus. Il était semblable à ce que j'avais été à son âge. J'avais pitié de sa sensualité juvénile, de son manque de goût pour l'étude et de toutes les circonstances où il se laissait gagner par le stupre, le mensonge, la vanité, auxquels je croyais, moi-même, avoir échappé à jamais. La suite attesta le contraire.

Le jour que je me rendis enfin au Palazzo Vecchio (au milieu de plusieurs autres), je trouvai Savonarole déçu de ne point voir avec moi ce jeune serviteur dont on lui avait parlé. Puis, il fut aussi visiblement fâché contre moi de ce que la piété de mes œuvres fût insuffisante. D'ailleurs mes saints apôtres ne portaient point d'auréole. Mon cheval sforzesque de Milan, œuvre colossale, était digne de grands éloges aux dires des voyageurs, mais pour un bénéfice profane, qui me serait compté pour rien au jour du Jugement.

« Au jour du Jugement, lui dis-je de ma voix la plus douce, l'arithmétique de Dieu nous surprendra tous. »

À ces mots, Girolamo Savonarole tourna vers moi son profil d'alouette et je vis qu'il me craignait.

Je le connaissais depuis longtemps, depuis le temps même où je n'avais point encore quitté la fabrique de Verrocchio. Il allait prêchant à Sant'Ambrogio contre la nudité des modèles et les vices de la corporation des peintres. Il se plaignait de la mode des pourpoints fendus. Il y eut un temps, à Florence, où les charmes les plus secrets de la jeunesse se dévoilaient au moindre souffle, car on portait des simulacres de vêtements qui n'étaient cousus que de bandeaux et de lanières. Puis on augmenta la taille des manches, lesquelles devinrent tellement grandes qu'une seule de ces manches eût contenu la veste tout entière. Puis encore on éleva le col si haut que la tête disparut. Les chausses devinrent si fines et les pieds si serrés que les orteils se chevauchèrent. Tous ces ridicules révulsaient le méchant moine.

Sandro Botticelli et surtout le Buonarroti ont été ses dupes. Ils étaient, tout premièrement, dupes d'eux-mêmes. Michelangelo Buonarroti s'est d'abord livré au vice avec un appétit et une vigueur sans réserve. Après quoi, il s'est amendé sans mesure. Ainsi le vilain moine Savonarole eut-il une influence extrême sur nombre d'excellents esprits comme le sien. Il exigeait d'eux une conversion, ce qui veut dire en somme une opinion, au lieu d'un jugement.

C'est la faiblesse des Républiques. Savonarole fut habile à exciter ceux qui ont l'âme factieuse et qui aiment les clientèles. Mais il craignait ceux qui s'écartent des passions humaines. En eux, il ne trouvait rien à exciter. Ainsi des peintres et des savants. Quand il ne pouvait mettre en doute ni leur art, ni leur science, il suspectait leur piété. Laquelle devrait être la chose du monde la plus invisible. Mais il exigeait qu'elle fût, au contraire, toujours apparente, afin de la pouvoir mesurer sans cesse, comme il eût mesuré la hauteur d'un rempart dressé contre la tentation.

« Celui qui dresse un rempart contre la tentation craint d'y succomber, lui dis-je, comme les mahométans font avec le vin. Pour s'être laissé gagner par l'ivresse (car les Turcs et les Asiatiques sont fort sujets à perdre l'esprit dans le vin), Mahomet en interdit l'usage. Mais celui qui ne craint pas la tentation sait qu'il lui suffit d'en détourner les yeux.

– Celui-là, me répondit-il, est fort présomptueux. »

À l'expression de crainte qui se peignit sur la figure des gens de sa suite, je jugeai que sa fureur était grande, mais il ne la montra point.

De la part que j'aurais pu prendre à la décoration de la salle du Conseil, il ne dit rien non plus. Quand nous fûmes sur la terrasse nouvellement décorée de la Seigneurie, il m'interrogea plutôt sur Ludovico Sforza. Puis il me parla du roi des Français, qu'il avait en grande estime. Tout en regardant au loin la façade de l'église Santa Croce, je répondis que la Providence rendrait justice à tous ces princes. Dans le gouvernement des hommes, on n'était jamais assuré non plus de la vérité.

Il revint sur le sujet de mon art. Je lui répondis que les tableaux les plus saints n'étaient pas couverts d'auréoles. L'ouvrier le plus vertueux n'est pas celui qui dénonce ceux qui ont œuvré le dimanche. Certains peintres pouvaient raffiner leur art à l'abri du jugement des puissants.

« Il se trouve, cependant, que tu ne dédaignes pas la compagnie des puissants, me dit le méchant moine.

– C'est pour jouir d'un plaisir interdit aux seigneurs, lui répondis-je en le désignant de la main comme s'il était l'un deux. Ce plaisir est de contempler un plus grand que moi, à l'exemple des gens du peuple, tandis que les seigneurs ne voient jamais que des inférieurs. Je goûte donc un plaisir qui leur est interdit et j'en suis content. »

Je crus que sa suite allait me faire saisir à l'instant pour me mener à la prison. Mais il me donna congé civilement. Les quatre serviteurs qui l'accompagnaient, tous vêtus d'une robe qui jetait des éclats bleus et gris comme les ailes des corbeaux, me firent reconduire à l'entrée du Palazzo.

La lumière du matin m'accueillit sous le porche. En contemplant cette ville hérissée de tours étroites et qui résonnait du pas de mille chevaux ensemble, je fus inquiet pour Salay que j'avais envoyé m'attendre à l'ancien atelier de Verrocchio.

Un homme barbu m'aborda qui m'avait reconnu. Je le reconnus à mon tour, c'était Marco, l'un des amis de Girolamo Benivieni, lequel fréquentait l'atelier de mon ancien maître via dell'Agnolo et lui portait souvent des livres. Il me parla de mon jeune temps et de ceux qui vivaient avec nous. De quoi j'eus un peu d'impatience, car je pensais si fort à Salay et aux dangers qu'il courait à l'autre bout de la ville que je dus décevoir son amitié. Il s'en alla tristement, ce qui m'attriste à mon tour aujourd'hui. Je crois qu'il voulait regretter avec moi le temps des Medici et qu'il prit mon impatience pour une lâcheté. Sous l'autorité du moine, la ville était livrée aux espions. Je l'ai soupçonné d'en faire partie.

Le méchant Savonarole vivait et recevait le matin parce que c'était l'heure où les hommes attachés à sa perte n'étaient point levés, disait-on. Mais ceux qui s'attachaient à perdre ses ennemis ne se couchaient jamais. Il faisait suivre les personnages qu'il craignait. Il était capable de leur rendre un compte exact de ce qu'ils avaient fait depuis une semaine.

En quittant le Palazzo, je traversai la place de la Seigneurie. Lorsque je m'enfonçai dans les ruelles, j'étais certain qu'on me surveillait. Derrière l'église Santa Croce, j'entrai chez un barbier d'où je ressortis par une voûte, le long d'un jardin, puis je descendis vers l'Arno. Les eaux étaient hautes. Je longeai le fleuve un instant à peine, mais sur le chemin je vis passer une femme qui me dévisageait et j'eus peur.

Au fond d'une cour, un peu plus loin, des hommes parlaient au milieu d'un rassemblement de chevaux. Pour éviter d'être aperçu, je m'engageai dans un passage, puis un autre, et j'attendis jusqu'à ce qu'une pluie brève et violente se mît à tomber. Me faufilant entre des badauds qui se hâtaient, le chef couvert de l'arrière de leur robe et les jambes nues, à la façon des moines, je me glissai jusqu'à l'ancienne *bottega* de mon maître Verrocchio, où je comptais retrouver Salay, mais l'endroit ne ressemblait plus à celui que je lui avais décrit.

Les Cioni, héritiers de Verrocchio, avaient repris les lieux pour y empiler des tonneaux. Lorenzo di Credi, son épigone, possédait à présent une fabrique dans une rue voisine, où il avait réuni ses souvenirs, ses travaux et ses élèves. On me dit que Salay m'y attendait sans doute.

À quelques rues de là, dans une boutique claire et soignée, Lorenzo m'accueillit en souriant. Ses cheveux avaient blanchi comme les miens, mais ils recouvraient ses longues oreilles, ce qui donnait quelque épaisseur à sa tête étroite.

Je m'avise aujourd'hui qu'il ressemblait fort à ceux qu'il représentait par le pinceau. Ils paraissaient tous fort grands en proportion de leur tête.

Il y avait dans la longue pièce, outre un apprenti de vingt ans, une femme âgée qui venait de dire la bonne aventure à Salay et qui se trouvait assise entre des milliers de pots, dans l'odeur de l'huile et de la céruse. Lorenzo confia à Salay que ma manière comme peintre était incomparable et qu'il me devait les recettes les plus fécondes de son art. Or, Salay regardait plutôt les tableaux de Lorenzo avec une ferveur qui me serra le cœur de jalousie. Je vois encore sa chevelure blonde se mêlant aux rouges éclatants des robes de saints et de prophètes. Les bleus de Lorenzo devaient beaucoup aux miens, à l'exemple de ses Vierges, qui souriaient par-dessous, comme j'aimais à les faire. Il mettait dans l'application de ses couleurs un soin parfait et j'en eus quelque envie.

Salay se tourna vers moi comme s'il me demandait pourquoi je ne peignais pas de choses semblables au lieu d'empiler les roues dentées sur des machines de guerre, au lieu de perdre mon temps à construire des fontaines et des ponts, au lieu de courir d'un bout à l'autre de la Lombardie à la recherche de livres qui coûtaient une fortune ; et, soudain, me posant la même question, je résolus de peindre avec opiniâtreté dès mon retour à Milan et de préparer, à mon tour, cent couleurs différentes pour couvrir le mur de la chapelle des Grâces.

J'allais représenter la tristesse du Christ au moment d'annoncer à ses disciples la trahison prochaine de Judas, tristesse que je comprenais fort bien, car j'étais moi-même entouré de calomniateurs et de jaloux. Ce tableau aurait dix brasses de long et j'y mettrais tant d'art, me dis-je, que Salay ne regarderait plus aucun peintre comme il avait regardé Lorenzo ce matin-là.

Lorenzo di Credi avait une préférence pour les œuvres de médiocre grandeur. Sa peinture lui demandait trop d'effort pour qu'il pût faire autrement. Il n'usait que d'huiles de noix très pures et broyait ses couleurs avec minutie pour les appliquer sur la palette, du ton le plus clair au plus foncé. Chaque nuance avait son pinceau, et il avait trente pinceaux.

Quand il nous montra le recoin fermé où était exposé le travail qu'il avait en chantier, un tableau où l'on voyait l'archange Michel, il parut soucieux de le garder de la poussière. Puis, quand j'eus écouté de sa bouche étroite le récit de la mort de notre maître Verrocchio à Venise, je lui dis en soupirant que pour ma part je sortais de la Seigneurie. Sa figure devint pâle. Il parut sur le point de me chasser afin de prévenir toute ironie. Il tenait le moine à tête d'alouette en grande estime, ou bien il vivait dans la terreur d'être confondu pour des fautes passées. Ou bien encore il prit peur lorsque la vieille femme interrogée par Salay annonça que je devais « me garder des eaux qui tournent afin de ne point mourir étouffé ».

Quand j'eus payé cette femme pour la faire taire, Lorenzo la renvoya. Il craignait les devins et les prodiges et me rappela un trait de notre jeunesse que j'avais oublié : en nous transportant pour la première fois ensemble à Pistoia, pour l'installation du retable de la Madone auquel j'avais œuvré avec lui, j'avais annoncé, par plaisanterie, qu'un certain Lionardo nous attendrait, appuyé contre un mur de la cathédrale.

Il me demanda ce jour-là : « Que veux-tu dire ? », et je lui répondis, solennel : « Ce que j'ai dit. »

Nous fûmes donc à Pistoia dans la journée, et en arrivant à la fin de l'après-midi dans la cathédrale, qui était emplie d'une trentaine de prêtres venus d'un séminaire de Pise, je conduisis Lorenzo à la droite du chœur, où je pensais lui causer une surprise.

Ce fut moi le plus surpris des deux.

Au cours de mon enfance montagnarde, j'avais accompagné souvent mon grand-père et mon oncle Francesco dans la plaine de Pistoia. On n'avait point manqué de me montrer, dans la cathédrale, la fresque qui représentait mon saint patron, et c'est pourquoi, me souvenant de mon jeune temps, j'avais annoncé que nous trouverions un Lionardo debout contre le mur : car il y était peint.

Quand nous approchâmes, le *Sanctus Leonardus* de ma prime enfance était éclairé par un reflet du soleil qui rehaussait sa figure, mais le prodige n'était pas là ; il était que sa figure ressemblât à la mienne.

Plus de dix ans avaient passé depuis mon enfance. Nul n'eût pu dire que ma figure rappellerait un jour celle du Leonardus (voilà longtemps qu'elle ne lui ressemble plus). Mais Lorenzo fut si frappé de la conjonction qu'il s'en souvint, effrayé, le jour de la visite que je lui fis longtemps après avec Salay. Il laissa entendre que j'étais coutumier de ces diableries au temps où j'étais *l'inséparable du Perugino* (une précision qui lui parut diabolique entre toutes).

Mon jeune compagnon Salay lui avait inspiré depuis son arrivée une amitié attentive. Mais, à l'instant où il raconta ce prodige, c'est la réserve qui se peignit sur sa figure étroite. Il ne parla presque plus.

J'eus grand soulagement de quitter sa *bottega* le lendemain. Je le fis après une nuit passée dans une puanteur affreuse, car Florence était un cloaque. Les palais grandissaient, les ornements s'accumulaient, mais les canaux ne remplissaient point leur office. En allant à la Seigneurie, j'avais fait le tour du palais Gondi construit par Sangallo, sur la rue même où mon père louait autrefois une maison. Elle avait été détruite. J'y avais habité avec lui, avant de m'installer chez mon maître : ces nouvelles murailles dressées pour les Gondi étaient presque aussi hautes que celles du Bargello qui leur faisaient face, et la colonnade de la cour me paraissait orgueilleuse, mais les canaux qui transportaient les eaux sales n'avaient point été élargis à proportion de tant d'orgueil ; en sorte que, quand le vent venait de l'occident, on sentait la merde jusqu'à Santa Croce.

Je franchis les murs de la ville avec Salay, content de n'y point revenir, et pensant bientôt rentrer à Milan par Bologne. Mais avant cela une tâche affligeante m'attendait dans mes montagnes natales : je dus aller raconter à mes demi-sœurs Maria et Sandra comment notre mère était morte à Milan. Or, elles ne voulurent point entendre mon récit.

Je n'en dirai rien de plus. Ma déception fut grande et mon chagrin profond. J'hésitai pendant trois journées entières dans une auberge de Segno, où je noircis de nombreuses pages de mon carnet pendant que Salay envoyait de légers oiseaux de cire par la fenêtre.

C'est en ce temps-là que Salay changea de regard en ma faveur. Je ne sais toujours pas comment expliquer sa bonté soudaine envers moi. Est-ce d'avoir mesuré en si peu de jours l'admiration que me gardaient les Florentins ? Est-ce d'avoir entendu le bien que pensait de moi Lorenzo di Credi ? Est-ce plutôt d'avoir compris, en visitant après moi mes demi-sœurs autour de Campo Zeppi, que mon origine était aussi humble que la sienne, et que cette famille, où la mort d'une mère avait si peu d'importance, ressemblait à celle qui l'avait vu naître à Pavie ? Il y eut de tout un peu, sans doute.

Il réclama d'aller voir à son tour le *Sanctus Leonardus* de la cathédrale de Pistoia, afin de contempler les traits qu'avait ma figure à son âge. Je le conduisis donc à la cathédrale, où il fut pris d'un accès de ferveur nostalgique devant mon effigie juvénile. Il lui ajouta des cheveux, en appliquant ses mains de part et d'autre de sa vision, et me révéla que Lorenzo lui avait donné l'une des esquisses laissées par Andrea il Verrocchio pour son *David* et qui me représentait, *petto e spalle*, avec mon nez courbe et ma lèvre basse.

« Je veux la voir, lui dis-je.

– Tu la verras, me répondit-il, mais pas tout de suite. »

En sortant nous trouvâmes un homme qui vidait les oiseaux morts en laissant leurs plumes accrochées à leurs ailes et je lui achetai un rapace nocturne, une *albanelle* à dos gris qu'il avait séchée toute roide comme en plein vol, en y glissant une baguette de sureau. Je l'offris à Salay. Je lui racontai certains jours de mon enfance, en désignant au loin le Monte Albano et les hauteurs de Lamporecchio d'où je laissais voler dans le vent une pie, que j'avais nourrie au sortir du nid de miettes d'œuf cuit et de pain.

« Qu'est-elle devenue ? », me demanda Salay.

Je l'avais ramenée au village dans mon vêtement en trompant la vigilance des oiseaux du voisinage. Une fois grande elle n'avait point tardé à voler seule et à visiter les nids alentour. Mais les autres oiseaux, craignant pour leurs couvées, s'étaient ligués pour la chasser.

Je lui dis que, si j'avais la faiblesse de revoir les lieux de ma jeunesse en sa compagnie, je craignais pour lui un sort identique. Mais la tentation fut trop forte. J'eus envie de gravir avec lui les flancs du Monte Albano et de visiter le pays de mes plus jeunes années, car je l'aimais plus qu'un frère. Il me répondit que s'il avait dû choisir un frère, il eût élu le Lionardo que le Verrocchio avait modelé pour son *David*, cet autre moi-même qui n'existait plus et dont il me présenta le dessin comme il l'avait promis. Je fus effrayé de me voir si jeune sur son esquisse. J'y avais les épaules encore frêles et le nez baissé comme la plupart de mes madones.

« Ce Lionardo existe encore, lui dis-je, il n'existe que pour toi. »

Il m'embrassa, et j'eus grande fierté d'être digne à ses yeux de ma propre jeunesse.

Nous fûmes un jour entier à marcher et à discourir de la sorte, de Porciano à l'oliveraie de mon oncle. Je lui racontai en chemin que mes visites d'enfant à Pistoia étaient toutes restées dans ma mémoire. La profusion des fruits et des amandes que l'on cultivait dans la plaine emplissait mes rêves de jardins suspendus, d'irrigations en cascades, de barrages et de lacs tranquilles sillonnés d'envols de hérons et de canards. Mon grand-père apportait aux cultivateurs du vin et de l'huile. Nous remontions chargés de figues et d'oranges dont la peau parfumait nos vêtements. Mais c'étaient les pêches que je préférais. J'avais pour leur couleur, leur toucher, leur goût, une inclination très grande. Nous les mangions sous l'arbre car elles se gâtaient vite. J'en apportais à ma mère en secret.

En gravissant les flancs de la montagne, nous regardions briller les eaux sur les terres basses, qui paraissaient fort lointaines. Dans la plaine les champs étaient piqués de fumées obliques. Les corbeaux traversaient la brume en silence. J'allais en pensée avec eux.

À San Baronto vivait une veuve méchante et pauvre dont le fils grimpait dans les arbres. On l'appelait Alberino. C'était un garçon blond et doux que mon grand-père était seul à pouvoir approcher, disait-on. Je crois qu'il put l'approcher souvent. Il y avait aussi devant l'église de Porciano, dressée comme la proue d'un vaisseau au milieu des nuages, un conteur nommé Ciccio qui avait une corne au milieu du front. Il savait mille choses entendues à Pise. Il avait navigué sur les bateaux venus de Naples. Il avait gravi le Monte Albano et foulé les neiges que l'on voyait de chez nous jusqu'en avril.

Salay m'écoutait raconter tout cela en jouant avec le pelage qui couvrait mon avant-bras. Quand nous nous relevions pour nous remettre à marcher il disait : « Comme tu es grand », et mon cœur bondissait vers lui de muette fierté.

Nous arrivâmes devant chez mon oncle Francesco à l'heure où la campagne vibrait de chaleur.

J'envoyai quelque enfant le prévenir que *celui de la corporation des peintres* désirait l'entretenir et mon oncle se présenta, en personne, avec son messager.

Il était encore vêtu en ramasseur de miel. C'était un homme aussi roux et haut que moi. Ses joues glabres étaient taillées de rides verticales et ses sourcils dressés comme des ailes lui remontaient jusqu'au milieu du front. Sa tête était presque blanche. Il pleura de nous voir. Je l'embrassai. Salay le trouva fort grand lui aussi. Il voulut lui plaire. Il y parvint si bien qu'il m'en rendit jaloux.

Francesco admira mon cheval, mes habits et ma fortune qu'on disait excellente. Il me fit compliment de ma réputation à Milan, dont la nouvelle lui était parvenue par Piero, mon père, et il me demanda si j'étais allé le voir à Florence.

Comme je me récriais en lui contant la mort de ma mère et le peu de compassion qu'il en avait montré, Francesco affecta de prendre Salay à témoin de ce qu'il allait me dire et commença ainsi :

« Ton père est avisé de tout ce que tu fais. Il a pour toi grande estime et affection, mais vous êtes fort semblables en ceci qu'il ne sait pas en témoigner. »

À quoi Salay répondit quelque chose qui voulait dire :

« Messer Francesco, comme vous avez raison. »

De là, notre conversation courut longtemps sur des badineries et mon oncle dit enfin :

« Quoi ! tu ne sais pas montrer ton affection à ce jeune homme pourtant fort visiblement doué de grandes vertus » (par quoi il voulait dire qu'à ma place il ne s'y refuserait pas).

Comme pour exciter davantage ma jalousie, Salay lui présenta son nez d'une certaine façon et le regarda presque lascivement en riant et en se tordant la taille.

À quoi je répondis que les grandes vertus de Salay restaient à démontrer (tout en goûtant fort, je l'avoue, ces privautés gauchères avec l'oncle que je chérissais entre tous).

Francesco nous annonça, en usant de phrases à double sens, que sa vie serait régentée bientôt par les femmes et qu'il scellerait, à près de soixante ans, un mariage tardif, comme son père, avec une femme de Faltognano qu'il connaissait depuis toujours. Il m'invita d'ailleurs à ne point habiter dans sa ferme ce soir-là, si je ne voulais pas être témoin des jacasseries qui avaient envahi sa maison. Que j'aille plutôt, me dit-il, avec mon élève dans la maisonnette de pierre qu'il y avait près du puits et qui était à peine assez large pour tenir deux personnes couchées. « Voilà qui nous suffira, lui dis-je, et s'il le faut nous coucherons l'un sur l'autre. »

J'y passai avec Salay la nuit la plus tendre que nous eûmes jamais, à l'abri de toute visite importune et sous la garde de nos montures. Les terrasses alentour résonnaient de grillons dont le chant couvrit nos gémissements dans la paille. Quand Salay parvint au sommet de la félicité, en tenant mon réservoir d'une main il me dit simplement : « Je n'en veux point d'autre que toi », et il s'endormit aussitôt.

Je demandai, de tout mon esprit, à la grâce divine de me l'attacher davantage et j'en fus exaucé. Au réveil, il me dit qu'il m'aimait grandement et me donna toutes les raisons de le croire puisque je le crois encore.

Vers midi, Salay se baigna dans la source glacée de l'oliveraie. Mon oncle arriva sur sa mule avec du pain, de l'huile, du fromage et une gourde de vin.

La vision de ce jeune homme, semblable jusqu'à la forme des cheveux à la statue de David qui m'avait eu pour modèle chez Verrocchio, causa bientôt à Francesco un contentement très vif. Il but force chianti en regrettant sa jeunesse et nous prescrivit plusieurs fois de profiter de la nôtre. Puis, afin de montrer que son indulgence envers Salay n'était pas feinte, il prit sa main et l'appliqua, à travers ses propres vêtements, sur son membre roidi, geste dont Salay n'eut aucun dégoût.

Voyant mon front assombri par l'ivresse de mon oncle, il haussa les épaules et me signifia que l'offense était bénigne. Francesco fut sur le point de lui en montrer davantage. Je l'interrompis une première fois en affectant d'apprêter mon cheval, puis je dis que nous voulions arriver à Pistoia avant la nuit.

Or, la chemise de Salay n'était pas sèche. Mon oncle Francesco ôta donc son propre vêtement pour en couvrir les épaules de mon élève et les garder de la brûlure du soleil, mais il laissa deviner son membre encore arboré à travers son haut-de-chausses, lequel était fermé d'une braguette bicolore, à lacets minces et fort usés. Il la détacha et son ventre brilla dans la lumière, d'un poil de couleur miel dont ses épaules elles-mêmes étaient couvertes. Toute sa complexion éblouit Salay d'une admiration où je reconnus celle qui me saisissait au même âge quand cet homme se dévêtait devant moi en rentrant de l'oliveraie. Il esquissa le geste de se donner le branle, mais je l'interrompis en me levant, et Salay lui signifia que ma patience ne pourrait le tolérer, en quoi il eut raison, bien qu'il parût le regretter.

Quand nous quittâmes Francesco, une heure plus tard, je mis sa conduite au compte de son ivresse. Salay me dit, en se retournant sur la crête où nos montures avançaient d'un pas prudent, que ma jalousie avait sans doute humilié mon oncle. « On voit que tu ne le connais pas », lui dis-je, et je tâchai de le convaincre qu'il n'eût pas arrêté là ses entreprises. Il me demanda, avec front, si je les avais subies à son âge, et je lui répondis que mon oncle n'avait jamais eu besoin de sa propre famille pour ce genre de besogne – de quoi il parut douter.

La nuit suivante, le retable de la Madone de Pistoia me tint éveillé et, le lendemain, je l'allai voir encore. Je fus ébloui par l'effet des carreaux de marbre qu'il y avait aux pieds de la Vierge. On y voyait aussi un tapis de Perse rouge qui était fort dans la manière de mon ancien maître. Mais le soin que l'on avait pris d'ajouter ce carrelage me parut si bienvenu après tant d'années que je me promis de le reproduire chez les dominicains de Milan au moment de peindre le Christ et les apôtres. Or, le mur que l'on voulait me voir orner se trouvait en hauteur. User du même point de vue étant impossible, je résolus de quadriller plutôt le plafond. Le résultat qui se voit aujourd'hui chez les dominicains me valut une réputation si grande que le roi de France voulut plus tard emporter l'ensemble.

Pour l'heure, nous fîmes route vers Bologne comme je l'avais prévu. Salay nous retarda en voulant sans cesse donner l'envol à son albanelle. Il avait placé dans le corps creux de cet oiseau une pierre blanche d'un poids qu'on eût dit calculé exactement pour lui permettre de voler. Or, il n'avait rien calculé du tout. Quand il l'abandonnait au vent qui remontait les pentes entre les pins, c'était pourtant merveille de voir voler cet oiseau mort. J'en fus soulevé d'admiration.

Je supputai bientôt la grandeur du nouveau *farfalla* qu'il faudrait construire pour emporter le poids d'un jeune homme d'environ seize ans, et j'évaluai aussi l'élévation de la montagne afin qu'elle fût à proportion du reste, de quoi je déduisis qu'il faudrait quelque équivalent du mont du Cygne ou des falaises de Monte

Lupo près de Florence, un relief qui ne se trouve, dans la région de Milan, que sur les coteaux de l'Adda.

Hélas, entre Vaprio et Lecco, les eaux creusaient profondément le plateau des terres cultivées, ce qui formait un relief en creux, contraire à mes projets. L'eau des rivières entraîne avec elle un torrent d'air refroidi qui descend le long des pentes du coteau et cet air qui tombe est fort impropre au vol d'un oiseau.

Je songeais ainsi tout haut, mais Salay m'interrompit.

« Je n'entends rien à tout cela, dit-il, moi il me suffit de me fier à ce que mon cœur m'inspire pour que l'oiseau vole. Je n'ai pas besoin d'être mathématicien. »

Il se pencha vers le carnet où je traçais les formes des roches qui nous surplombaient et qui devaient servir à mon tableau de Milan. Il vit mes esquisses des apôtres et, devant les hésitations de mon stylet d'argent, il dit encore :

« Si je savais dessiner, je ferais tout d'un trait.

– En somme, lui répondis-je, si tu savais le faire, tu le ferais mieux que moi. »

Il suivit sa pensée et désigna deux figures adossées dont les gestes se noyaient dans un mélange de traits :

« À force de vouloir la perfection, tu t'en éloignes, affirma-t-il. Sais-tu ce que m'a dit la Bruna ? »

J'ignorais qui était la Bruna.

« Cette devineresse que j'ai trouvée dans la rue à Florence. Avant que tu n'arrives, elle disait qu'elle m'avait vu voler dans les nuées. »

Je répondis que je n'accordais aucune foi aux dires de cette folle. Je regrettais de lui avoir donné mon argent, à moins qu'elle n'eût annoncé à mon élève qu'il était aimé de son maître.

« Elle me l'a annoncé aussi, me répondit-il.

– Voilà qui ne m'étonne pas, lui dis-je, car mon indulgence envers toi se voyait au premier regard.

– Non, s'écria-t-il, c'était avant ta venue chez Lorenzo, et elle ignorait que j'eusse un maître. »

Je fus pris par la curiosité. Mais ce diable de Salay fit si bien qu'il garda pour lui le principal des prophéties de la Bruna, en promettant de me les rapporter quand les choses « incroyables » qu'elle avait prédites se seraient vérifiées.

« Je ne puis te croire non plus, lui dis-je, car s'il faut attendre qu'elles se vérifient pour les connaître, faire des prophéties est une tâche aisée. »

Une pensée dominait dans mon esprit toutes les autres. Je lui demandai encore :

« Ma peinture chez les dominicains de Santa Maria delle Grazie servira-t-elle ma gloire ?

– Plus que tu ne pourrais le croire », m'assura-t-il.

Je lui fis bien répéter cela. Je voulus entendre les mots mêmes qu'avait dits cette femme à mon sujet. Elle avait affirmé que ma gloire ne serait « point de ce monde ».

« La belle affaire, lui dis-je, que d'être glorieux dans l'autre monde. »

Mais ces paroles me troublèrent. J'eus grande hâte de commencer à peindre. Le moindre loisir que j'eus de noter mes pensées sur la manière d'entreprendre mon Christ et mes apôtres fut mis à profit tandis que nous passions à Bologne et à Parme où je traçai souvent des esquisses, des gestes de mains, des personnages au cou tendu.

Chaque nuit nous combla de contentement mutuel. Se pouvait-il que les prophéties de Bruna eussent changé le regard que portait sur moi ce garçon ? Il avait entièrement quitté le ton de dédain boudeur dont il usait au début. Certes il avait cessé de me vouvoyer dès les premiers mois, mais ce n'est point ce qui étonnait le plus ceux qui passaient sous mon toit : son insolence allait au-delà du tutoiement. Il m'avait longtemps infligé sa désinvolture en blâmant mes habitudes, mes vêtements, le soin que je prenais de mes cheveux. Il m'avait tout de suite traité comme on traite un maître solennel et ridicule qui se donne les apparences de la vertu en se livrant aux plaisirs, loin des regards.

Or, j'étais désormais l'objet de son admiration. Les premiers temps où nous fûmes amants, il se prêtait à mes entreprises avec soumission, pour connaître une exultation solitaire, et s'endormait aussitôt. À présent il caressait le dos de mes mains, ma chevelure et le poil de mon ventre avec la plus délicate, la plus lente ferveur. Il rendait un hommage assidu à ma virilité et lui trouvait mille noms dont celui de « queue très illustre », *illustrissima coda*. Dans sa tête se pressaient des pensées inquiètes à mon propos, et sa bonté allait jusqu'à apaiser mes inquiétudes de peintre en revenant au futur tableau des dominicains, dont j'avais grand souci.

« Fais comme Lorenzo di Credi, me dit-il : il peint sans cesse parce qu'il n'a point en tête d'autres sujets que celui qui l'occupe. »

En me parlant il allait tout nu et me donnait à voir ses soins intimes comme si j'étais son valet.

Je lui dis que Lorenzo di Credi, dont il avait tant admiré les couleurs éclatantes (sans doute pour exciter ma jalousie), ne procédait pas autrement que moi. Nous avions appris ensemble la manière de peindre au temps où nous gagnions chez Verrocchio un florin par mois. Il était fort lent et fort scrupuleux. D'ailleurs ceux qui travaillaient vite se privaient des plus grands raffinements de leur art. Je ne connaissais qu'une exception, celle de Tommaso Fiorentino, *il Masaccio*, qui finissait toute sa fresque en vingt-cinq jours. Mais celui-là avait trop peu de temps à vivre pour aller plus lentement.

Je me souviens que, lorsque je fus la première fois à Santa Maria Novella pour admirer sa *Trinité*, je venais à peine d'arriver à Florence avec mon père. Cette peinture me plut moins par sa noble figure de Dieu et sa voûte quadrillée que par le nombre de jours qu'il avait fallu pour les faire. Je vénérais tant les œuvres de Masaccio que je priais dans les églises pour le salut de son âme. J'allais toucher la pierre de son ancienne maison. Elle était voisine de la Badia et de la nôtre.

Au moment de commencer mon œuvre chez les dominicains, j'invoquai encore la mémoire de Masaccio, dont le secours me fut nécessaire, car ce ne furent pas trente jours, mais trente mois que je passai à l'ouvrage.

Salay ne fut pas la seule cause de ma lenteur. L'inconstance du prince qui subvenait aux besoins de ma fabrique y contribua. La cruauté d'un temps où les armées du roi de France étaient à nouveau aux portes de la Lombardie et où les Vénitiens se réjouissaient de la chute prochaine des Sforza aggrava les choses. Pour comble d'infortune, les ingrédients de mon travail, malgré tout le soin que j'apportai à leur préparation, me trahirent. Le mal provint de ce qu'il me fallut apprêter neuf brasses de mur humide comme s'il se fût agi d'un panneau de chêne. Si je voulais corriger longtemps et souvent les postures de mes apôtres, comme j'avais accoutumé, il n'y avait aucun autre moyen.

Salay avait entièrement compris ces raisons. Dans un moment d'imprudente franchise, je lui avais exposé ma faiblesse qui était de devoir toujours amender mon œuvre à mesure que je l'exécutais. Il me fallait pour cela trouver un vernis qui, tout en produisant le même résultat que la fresque à l'antique, permît à mon âme scrupuleuse d'hésiter à loisir, et c'est ce qu'elle fit. Mais, hélas, la formule de mon enduit remplit si parfaitement son office qu'elle ne sécha point du tout, et que je dus faire allumer des feux pour y affermir mes couleurs. D'où découlèrent d'autres et fort nombreux désastres.

La première raison de mes irrésolutions successives devant cette tâche fut la présence de Salay près de moi. Et le grand, et le premier motif que j'eus bientôt d'être épris de ce garçon avec tant d'heureux excès fut qu'il donna crédit aux mensonges de mon orgueil pendant mon travail. Il reçut mes visiteurs en leur expliquant l'excellence de mes méthodes. Il mentit sur mon assiduité à la tâche. Il ne cessa de vanter mes mérites et raconta combien Florence était mécontente d'avoir perdu avec moi un peintre et un architecte de si grande renommée. Si, en tout cela, il se fût contenté de se donner, à lui-même, de meilleures raisons de m'aimer, de quoi me plaindrais-je aujourd'hui ? Mais il abusa du procédé pour nourrir à mon sujet d'autres légendes et m'obliger à d'humiliants dénis que je regrette.

Une histoire fâcheuse courait à mon sujet depuis longtemps, dont il avait appris le principal à Florence. Non, je ne parle pas de la dénonciation qui me fut infligée pour avoir consommé le péché de sodomie sur le frère de Saltarelli. Cette honte me suivit moins que l'autre.

Et quelle fut donc l'autre ? Avant de te le dire, mon jeune Francesco, puisque c'est devant toi que je veux justifier mes actes à présent, je confesse que j'ai nié toute ma vie une faute que j'ai pourtant commise.

Peu de jours avant l'affaire qui me valut de connaître dans la même journée le cachot du Bargello et le dédain de mon père, j'avais gravement péché par imprudence dans l'atelier de mon maître Verrocchio. À l'instigation du Perugino, qui avait pour mon membre une dévotion d'orfèvre, on avait réalisé, de cette partie éminente de ma personne, un moulage d'argile d'après nature, qui fut tiré dans le plâtre.

Les fabriques comme la nôtre avaient pour la plupart une production cachée de bijoux et d'ustensiles moulés en l'honneur de Vénus. Ce commerce clandestin rapportait de grandes sommes.

Quand j'eus le désagrément d'être pris et quand mon nom fut affiché avec d'autres, ceux de la fabrique de Verrocchio s'effrayèrent. *Il Perugino* le premier : au milieu d'objets de même espèce, il avait conservé le modèle en plâtre de ma ferveur déployée. Pressé par nos condisciples, au bord d'être lui-même dénoncé par Lorenzo di Credi chez qui la dénonciation était une inclination naturelle, il alla cacher le modèle et d'autres choses semblables en un lieu secret de la ville.

Quand je fus tiré du Bargello, tout à la honte que j'éprouvais d'avoir compromis la réputation de mon père, j'oubliai ce qui avait précédé cette indignité et qui menaçait, pourtant, de m'en causer une plus grande encore : la queue de plâtre resta enfouie dans sa cachette et dans ma mémoire. *Il Perugino* m'affirma longtemps qu'il ne fut pour rien dans l'exhumation du modèle et qu'il ne vit même jamais les copies qu'on en fit en bronze. Mais je lui ai toujours gardé de cette affaire une grande rigueur, que tempéra hélas une indulgence non moins grande, car il fut l'un de ceux que j'aimai le plus dans ma jeunesse.

D'autres copies furent tirées en plusieurs époques, de sorte qu'à Rome, il y a quelques mois, quarante ans après cette affaire, on trouvait encore au moins deux de ces objets de scandale. L'Allemand qui fut cause de mes soucis au Belvédère l'acquit. Le prieur de San Donato en eut un. Je sais que le roi de France François le Premier le vit. La marquise de Mantoue se le fit présenter et le pape lui-même en entendit parler.

Salay, Francesco, je vous le dis : ma seule honte est de m'être renié. Je fus longtemps comme Pierre qu'on amena devant le Christ au matin du supplice et qui dit par trois fois : « Je ne connais pas cet homme. » Je connais cet homme, vous l'avez devant vous, *ecce homo*. La *coda leonardesca* lui appartient. Ah, comme me voilà soulagé de cet aveu ! Le remords de m'être renié jusqu'au parjure est balancé aujourd'hui par le contentement que j'éprouve à la pensée que ma queue court encore des carrières lointaines entre des fesses inconnues.

Quand Salay revint un jour avec cet objet de bronze dans un étui de velours à cordon, je niai toute l'histoire. Je prétendis qu'on l'avait inventée pour me perdre. Mais il n'en crut rien. Ayant bien attendu que nous fussions seuls pour le produire, il me dit que des plaisants le lui avaient présenté par jeu afin qu'il attestât sa ressemblance avec son modèle.

« Et qu'as-tu répondu ? », lui demandai-je à mon tour en affectant d'en détourner le regard tandis qu'il ouvrait l'étui de velours.

Pour comble d'ironie, cet étui ressemblait fort exactement à ceux dont j'usais pour couvrir mes carnets.

« Je me suis moqué des rieurs, me dit-il, je leur ai dit que j'allais emporter la queue pour la comparer à celle de mon maître. »

Ses paroles, quand il me rapporta la suite, se chargèrent d'une ironie sensuelle qui était fort dans la manière des paysans de Pavie : on lui avait répondu que maître Léonard ne dressait plus la queue ainsi depuis longtemps et qu'en cette matière comme en d'autres on aurait désormais grand mal à le comparer à lui-même. Ne disait-on pas qu'il retardait le moment de commencer son œuvre chez les dominicains parce qu'il était incapable de la faire ?

« Et qu'as-tu répondu à cette accusation ? demandai-je à celui que j'appelai désormais mon "ambassadeur chez les calomniateurs".

– Que mon maître tendait encore sa queue fort droite, autant que ses pinceaux. »

Tout au long du chemin qui nous conduisait au château par les ruelles et qui couvrait à peine la moitié d'un mille, je dus chantonner pour m'épargner ses plaisanteries galantes, mais il avertit :

« Si tu ne m'écoutes pas, je montrerai à tout le monde ce que j'ai ici en disant bien haut que c'est la queue de mon maître. »

À quoi je répondis qu'il en aurait bientôt à goûter davantage, et dès ce soir s'il continuait.

Cela nous divertit si bien que je tins ma promesse avant le soir. Sa rudesse contadine, qui semblait si contraire à son vêtement délicat, aux mille soins qu'il avait pour sa chevelure, et à la beauté femelle de son nombril et de ses hanches, me le rendait plus cher et plus adorable chaque jour. La *coda* de bronze ne quitta point nos conversations, il menaça d'en user devant moi pour ce que tu sais.

Je le prévins bientôt que je ne tolérerais plus cet objet dans ma fabrique. Il l'avait exhibé en outre devant l'élève de l'un de mes amis, le cher Luca Pacioli, et devant d'autres jeunes gens qui passaient chez moi et que cette vision avait réjouis. Il insista en vain pour me voir payer le prix qu'en réclamait son propriétaire. J'affirmai encore qu'il s'agissait là d'un faux, d'un mensonge, d'un complot destiné à perdre ma réputation. Salay me dit qu'il connaissait des hommes dont la réputation se fût trouvée flattée qu'on leur attribuât un membre d'un pied de long et il entreprit en vain de me décrire les ressemblances que cette *coda* avait avec la mienne. Il lui trouva l'aspect d'un poisson-chat auquel il n'eût manqué que les yeux et les nageoires ; il me dit encore mille folies amusantes, et il en usa devant moi avec toute la lascivité promise, en regrettant qu'il n'eût pas la chaleur de mon propre poisson. Il eut beau faire, je ne cédai point, et il alla le rendre à celui qui le lui avait donné, non sans l'avoir fait copier, je crois, par l'une des connaissances qu'il avait au Pasquirolo.

Ma réputation subit un affront plus terrible dans les mêmes semaines. Il y eut une histoire malencontreuse qui sembla annoncer la tragédie qui nous lia quelques années plus tard et sans laquelle je n'éprouverais pas le besoin de te livrer ce récit, Francesco, avant de mourir.

Ce fut toujours à Milan, à l'occasion d'une fête donnée en l'honneur du comte de Caiazzo où l'on joua ma *Danaé*. J'entends la *Danaé* de Taccone décorée par mes soins. Pour étonner l'assistance, j'avais reproduit, en augmentant fort son échelle, une manière d'éclairage inventée deux ans plus tôt pour une niche voûtée dans une villa près de Bergame. Un Mercure ailé descendait des hauteurs de l'Olympe. Outre un plateau en amande qui montait des profondeurs d'une estrade et portait les dieux immobiles vers un ciel en mouvement, j'avais disposé deux fosses aux lumières garnies de miroirs, qui renvoyaient vers le fond de la scène la lueur de quarante chandelles, de part et d'autre des exécutants. D'un côté ils la recevaient à travers un verre rouge, de l'autre à travers un verre bleu, de sorte que chacune des ombres s'éclairait de la couleur qui lui était opposée. Mais, afin que ces deux lumières fussent mouvantes comme l'eau, je les avais voulues reflétées par un bain de vif-argent, lequel se trouvait placé à la base des chandeliers et devait être agité par deux serviteurs pendant le spectacle.

Les costumes et les figures étaient ainsi balayés par une onde de lumière du plus délicat effet qui entrecroisait les ombres bleues et les rouges. Le réduit où l'on plaçait les chandelles était si étroit qu'il fallut commettre à cette tâche deux enfants. Salay les trouva sans peine. Il leur promit quelque argent et les plaça lui-même. Je ne les vis point.

L'œuvre de Taccone présentait le duc Sforza comme un protégé d'Apollon lui-même ; le roi d'Argos était épargné par le sort, et mille traits dans le récit rendaient l'action obscure. Mais le spectacle se déroula comme il était prévu. La certitude de sa réussite fut bientôt entière. J'en fus comblé d'aise. La maîtresse du duc Sforza, qui montrait du goût pour les œuvres de l'esprit, me couvrit de compliments. Quant à la duchesse, elle se dit heureuse du soin que j'avais mis à la peindre, avec son époux, en prière, sur le mur des dominicains. *Il Moro* voulait être placé auprès d'elle dans cette chapelle après leur mort. Mais ce n'est point ce qui arriva. À compter de ces jours rien n'alla comme il l'avait prévu, ni pour lui, ni pour moi.

À la fin du spectacle, on m'avertit que l'un des enfants qui officiaient à la lumière avait manqué de périr en s'évanouissant dans sa caisse de miroirs.

« Cela est dû, dis-je, à la privation d'air causée par les flammes des chandelles. Est-on certain que les fenêtres sur les flancs de la caisse n'ont pas été bouchées ? »

On en était certain. Je demandai des nouvelles de l'autre enfant. Il se portait le mieux du monde.

Je fus requis pour le final et le défilé dans la salle, sous la loge d'honneur qu'occupaient *il Moro* et son épouse. Aux derniers accents de la musique, la scène brilla sous leurs yeux de feux éclatants. À cet instant Salay, vêtu en jeune pâtre, me désigna le côté droit, par où je sortis de la parade entre de fausses façades qui ressemblaient à celle du palais Gondi. Les proportions des rectangles de pierre allaient décroissant selon une perspective qui frappait l'œil, et les escaliers semblaient basculer dans la salle, tant le tableau de l'arrière disparaissait vite à l'horizon.

À peine fus-je hors de la vue des hôtes du comte Caiazzo que Salay vint m'aviser de l'empoisonnement du deuxième enfant, celui qui l'instant d'avant se portait fort bien.

Je l'allai voir, et le trouvai mal en point. Il était brun, ses épaules pointues tremblaient de froid, eût-on dit, et il semblait la proie d'un sommeil agité qui l'empêchait de répondre à nos paroles.

Je demandai son nom à ceux qui l'accompagnaient : il s'appelait Carlo Bartolino, et l'autre, Lorenzo, était son frère jumeau. Salay les avait embauchés pour cette fête parce qu'il connaissait leur père. Il m'ordonna presque de le laisser s'en occuper seul et me pria, avec insistance, de retourner avec ceux de la Cour.

Tout cela m'emplit de honte et de tristesse. Je revins aux hôtes de la fête, déjà soucieux de trouver l'explication de ce mystère, laquelle tenait sans doute aux vapeurs de vif-argent dégagées dans la caisse. De la cire chaude s'était échappée des chandelles pour tomber dans le bain de mercure. Je sus plus tard qu'il n'était pas nécessaire de cuire le vif-argent pour qu'il émît des vapeurs délétères. La chaleur de l'air y suffisait. Or, la caisse aux miroirs était si chaude que ces enfants étaient allongés devant une fente par laquelle ils agitaient doucement le plateau de mercure. Ils n'y pouvaient guère plonger plus que le bras, mais l'air soufflé par la fente avait suffi à les empoisonner.

Salay passa la nuit hors de chez moi. Le lendemain il me fit aviser que Carlo et Lorenzo Bartolino se mouraient. Mais il me recommanda de ne point me rendre chez leur père, ce que je fis pourtant aussitôt.

Ce pauvre homme barbu habitait une maison haute à tuiles claires près du canal. Il était fort pieux, me dit-on, et travaillait chez un fondeur nommé Jacopo Lomazzi.

Quand j'entrai chez lui, Salay fut presque soulagé de ma présence qu'il avait prétendu ne pas souhaiter. Dans l'escalier étroit, dont la spirale me parut funeste comme toujours, gémissait une femme couverte d'un voile noir. Les deux garçons se trouvaient au premier étage, couchés face à face, les poings devant la figure, comme s'ils étaient encore au sein de leur mère.

Je dis une prière pour leur salut, car ils étaient perdus. Le père en arrivant derrière moi vit que je m'étais cogné en entrant. Il en conçut qu'il pouvait s'approcher de moi sans crainte, et sa timidité disparut. En me touchant le front, il me dit qu'il n'avait qu'un autre enfant, nommé Bartolomeo. Il connaissait ma réputation de peintre. Il me pria de pardonner l'imprudence de ses fils, qui me causait grand souci. S'il fallait blâmer quelqu'un de ce qui arrivait (encore qu'il n'y songeât point), c'était le Seigneur Dieu, et il y songeait encore moins.

Hélas encore (et cette fois c'est moi qui vous parle), le maître de ce pauvre homme, le fondeur Jacopo Lomazzi, avait sujet de se plaindre de ma fabrique de la Corte Vecchia, qui n'avait jamais fait appel à la sienne. Il imagina bientôt, par vengeance, de dresser contre moi ce père qui pourtant refusait de me blâmer pour la mort de ses fils. J'en eus longtemps grande inquiétude. Je fus même au bord d'écrire au duc pour le mettre en garde contre les calomniateurs, mais je craignis d'attirer son attention sur une affaire dont nul, encore, ne l'avait peut-être instruit.

Pour l'heure je payai l'enterrement, les vieux, les pauvres, les cierges et les prières, et quand tout fut fini, après quelques jours de remords, de craintes et de fatigues, entre les transports de planches et le chargement des charrettes qui suivit la *Danaé* du comte Caiazzo, je rentrai tristement par les rues pluvieuses avec Salay.

Les toits brillaient. Le ciel se déchirait à l'occident. Le pas des chevaux résonnait sur le pavé. La rumeur des eaux m'empêchait d'entendre toutes les paroles de Salay. Mon jeune compagnon semblait au bord de me blâmer d'avoir exposé ces infortunés enfants. J'ouvris les mains et je lui dis :

« Comment peux-tu croire que je les aie exposés à dessein ? Suis-je à tes yeux un criminel ? »

Il s'avisa de l'injustice de ses soupçons et vit combien j'en étais affligé. Alors il se jeta en pleurs sur ma poitrine et me dit :

« Je ne voulais pas que tu viennes aux obsèques, ainsi tout fût resté une affaire de serviteurs et personne n'eût osé t'y mêler. Mais je suis content que tu n'aies point voulu suivre mon conseil et que tu m'aies montré ton affliction, car je suis épris de toi davantage de t'avoir vu triste au cimetière. Hélas, maintenant, ajouta-t-il, la *bugiale* est en route. Nous ne savons ce qui adviendra. »

Il advint que je subis mille calomnies, dont je ne me fusse jamais relevé sans son aide. Pendant que je travaillais à mes apôtres de Santa Maria delle Grazie, il s'efforça toujours de préserver ma réputation. On accourut de partout non seulement pour voir l'avancement de ma peinture, mais pour mesurer la patience avec laquelle j'endurais tous les mensonges.

Elle fut grande. L'affaire des frères Bartolino se mêla aux légendes qui m'accablaient déjà. La plus curieuse d'entre elles était que ma peinture se nourrissait de l'observation des morts. J'aurais donc empoisonné ces enfants afin de les mieux peindre.

On connaissait mon assiduité à l'hôpital et l'on savait que je n'avais guère de modèles à la fabrique. Mes élèves s'entre-dessinaient. Je trouvais donc les sujets de mon observation dans mes promenades, mes affaires et mes visites. Il fut dit, aussi, que mon esprit recherchait sans cesse les objets et les traits les plus vils, les plus profanes, afin de les mélanger, par le pinceau et par le trait, à des choses sacrées, comme si là étaient mon plaisir et mon vice.

Aux bains, au château, dans l'entourage de Lucrezia Crivelli, la maîtresse d'*il Moro* entourée de musiciens et de poètes (lesquels descendaient parfois chez moi pour me divertir pendant mon travail), je trouvais certains traits qui manquaient à ma *Cène* ; et d'autres qui ne lui manquaient pas, mais que je collectionnais dans le secret de mes carnets, pour jouir toujours davantage des variétés de la nature. Ainsi de ces grimaces que j'aimais à reproduire par manière de délassement : la rumeur m'attribua une passion haïssable pour celles que faisaient les pendus au moment du trépas. On dit encore que je cherchais la laideur pour l'effroi qu'elle inspire, mais il n'en était rien.

J'essayais plutôt de me garder des tyrannies de la beauté. À force de tracer des contours parfaits comme je fis plus tard avec la Fiorentina, la beauté revêtait tout à la fois les traits de ma mère, les miens (en mon âge le plus tendre), et ceux que j'ai donnés à mes anges, c'est-à-dire tout uniment les mêmes. Je devais me garder de représenter toujours des figures semblables. Puisque j'en suis aux complots qu'inventèrent les méchants et les fous pour faire croire à ma propre folie, je ne saurais omettre la rumeur selon quoi la recette de mes teints de madones comportait du sang mêlé à mes céruses. On trouve peut-être encore à Milan des imbéciles qui croient avoir connu quelqu'un qui connut lui-même quelqu'un d'autre qui m'eût vu tremper mon pinceau dans un verre de sang. S'ils avaient trouvé un poil du même pinceau sur la peinture de l'hermine de la Gallerani, ils m'eussent accusé de mêler, à mes couleurs, le pelage de cet innocent animal.

Oui, j'ai semé ma peinture de plants et de boutures collectés dans l'espèce des hommes, comme font les traceurs de jardins avec l'espèce des arbres. J'ai attisé les mensonges qui couraient à mon sujet en mêlant dans mes carnets les vivants et les morts, les princes et les écuyers, les personnes et les animaux. J'ai collecté toutes les formes de mains, d'épaules, de nez, d'oreilles, j'ai dessiné des chiens et des chevaux au col tendu, des lions, des chats et des oiseaux (ces derniers détruits plus tard par un accès de rage que j'eus contre moi-même). J'ai employé des jours entiers à chercher dans les espèces les modèles les plus intéressants, et dans l'humaine espèce ma curiosité ne s'est apaisée qu'une fois maudite. La malédiction du pape vint peut-être de ce que, croyant me hisser à la hauteur du Dieu qui assemble les éléments épars dans la nature, je n'aurai fait qu'exciter sa colère.

Je me suis penché sur le creuset de l'humanité. J'ai étudié la matrice des femmes mortes à l'hôpital Santa Caterina. J'ai donné à tel apôtre la figure d'un muletier du Borghetto, les mains d'un charron du Pasquirolo, à tel autre les épaules de l'apprenti architecte de la Gallerani, celui qui habitait au-delà de la porte Vercellina. Et au Christ une tête d'inconnu aperçue aux bains publics.

Au bord des bassins la tête des hommes n'est pas ce que je regardais en premier. Mais j'étais si épris de Salay que ce fut peut-être le seul temps de ma vie où j'aurai fréquenté la *stufa* sans baisser les yeux.

Cette figure de Christ a jailli du plus profond de la foule humaine. C'est en quoi elle ressemble au Jésus de l'histoire sainte. Il s'est fait homme parmi les humbles et il fut trahi pour les avoir aimés.

Pendant que je collectais ainsi mes figures d'apôtres et quelques courtisanes dont je me servais pour ma Léda, je ne m'avisai point que l'on cherchait à me nuire en donnant de ces journées des récits propres à susciter la dérision et la pitié. Parmi ceux qui me voulaient voir trébucher dans l'estime de mes protecteurs, l'un des plus obstinés (outre le fondeur Jacopo Lomazzi qui voulut exciter contre moi la colère du père des jumeaux) fut un jeune homme, à peine plus âgé que Salay, qui portait le nom illustre de Baldassarre Castiglione. Il avait des yeux bleus fort écartés, un sourire ironique et charmeur, une langue déliée, toujours prête à proférer des légèretés amusantes. Très vite, il crut me connaître assez pour dépeindre mon caractère à ceux qui ne m'avaient jamais vu. Il me desservit ainsi de mille façons pendant plus de dix ans jusqu'à Mantoue, où il était né, et jusqu'à Rome, où il usa contre moi de toutes les ressources de son esprit adroit et malfaisant.

Son érudition lui valait de fréquenter le mathématicien Luca Pacioli et Guidobaldo de Montefeltro, son élève. Quand le duc Sforza obtint que le frère Pacioli enseignât les mathématiques à Milan, j'eus avec cet homme à l'âme élevée un commerce heureux et sincère. Mais Castiglione essaya de le ruiner comme tous les autres. Pourquoi ? Parce qu'il n'avait pu me séduire.

Baldassarre Castiglione suivait Luca Pacioli comme un valet depuis Venise. Comme Zoroastro il recherchait la compagnie des hommes vieux, et *Fra Luca*, qui avait cinquante ans, se moquait plaisamment de cette inclination, sans la prendre pour sérieuse. Il se décrivait lui-même comme un genre de Socrate, c'est-à-dire grossier en toute chose et peu digne de l'intérêt de la jeunesse, mais soucieux de l'éveiller quand même.

Luca Pacioli avait une complexion lourde, des mains grosses, une figure immobile, des yeux bruns dont la paupière clignait fort peu et un nez long et courbe qui servit de modèle à celui de mon saint Paul. Il parlait d'une voix lente, douce et grave comme la plupart des moines chez qui le commerce avec autrui semble un prolongement des pensées intimes et ne requiert jamais de hausser le ton. Après la diète que représentait l'austère discipline des mathématiques, il se laissait enivrer de paroles par ce Baldassarre Castiglione, lequel avec ses yeux bleus et sa figure changeante lui donnait toujours des nouvelles de Naples et de Mantoue. À quoi il fallut ajouter en ce temps-là la seigneurie de Florence, qui suscitait l'effroi et la dérision. Savonarole, le moine à tête d'alouette, y brûlait les œuvres pécheresses. Tous ceux qui avaient l'âme inquiète craignaient les brasiers de cette peste-là.

Baldassarre Castiglione flatta d'abord mes vertus. Il trouva ma figure digne de mes fresques. Il me jugea aussi sage que les Anciens. Il tourna de menus compliments avec assez d'esprit pour me plaire, mais ils s'arrêtèrent toujours au bord de me déplaire. C'était toute l'habileté de ce personnage. Il semblait vous signifier : « Ma parole est si agile qu'elle pourrait se retourner contre toi si tu repousses mon amitié. »

Je ne l'aimais pas. Les rustreries de Salay me semblèrent toujours préférables aux raffinements de ce jeune homme qui s'était fait un métier de sa naissance. Bien qu'il eût le même âge que mon élève et les mêmes apparentes dispositions pour la galanterie la plus gauchère, Baldassarre m'effrayait par la cruauté de ses paroles. Devant lui je surveillais les miennes. Moi qui n'aimais rien tant que de rire aux plaisanteries entendues au Borghetto, je me sentis vulgaire de les rapporter.

Pour comble il imitait à merveille ma voix trop haute, ma figure hautaine, mes mines tantôt plaisantes et tantôt solennelles. Il semblait avoir classé, par ordre de fréquence, les expressions qui m'étaient habituelles. Quand je parlais de choses élevées, j'usais de certains mots avec fermeté, pour les avoir lus dans leur forme définie, mais mon éducation ayant commencé hors de l'écriture, je n'avais connaissance de certains autres que par la parole. Ainsi m'apercevais-je souvent avec confusion et après vingt ans de mauvais usage que j'avais mêlé deux syllabes, faute d'avoir vu écrit le nom que je donnais à telle chose ou telle autre. Je l'avais donc prononcé devant des gens illustres comme un ignorant. J'en rougissais toujours, et j'en rougis encore comme je me mis à rougir, de plus en plus souvent, devant Baldassarre Castiglione.

Je ne crois pas qu'il eût jamais noué avec Salay un commerce charnel puisqu'il n'aimait pas ceux de son âge. Mais Salay lui trouvait beaucoup d'esprit. Dès qu'il le pouvait, il l'accompagnait partout. Il m'avisait que Baldassarre le requérait le lendemain pour quelque visite. Il me demandait la permission d'être remplacé dans les travaux ordinaires par un pensionnaire de la fabrique. Je répondais que cela se trouvait mal. Le lendemain j'avais prévu de réclamer son concours pour la seule tâche qui saurait le détourner des autres : essayer l'un de ces ornithoptères que nous lancions le matin des toits de la Corte Vecchia.

Baldassarre Castiglione ayant eu l'imprudence de dédaigner trop vite et trop entièrement ces travaux ornithotomiques, Salay lui cachait qu'il mesurait les ailes des oiseaux, qu'il fabriquait des simulacres volants, et qu'il les lançait contre le vent vingt fois de suite. Il ne songeait qu'à cela. Sa grande affaire était de retrouver la joie qui l'avait transporté devant l'ascension de l'aigle Jupiter (lequel avait été piétiné par un cheval à la porte de l'écurie, de sorte que nous n'en retrouvâmes jamais les proportions exactes).

Tout en s'inspirant de mes études présentes, qui étaient nombreuses et savantes, Salay voulut les corriger dans la sobriété qu'exigeait le résultat espéré. Et le résultat qu'il espérait n'était autre que de voler droit comme l'albanelle, sans agiter les ailes, avant de s'abattre le plus loin possible dans un champ ou sur une onde tranquille. Il dessinait beaucoup, mais il prétendait que le moindre témoin l'empêchait de bien faire et ne me montrait rien. Si un oiseau bourré de foin séché, me disait-il, un oiseau doté d'ailes roidies par une tige de sureau était capable de s'élever jusqu'aux nuages, pourquoi disséquais-je des chauves-souris, pourquoi clouais-je sur une planche les ailes d'un cygne mort afin de reproduire le mouvement des nerfs qui transportaient la force de ses épaules jusqu'aux dernières de ses plumes ? Aucun ornithoptère ne pourrait jamais s'élever loin du sol en battant des ailes, le Créateur avait voulu réserver ce privilège aux oiseaux.

« Tous les oiseaux ne le possèdent pas, lui disais-je à mon tour. Ainsi l'hirondelle en est incapable, mais il suffit de la poser sur une branche et elle s'élance, en dansant, vers les nuages. »

Et ainsi de suite. Nous causions des bois et des tissus dont il fallait user, sapin, osier, peuplier, soie vernie, taffetas cérusé. Quand je le sentais tout prêt à me mentir pour aller suivre Baldassarre chez quelque bavard, il me suffisait de requérir sa présence à Piacenza où j'avais des livres à acheter. Je lui disais qu'en chemin nous irions faire voler un modèle nouveau que j'avais préparé. À moins que nous n'allions visiter un tisserand dont on m'avait parlé, et qui produisait une toile deux fois plus légère et plus résistante que les autres. Et il m'accompagnait aussitôt.

Un jour que nous fûmes ensemble à Pavie, il insista pour que nous allions revoir le village de sa famille et la tombe où reposait sa mère, sans doute afin de balancer ce qu'il avait vu chez moi dans les collines de Faltognano et de Vinci. Il voulut me présenter sa sœur, dont il était autrefois fort proche. Je ne sais plus quels livres j'allais chercher à Pavie, mais j'ai le souvenir d'extrêmes complications. Le vendeur exigeait que les livres fussent payés en un lieu secret, et en ducats d'or. Il ne voulait point être vu. La charrette qui portait mes instruments brisa l'une de ses roues ; nous dûmes laisser les livres et la charrette derrière une auberge aux soins d'un homme de confiance. Ce jour-là Salay consentit à monter le cheval pour la première fois. Nous plaisantâmes jusqu'à la tombée du jour en allant sur nos montures. Quand je blâmai ce vendeur et sa ridicule méfiance, Salay se moqua de la mienne. Il me dit qu'il savait fort bien où mes propres trésors étaient cachés à la Corte Vecchia. Je l'accusai de présomption, sur un ton plaisant et doux, et lui dis que mon argent se trouvait en un lieu qui était à l'abri des voleurs, mais il se mit à rire. J'étais bien aise, me répondit-il, que mes élèves et mes apprentis fussent honnêtes. Tout le monde savait que mes ducats se trouvaient pliés dans du papier bleu à gauche de l'établi sous la fenêtre droite, parmi des dizaines de couleurs et de coquillages antiques enveloppés du même papier, et que je laissais dans mon coffre une somme très faible pour tromper les larrons.

« Pourquoi ne me voles-tu pas, toi, le premier des larrons ? lui demandai-je.

– Parce qu'en ce moment, me dit-il, tu me donnes assez de ce que tu possèdes sans que j'aie, de surcroît, à dérober ton argent. »

Le lendemain, nous fîmes route en direction du Tessin et des abords de Vigevano où Caprotti était ouvrier dans les vignes. J'avais revu le père de Salay deux fois en sept ans. Il était venu demander de l'argent à la Corte Vecchia. La première fois, l'un de mes élèves l'avait maltraité, car il était ivre. La deuxième, c'est lui qui avait menacé Boltraffio de le tuer.

En arrivant, nous criâmes : « Caprotti, Caprotti ! » par tous les chemins, mais il ne montra pas le nez. Il est vrai qu'un crime avait eu lieu devant chez lui. En vérité il se commettait à l'instant de notre arrivée, mais nous ne le savions pas. Quand nous parvînmes devant les maisons, tout le village s'égailla dans notre direction, car deux hommes en colère venaient d'en tuer un autre qui gisait dans la poussière, le crâne fendu. Un barbu à qui il manquait un œil suppliait d'être épargné. L'un des bandits était à cheval. L'autre hésitait, l'épée à la main. La figure de ces deux hommes était toute convulsée par la haine et, dans la torsion de leur buste, on devinait la force du démon qui les habitait. Soudain le cavalier se retourna, revint et trancha le cou de celui qui suppliait. Puis il partit au galop dans une poussière qui s'éleva contre les maisons. L'herbe jaune fut rougie et le tronc de l'arbre voisin scintilla comme un paquet de viscères. L'autre bandit, privé de sa monture, chercha en vain à prendre la fuite. Il fut rattrapé et percé de coups par une foule au sein de laquelle Salay prétendit que son père se trouvait. À l'instant où cette dernière tuerie fut consommée, Caprotti avait disparu pour échapper aux représailles, car le borgne qui avait réclamé en vain sa grâce était soldat. Ses compagnons, alertés, ne tardèrent point à arriver pour le venger. On craignit un autre massacre.

La sœur de Salay nous cria : « Venez, venez », et nous fit entrer chez elle dans une maison rouge, étroite et fort dépourvue de meubles. Elle avait quinze ans à peine. Sous ses boucles blondes rayonnait le sourire même de son frère. Salay l'embrassa tendrement et lui donna quatre ducats d'or.

Je n'en aurais rien su si elle ne s'était avisée de m'en remercier.

« Messer Lionardo, me dit-elle, je ne puis accepter.

– Remercie Salay de se priver pour te venir en aide, car je n'y suis pour rien, répondis-je.

– C'est pourtant grâce à vous que son sort a changé, me dit-elle encore. S'il n'avait pour vous une dévotion si entière, il n'eût jamais fait l'effort d'être différent de ceux que vous venez de voir à l'œuvre, et qui vivent dans la cruauté et le péché. Il m'a dit qu'il ne voulait point d'autre père que vous. »

Quelques heures plus tard, ces confidences ayant porté mon inclination vers Salay à de nouvelles extrémités, nous reposions ensemble au pied de nos montures, sur la rive du fleuve, et je lui demandai :

« D'où t'est venu cet argent ? »

Après avoir feint d'ignorer de quel argent je lui parlais, il confessa qu'il livrait des travaux à des amis de Baldassarre Castiglione.

« Quels travaux ? lui demandai-je.

– Des dessins, des études et de petites peintures.

– Tu aurais donc fait de si grands progrès, lui dis-je encore, que l'on te réclame à présent des dessins, des études et de petites peintures ? Inutile de mentir, Baldassarre t'a trahi. Il m'a révélé que tu vendais, à des débauchés, des œuvres impies. Je comprends pourquoi tu entoures tes travaux d'un secret si jaloux. »

À ces mots, Salay se mit à pleurer sur mon ventre en gémissant qu'il s'était montré imprudent. Il me demanda pardon. Surpris, je répondis qu'une telle faute n'était pas un crime, mais que je lui serais obligé de ne point compromettre la réputation de ma fabrique. Cependant je me doutais que l'étendue de son imprudence dépassait mes craintes et j'avais raison. Il avait consulté mes propres travaux les plus secrets, copié ce qu'il avait vu, et vendu ces copies en les prétendant de ma main, comme il le fit à Rome, quinze années plus tard.

À Milan, comme j'ai dit, j'allais souvent dans les bordels du Pasquirolo pour me repaître de la vue des excès charnels les plus rares. Près de la Porte, l'une de ces maisons était tenue par deux veuves et leurs fils, Guido et Girolamo, aussi blonds l'un que l'autre. Girolamo avait un grand nez, des cheveux de miel qui lui tombaient aux épaules et la poitrine couverte d'un poil rude et frisé. Je payais pour disposer d'un lieu d'observation situé derrière une fente qu'il y avait sous une corniche. De là mon regard embrassait une salle à trois entrées, ménagée sur mon conseil pour permettre aux clients de quitter les lieux sans être reconnus. Ils s'en allaient par les jardins et une écurie commune aux trois maisons voisines. Girolamo était si content d'avoir bénéficié de mes avis qu'il me fit tracer l'année suivante les plans d'un nouveau dédale, lequel fut surtout fréquenté par des Français, pour son malheur ; car Girolamo fut tué par l'un d'eux, en protégeant sa mère.

C'était un garçon très querelleur, qui portait des colliers d'argent et allait volontiers avec toutes les femmes, grâce à quoi son affaire était prospère. Trois des porches voisins, chacun comportant deux boutiques, menaient à sa maison. Il avait des servantes qui accouraient chez lui dès qu'on les réclamait, prévenues par un enfant, pour satisfaire les désirs de sa clientèle. Parfois Girolamo les comblait lui-même en s'offrant aux regards pendant qu'il se livrait aux jeux de Vénus. Dans ma niche secrète, je songeais aux mille détours qu'empruntent les passions humaines : postures, masques et déguisements, torsions et claquements de la croupe, extravagances de la parole. Et toutes les imaginations que j'en gardais dans ma mémoire me déliaient fort l'esprit en rentrant au château. Dans mes carnets je représentais avec exactitude ce que j'avais vu. Je le racontais dans mes *Histoires de ma main gauche*. Un prêtre, passant près d'une femme de peine, lui demande pourquoi elle a les pieds rougis. « C'est le feu qui me brûle en dessous », lui dit-elle. Alors le prêtre sort son membre de sous sa robe : « Allume donc mon cierge à ce feu-là. » Un autre prêtre, devant l'octroi de Modane, se voit réclamer cinq sous pour le passage. « Cinq sous ! s'écrie-t-il, mais c'est un prix modique ; à Florence, pour faire entrer ma queue toute seule, j'ai dû payer dix ducats d'or, tandis qu'ici je fais entrer la queue, les couilles et le reste pour bien moins ! » Un vieux marchand va chez un médecin, lequel convoite sa femme. Le marchand se plaint d'une blessure au doigt et le médecin lui prescrit : « Il faut, à ces sortes de blessures, la chaleur d'un logement bien serré : mettez-vous le doigt au cul pendant quatre heures, et vous serez guéri. » Le mari ainsi entravé par lui-même, la belle épouse est soignée de sa langueur par le rusé médecin.

Ces pages ont été liées ensemble par Francesco avant de partir. Je ne sais ce que je voulais en faire. À présent j'en suis sûr : je n'en ferai rien. Francesco, détruis-les. Je n'ai aucune capacité pour écrire, je m'en suis avisé en relisant il y a peu mes poèmes et mes galanteries. Ils ne valent rien. Je voulais imiter ceux qui emportent l'imagination vers des terres inconnues, j'aimais à bondir d'une contrée à l'autre comme le géant Morgante, soulever le toit des alcôves, voler par-dessus les montagnes de la Syrie et de la Perse. Hélas ! hors de la mécanique, de la mathématique et de l'art de la peinture, je ne sais pas faire de phrases comme Baldassarre Castiglione. Mes fables galantes elles-mêmes n'ont aucun mérite hormis un seul, peut-être : ce n'est pas ma convoitise charnelle qui s'aiguisait alors à cet exercice, mais plutôt ma cervelle. Elle en avait le plus grand besoin. Les notions les plus raffinées s'enchaînaient dans ma tête à la faveur d'obscènes visions. Les plans les plus ingénieux m'étaient inspirés par les tumultes charnels où se débattait mon esprit. Toutefois, la faculté d'imaginer m'était à la fois gouvernail et frein. Car, si la chose imaginée émeut le sang, il ne faut point laisser le sang aveugler l'esprit.

L'architecte Bramante me confia un jour que ses dessins les plus harmonieux, ceux qui semblaient manifester une exacte conformité à la règle divine, avaient été tracés, pour ainsi dire, « la nudité à la main ». Et Dieu m'est témoin que sa nudité était fort grande ; elle était la plus grande que j'aie vue.

Ainsi cet homme capable de calculer ensemble quatre opérations d'arithmétique sans le secours de l'écriture et en usant des seules facultés de sa mémoire trouvait-il dans la sensualité solitaire les ressources qu'exigeait la pratique de sa science. Et Luca Pacioli lui-même, ce grand mathématicien dont j'appris le peu que je connais aujourd'hui des chiffres, me fit confidence un jour du rapport *importun* qui existait selon lui entre la fécondité de l'esprit et l'instinct de génération, qui puisaient aux mêmes sources.

De voir et d'entendre l'excellent maître Luca évoquer ce lien tyrannique me persuada que toute connaissance avait pour origine le désir de la cognition charnelle. J'en fus délivré de mes remords ; mais pas de mes craintes. Salay parlait trop. Et Baldassarre, qui par sa naissance était lié à la cour de Mantoue, évoqua mes travaux les plus secrets devant la marquise Isabella. Laquelle conçut dès ce moment pour mon art une curiosité funeste qui s'arrêta souvent au bord de la folie.

Voilà comment Salay, une fois encore, et malgré lui, fut cause de nombreux tourments. Je dis malgré lui, parce qu'une part de la faute m'incombe. Lorsque j'appris qu'un commerce de dessins anatomiques pouvait rapporter trente ducats en quelques semaines, ma surprise fut mêlée d'intérêt. Salay me cita les hauts personnages de l'entourage du duc de Milan, qui montraient de telles curiosités. Comme je le soupçonnais d'en avoir satisfait certains en personne, il me jura le contraire en paraissant fort près de verser des larmes.

Alors je l'embrassai, je l'apaisai, je le consolai par tous les moyens que j'avais accoutumés. Puis je lui dis en somme :

« Faisons un traité. Mes requêtes auprès du trésorier Gualtieri sont infructueuses depuis quatre mois. Je n'aurai bientôt plus de quoi entretenir ma maison si je ne trouve pas un nouvel expédient. J'ai fait un *padiglione* de bois à toit octogonal pour la duchesse Béatrice, un dédale dans son jardin, une fontaine chez la Crivelli, j'ai tracé les plans d'une villa d'été pour le comte Caiazzo, j'ai vendu mon cheval Alado et les deux Siciliens qui étaient superflus. Je n'ai gardé qu'Olona et le grand Turinois qui est trop vieux pour servir, mais rien ne suffit plus à notre entretien. »

Comme j'hésitais à poursuivre, il se demanda où j'allais en venir. Je lui expliquai, non sans embarras, et du bout des lèvres, que je l'autorisais (encore que le mot fût trop fort) à vendre autant de « dessins, études et petites peintures » qu'il le voudrait, à condition qu'ils ne fussent point présentés comme issus de ma main, mais de celle d'apprentis indisciplinés.

Nul besoin d'aller chercher bien loin ces fripons, ma fabrique en était pleine. Salay confessa que deux au moins de mes élèves, dont l'excellent Boltraffio, participaient à son commerce clandestin. Je recommandai à Salay de ne jamais révéler que je l'encourageais et lui fis deux promesses : j'allais consentir à l'aider dans l'exécution de ses travaux afin qu'ils suscitent l'admiration de ses acheteurs ; et j'allais conserver une partie des sommes ainsi gagnées, afin de les consacrer à la fabrication d'un ornithoptère géant, sur lequel je volerais moi-même.

Le succès de cette entreprise nous vaudrait une richesse immédiate. Les princes convoiteraient cette machine qui permettrait de voir du ciel la position des armées ennemies et de survoler les places assiégées. On en userait, un jour, pour laisser tomber du ciel des lances acérées.

« Pourquoi, me demanda Salay, tes pensées sont-elles toujours tournées vers la guerre, que tu prétends haïr, et la richesse, que tu dis mépriser ? »

Je me récriai, mais il avait raison. Même si je ne l'admis point à l'époque, il me persuada de cette contradiction que le plus grave défaut de ma nature est d'avoir souhaité vivre comme un prince, tout en considérant les illusions de la richesse avec l'œil d'Aristote.

En ce temps-là, j'avais l'ambition de construire pour moi-même une villa orgueilleuse dans les jardins près du château ou dans les vignes de Vigevano. Je reconnais, en outre, que j'avais une propension naturelle à faire l'ingénieur militaire. Mais ce n'est pas seulement parce que la tâche était des mieux payées. Elle l'était, certes, davantage que la peinture des *camerini* de la duchesse. C'est aussi parce que les machines qui balayent et qui massacrent cent archers ensemble, sur un champ de bataille, apaisaient ma crainte de la soumission et de la captivité. Je n'aspirais point à dominer l'ennemi par la guerre, laquelle est toujours une folie et la source de grandes atrocités. Mais, en raffinant les moyens de vaincre l'ennemi, je conjurais l'idée de tomber entre ses mains, et d'en subir des atrocités plus grandes encore.

Salay me persuada bien que, dans la construction de mon nouvel oiseau, si je voulais l'essayer moi-même, je devrais me garder de tout orgueil. Faute de quoi, j'allais périr comme la chèvre de Lecco.

Je l'interrogeai :

« Pourquoi me dis-tu cela ? D'où vient ce ton de certitude et de menace ? »

Je songeai à la prophétie de la Bruna. Je lui demandai encore si, à Florence, le jour qu'ils avaient conféré en mon absence, cette femme avait parlé de mes ornithoptères. Il laissa entendre qu'elle en avait une opinion. Mais il prétendit ignorer laquelle.

J'en avais une aussi. Depuis le temps où je marchais sur les crêtes, à Porciano, les soirs d'été avec mon oncle, j'étais convaincu que ma gloire viendrait de ma science du vol, et d'elle seule. Un rapace m'avait, en songe, frôlé les lèvres de son plumage quand j'étais enfant. Depuis lors, je sentais qu'aucune tâche dans ma vie ne serait plus importante que l'imitation de l'oiseau. Mes joies et mes tourments n'auraient point d'autre cause.

Pour les tourments, je ne me trompais point.

L'impatience de voler, la crainte de quitter le sol, l'ivresse de l'avoir fait, de l'avoir vu faire, de me représenter placé à l'instant de le faire, ressemblaient de près aux étapes de la félicité amoureuse. Salay redoublait d'affection envers moi quand nous en parlions seulement. Il se prenait toujours pour Ganymède, et le rôle de Jupiter ne me déplaisait point. Mais j'étais décidé, cette fois, à ne laisser personne essayer à ma place. Or, ce fut une erreur. Elle ne fut pas la seule. J'en commis deux, en vérité. L'autre fut de m'obstiner à construire un oiseau aux ailes raides et mobiles, alors que j'eusse mieux fait de rechercher la légèreté et la souplesse comme le voulait Salay.

Pour emporter un poids de deux cent quatre-vingts livres, il fallait un aigle de huit brasses en bois de sapin plaqué de tiges de tilleul liées avec du rafia. Les armatures secondaires étaient de jonc inclus dans un taffetas cérusé de couleur jaune. Non, je n'allais point battre des ailes en m'aidant des bras et des jambes, mais je déploierais l'étendue entière de leur surface pendant le vol grâce à quatre poulies de corne dure. Ou bien je la réduirais, pour augmenter ma vélocité, comme font les mouettes et les pélicans de la Crète.

Cependant, je vis bien que c'était une folie de prétendre sauter des toits de la Corte Vecchia sous un modèle aussi lourd. La première raison était qu'il faudrait démonter tout le toit de la salle supérieure, située au-dessus de ma fabrique. En outre, les ouvriers qui étaient alors à la tâche sur la couverture du dôme de la cathédrale me verraient tenter d'accomplir mon exploit avant que je fusse certain de sa réussite.

« Certain ? s'écria Salay ; si tu persistes à vouloir animer un objet aussi vaste, la seule certitude est que tu finiras les os rompus. »

Pour sa part, reprenant les proportions que j'avais définies en fonction de son propre poids, il prétendit construire un nouveau *farfalla*, lequel aurait pour principe de laisser pendre son passager le plus bas possible, dans une nacelle liée par quatre cordes, et de n'utiliser que des armatures en forme d'arbalète. Comme toujours sur ses dessins, le tissu flottait librement en arrière de la course.

Nous restâmes ainsi trois ou quatre mois à nous défier l'un l'autre. Chacun tentait de dissuader l'autre de voler dans sa propre nacelle afin de ne point finir comme la chèvre de Lecco. Et chacun œuvrait en silence.

Pendant ce temps, Baldassarre s'en fut à Mantoue. Salay le laissa partir. Il finit par renoncer à la compagnie des bavards, pour surveiller mes entreprises. Il montra toujours la plus vive inquiétude au sujet de ma tentative, redoutant pour moi et pour ma machine un sort funeste. Quant à moi, je rajoutai poulies et haubans à mes plans, afin de l'alarmer davantage.

Quand nous fûmes ensemble à Lecco afin de choisir le lieu de mon essai, il se montra patient et doux, de crainte de me perdre. Comme je n'avais aucune envie de périr, j'inventai une ceinture en forme d'outre, gonflée d'air, pour me sauver de la noyade quand mon oiseau se serait posé sur l'onde. Puis il fallut trouver un pêcheur à qui nous demanderions le secours de sa barque. Salay m'en dénicha un qui se nommait Cesare Giraldi, dit *Cesira*. Ce personnage adroit et fort jeune avait une belle figure avec des cheveux bouclés qui lui couvraient les oreilles, et des mains fortes. Il était à mon goût, mais il n'aimait que Salay. De Mandello à Verceia, son habileté dans la construction des bateaux était déjà légendaire. Son père lui avait appris à couvrir les bois de charpente d'une résine brillante et dure comme le grès. Il cousait les meilleures voiles de la région. Il recueillait aussi les ânes de tous les environs, de quoi je lui eus grande reconnaissance et tendresse. Car un homme de modeste origine qui nourrit de la compassion pour un âne, quand ses semblables exercent leur cruauté contre ces infortunées créatures, mérite la bonté des princes.

Nous avons connu Cesira dix ans environ. Quand nous revînmes vivre près de Milan, chez le père de Francesco Melzi, nous fûmes les invités d'honneur à son mariage.

Mais mon attachement particulier à ce jeune homme vigoureux vint de ce qu'il me fit gravir le Monte Boso dès les premiers jours de notre rencontre. Je l'y suivis seul. Salay était rentré à Milan après une dispute. La cause de cette querelle fut justement mon désir, qu'il n'approuvait point, de voir le sommet de cette montagne. Cesira avait, lui, un caractère très aventureux. Il était monté une fois sur cette cime. Il avait proposé de m'y mener, et j'avais accepté malgré mon âge, d'un cœur plein d'élan et de courage.

Je crois que Salay trouva là un prétexte commode pour s'éloigner. Il y eut entre lui et Cesira quelque affaire dont je n'ai pas voulu me mêler.

« Si tu vas là-haut, me dit-il, non seulement tu iras sans moi, mais je rentre à Milan tout de suite. »

C'est aussi ce qu'il me dit vingt ans plus tard, au moment de partir en France. Dans les deux circonstances, il entendit donner à sa défection le même prétexte : ma trop grande présomption devant le danger des montagnes.

Au moment de s'en aller sur sa mule, il me dit en outre, et devant celui dont il parlait, qu'il avait remarqué mon inclination dissimulée pour Cesira. Hélas, je la niai si vite et si entièrement qu'elle ne fut jamais récompensée. Cesira me prenait pour un père, car le sien était faible et distrait. Mais il me tenait surtout pour un magicien capable de prodiges. J'ai dessiné à son intention des voiles courtes, sans mât, faites pour les vents violents qui longent les rivages du lac de Côme. J'en étais satisfait. Non sans raison. Elles affectaient la même forme en arbalète que le *farfalla* de Salay et s'orientaient avec deux ficelles accrochées à une barre horizontale, fixée sur le fond de la barque au moyen d'un crochet.

Dès que je fus seul avec lui, le jeune pêcheur me fit observer la singularité de ma conduite envers Salay. Notre façon de nous irriter l'un l'autre à propos de l'envol que nous avions projeté représentait, me dit-il, un péril constant. Le danger n'était pas l'envol en lui-même, mais notre lutte pour être le premier à dompter les forces de l'air. Si nous n'y prenions garde, tout finirait mal.

Il avait raison, mais les voies de la Providence auront été plus tortueuses que nul d'entre nous n'eût pu l'imaginer.

Aucun lieu n'était plus propice à cette conversation que la montagne que nous gravîmes ensemble. Ce mont, qui restait couvert de neige jusqu'en août, était le plus haut sommet de la Lombardie. De là se voyaient quatre fleuves. Par-dessus la brume, le ciel était d'un bleu si sombre et si profond qu'on distinguait les étoiles.

En chemin mon esprit bouillonna de pensées. Je résolus de terminer ma *Dernière Cène* et de museler ceux qui tournaient en dérision mon impuissance à la faire entièrement. Je me sentis comme le Christ prêt à affronter la trahison et la mort.

L'ascension de cette montagne, d'une extrême longueur et d'une difficulté que je ne me figurais point, fut une rédemption. L'effort cessa vite d'être un calvaire. Un besoin de rire me chatouilla la poitrine et je considérai bientôt toutes choses d'un œil égal. Les indécisions et les craintes qui agitaient mon cœur comptèrent pour rien au regard du bleu de l'éther et de la blancheur des neiges. J'allais finir mes apôtres. J'allais m'envoler sur ma machine avant le milieu de l'été. J'aurais soin de renoncer à mon propre oiseau de huit brasses, dont les cordes et mécanismes seraient incapables de m'élever dans le ciel. J'allais imiter plutôt l'humble modèle suggéré par Salay. Sa souplesse lui assurerait une course constante et une stabilité qui manquaient à mes propres machines.

« Regardez, maître Lionardo », me dit le jeune Cesira, et il me désigna un aigle des montagnes qui prenait son envol sous la roche.

C'est en voyant cet oiseau aller avec grâce et sûreté le long des cascades de glace que je conçus d'un trait ce que j'avais à faire.

Comme lorsque je contemplais, enfant, les corbeaux devant l'église de Porciano, je me livrai à la joie de suivre des yeux ce vol adroit et de prévoir chaque altération de sa course. Dès que la force de l'air haussait son aile à droite, il pesait du même côté afin de gravir le dôme invisible du vent. Il se mettait à tournoyer aussitôt vers les hauteurs en se jouant, comme je l'ai vu faire plus tard par les cigognes de Cesena en route vers Constantinople. Ainsi la funeste spirale fermée qui m'étouffait dans mes rêves, qui m'empêchait de sortir de la matrice et me privait de la lumière s'ouvrait-elle vers les clartés infinies des neiges; la délivrance que tout homme espère était à ma portée.

J'en déduisis le principe d'une autre machine à voler qui eût décrit pour s'élever un mouvement spiral, tournoyant sur elle-même comme un escalier aérien. C'était une large vis, en toile de lin amidonné, qui eût fait dans l'air son écrou pour atteindre le ciel.

Cependant, au moment où mon cœur juché sur les ailes de l'aigle goûtait le vertige du vol, je tressaillis d'effroi, car au bord du vide, à cinquante brasses de nous, quelque chose attira mon regard.

Voilà deux jours que nous marchions. Les mules étaient restées en bas depuis la veille; l'air était froid, le vent mugissait dans les hauteurs, de longues échardes de roche noire se découpaient sur un horizon si lointain qu'on eût pu voir les monts Apennins jusqu'à Rome. Le lugubre sommet de la montagne se dressait devant nous après une arête étroite qui semblait interdite aux mortels.

Or, je vis un homme barbu, l'air d'un démon, la figure maigre et tendue vers nous, la main levée dans la neige. Il était si près que je voulus l'éloigner par mes cris. Je révélai sa présence à Cesira, mais mon guide crut que mes yeux avaient confondu la forme d'un rocher avec celle d'une personne.

« Mais ne vois-tu pas qu'il nous tend la main ? », lui dis-je.

Je menai le jeune homme vers un escalier naturel qu'il y avait entre le roc et la neige. Quand nous fûmes plus bas, ne sachant trop où se trouvait ce que j'avais aperçu de notre observatoire, je contournai un rocher qui laissait dans la neige un berceau rond.

Si Cesira n'avait été avec moi, je croirais aujourd'hui que je vis, comme sur le mur de la cathédrale de Pistoia, quelque reflet futur de moi-même.

C'était bien un homme. Il était pareil à ce que vous voyez de moi en ce moment, barbu, vieux, enseveli à moitié dans les glaces. Je ne suis qu'à demi mort puisque mon côté droit ne m'obéit plus, mais il l'était tout entier. Son corps se refusait depuis longtemps à toute obéissance. Ses yeux fermés étaient gonflés comme des lèvres. Seules sa figure et son épaule sortaient de l'abri qui était son tombeau. Depuis quand le froid l'avait-il sculpté de la sorte ? Je ne sais.

C'est ainsi qu'on nous trouvera nous aussi, gelés et roidis, mon petit Francesco. Peut-être est-ce moi-même que je vis ce jour-là comme un présage de ce qui m'arrive à présent. Les montagnes sont propices à toutes les imaginations. Cesira me l'avait bien expliqué pendant que nous montions. La fatigue disparaît. On ôte ses vêtements. De même les mourants rejettent le drap qui les retient. L'esprit, égaré dans l'ivresse des hauteurs, consent au vertige et à la mort.

J'ai observé que le monde des songes réconcilie des propositions contraires. Je meurs dans les neiges avant d'atteindre le royaume de France. Je suis à la fois celui qui découvre l'homme mort au sommet de la montagne et je suis l'homme qui meurt en tendant la main. Or, j'éprouve au même instant la joie de la rémission et du sauvetage.

Allons, me dis-je, nous avons surmonté les périls et la France nous attend ! Je vois, fort nettement, mon jeune serviteur Battista et Francesco Melzi se baigner ensemble au bord d'un lac, entre de hauts pics, sous les murs du monastère Saint-Gervais où je suis convalescent. La neige est accumulée au pied des murailles grises. Les frères m'ont assis au soleil devant une croisée ouverte. Je pleure de soulagement à la pensée que rien n'est perdu. J'irai bientôt chez le roi de France. J'entends les rires de ces deux jeunes hommes au corps blanc qui s'éclaboussent. Les frères disent que je vais recouvrer la faculté de mouvoir mon côté droit, et j'aime à penser que seule ma nature gauchère aura survécu aux désastres qui me sont advenus. Mais si je suis à jamais privé de l'usage de mon pied droit, de ma jambe droite, comment pourrai-je marcher jusqu'aux rives de la Loire ? Or, je m'y vois pourtant aller sur mes deux jambes. Je dis au roi de France que je me sens dépourvu des vertus que l'on me prête. J'ai déçu ceux que j'aimais. Ah ! nulle infortune n'est plus grande que d'avoir failli dans ses affections. L'être qui m'est le plus précieux, mon fils par le cœur, celui que j'ai adopté en son jeune âge, n'est point venu en France malgré les bontés que j'ai eues pour lui et celles que lui réservait mon hôte illustre.

« Votre Majesté lui a fait attribuer une inutile pension », dis-je au jeune roi François.

Il se penche vers moi et me répond que je n'ai point failli. Un jour, m'assure-t-il, ma philosophie sera fort admirée de mes disciples.

« Hélas, à quoi bon si elle suscite le mépris du premier d'entre eux ? »

Il me semble que je suis malade et que le jeune roi le sait. Il me promet, foi de gentilhomme, de faire chercher mon disciple à Milan. Je ne sais s'il y parviendra. Mais s'il le trouve, il ne voudra point venir. Il y eut entre nous des choses très fâcheuses. Je ne peux point les révéler au jeune roi, mais à toi, Francesco, je vais les dire.

Nous redescendîmes de la montagne. De retour à Milan, je racontai que j'avais découvert avec Cesira un homme trépassé à la barbe grise et aux yeux clos qui tendait la main hors des neiges. Je me perdis en suppositions. Avait-il été abandonné, déjà mort, par quelque troupe de voyageurs intrépides ? S'était-il aventuré seul en ces parages pour succomber au froid par accident ? Et aussitôt je songeai à l'utilité qu'il y aurait, pour les montagnards, à user de manchons en peau de chèvre, emplis d'huile et disposés tout autour de leurs parties exposées au froid. J'expliquai à Salay que l'huile résiste au gel mieux que toute autre substance, mais il m'interrompit au milieu de ces spéculations :

« Qu'avez-vous fait de cet homme mort ? »

Cesira l'avait recouvert de pierres. Faute de bois pour fabriquer une croix, j'en avais tracé une, en frottant un caillou sur le roc.

Alors Salay pâlit. Il affirma que la Bruna l'avait prédit. Il n'avait point voulu me suivre, de peur de finir avec moi sous un tas de pierres, avec une simple croix tracée sur le granit.

« Ainsi, répondis-je, tu as abandonné ton maître au sort prédit par la Bruna parce que tu craignais toi-même de mourir ? »

Au lieu de se récrier, il confessa qu'il avait cru périr à cause de mes entreprises, mais que, désormais, une autre crainte le saisissait pour moi, car je voulais être « à la fois Jupiter et Ganymède ».

Jamais il ne proféra sur moi de jugement plus avisé. Partout mon assurance et ma fermeté auront paru tombées de l'Olympe. Or, partout, j'ai plutôt recherché la faveur d'un père (quand ce ne fût que le mien) ou d'un prince puissant et sage (que je n'ai point trouvé). Quand j'ai cru l'avoir trouvé, ce prince n'avait que vingt ans. C'était le roi de France et c'est lui qui me prit pour un père.

Après deux mois de travaux supplémentaires sur l'ornithoptère de Salay, un appareil auquel j'attribuais désormais toutes les qualités, puisque je l'avais modifié à ma guise, je résolus de l'essayer moi-même. Je rappelai fort cruellement à mon élève qu'il craignait trop les conséquences de mes entreprises pour se lancer à ma place ; j'allais donc le faire au-dessus du lac, en un point situé cette fois à l'aplomb des eaux, et à la nuit tombante, afin que l'inconstance des vents ne pût me ramener sur les rochers du rivage. Et puis je porterais autour du corps mon outre d'air, afin que Cesira pût me repêcher aisément.

Quand approcha le temps que nous avions arrêté pour mon essai, Salay devint fébrile. De quoi je conclus, d'un ton plaisant et doux, qu'il m'aimait donc un peu, ou que la Bruna lui avait annoncé ma mort prochaine.

« Non, me dit-il fort gravement, c'est ta peur qui m'effraie, car tu crains de voler sous cette mécanique. »

Je répondis, avec embarras et colère, que mes seules craintes regardaient sa conduite imprudente avec Baldassarre, lequel me calomniait déjà, sans doute, à la cour de Mantoue. En outre, au moment où j'allais parvenir à convaincre *il Moro* de ne point écouter ceux qui, à l'instigation de Baldassarre et de ses semblables, voulaient ruiner mon crédit à Milan, le duc venait de perdre en couches sa femme, sa chère Béatrice, qui ne lui était pas chère au point de l'avoir dissuadé d'en engrosser une autre – laquelle fut d'ailleurs délivrée pendant qu'on enterrait la première. Depuis lors, il me faisait chercher partout afin de me rendre témoin de sa douleur.

Ce n'est donc pas seulement pour essayer l'ornithoptère que je m'éloignai de Milan. Je voulais aussi échapper à ses gémissements. Et à l'empressement qu'il montrait de me voir finir mon Christ et mes apôtres, faute de quoi je perdrais le contrat que j'avais avec les franciscains.

Il ne manquait, à ma peinture, que la figure de Judas.

Le prieur se plaignait fort souvent de ma lenteur auprès du duc. Pour lui donner une explication, il s'était avisé de blâmer ma conduite galante, à quoi il attribuait une partie de mes négligences. Or, la conduite de ce franciscain était, sous ce rapport, fort semblable à la mienne. Son ami Lorenzo Cianchi da Monza, à qui il rendait de fréquentes visites hors les murs, aurait pu en témoigner. C'est ce que j'avais fait répondre au duc, en le menaçant de donner à mon Judas les traits de cet homme hypocrite. Mais, à la fin, Baldassarre s'étant montré plus Judas que l'autre, c'est lui qui me servit de modèle.

Or donc, quelques semaines après mon effrayante découverte du trépassé sur la montagne, je fus de retour avec Salay chez Cesira près de Côme, pour faire voler l'ornithoptère. Les trois pièces de l'appareil suivirent sur une charrette et nous prîmes pension chez le père de Cesira, dans un village au bout duquel se trouvait une roche noire et ronde qui surplombait les eaux de cent trente brasses. On y accédait par un chemin qui contournait la montagne voisine à travers une forêt de chênes. Étaient venus avec nous de Milan un serviteur que nous nommions *l'Aquila* et qui disparut à peine arrivé, Fazio Cardano, qui recherchait des livres pour mon compte et dont c'était l'occupation principale, un certain Armando da Conselve, qui était un fort grand ami du Perugino, et deux autres qui allaient toujours ensemble, mais dont j'ai oublié le nom.

Je suis effrayé par le nombre de ceux que nous fréquentons de si près et dont nous ne savons rien dix ans plus tard.

Les deux premiers jours que nous fûmes au pied de la montagne, dans une ferme à meurtrières de terre cuite, je vis passer matin et soir une femme de trente ans portant une blouse bleue et accompagnée d'une fillette vêtue tout comme elle. Elle garda la figure tournée vers moi d'un bord à l'autre de l'horizon. J'en fus si frappé que je demandai à mes hôtes d'où elle venait. Mais personne ne put me le dire. J'en fus frappé doublement, car je me souvins de l'inconnue qui passait chaque jour sur le bord de l'Arno en me regardant dans la foule. Mon cœur se serra de tristesse à l'idée que j'étais toujours occupé de futilités par orgueil. Le temps me manquerait un jour dans mes affections les plus nobles, me disais-je, et c'est ce qui arrive aujourd'hui. Je donnerais des années pour voir Salay se pencher sur mon lit.

L'assemblage de la machine eut lieu le troisième jour, sur le dôme couvert d'une herbe jaune et séchée. Pendant qu'il nous aidait, Salay réclama plusieurs fois de prendre ma place dans la nacelle. Mais la surface des ailes était calculée pour mon poids.

À quoi il répondit que s'il portait un sac de pierres sur le ventre il pourrait combler la mesure. Mais je m'y refusai encore. Il me blâma de vouloir m'arroger seul la gloire de cette entreprise sous une machine qui appliquait ses principes et non les miens. Depuis vingt semaines, dit-il, je construisais un oiseau de neuf brasses qui devait battre des ailes. J'avais répété souvent que la science était de mon côté. Et voilà que j'adoptais les méthodes que je réprouvais hier. La science était passée du côté opposé. Ensuite Salay m'accusa de vouloir aller au bout afin de lui arracher la prophétie de la Bruna. Oui, je voulais obtenir l'assurance d'être aimé, me dit-il, en mettant ma vie en péril.

« Ne compte pas sur moi pour t'interrompre, me dit-il, enchaînant pour lui seul questions et réponses. Quant à la Bruna, je te rapporte au mot près ce qu'elle m'a dit : *les ailes du cygne seront tachées de sang.*

– La belle affaire », lui répondis-je, en lui rappelant aussitôt que nous avions cloué des ailes de cygne en grand nombre dans la salle du haut de la Corte Vecchia, au temps où je voulais construire et faire voler mon modèle à l'extrémité du château.

Or, quand le jour du vol arriva, sur les eaux où Cesira tenait sa barque prête à deux cents brasses de nous, deux cygnes apparurent entre la barque et le rivage.

Je crus à un complot de Salay pour me faire croire à un présage. D'ailleurs, je ne suis point sûr encore qu'il ne l'ait fait exprès. En tout cas il courut vers moi pour m'avertir, tandis qu'avec l'aide de Fazio et d'un autre j'accrochais le harnais de cuir et l'outre d'air qui ceignaient mon ventre. À part cela, je ne portais qu'une pelisse de mouton qui faisait tout uniment pourpoint et haut-de-chausses, des bandages aux genoux, aux coudes et à la tête pour enserrer mes cheveux, et des chausses droites, elles-mêmes bandées de lin et de coton à la cheville pour me garder des pierres.

« Maître, maître, me dit Salay en arrivant auprès de moi, je vois des cygnes sur l'eau.

– Et moi, répliquai-je, je n'accorde aux cygnes aucune importance ! »

Ceux qui étaient avec nous se mirent à rire et Salay hésita si fort entre la rage et l'inquiétude qu'il pleura. Il me dit que l'heure n'était point aux plaisanteries et que les villageois assemblés en bas n'attendaient qu'une chose : que je me rompe les os.

Mais je continuai ma préparation tout en l'écoutant malgré moi. Il disait que les enfants des villages voisins affluaient sur le chemin derrière nous pour rire de me voir tomber dans le lac. « Assez, criai-je soudain, j'ai besoin de toutes mes pensées, et tu me distrais par tes bavardages. »

Le soir s'avançait, mais l'air qui remontait les pentes était trop lent pour alléger le poids de mes ailes. J'en étais effrayé. Je comptais laisser l'ornithoptère jouer un temps avec les forces éoliennes avant de lui lâcher la bride et de glisser avec lui le long de la pente. Or, depuis le matin, le vent n'avait cessé de faiblir.

« Hélas, dis-je après un silence attentif, la faiblesse du vent ne me permet point de m'envoler en courant. Mes ailes ne me porteront jamais avant le saut du roc, il me faut renoncer. »

À ces mots, Salay fut secoué d'une fièvre de soulagement. Il regarda les enfants qui attendaient à moitié nus autour d'un arbrisseau près de la charrette et essaya de les chasser en leur signifiant qu'ils étaient montés en vain. Pour moi, tout en expliquant à Fazio et aux autres l'impossibilité de réaliser mon exploit si le vent ne soufflait pas, je finis par regretter l'excellence de mes raisons. Maintenant que les circonstances étaient contraires, j'avais grande envie de voler.

J'étais si près de le faire que ma peur atteignit une délicieuse extrémité. Le vertige, auquel je n'étais point sujet d'ordinaire, me gagna. Dans ma mémoire et mon imagination, les éléments de cette scène se réunirent pour composer la peinture d'un événement. Je fus bien aise que la faiblesse du vent ne me permît pas de voler, car cet événement était le sacrifice dont j'allais être victime. Le ciel, d'un bleu de glace, se reflétait sur les eaux calmes. Le soleil venait de disparaître à l'horizon de Varese dans une clarté dont nos figures étaient encore baignées.

« Un vent de chaleur se lève », dit Fazio.

Mon cœur se hâta. Fazio avait raison. Les feuilles frissonnaient de plus en plus vite au bord de l'abîme. Il se voit souvent que, la chaleur de l'été ayant suspendu pendant le jour tout mouvement de l'air dans la nature, le vent se mette à souffler dès le soleil couché.

Les armatures de peuplier frémirent derrière mes épaules. La toile amidonnée se gonfla. Les cordes qui liaient mon harnais à la nacelle se tendirent.

« N'est-ce pas le vent que vous attendiez ? reprit Fazio.

– C'est bien lui, dis-je en balbutiant, je vais attendre un instant que l'appareil nous indique comment il se conduit dans cet air en mouvement et, quand il le faudra, je lui imprimerai ma course. »

Salay était revenu vers nous pour entendre mes dernières paroles. Il eut le front d'expliquer à nos suivants, assistants et serviteurs qu'il ne fallait accorder aucune foi à mes propos, car l'essai n'aurait pas lieu.

J'affirmai bien haut ma résolution contraire et l'appareil sembla m'approuver en me levant par le haut-de-chausses jusqu'à m'emporter d'une brasse en arrière. J'y laissai reposer tout mon poids en causant encore avec mes assistants. Ma figure resta aussi naturelle que le permettaient mes bandages et l'extravagance de ma posture.

Or, l'air avançait vers moi de plus en plus vite. L'ornithoptère se souleva bientôt de manière si constante que je n'eus plus besoin de le porter. Mon seul souci étant de ne point reculer, je fus contraint de baisser au vent le nez de la machine, laquelle était si bien faite pour voler qu'elle vola.

Je fus le seul, en vérité, à savoir qu'elle vola. Mes pieds ne touchèrent plus l'herbe pendant le temps que je fus assis de tout mon poids dans la nacelle. À ceux qui tenaient mes ailes, je dis de les lâcher, car je voulais éprouver la balance qui s'était établie entre la vélocité de l'air et celle de mon vol, balance parfaite qui me soutint dans l'air à un quart de brasse de hauteur. Mais, à l'instant où les autres me lâchèrent, Salay désobéit. Il saisit l'un des liens qui attachaient mon harnais aux armatures afin de me retenir. L'ornithoptère bascula vers lui en recevant le vent par le dessous de ses ailes, ce qui le souleva de cinq brasses environ vers l'arrière.

Salay fut emporté aussi. L'appareil se retourna comme un bouclier. Nous fûmes jetés sur le flanc parmi ses armatures, qui se brisèrent tandis que les enfants s'égaillaient sur le chemin pour se mettre à l'abri. Fazio et les autres accoururent pour nous garder d'être traînés par la voile tendue. Ils nous saisirent ensemble, nous délivrèrent de nos liens et se penchèrent avec compassion sur Salay qui s'était presque rompu le coude.

Pour moi, je laissai éclater ma fureur. Je dis à Salay qu'il avait ruiné plusieurs mois d'études par son geste malencontreux, lequel avait été inspiré par la jalousie de ne point voler lui-même.

Or, il me sauva plutôt la vie ce jour-là. Sans lui, j'aurais glissé vers l'abîme et subi le sort de la chèvre de Lecco.

La patience avec laquelle il endura mes reproches signifia qu'il entendait ménager mon orgueil devant ceux qui nous entouraient. Ma résolution de voler avait été sincère, pourtant. Je m'étais apprêté à quitter le dôme. Mais j'attendais aussi qu'il m'en empêchât. En quoi il m'avait obéi.

Je lui parlai plutôt de désobéissance. Je feignis la colère en ramassant les débris de l'ornithoptère. Jusqu'au soir du lendemain, je résolus de ne plus lui dire un seul mot. Mais il en fut fort peu affecté, comme s'il s'agissait entre nous d'un complot tacite, d'une convention semblable à celle qui me faisait corriger les petites peintures qu'il voulait vendre, alors que j'en étais l'auteur. Sur le chemin qui nous ramena vers Milan, le jour suivant, nous fûmes réconciliés sans nous parler davantage et quand, après quatre jours, je fus accablé par les mille bassesses et intrigues de la cour, il me consola et caressa mon front comme si rien n'avait eu lieu.

Le duc Sforza s'épancha beaucoup devant moi. Il déplora la mort de sa femme et dit qu'il en perdait le goût de vivre. Malgré quoi il mangea de bon appétit et s'adonna aux galanteries dès que sa maîtresse fut délivrée de l'enfant qu'elle portait.

Il me dit aussi que mes prouesses étaient grandes et que mon art surpassait tous les autres. Mais il me fit décorer les portes du château comme naguère. Je peignis de la vigne et des cordes en songeant à Mantegna qui vivait à Mantoue comme un prince et au Perugino qui avait des écuries bien garnies.

Il Moro me dit encore qu'il voulait rajouter cent ducats à ma fortune. Quand ? Mais tout de suite, demain, dès que son trésorier serait prêt à l'entendre !

Or, je vivais entouré de jeunes gens impécunieux, contraints de se livrer à des travaux ordinaires pour entretenir ma fabrique. Et ils revenaient de toutes les parties de la ville en disant que le sort du *Moro* n'inspirait plus de confiance à personne. C'est pourquoi le mien finit par m'inquiéter.

Comme j'insistais pour percevoir les sommes qu'il m'avait promises, le duc me menaça. Il appela son nain et m'observa pendant que je jetais les yeux sur sa physionomie écrasée. Il avait fait venir cette pauvre créature de la Grèce l'année précédente. Il s'entourait aussi de géants que lui envoyait l'empereur Maximilien, lequel avait en outre une famille d'hommes-chats du Portugal et d'autres chimères humaines, venues à grands frais de l'Espagne et de l'Afrique. Mais *il Moro*, dont la taille était médiocre, préférait les géants. Il les couvrait d'armures. Sur le front des batailles, il leur donnait les nains pour voisins, afin que les ennemis vissent marcher sur la plaine des créatures quatre fois plus grandes que les autres. Mais le poids de leur corps leur était un calvaire. À sa demande j'avais examiné les entrailles et la tête de l'un d'eux, mort d'avoir affronté un taureau pour satisfaire quelque caprice de son maître. Je n'avais rien trouvé, dans sa cervelle, qui expliquât la grandeur extravagante de son corps.

« Tu n'as jamais pris mon nain pour modèle, me dit *il Moro* ; d'où vient alors que l'on m'a montré des dessins de ta main qui le représentent exactement ? »

Je répondis que ma mémoire me permettait de collecter sans cesse les traits, les détails qui servaient à ma peinture. Il parut lésé de me voir rassembler dans ma mémoire tant de formes, de figures, de couleurs. À l'entendre, cette faculté m'eût presque rendu coupable d'un constant larcin sur ce que je voyais.

En outre il me demanda fort gravement si de toutes mes études il n'avait jamais résulté quelque faculté de divination. On lui avait fait le récit des spéculations que je nourrissais avec Luca Pacioli sur les formes de la géométrie. Il tenait la science mathématique pour capable non seulement d'expliquer le monde (ce qu'elle est sans nul doute), mais de prévoir ce qu'il en adviendra. Et comme on lui avait rapporté que je voulais connaître les propriétés curieuses des chiffres, il me demanda quel était celui qui en possédait le plus.

Pour l'égarer je lui donnai le 6, qui est le chiffre du Mal selon la Bible, celui du sixième jour où le Christ souffrit sur la croix, celui qui, multiplié par lui-même, réapparaît toujours à la place de l'unité : 6, 36, 216, 1296, 7776. Je ne lui citai ni les étoiles de neige à six branches, ni le logis de l'abeille ou de l'araignée, qui a six côtés, ni la forme du château Sforza, mais la fleur ornithogale que j'avais vue entre Côme et Lecco et qui, par la perfection de son dessin hexaédrique, m'avait séduit. Elle comportait six pétales dans sa corolle extérieure et six, plus petits, à l'intérieur, forme dont les propriétés sont singulières puisqu'il s'y trouve six triangles égaux, à côtés égaux.

En vérité, maestro Luca et moi-même étions plutôt alors dans l'admiration des formes à huit côtés. Les constructions de Sangallo et de Bramante honoraient les polyèdres de huit. Mais l'étoile de six, la plus proche du secret divin, eût mérité davantage mes études et mes réflexions. En retrouvant le fil des pensées qui ont gouverné mon esprit et ma vie, je m'avise qu'elle était vraiment le signe de Dieu. Ce jour-là, je l'ai révélé trop légèrement à l'esprit grossier du *Moro*. Il n'en tira aucun parti. Mais, comme toujours, il voulut tout ensemble susciter ma pitié, me montrer sa colère, m'infliger des menaces, m'exprimer son estime, et m'arracher mes secrets.

Au nombre des confidences qu'il voulait entendre figurait l'origine de deux sonnets qui couraient la ville à mon sujet. On m'y appelait à Rome, en termes flatteurs. On disait que j'avais dépassé l'art des Anciens. Ces vers provenaient d'Ambrogio da Predis, qui nous avait quittés voilà longtemps. Mais la rumeur me les attribuait, comme si j'avais pu m'adresser à moi-même tant d'éloges, ce qui était impossible.

Non que ma modestie fût trop grande. Mais mon latin n'y suffisait pas.

Une autre rumeur lui était parvenue. Elle lui parvint, hélas, en même temps que son objet : je veux parler de la *coda leonardesca*, dont il me fit grand compliment tout en feignant, plaisamment, de n'accorder aucune foi à cette légende. Il me parla en outre des productions indignes de certains de mes élèves qui se vendaient dans la Lombardie et auxquelles on prétendait que je prêtais la main, ce qu'il ne pouvait croire. « Votre Excellence, lui dis-je, si vous ne pouvez le croire, pourquoi m'en parlez-vous ? Peut-être est-ce pour me permettre de vous exposer qu'il est compréhensible de voir mes élèves se livrer à ce vilain commerce, puisqu'ils ne reçoivent guère de moi que le nécessaire.

– Je le croirais volontiers, me dit *il Moro*, si je n'avais appris que tu leur rends le montant de leur pension.

– C'est qu'ils ont bien travaillé », répondis-je, embarrassé.

En vérité, le commerce licencieux de Salay avait été si fructueux que je me sentais empli de scrupules à l'idée de percevoir trois ducats par élève. Voilà encore un exemple d'une conduite conforme au bien, mais interprétée tout à l'envers par les calomniateurs.

Je ne fus point surpris d'avoir été espionné de la sorte, car comme Savonarole, à qui cette politique n'a valu que le bûcher, *il Moro* faisait sillonner la ville par ceux qu'il chargeait de rapporter ce qu'on disait de lui. On disait que la mort de sa femme était la première des punitions reçues du Ciel pour avoir fait assassiner son neveu. Il eut beau recueillir et protéger en son château la veuve dudit neveu, Isabella, pour qui je fis en ce temps-là une montée d'eau chaude à la Corte Vecchia, et qui était une personne fort modeste et fort pieuse, le peuple de Pavie ne lui pardonna jamais d'avoir offensé Dieu. Ce qu'ayant senti il n'écouta plus que son astrologue et son confesseur. Et quand il fut las des deux, ce fut vers moi qu'il se tourna.

Il insista pour me voir inférer de mes études de mathématiques les événements futurs. Je dus lui obéir, en ne lui obéissant point. J'eusse mieux fait peut-être de lui obéir entièrement : il m'eût doté d'un titre, comme son astrologue favori, qu'il fit comte de Rosate. Mais moi j'étais un philosophe, non un charlatan.

J'écrivis pour la cour des prophéties qui affectaient d'annoncer des calamités épouvantables, mais qui désignaient souvent des choses bénignes. Je dis un jour que les plus innocentes et les plus libres créatures du ciel seraient tenues captives par la faute de démons surgis de la nuit. J'énonçai cela en affectant tous les signes de la possession et de la frénésie, l'œil sombre et la main tendue.

De deux jours entiers, je ne voulus point révéler qui étaient ces créatures de la nuit. Et je reçus la visite à la Corte Vecchia de maint serviteur qui vint, de la part de son maître, entendre la réponse à cette énigme. Or, elle désignait seulement les étourneaux pris par la glu que l'on destinait à la capture des oiseaux nocturnes. Je fis encore cent autres prophéties de la sorte. Les phénomènes les plus ordinaires y étaient décrits comme funestes et de sinistre présage.

On verrait les propriétaires des domaines manger leurs laboureurs.

Et chacun s'effraya d'une famine des temps futurs, où l'on serait contraint pour survivre de dévorer ses journaliers. Or, il fallait seulement entendre que les bœufs qui labouraient les champs serviraient de viande à leurs maîtres, ce qui se voyait presque chaque jour.

En une autre occasion je parlai aux dames de la cour et à la marquise Isabella, qui avait grande charité, d'une cité future, aux mœurs atroces, où d'innocentes créatures qui travaillaient sans cesse n'auraient d'autre salaire que la faim, la soif, le bâton et l'aiguillon.

La cour me pressa de questions. Quand ? Comment cela viendrait-il ?

« Mais, leur répondis-je, c'est advenu. Les moindres briquetiers ne traitent-ils pas ainsi leurs ânes sous nos yeux tous les jours ? »

On plaisanta avec soulagement, mais je déplorai devant tous que le sort des hommes fût entre les mains d'une poignée d'entre eux, gouvernés par des passions cruelles et qui déchaînent les forces de la destruction et de l'infortune, dont ils deviennent les jouets tôt ou tard.

Il Moro cessa aussitôt ces jeux de conversation. Je voulais être craint et percevoir mon salaire sans tarder ; j'y parvins aisément. Pour ne plus m'entendre, il me fit payer par Gualtieri. Ce n'est pas tout : ce stratagème me valut aussi ma terre de Milan, qui, certes, ne valait pas celle dont il gratifia son astrologue, mais qui était une assez jolie vigne, près du Naviglio. Salay m'aida fort à l'obtenir. Si je la lui donne en mourant, ce n'est que justice.

« Il faudrait maintenant, dis-je un jour à mon élève favori, que le duc soit bien frappé par l'une de mes prophéties. Ne pourrais-tu pas trouver, parmi celles que t'a faites la Bruna de Florence, quelque chose à lui rapporter afin qu'il décide son trésorier à ouvrir sa bourse en ma faveur ? »

Nous étions justement en route de Gênes à Milan dans la suite ducale, après avoir essuyé une tempête dont le linge et les harnais avaient grandement souffert. Il y avait avec nous Fazio, qui tirait derrière sa mule un âne blanc que j'avais arraché en chemin à la brutalité d'un paysan. Et Bartolomeo, le frère aîné des jumeaux Bartolino, qui nous quitta peu après pour s'installer à Brescia, avec leur père. Notre équipage était plus nombreux qu'à l'ordinaire, tout comme celui du duc, qui déplaçait trois cents personnes et qui, durant le temps que dura l'agonie de son règne, voulut encore être entouré et fêté chaque jour.

Devant Alessandria, nous fûmes rejoints pour un banquet par des espions de Pavie et un ambassadeur de Venise. Ils étaient porteurs de mauvaises nouvelles que le duc connaissait déjà : le roi de France convoitait Naples. Il entendait venger la trahison infligée par *il Moro* deux ans plus tôt à Louis le Huitième.

« C'est le moment, me dit Son Excellence, de me livrer une prophétie qui ne soit point faite pour amuser la cour. Allons, maître Lionardo, de grâce ! »

Je promis de lui rapporter fidèlement ce que la Bruna, d'après mon serviteur, aurait affirmé à mon propre sujet.

« Quoi ? Qu'a-t-elle dit ? Parle ! »

Que la victoire de mon prince franchirait les montagnes.

Je ne suis plus certain qu'elle eût parlé de victoire, mais seulement, peut-être, de salut, ce qui expliquerait ce qui arriva ensuite : mon prince chercha si bien son salut par la montagne qu'il le trouva dans la fuite en Allemagne.

On pouvait entendre mes paroles de cent façons, mais il ne les entendit que d'une seule : celle qui lui convenait. Il croyait que l'empereur d'Allemagne viendrait à son secours pour lui donner la victoire contre les Français. Et puisque le salut du duché de Milan semblait être dans les plans de la Providence, il m'attribua une terre, à deux milles du château, en direction de San Vittore.

« Ainsi je pourrai voir, en observant l'état de tes projets, ce que vaut ta prophétie. »

Lorsque je lui demandai humblement de m'expliquer le sens de ses paroles, il me dit :

« Si tu traces là-haut les plans de quelque palais, je serai assuré que tu ne m'as pas menti. Mais si tu laisses ta vigne à l'abandon, je saurai que tu songes à me quitter.

– Vous quitter ? Mais, Votre Excellence, pour qui vous quitterais-je ? »

Il me répondit, avec une curieuse ironie dont je rougis encore :

« Je ne sais pas, tu iras peut-être à Mantoue. On y est très curieux de tes talents. »

La marquise Isabella, la sœur de la défunte épouse du *Moro*, s'était procuré là-bas un portrait de ma main. Il lui avait tant plu qu'elle disait à tout le monde que j'allais faire le sien, bien qu'en vérité ce fût la moitié seulement du désir qu'elle avait de me voir. L'autre moitié s'adressait à ma personne. Elle était fort curieuse de moi depuis que Baldassarre lui avait montré la *coda* et raconté à mon sujet mille folies. Elle était fort semblable à cette Salomé qui obtint d'Hérode la tête de Jean Baptiste. Certaines femmes veulent faire trébucher la vertu des hommes. D'autres cherchent les hommes qui ne les cherchent point.

Baldassarre savait si bien m'imiter qu'il lui avait dressé de moi le portrait le plus fidèle et le plus propre à exciter sa passion ridicule, qui était de dominer le genre mâle. À la cour de Mantoue, c'était elle qui portait les chausses depuis longtemps. Son orgueil balança toujours entre le besoin de me plaire et celui de me nuire. Pour finir elle me causa grand tort.

Je protestai donc devant *il Moro* que je n'avais aucune intention d'aller à Mantoue.

En quoi j'étais fort bien inspiré, me répondit-il, car j'ignorais ce qui m'attendait là-bas si je tombais aux mains d'Isabella.

Le murmure avec lequel ses paroles furent accueillies par les convives m'emplit de confusion. Pour me délivrer de la honte qui m'accablait, je revins aux projets d'établissement qu'il avait conçus pour moi. Je lui dis qu'hélas, je ne possédais pas la plus petite part des sommes nécessaires pour faire bâtir une maison, encore moins un palais, sur ma nouvelle terre de San Vittore.

« Ne t'en inquiète pas, me dit-il. Pour commencer, mon trésorier te mènera chez l'un de mes camériers, qui sait tout de l'affaire et qui est établi sur la terre voisine. »

Quand je retrouvai Salay, je l'embrassai, l'informai que nous avions désormais une terre à nous, et lui rendis grâce d'avoir permis cela en me révélant la prophétie de la Bruna. Je traçai déjà en esprit les plans d'une maison disposée autour d'une fontaine et je lui révélai que cette terre s'étendait sur seize perches entre le Naviglio et San Vittore.

Dès que nous fûmes de retour à Milan, je me rendis avec lui hors les murs, du côté du Naviglio, le cœur content, pour mesurer mon bien. Mais cette journée me fut gâchée par sa mauvaise volonté. Il affecta de mépriser ce désir d'établissement. La précision de mes mesures lui avait fait perdre la journée entière, me dit-il.

« À quoi l'aurais-tu employée ? », demandai-je.

Il soupira et se donna l'air de nourrir des pensées élevées, tout en m'accusant à mi-voix de m'occuper de bassesses.

« Quoi ! lui dis-je, toi qui passes ton temps à regarder tes chausses par le côté, toi qui marcherais cent brasses pour rencontrer un miroir, tu m'accuses d'être futile et d'avoir de viles pensées ? »

En vérité Salay, lors de notre séjour à Gênes au printemps précédent, avait entretenu un commerce à demi clandestin avec deux membres de l'entourage du *Moro*, dont un parent du comte Caiazzo (celui chez qui les jumeaux étaient morts d'avoir respiré du vif-argent). Cet homme s'appelait Carlo. Il avait trente ans, des traits magnifiques et il avait fréquenté Baldassarre Castiglione. Salay en était fort épris. Au début, j'avais par calcul encouragé cette relation. Carlo avait contribué à apaiser les calomnies après la mort des deux enfants. C'est lui qui m'avait conseillé d'employer leur frère aîné Bartolomeo à la fabrique. Mais désormais Salay soupirait et me trouvait vieux, occupé de *petitesses*, et refusait de me suivre au long des canaux de la ville (où j'allais, il est vrai, surtout les jours de grandes pluies, pour suivre des yeux les branches emportées par le courant, comme si mon âme entière y était accrochée). Salay m'accusait de toujours compter, mesurer, prévoir.

« Si je ne prévoyais rien, lui disais-je, où en serions-nous ? Que deviendrais-tu, toi qui ne sais rien faire ? »

Alors il me rappelait que son savoir de peintre était suffisant pour lui permettre de livrer des scènes galantes à la jeunesse de Milan.

« Et si je n'étais point là pour les corriger ? répliquais-je.

– Je les donnerais à corriger à d'autres.

– À d'autres ? », m'écriais-je.

Et ainsi de suite.

Un jour, il me dit que j'avais manqué de courage au moment de voler. Je répondis qu'il m'avait retenu et qu'il y en avait dix témoins. Mais il affirma qu'à l'instant de me retenir il avait remarqué que j'avais renoncé, et que j'avais brisé cette machine afin de l'empêcher de voler lui-même. En peinture, je reprenais ce qu'il faisait avant qu'il eût fini. C'est pourquoi il manquait du loisir de bien faire. Je voulais tout accomplir à la place de tout le monde et c'est pourquoi je faisais si peu moi-même. Tous mes apprentis étaient contraints de me quitter pour progresser dans leur art. Dès qu'ils étaient sur le point de parvenir à ce qu'ils voulaient, je les devançais pour leur imposer mes propres préférences.

Je répondis encore qu'ils me quittaient surtout par crainte des Français, qu'on disait en route vers Asti, et je lui demandai pourquoi, quant à lui, il restait avec moi. « On prétend que le comte de Ligny est déjà devant Arezzo », lui dis-je. Alors, il m'annonça qu'il partait le lendemain avec Carlo et toute la suite du comte Caiazzo son parent, pour voir ces fameux Français. Ce n'était pas pour me quitter, mais pour assurer ma position dès que nos nouveaux maîtres seraient à Milan.

Nous nous querellâmes à propos de ce Carlo dont je ne voulus rien entendre. Je lui représentai que ceux qui vivaient par le mensonge et par l'intrigue faisaient prendre à leurs amis un très grand risque.

« Et quel est ce risque ? me dit-il plaisamment.

– Celui de finir avec une épée dans le corps. Avant de t'exposer à perdre la vie, songe que j'en perdrais la mienne. Mes pensées t'accompagnent toujours. »

Et il partit, muni de cet humble viatique, dans la suite du comte Caiazzo, lequel voulait trahir *il Moro* depuis longtemps et ne livra point le moindre combat contre les Français.

Quand j'appris qu'il avait rendu les armes, cela m'ôta une part de mes inquiétudes. Mais Salay ne revint pas de plus d'un mois, pendant lequel tous les miens s'en allèrent, sans exception : Bartolomeo à Brescia avec son père, Fazio et mon apprenti Arrigo à Pavie. J'avais fait placer mes carnets, mon argent et mes linges dans des caisses prêtes au chargement. Devant le château sforzesque, soudain vidé de ses hôtes, j'eus beau écouter tout le jour, je n'entendis ni le chant des charrons ni les marteaux de la forge. Les centaines de chevaux qui naguère traversaient les cours, les ponts et les ruelles semblaient avoir fui dans la campagne les uns après les autres. Il n'y eut qu'un seul jour où l'on entendit tinter des cuirasses et où les cavalcades reprirent entre les murailles, celui où *il Moro* changea de gouverneur en hâte. Quant à lui, le très estimé prince, l'Excellence des larrons et des fourbes, il s'en alla déguisé, dit-on, au milieu d'un équipage réduit, sans une parole pour ceux qu'il laissait après lui.

Les appels des corbeaux résonnèrent de nouveau dans le silence devant les remparts. Sous le *padiglione* de la statue sforzesque, l'arrosage des linges devint impossible, faute de serviteurs. Les jambes arrière du *cavallo* se fissurèrent. La queue qui supportait une partie de son poids fit apparaître ses armatures rouillées. La veuve du jeune duc, celui qu'*il Moro* avait empoisonné, m'assura que je pouvais compter sur sa protection quand les Français seraient entrés dans la ville. Elle promit que mon œuvre serait sauvée de la destruction. Je ne répondis point. Mon regard lui dit ce que j'en pensais. Mais je révélai que j'avais à ce moment d'autres sujets d'inquiétude.

Cette femme avait de grandes vertus. Petite, laide, de cheveux noirs et de teint blanc, elle priait tout le jour pour son jeune fils Francesco, qui se mourait de la poitrine. La mémoire de son époux lui inspirait une discrète dévotion, dont j'étais cause. Pendant que je m'efforçais à faire monter l'eau chaude vers l'étuve de ses appartements, elle me dit qu'elle avait plus d'indulgence envers l'âme étrange et douloureuse de son bougre de mari depuis qu'elle me connaissait. En somme, la gaucherie avait trouvé en moi le plus vertueux des défenseurs.

Elle pensait grand bien des Français, qui avaient mis fin au règne du *Moro* imposteur et criminel. Depuis un mois, elle avait ses gens auprès du comte de Ligny, qui était lieutenant du roi Louis le Douzième. Elle leur avait vanté mes mérites, en sorte que Ligny pensait me confier des tâches importantes à Milan, et peut-être à Rome, où il allait se présenter bientôt avec son armée. Elle était divertie par l'anagramme *Roma-Amor*, que je lui montrai en ce temps-là et qui évoquait, à son esprit mélancolique, une circonstance galante et inconnue.

Les promesses de la duchesse eurent sur mon imagination le plus vigoureux effet. Je me vis en songe au service des nouveaux maîtres de Rome. Je réformais l'écoulement des eaux sales. La population de la cité commençait à croître en de telles proportions que je devais dévier les eaux du Tibre afin qu'elles pussent ruisseler sous les maisons. Les canaux qui transportaient les déjections longeaient des voies de chargement faites pour les portefaix et les charrettes. Ces voies étaient bordées d'écuries souterraines dont les odeurs étaient entraînées par l'air frais des canaux hors des murs. Les rues et les terrasses n'étaient plus couvertes que de jardins. On disait que les Français en étaient fort amateurs. Les parties exposées au soleil retrouvaient la quiétude des lieux voués à la vie de l'esprit pendant que les miasmes s'évacuaient par le dessous des quartiers, comme les humeurs chassées du corps.

À la fin de l'été, les espions de la jeune duchesse me rassurèrent encore quant au sort de Salay. *Il Moro* une fois parti vers l'Allemagne avec ses richesses et ses fils, il ne resta, pour résister aux Français, que ses fidèles les plus sots et les plus dévoués. Et parmi eux ce camérier vers qui Sforza m'avait envoyé sur la terre de San Vittore, un homme chauve au dos rond comme les tortues. L'infortuné fut percé de coups et, tandis que son palais était mis à sac par la foule, son cadavre taillé en pièces fut donné aux chiens. Tout Milan se vengea ainsi de ceux qui avaient contribué à asseoir le pouvoir des Sforza sur la ville. Ma statue sforzesque me désignait comme l'un d'eux. Je perdis toute illusion de m'établir à San Vittore. Mais j'attendis, pour fuir, le retour de Salay.

Après la chute du château, que son gouverneur livra aux Français sans combattre, Salay arriva aux premières heures du matin et se glissa près de moi pendant mon sommeil. Il m'éveilla, apaisa mes craintes en un instant et me dit qu'il avait vu des choses affreuses. Il était bien aise qu'on me les eût épargnées. Au milieu de ces atrocités, il tenait à moi plus qu'il ne l'eût pensé lui-même.

Je lui prodiguai les marques de mon affection. Il les accueillit avec une extrême dilection, mais il montra en toutes choses, fût-ce dans ces jeux de Vénus, une assurance nouvelle. Il affirma qu'il était au mieux avec les Français, ce que confirma, dans les jours suivants, la jeune duchesse qui était ma voisine au château. Salay prenait fort au sérieux son rôle d'intrigant, avant la venue du roi de France. Il était au fait des moindres choses. Quand le roi Louis arriva dans la ville, il le sut avant les autres. Et quand le roi quitta Milan, un mois plus tard, Salay me l'annonça le premier. Entretemps il y eut de grandes tueries dont je ne voulus rien connaître. C'est à peine si je prêtai l'oreille quand Salay affirma que le roi Louis me faisait chercher depuis qu'il avait vu la *Dernière Cène* chez les franciscains. Je conseillai à mon cher élève de s'écarter des Français autant qu'il le pourrait. Nous ignorions si le More allait ou non revenir, avec l'empereur d'Allemagne, pour châtier ceux qui l'avaient trahi. Salay me répondit que Louis le Douzième avait de grandes ambitions pour Milan, pour Naples et pour Rome. Il s'était allié à Cesare Borgia et avait demandé à Ligny de s'assurer de la neutralité de Venise. Il me répéta enfin que le roi me voulait voir, sans tarder.

« Et comment le sais-tu ? », lui demandai-je.

Il l'avait appris, me dit-il, par des gentilshommes qu'il fréquentait de près et qui avaient le mérite de ne point le prendre pour un enfant.

Je vis donc Louis le Douzième au château des Visconti, dont il était un orgueilleux descendant. Il me donna audience dans la salle des Dieux et des Géants, à l'endroit même où *il Moro* faisait naguère amener ses visiteurs.

Tout orgueilleux qu'il fût, le roi de France était aussi fort disgracié : un long nez, un menton étroit, de mauvaises dents ; il parlait notre langue aussi aisément que la sienne, riait fort, mangeait beaucoup, et se faisait suivre par des peintres qui représentaient ses actes passés pendant qu'il méditait les prochains.

Il me demanda ce que je souhaitais le plus, car il voulait m'être agréable. Je lui citai le titre de quelques livres. J'avais observé que les princes ont toujours des gens pour trouver ce qu'un homme ordinaire n'obtiendrait pas en dix années de recherches. J'avais en outre appris par Salay qu'il voulait enlever du mur de Santa Maria mon Christ et mes apôtres, afin d'en rapporter en France les fragments découpés. Je le priai de n'en rien faire. Les résines et vernis que j'avais utilisés pour cette œuvre rendaient un tel découpage impossible. Mais je lui promis d'autres travaux du même style, tout en sachant que je n'aurais aucun loisir de les faire.

J'avais résolu de m'éloigner de Milan. Il y eut, à cela, mille raisons. Mais la première est celle qui paraîtra la dernière : Salay était fort enclin à préférer les vainqueurs. Avec les Français, cette naturelle propension comportait de graves périls. Ils étaient à Milan depuis deux mois à peine qu'on les disait déjà prêts à céder de nouveau la place au More et à l'empereur d'Allemagne, son allié. Cesare Borgia, qui intriguait avec les Français, me flatta sur ces entrefaites. Il me compara à Archimède dont il me promit un manuscrit si je consentais à œuvrer pour son compte, et voulut me voir construire une machine volante. Il tâcha de convaincre le roi de me faire allouer cent ducats pour y parvenir. Je lui promis de tracer les plans d'une mécanique capable de lâcher des lances acérées des hauteurs du ciel. Mais je lui dis, et c'était la vérité, que jamais ma situation et celle des miens n'avaient été si précaires.

Je m'ouvris ensuite de ces inquiétudes à Luca Pacioli et à mon *famiglio* Zoroastro, qui ne m'a jamais trahi, lui non plus. Fra Luca vivait à Venise quelques années plus tôt lorsque *il Moro* l'avait prié de venir enseigner les mathématiques à Milan. Zoroastro, quant à lui, y avait depuis longtemps ses amitiés et ses plaisirs. Il s'y fournissait auprès des marins en animaux divers et en étoffes d'Orient, qu'il revendait aux marchands de la Lombardie.

C'est donc à Venise qu'ils m'invitèrent, l'un et l'autre, à chercher refuge quand les armées françaises quittèrent Milan. Salay comprit enfin qu'il y avait un risque de voir revenir *il Moro* dans la ville. Il consentit à me suivre. Mais plutôt qu'à Venise il me voulut voir aller d'abord à Mantoue, où le conviait son ami Baldassarre Castiglione.

Ce dernier était aiguillonné par la marquise Isabella, laquelle était fort curieuse de moi comme j'ai dit. Elle s'était fait prêter la peinture que j'avais faite de la

Gallerani à Milan. Et quelque temps après, le jeune Baldassarre Castiglione, pour se rehausser dans son illustre estime, avait prétendu compter Lionardo da Vinci parmi ses connaissances les plus proches. Baldassarre l'avait fait rire devant son entourage en singeant ma voix et mes manières. Elle voulut donc me voir afin de me commander une peinture, mais Baldassarre échoua dans la mission de m'en persuader. Je me méfiai de lui presque aussitôt. Ce fut donc à Salay qu'échut le rôle de Judas. Il devait m'attirer à la cour des Gonzague de Mantoue, et il y parvint, car j'étais fort épris de lui.

Nous allâmes donc ensemble à Mantoue. Entourée d'eaux, la ville possède des canaux souterrains semblables à ceux que j'avais rêvés pour nettoyer Rome jusqu'aux profondeurs. Je résolus d'étudier fort précisément la course de ces eaux qui éloignaient de la ville les humeurs mauvaises, comme le pissat et la lymphe font dans le corps humain. Hélas, dès le soir de mon arrivée, l'emploi de mon temps dépendit de celui de la marquise.

Mon esprit fut en outre empoisonné par l'envie que m'inspirèrent les vastes peintures de Mantegna. Cet homme, qui avait bien plus que mon âge, était couvert de richesses par les Gonzaga. Il possédait des chevaux dont la réputation était parvenue jusqu'à Milan. Sa douceur, sa manière et le raffinement de son âme ne résultaient d'aucune violence exercée contre lui-même. Dans ce temps-là j'écrivais mon carnet *Leo Sum*, pour me donner du courage. Mantegna, lui, n'était pas un lion, certes, mais au moins il n'avait nul besoin de dompter ses passions. Dans sa tâche il ignorait les scrupules. Il dessinait à merveille, et ne revenait à son ouvrage que pour jouir de le voir susciter l'admiration. Sa figure était laide, ses yeux perçants, son nez coupant et courbe. Il était presque chauve et portait les vêtements les plus simples. Sa magnificence et sa vigueur se montraient seulement dans sa peinture.

La plus nouvelle de ses œuvres nous fut présentée pendant que nous attendions au cabinet de la marquise. Ce tableau brillait par l'excellence et la légèreté de son dessin. Dieux et déesses dansaient dans un paysage lointain du plus charmant effet. Je m'ouvris à Salay de mon éblouissement. Que dis-je ! il l'éprouva tout de suite comme moi, ayant été convié à paraître devant la marquise en ma compagnie.

Mais nous guettâmes en vain l'arrivée de cette femme illustre. Un serviteur vint nous prévenir qu'elle remettait notre rencontre au lendemain. Elle avait tenu à me faire présenter son *studiolo* dès la première heure, mais la lumière de l'après-midi ne suffit bientôt plus à la contemplation de ces merveilles. Nous fûmes menés à nos appartements par deux serviteurs dont la beauté ne me parut point fortuite.

Une fois seuls, Salay me reprocha d'avoir retenu mon admiration devant les œuvres de Mantegna. Il n'en était rien, j'avais fort aimé cette peinture de dieux et de déesses. Le paysage surtout en était magnifique.

« En somme, me dit-il encore, tu as admiré ce qui ressemble à tes propres peintures. Mais tu as dédaigné ces corps de danseuses, ces voiles légers et ces pieds nus, car tu n'en as jamais fait de semblables.

– Crois-tu que je n'en sois pas capable ?

– Je crois, me dit-il, que tu es incapable de t'adonner librement aux plaisirs, et c'est pourquoi tu n'aimes pas les peindre. »

Je lui demandai comment il pouvait proférer des accusations si injustes, après les dévotions charnelles dont je venais de le combler. Mais au moment d'exprimer mon indignation j'entendis bien ce qu'il voulait dire. Notre commerce avait pour seule raison d'apaiser une faim mutuelle ; hors de l'acte qui nous était nécessaire et qui semblait plutôt une souffrance, nous ne goûtions aucun des délices de l'amour.

Salay me répondit avec pitié qu'en lui j'aimais mon œuvre et qu'en moi il aimait la sienne.

« N'est-ce point aimer quand même ? », lui dis-je, et je l'embrassai avec tristesse, car il avait raison.

Des quatre jours que nous passâmes à la cour des Gonzaga, mon plus heureux souvenir fut que Baldassarre Castiglione ne montra pas le nez.

La marquise était vêtue aux couleurs des outardes. Elle en portait le bandeau noir sur un front immaculé. Elle avait le col noir à bord blanc, la robe mouchetée de gris et de feu, le menton gras et des cheveux abondants, de couleur brun foncé. Son regard semblait toujours chercher le mien pour le confondre.

Durant quatre jours je subis son importune curiosité comme un affront. Elle fit associer mon élève aux nombreux banquets qu'elle donna en mon honneur. Salay ne m'épargna de surcroît aucune des admirations que lui inspirèrent les peintures de Mantegna. Or, il y avait bien d'autres de ces peintures hors du *studiolo* de la marquise. Ce maudit palais en était couvert. La marquise voulut me voir rester auprès d'elle, à l'exemple de ce peintre qu'elle avait soumis. Pour m'en convaincre, elle usa de toutes les ressources qu'elle put inventer pour exciter ma convoitise. Livres, villas, écuries, apprentis et servantes, elle m'offrit tout.

Je ne repoussai pas la promesse de ses richesses, ne sachant trop ce que l'avenir me réservait à Venise. Mais je lui citai comme j'avais accoutumé les titres des livres que je ne trouvais pas et qui manquaient à mon savoir. Sur quoi elle me dit grand mal du *Moro*. Premièrement, s'il avait été incapable de trouver les livres que réclamait un esprit aussi élevé que le mien, c'est qu'il m'avait méconnu. Ensuite, je serais bien avisé de ne point revenir à Milan si le duc y revenait lui-même, car il n'avait aucune réputation d'indulgence envers ceux qui pactisaient avec ses ennemis.

« Votre Seigneurie, lui dis-je, je ne suis point de ceux qui transigent avec un camp ou un autre. Mon camp est celui des philosophes, qui sont les amis de l'humanité et restent fort éloignés des gens de guerre.

– Mais vous dessinez pour eux des machines à tuer et vous allez à Venise pour en dessiner d'autres », répliqua-t-elle.

Je lui fis observer qu'il ne s'agissait point là-bas de servir les ambitions d'un prince, mais de défendre la chrétienté contre les barbares mahométans. Or, elle avait eu vent de tous les projets que Luca Pacioli avait conçus pour moi dans ses pourparlers avec la République. Elle avait déjà appris que je comptais présenter au Sénat un plan de défense de la cité par les fleuves de l'est. Elle savait surtout que mon imagination s'était enflammée au récit des cruautés commises par les Turcs. Baldassarre Castiglione lui avait rapporté des conversations épouvantées que j'avais eues avec Zoroastro à propos des supplices inventés par les mahométans sur les habitants du Péloponnèse. Sans doute Salay lui-même avait-il confié à Baldassarre que ma mère m'avait longtemps infligé ces sujets d'effroi et de dégoût. J'avais le souvenir affreux d'avoir aidé mon maître Verrocchio à réparer un Marsyas écorché qu'il y avait chez les Medici. Il m'était fort égal de découper des morts. Mais l'idée qu'un homme vivant pût être soumis à de pareils tourments m'eût fait noyer la terre entière.

La marquise de Mantoue m'entretint pourtant à plaisir des circonstances de la chute de la Morée vénitienne. Elle me parla de ceux qu'on dépeçait vifs ou qu'on coupait en deux par le ventre, à l'exemple de ces chefs chrétiens à qui un général turc avait promis de ne point couper la tête, mais à qui, disait-il, il n'avait rien promis plus bas, et qu'il fit donc trancher par le milieu. Elle évoqua d'autres saletés encore, par le récit desquelles elle affectait d'abonder dans mon sens, tout en révulsant mon esprit.

Et pendant qu'elle s'agitait ainsi, j'étais en train de brosser au charbon la première étude de son portrait futur, que je n'aurais pas le temps d'entreprendre avant d'aller à Venise, mais que je lui promis d'achever à mon retour.

Ce que nous disions ne rendit pas mon œuvre admirable, et plus nos entretiens s'avançaient, plus son portrait s'enlaidissait.

« Vous qui êtes si sage et si mesuré, me dit-elle, que feriez-vous devant des férocités si grandes que celles des mahométans ? »

La chaleur était si forte que je pus au moins justifier ma rougeur et mon trouble par le manque d'air. Elle fit sortir tout le monde, sauf un musicien de quinze ans, devant qui je fus embarrassé de répondre qu'il faudrait supprimer de la terre toute engeance capable de tels méfaits. Il faudrait stériliser sa progéniture. Il faudrait détruire ses prêtres et leurs emblèmes.

« Voilà donc le sage maestro Lionardo, dont la philosophie ne rougirait point, dit-on, d'être comparée à celle des Anciens, qui me parle de dévaster des villes et d'anéantir des races entières.

– Votre Seigneurie, lui répondis-je encore, lorsqu'on me décrit des cruautés si grandes et si délibérées que celle qui consiste à empaler un père devant ses enfants, ou à couper en deux ses prisonniers par milliers (ce qui occupe les bourreaux pendant plusieurs jours), je suis contraint à songer au traitement des fléaux humains comme s'il s'agissait de ceux de la nature. Si j'avais le pouvoir de supprimer la peste de toute l'Italie, ne le ferais-je point ? Eh bien, lui dis-je, détruisons les mahométans jusqu'au dernier afin que cessent ces cruautés qui offensent le Créateur.

– Maestro Lionardo, soupira-t-elle, quel dommage que votre naissance ne vous ait point permis d'être mêlé au gouvernement des hommes ; vous auriez fait un excellent chef de guerre, vous qui n'aimez que la paix. »

Je travaillai quelques heures à son portrait et nous nous quittâmes sur la promesse de nous revoir pour parfaire la peinture que j'allais commencer à Venise.

Je sus plus tard que, dès que j'étais arrivé en son palais de Mantoue, cette femme m'avait fait précéder à mon insu, et dans toute la Vénétie, de recommandations que je ne réclamais point. Elle avait même soudoyé Salay afin qu'il racontât mes actions à des gens qu'elle payait pour les entendre.

Nous prîmes la route pour Venise. Durant tout le voyage, je fis des songes où je voyais la marquise de Mantoue. Plus méchante et cruelle que jamais, elle humiliait devant moi *il Perugino*, qu'elle obligeait à peindre des allégories à sa gloire, et qu'elle tenait captif en flattant son besoin de richesses. Elle l'interrogeait très précisément sur mes habitudes dans les jeux de Vénus. Grâce à ses récits, elle savait comment m'atteindre au plus vif. Dans mon rêve, Baldassarre Castiglione se moquait de mon infortune et il chantait. Je ne sais par quel prodige il se glissait à la place d'un des jeunes serviteurs de la marquise à l'instant où je le passais au fil de ma broche à l'insu de Salay. Baldassarre se retournait et me parlait de l'*illustrissima coda*, tout en me désignant la marquise, qui me voyait enfoncé jusqu'aux couillons. Il montrait à Salay que je l'avais trahi. La marquise exigeait de moi son portrait en échange de sa clémence, et Baldassarre me disait que j'avais fort bien démontré la supériorité des armes sur les lettres.

À peine fûmes-nous installés dans la cité de Venise que Salay me signifia son désir de prendre part à une fête. Elle devait avoir lieu chez le neveu d'un sénateur, un commissaire dont j'avais grand besoin dans mes affaires. Je ne compris pas tout de suite de quelle fête il s'agissait, mais Salay se chargea vite de me le représenter. Il me dit que les uns allaient masqués et les autres non. Les uns vêtus et les autres point. Que tout frémissait et palpitait entre drap et velours, et que Zoroastro m'en dirait davantage.

Zoroastro ne m'en dit guère, mais il sut me convaincre que, si je me refusais à cette orgie, je perdrais l'amitié de Salay, car il avait vingt ans et j'en avais presque cinquante.

Zoroastro me donna en outre l'assurance que rien dans cette fête ne mettrait à mal mon orgueil ni ma réputation. Si je ne voulais pas être reconnu, je laisserais ma tête couverte après qu'on m'aurait amené sur les lieux avec mon élève. Si je n'entendais point faire autre chose que d'assister à ces plaisirs sans m'y livrer moi-même, Zoroastro me jura que rien n'était plus aisé.

Nous nous trouvions devant la statue érigée par mon ancien maître Verrocchio. Ce Colleoni à cheval ne manqua point de me rappeler ma statue sforzesque, qui séchait sur ses armatures à Milan, et j'en fus attristé.

On nous présenta, plus tard, un certain Jacopo, qui me désigna la maison où mon maître était mort avant la fonte de son œuvre. Mais je n'eus point le temps d'y entrer. Dans la première semaine de mon établissement à Venise, je fus occupé à choisir les livres que je ferais acheter par la marquise de Mantoue et à chercher un lieu qui pût me servir de fabrique pendant le temps que je resterais dans cette ville. Une ancienne boutique près du Rialto fit mon affaire. J'y fis installer mes carnets, mes instruments et tout ce que je n'avais point laissé à Mantoue.

En contemplant le colosse de Verrocchio, qui représentait un condottiere de Francesco Sforza, mon modèle, j'invoquai humblement les mânes de mon ancien maître. Je le suppliai de me guider au milieu des incertitudes et des troubles de cette vie.

Par exemple, devais-je me rendre à cette fête avec Salay ? Devais-je m'indigner qu'il eût songé à m'y entraîner ? Et si je n'y allais point, le perdrais-je ?

Voilà ce que je demandai, dans le secret de mes pensées, à mon maître Andrea, qui ne me répondit point.

Quelques jours plus tard, je cessai de balancer. Je suivis Salay avec allégresse.

Nous fûmes menés au-delà du Rialto, la tête couverte afin que nul ne pût deviner où nous étions entrés. Dès l'antichambre un valet nous tendit un masque, des linges parfumés et nous versa du vin tandis que Salay retrouvait une, deux, dix connaissances, un homme de trente ans auquel je ne parlai point, et de nombreux jeunes gens qui étaient ses cadets. Des hommes et des femmes de tous âges étaient rassemblés en nombre dans une salle à parements de bois, ornée en son centre d'une fontaine et de deux statues. La première était un Mercure de bronze ailé, droit sur un pied tendu, l'autre un Neptune de marbre, alangui entre de hauts poissons à grandes écailles. Sur l'un de ces poissons était assise une femme de chair, brune et vêtue d'un linge blanc. Une profusion de tissus cachait les tableaux et les fenêtres. Les voûtes, fort hautes, résonnaient aux accents d'un branle exquis, joué par des musiciens vêtus de rouge. Vin et miel étaient servis à discrétion. Les chandelles étaient si nombreuses que les deux cheminées en devenaient inutiles.

On semblait attendre quelque chose. Ce fut quelqu'un : un patricien, la tête couverte d'un bonnet blanc, entra accompagné d'une femme grasse et d'un giton dénudé de la taille aux chevilles. Puis il y eut un homme de trente ans, à figure d'Apollon, qui donna d'une voix mélodieuse un signal aux musiciens.

La salle s'emplit de convives dont les plus illustres gardaient la tête couverte, à moins qu'ils ne fussent les seuls hôtes du maître, les autres servant seulement de mercenaires à leurs plaisirs. Il y avait cent combattants à ce tournoi. Les femmes guerroyaient aussi. Leur masque était emmêlé à leurs cheveux tressés, leurs linges flottaient autour d'elles. Certains hommes avaient les jambes nues à la romaine. Leur poitrine était souvent garnie d'une cuirasse sonore. Dès que l'assemblée fut au complet, la femme brune juchée sur le poisson de marbre se dévêtit et se livra au Neptune. Le sculpteur avait doté ce colosse de tous les avantages de Priape. Elle monta et descendit autour de son sceptre, s'accrocha à ses épaules et se frotta contre sa barbe bouclée tandis que le branle commençait autour d'elle.

Les voiles tombèrent. Les mains se nouèrent. Salay ôta son masque, suscitant une convoitise dont je fus aussitôt jaloux. Zoroastro avait raison : en éprouvant ma patience, il ne cherchait point à l'affranchir des entraves de la jalousie. Il voulait l'y précipiter. Il l'éveilla sans retenue en m'offrant le spectacle des satisfactions qu'il savait tirer de ses pareils.

Elles furent fort grandes et fort nombreuses. Je fus frappé de le voir préférer, dans cette ardente compagnie, ceux qui par la tournure, la coiffure, la couleur de peau, lui ressemblaient le plus exactement. Non seulement il me montra que la jeunesse seule avait sa faveur, mais qu'il était épris de sa propre apparence. Il ne voulut pas approcher ceux qui ne possédaient plus la grâce juvénile et, quand il eut fini sa carrière, il s'entremit pour guider vers moi ceux qui la possédaient encore.

Je me sentis comme les pères villageois qui ne veulent point danser quand le branle vient à passer devant eux. Puis je me laissai persuader et je dansai quand même. Je poussai mes avantages avec zèle dans le logement qu'on leur offrait, sans découvrir ma figure, mais je ne m'avisai point que, Salay ayant révélé la sienne, chacun pouvait savoir qui était l'homme au poil roux qui l'accompagnait. D'ailleurs nul n'en avait cure. Les hommes au poil roux étaient nombreux autour de nous. La prodigalité dont la nature avait fait preuve envers moi et qui était naguère un sujet de honte me combla d'orgueil. Elle suscita l'admiration des hommes et des femmes. On me remarqua moins cependant qu'à la *stufa* de la Porte à Milan, puisque, dans cette salle, les étendards étaient tous levés.

Je ne dirai point davantage ce que j'ai vu, ni ce que j'ai fait. Non par vergogne, mais à cause de ce que je vis et fis ensuite, en songe, dans une autre salle aux voûtes plus basses. Elle se trouvait au-dessus de la première. Elle accueillait ceux qui voulaient se reposer sur des litières.

À mon grand effroi, on y accédait par un escalier en hélice étroit et brillant comme un coquillage. J'y fus poussé par Salay, qui me tint aux reins en riant. Arrivé en haut, je vis que cet escalier n'était point le seul moyen de monter jusqu'à cette salle. On pouvait en sortir par une porte qu'il y avait, au fond, sous les armes du maître des lieux, lesquelles étaient cachées sous un drap rouge encadré de torchères.

De là, un autre escalier fort large, où l'on eût aisément fait passer une barque, menait au canal voisin. Je le parcourus jusqu'à sa moitié. Cette première pensée que j'eus d'y faire monter une barque, ou une charrette chargée de pièces de mobilier, m'inspira l'idée de construire, un jour, un semblable escalier dans quelque palais ducal, une hélice d'une largeur encore inconnue, où les hommes et les attelages monteraient dans une même tour sans se croiser et par laquelle les habitants du palais pourraient fuir sans rencontrer leurs ennemis. Il suffirait que l'escalier des hommes fût diverti en arrivant près des fondations du bâtiment. On pourrait s'en extraire en passant par le bord des souterrains qui servent à la circulation des eaux. Et l'on gagnerait la campagne sans être remarqué par les assaillants.

Je conçus cette vision solitaire dans l'obscurité sonore. Puis je remontai boire en compagnie de Salay et de deux jeunes hommes couchés nus au pied d'un pilier. Pendant que le vin m'entraînait dans un sommeil tumultueux, un éphèbe à l'aine griffée me caressa le sommet des jambes et le dos avec une douceur incomparable. Je me vis à l'instant fuyant les Turcs par l'hélice de l'escalier que je venais d'emprunter. Quand j'arrivais dans la partie la plus étrécie, on me saisissait aux reins et je ne pouvais pas atteindre la salle supérieure si vivement éclairée. Mon corps enroulé autour du pilier de l'hélice ne pouvait supporter sans se rompre une torsion plus grande. Je me souvins, toujours en songe, du chef turc qui faisait scier par le milieu ses ennemis. D'après le récit de ma mère, huit cents corsaires catalans avaient eu les jambes et le tronc séparés tout vifs par les mahométans. Je rapportai à cette vision ce que je savais de la fin de l'architecte Andrea da Ferrara, qui, ayant cru trop longtemps au retour d'*il Moro*, humilié, torturé dans les geôles du château, avait été décapité et divisé en morceaux, lesquels avaient été exposés aux ferrures de la porte d'orient.

Si je ne parvenais point à me libérer de l'hélice de l'escalier, mes propres ennemis me trancheraient moi aussi en deux. J'appelais Salay à l'aide. Mon cœur était plein d'angoisse. J'ignorais s'il se trouvait en bas, dans la salle obscure, avec les sauvages assaillants, ou dans l'autre pièce, prêt à me hisser vers la lumière.

« Salay, Salay, criais-je en lui tendant les bras, aie pitié de ton maître ! »

Mais il ne m'entendait point. Je demandais qu'on le fît chercher à la Scuola di Rialto, où il s'entretenait avec mon défunt maître Verrocchio, lequel arrivait bientôt en sa compagnie au lieu même où j'étais prisonnier, portant un objet fort lourd, armé, nervuré comme une barque. Une gondole, une galère à rames, les ailes d'un moulin. Non : c'était l'ornithoptère. Il portait l'ornithoptère.

Je voyais là dans mon rêve Andrea del Verrocchio tout pareil à celui que j'avais connu dans ma jeunesse : une grosse figure pommelée, un menton petit, enfoncé, des yeux fort bruns et brillants. Salay me reprochait de n'avoir point profité de mon séjour à Florence pour m'incliner sur son tombeau dans l'église Sant'Ambrogio. « Mais, lui répondais-je, si maître Andrea est avec toi, c'est qu'il n'est point au tombeau ! »

Ensuite, lorsque je leur demandais ce qu'ils transportaient, ils me répondaient qu'il s'agissait d'un ornithoptère de douze brasses. Ils l'avaient monté à grand-peine par l'escalier du canal afin que je pusse échapper à la cruauté des Turcs en m'envolant de la terrasse. Je voulais leur répondre que je n'étais pas prêt. Non, décidément, cette machine était encore incapable d'imiter les aigles. Mais j'avais tant affirmé le contraire que j'allais être obligé de m'envoler devant tous et de périr pour ne point avoir tort. Cette mort brutale, par laquelle j'allais me soustraire à l'humiliation, représentait le plus long et le plus cruel moment du songe. Je ne savais comment choisir entre deux maux qui m'étaient également odieux. Salay me regardait avec ironie, attendant que j'avoue l'inutilité de ma machine. Mais je m'y refusais jusqu'à la mort.

À l'instant du consentement, mes jambes se libéraient de l'hélice de pierre. Je m'accrochais à l'ornithoptère. Nous étions sur un toit plat, en tous points semblable à celui de la Corte Vecchia. De là, je m'envolais vers les nuées pour tracer le plan des lignes ennemies. L'entreprise réussissait. Je m'élevais dans les airs avec une aisance inattendue. Le vent m'emportait par-dessus les dômes et les tours de la ville, vers les rives lointaines de l'Isonzo.

Les eaux du fleuve étaient grosses et poussaient, dans le vert de cette onde marine, une pivoine orange. Je voyais les lignes turques s'engouffrer dans le gué que j'avais prévu. Une succession de vannes fermées par de grands arbres déviait les hautes eaux vers des parties inondées, d'où elles s'échappaient ensuite quand on donnait le signal. Trente attelages ouvraient les vannes en amont. Le flot jaune s'abattait sur les tortionnaires du sultan, dont la cervelle ne connaissait que l'imagination du mal et de la perversité. La satisfaction que j'éprouvais à voir supprimer d'un trait cette engeance inutile tout en tournoyant au sein des nuées lointaines me nouait la gorge de soulagement et de triomphe. Je dérobais aux mille souffrances et aux craintes de la guerre, j'échappais aux geôles étroites et sombres, je montais jusqu'aux neiges éclatantes, au sommet des montagnes, où vivait une humanité généreuse et digne.

Quand les vapeurs du vin quittèrent mon cerveau, je trouvai au réveil, endormis contre moi, les jeunes inconnus qui m'avaient caressé. Salay nous regardait avec grande amitié. Je lui dis que je venais de quitter la terre, emporté par un songe prophétique. Le souvenir de mon vol était d'une telle précision que je sentais encore l'odeur de la gomme qui enduisait les ailes, le grincement des cordages et le souffle du vent à mes oreilles. Et, une fois encore, je lui répétai que ma plus grande vocation, au milieu des misères et des périls innombrables de cette vie, était de voler vers les hauteurs du ciel. Mon nom serait couvert de gloire pour cette seule raison. J'allais construire un nouvel ornithoptère, si toutefois les commissaires de Venise m'en laissaient le loisir, car il me restait beaucoup à faire pour contribuer à la défense de la cité.

Comme je n'étais l'ami ni des Français ni du *Moro*, lequel avait fait alliance avec les mahométans qui découpaient leurs ennemis par le milieu, nous ne rentrerions point chez nous, dis-je à Salay, nous irions à Florence.

« Cependant, si tu doutes de mon entreprise, je te donnerai les quarante ducats qui te reviennent, et tu pourras retourner à Milan pour veiller sur la terre qui me fut donnée par le duc. »

Salay se dressa sur les genoux. Les contours de son corps tendre étaient soulignés des deux côtés par les chandeliers de la pièce. Derrière lui dormaient trois patriciens masqués, dont la tête reposait sur le ventre des femmes.

« Je ne peux pas te quitter, s'écria-t-il, ce n'est pas ce qui est écrit.

– Ce qui est écrit ? (Hélas, ma curiosité fut trop vive.)

– La Bruna m'a annoncé que tu mourrais dans mes bras.

– Je ne veux point mourir dans tes bras, lui répondis-je plaisamment, je veux y vivre. Et que t'a révélé d'autre la Bruna ?

– Que tu ferais l'admiration du monde.

– Cela, je le sais déjà, lui dis-je, mais qu'a-t-elle prédit d'autre ?

– Rien d'autre que ta gloire et c'est pourquoi je reste avec toi, car tu arrives à cinquante ans et tu n'as encore rien fait de glorieux. Je suis donc curieux de voir si ta renommée va grandir. Mais je suis, en même temps, fort inquiet de l'apprendre à mes dépens. »

Je lui demandai la raison de cette inquiétude qui n'était pas feinte. Il se fit longtemps prier pour me la révéler.

« Elle a prophétisé que tu tuerais un jeune homme.

– Il est impossible de penser qu'elle parlait de toi. S'il faut la croire pour cela, il faut croire aussi que je mourrai dans tes bras et je ne puis donc t'avoir tué.

– Et si elle parlait d'un autre que moi, me dit-il d'un ton qui signifiait qu'il m'en croyait capable, je n'en serais pas apaisé pour autant. »

Quelques jours plus tard, la rumeur selon quoi *il Moro*, trahi par ses mercenaires, était prisonnier des Français, me fit renoncer, comme j'avais dit, à ma position future à Milan.

À ce point je m'avise que, si la Bruna a prédit à Salay que je mourrais dans ses bras, il faut qu'il vienne, il faut qu'il soit venu, car je vais mourir.

Ce n'est donc pas un rêve, Francesco ? Nous sommes chez le roi de France. Est-il avec nous ? Oui, je parle de Salay. Sa Majesté aurait-elle réussi à le persuader de venir voir mourir son maître ? Sa Majesté lui a certainement donné de l'or. Il est fort sujet à la convoitise.

Mais il n'a point franchi les montagnes avec nous. Je me souviens que j'ai passé plus d'un mois le côté droit engourdi sur un lit de bois dans le monastère Saint-Gervais, au pied des monts. Je te revois, Francesco, avec le petit Battista. Vous vous lavez dans ce petit lac au milieu des glaces. Le soleil tombe, rayonnant, de la montagne, et le ciel bleu est animé d'un scintillement constant. L'amas de neige nous a épargnés. Chaque jour je me dis que l'on m'attend chez le roi de France. L'abandon de Salay me rend inconsolable. Je suis persuadé de ne jamais le revoir. Quand était-ce ? Une année ? Deux ?

Quand nous quittâmes Venise, mon mal d'amour était à son comble. Salay me vola l'argent nécessaire à l'achat d'un livre que je convoitais au Rialto. Je repris l'argent et retrouvai le livre, lequel me fut bientôt volé par un autre que lui. Après une querelle, Salay réclama mon office et s'offrit à moi en guise de punition ou pour gage de notre réconciliation. Le lendemain, nous fûmes en guerre de nouveau. Je nourrissais une grande colère contre lui parce qu'il avait, pendant des semaines, traîtreusement entretenu un commerce avec un luthier, Gugnasco, qui servait d'espion à la marquise de Mantoue. Il lui avait raconté l'histoire de la *coda leonardesca*, cette fable attestée à Mantoue par un jeune musicien que j'avais connu à mes débuts.

Tu l'as connu toi-même, Francesco. Il était surintendant de la basilique à Rome quand nous y fûmes ensemble. Il s'appelait Atalante Miglioretti.

Au milieu de ces événements, hanté par la crainte de perdre l'amitié de mon élève, je renonçai à finir le portrait de la cruelle marquise, que j'avais commencé à Venise. D'ailleurs, cette tâche n'avait pour moi qu'un seul mérite, celui d'assurer ma position future à la cour de cette femme si je n'en trouvais point d'autre. Il est infortuné, l'homme qui parvenu au seuil de la vieillesse cherche encore un maître, un toit et un salaire. La première ressource qui s'offrait donc à moi pour redresser ma fortune était de travailler à Mantoue pour Isabella d'Este, cette maîtresse qui me voulait soumettre. Mais je ne l'eusse jamais toléré. Elle racontait avec délectation comment les Vénitiens tombés aux mains des Turcs étaient voués aux plus infâmes esclavages, en attendant que leurs familles réunissent la rançon qu'on exigeait d'elles. C'est à cause de la marquise qu'au moment de quitter Venise j'inventai un procédé pour les libérer par la force. Si les familles des captifs versaient à mon bénéfice une faible partie de la rançon, me disais-je, je ferais couler les navires par des guerriers capables de percer leur coque. Ils nageraient sous les eaux avec un appareil à respirer.

À quoi Salay objecta que les otages vénitiens étaient aux fers et qu'ils périraient dans le naufrage avant qu'on pût les délivrer.

« N'importe, lui répondis-je, nous laisserons un jour entier aux Turcs pour réfléchir, afin qu'ils soient bien persuadés que leur naufrage est inévitable ; ils libéreront alors leurs prisonniers pour préserver leur navire. »

Salay haussa les épaules :

« Les Turcs ne sont point comme toi des raisonneurs. S'ils décident de livrer bataille, ils prendront le risque de perdre leur navire, et ils perdront leurs otages avec lui. »

Il était rare que je parvienne à gagner Salay à mes idées. Mais je lui représentai que ma patience envers lui n'avait pas de limites. Aucune de mes actions ne trouvait grâce à ses yeux, toutefois il pouvait être assuré d'une chose : si je devais tuer un jeune homme, comme l'affirmait la Bruna, ce ne serait pas lui puisque je l'aimais tendrement.

Je revins souvent, dans les jours suivants et pendant que nous faisions route vers Bologne, à cette prédiction du jeune homme tué. Elle réveilla le souvenir de mon ancien maître, Andrea del Verrocchio.

Quand j'avais quinze ans, à peine étais-je arrivé au service d'Andrea qu'il m'avait avoué avoir tué, à mon âge, un enfant plus jeune que moi. Au cours d'une querelle, il avait touché à la tête son assaillant, qui s'était raidi dans la poussière avant de succomber. Et il n'était point de jour où il ne songeât dans ses prières à cet enfant, persuadé qu'il l'attendrait derrière la porte à l'heure de sa mort.

Ces confidences me rappellent une discussion que j'eus avec frère Luca Pacioli à la Scuola di Rialto. Le souvenir m'en reste fidèlement à l'esprit parce que Fra Luca pensait que nos actions n'avaient d'avant et d'après que dans le monde d'ici-bas. Mais qu'une fois franchie la porte de la mort, l'avant et l'après se conjuguaient. De quoi il résultait que le bourreau et sa victime mouraient au même instant. Un instant où ils pouvaient conférer à loisir sur le sens de leurs actes passés, lesquels d'ailleurs n'étaient plus passés puisque le temps leur devenait présent, éternellement, comme un conte qui n'aurait ni début ni fin.

Ce qui signifie qu'en mourant à mon tour je reverrai mon maître Andrea, tel qu'il fut à l'instant de sa propre mort, et j'en aurai certainement grande satisfaction, car il était l'homme le plus doux et le plus aimable de la terre.

Pour l'heure je représentai à Salay, toujours en prenant maître Andrea pour illustration, que les peintres et les sculpteurs, tout occupés par leur dévotion devant des formes humaines, ne pouvaient devenir meurtriers ni tortionnaires. Tandis que les ingénieurs et les architectes, habitués à soumettre la nature et les hommes à leurs mécaniques, devaient se garder de leurs penchants extrêmes à la cruauté. On prétend que les Turcs, dans l'adoration de leur dieu, doivent éviter de représenter la nature. C'est pourquoi ils réservent aux créatures de la terre, hommes ou animaux, un sort cruel, car ils sont comme les enfants qui rompent et dissèquent ce qu'ils ne comprennent point.

« En quoi tu leur ressembles, me dit Salay, car toi aussi tu vas dans les hôpitaux pour ouvrir le ventre des trépassés, et tu prétends tout soumettre aux lois de la mathématique. »

Voilà sans doute à quoi j'avais voulu venir. Cette conclusion m'offensait l'esprit, mais je l'avais cherchée malgré moi. Elle me laissa d'abord coi. Puis j'expliquai à Salay que les choses n'étaient pas ainsi. Dès mon jeune âge, j'avais appliqué chez Verrocchio des masques mortuaires. À peine étais-je entré dans la vie que j'interrogeais la mort. Mais, soit, j'agissais parfois contrairement à mes préceptes, je voulus bien l'admettre.

Salay le disait souvent, et plus souvent encore quand nous fûmes à Bologne. Mon ancien élève Boltraffio peignait dans cette ville le tombeau des Casio. Il aimait fort un certain jeune poète de cette famille. Je n'en dis rien d'autre, mais il est très renommé. Ayant résolu de faire étape chez eux plutôt qu'à Mantoue, je n'eus pas à le regretter. Car j'y retrouvai le goût de peindre en voyant ce que mon élève tirait de mes leçons. Boltraffio vivait dans une grande villa entourée d'un agréable jardin à deux terrasses. Des lys bordaient un ruisseau chantant qui décrivait un coude entre les cyprès et les pins.

L'art de Boltraffio était si excellent qu'il me donna le désir de renouer avec le mien. Ses manières et celles de ses amis de Bologne montraient d'aimables mignardises. La félicité qui régnait auprès d'eux était celle de la jeunesse. Ils plaisantaient, comparant couleurs et parfums avec une grâce dont je fus séduit. En lissant mes cheveux à la gomme arabique, en faisant tailler une veste d'un orange mêlé de rose afin qu'elle fût d'une couleur presque identique à celle de mes cheveux de vermeil, en épilant mon ventre à l'orpiment et à la chaux, je me donnais l'illusion d'être encore jeune alors que ma figure était déjà ridée. Salay m'accabla lorsqu'il observa que je cherchais à retenir ce que j'avais perdu. Mais il n'en fut pas moins aimant, ni soucieux de mon sort, car Boltraffio et les autres avaient pour moi grande estime, et il ne voulait point heurter leurs sentiments à mon endroit, qui étaient tout de sollicitude et de joyeuse amitié.

Nous parlions, à la nuit tombante, de la philosophie athénienne, du *Phèdre* de Platon et des préceptes du

Christ. Un défroqué dominicain, devenu séculier, que connaissait notre hôte, et qui savait beaucoup de théologie, nous représenta que le Christ n'avait point exigé que l'on renonçât aux satisfactions de la terre. Pour peu qu'elles contribuassent à nous rapprocher de Dieu en nous inspirant, sur ses créatures, le regard de bonté qu'il réclamait de nous, elles étaient légitimes. Et nous pûmes observer que ce dominicain avait grande bonté pour nombre de créatures terrestres. Il mangea du raisin avec nous sous les pins. Il huma l'odeur des roses. Il dénoua ses sandales au bord de la rivière. Il avait le plus beau cul de dominicain que j'eusse jamais vu, et en prodiguait la grâce et la mollesse sans compter. Il racontait qu'il avait servi de giton à quelque moine de son couvent de Brescia. Ce digne homme l'asseyait sur ses genoux pour lui montrer l'art de dorer les bois. « Et ses genoux, nous dit-il, avaient en leur milieu un formidable appendice, sur quoi l'on s'asseyait aussi. » Ce vieux moine, doreur de renom, enseignait son art à quelques apprentis qui prenaient place sur un banc garni de pieux lisses, de différentes grosseurs. C'est ainsi qu'ils progressaient dans leur art jusqu'à pouvoir recevoir les leçons de leur maître dans toute leur étendue.

Après avoir écouté cette histoire, Salay se sentit d'humeur entremetteuse. Il souhaita que l'un des compagnons de Boltraffio, nommé Marco, vînt m'entreprendre. Ce Marco le souhaita aussi. Il était fort plaisant à voir et plus encore à toucher. Il avait reçu une mission dont il s'acquitta fort bien, celle de distraire mon attention pendant que Salay regardait un autre de nos hôtes. Or, l'objet de son choix était d'une complexion pareille à la sienne : blond, les cheveux bouclés, la mine boudeuse comme un poisson tiré de l'onde : on eût dit son frère jumeau.

Notre passage à Bologne fut aussi le moment où réapparut la légende de la *coda*, qui fit tant pour asseoir ma réputation et tant pour la compromettre. Le jeune Marco sembla vénérer ce sceptre comme s'il était d'un roi illustre, mais aussi, hélas, d'un roi déchu, et j'en fus frappé d'un grand trouble. Pour la première fois, je m'avisai que la jeunesse n'aimait plus en moi ce qui lui ressemblait, mais le contraire. Par une cruelle conjonction de circonstances, je souffrais en outre de maux de dents et je retardais le moment d'aller chez le barbier pour qu'il m'enlevât celles du devant qui eussent, par leur absence, altéré l'expression de ma bouche. Plus tard elles m'obligèrent à combler, par une moustache pleine, le défaut de fermeté de ma lèvre.

Ce sont des maux dont j'ai pris l'usage. Je m'étonne de m'en être alarmé si tôt.

Je le fus tout autant, et tout aussi vainement, de l'état de mes finances. Les cinquante années de ma vie qui s'étaient déjà écoulées m'emplissaient de langueur et d'amertume quand je voyais tant de peintres, de sculpteurs et d'architectes vivre sans se soucier de leur subsistance et jouir d'une renommée que le temps ne cessait d'affermir. On eût dit que, chez moi, tout se dérobait avec l'âge. J'avais quelques centaines de florins qui comptaient pour rien auprès de ce que le Perugino et Mantegna avaient amassé dans les mêmes années. Ma renommée n'égalait pas la leur. Je n'avais jamais consenti à être assez flatteur pour devenir illustre.

Ma réputation était d'un raisonneur et d'un homme courtois, mais qui régentait tout. Les actions des autres devaient toujours obéir à mes conseils et préceptes, sans que j'eusse à les accomplir moi-même.

De cette réputation, je n'eusse rien connu, si Salay ne me l'avait rapportée de plus en plus souvent, en ajoutant toujours qu'il me défendait auprès de ceux qui avaient de moi si mauvaise opinion. Parmi ceux-là se trouvaient mes propres demi-frères, qui prétendaient m'empêcher d'influencer le jugement de mon père. Surtout, bien entendu, si je l'influençais en ma faveur. Et pour cela ils voulaient m'empêcher de l'aller voir. Ou, s'ils ne voulaient point m'en empêcher vraiment, ils se présentaient souvent devant Salay, en tous les lieux de la ville, pour l'intimider. Ils le menaçaient tout de bon. À travers lui, ils me mettaient en garde contre toute action inconsidérée en lui signifiant qu'ils pouvaient peindre devant mon père le tableau le plus fidèle de mes indignités. Ils brocardaient les hauts-de-chausses de mon élève, sa complexion femelle, ses bijoux. Et ils déploraient bien haut mon goût pour le cul des garçons.

Et toutes ces démonstrations avaient lieu à Santa Croce, de façon fort apparente et publique. Devant ceux qui les écoutaient, ils disaient que mon père était un vieil homme et qu'ils ne voulaient point que sa vieillesse fût troublée par d'injustes querelles avec moi.

Aux intrigues de mes frères, entourés d'amis gagnés à leur cause, s'ajoutèrent celles de la marquise de Mantoue. Elle inventa de nombreux procédés pour me soumettre à sa volonté. Premièrement, elle inspira la commande du marquis son époux, qui voulut le dessin d'une grande demeure entourée d'un jardin à la romaine. Je la dessinai d'après celle des Casio où j'avais fait étape à Bologne. Le souvenir de nos soirées sous les pins me flattait encore les sens. Il fleurait la résine, laquelle se rapportait aussi au vol de l'ornithoptère, dont les ailes étaient enduites de la gomme du pin. Je fis le jardin. Je fis les terrasses. Je fis le ruisseau qui décrivait un coude entre les cyprès.

Je ne pouvais refuser à ceux de Mantoue mon office d'architecte, car j'avais, dès mon retour en Toscane, profité des liens anciens entre cette ville et Florence pour être introduit à l'Annunziata.

C'est un couvent dont mon père avait été procurateur. Mon nom y était connu. De surcroît, l'influence de la famille Gonzaga y était encore très grande. J'en eus la preuve quand les moines m'attribuèrent la tâche d'y concevoir un autel.

Quand je l'eus dessiné, il fut fort admiré des frères de l'Annunziata et de tous les visiteurs qui se pressèrent pour le voir. Je le fis en forme d'arc de triomphe, car j'avais passé un temps à Rome pour m'emplir la mémoire d'antiquités. Je vais dire pourquoi. Je vais dire surtout pourquoi je n'y fus point avec Salay.

Devant l'autel, et les deux grands tableaux qu'il allait recevoir, devait s'ouvrir un chœur de style antique, bordé de portraits de saints. Je dessinai avec précision ces merveilles, mais n'en peignis aucune. Plus tard, je fis toutefois le tableau de sainte Anne dont je montrai aussi un dessin à mes visiteurs et qu'ils trouvèrent en tous points réussi. Mon père lui-même en avait entendu dire grand bien, quand je l'allai voir.

Entre-temps, la marquise de Mantoue me délégua ses ambassades. Son prédicateur de carême, dont la figure semblait taillée pour les admonestations, vint me demander si j'allais enfin consentir à travailler pour elle. Comme j'avais en train une petite Vierge que je réservais au secrétaire du roi de France, je lui dis que la chose était impossible. Alors, par le même truchement de ce prédicateur, qui était vicaire général des carmélites et qu'elle avait envoyé prêcher en Toscane à seule fin de me circonvenir, elle me fit savoir qu'elle renonçait à l'ambition de me voir peindre ce qu'elle voulait.

Je serais donc libre de la manière que j'allais choisir pour lui faire une Madone. (Mais, d'après le ton de sa lettre, j'étais à peine libre de ne point la faire.) Elle voulait de surcroît que je lui fisse envoyer le portrait que j'avais commencé d'elle à Venise (révélant par là qu'elle en connaissait l'existence, ce qui n'eût jamais dû être : elle m'avait fait espionner quand je le peignais au Rialto). Plus tard, elle imagina les prétextes les plus indiscrets pour me faire approcher par les siens. Ainsi voulut-elle me voir examiner quatre vases qu'elle disait avoir l'intention d'acheter et qu'elle n'acheta point, contrairement à l'avis que je lui donnai. Ces vases étaient fort beaux. Je les connaissais déjà pour les avoir vus présentés à Lorenzo de Medici, quand j'étais presque un enfant.

Pour tout dire en un mot, cette femme, dont je louai les vertus à ses envoyés, me parut une diablesse. Elle était capable de soudoyer jusqu'à Salay pour m'espionner davantage. Mais il est possible que Salay ait pris sur lui de satisfaire ses curiosités pour de l'argent. Il avait eu l'idée, au temps où les Français se trouvaient à Milan, de m'amener Florimont Robertet, le secrétaire du roi, qui s'entendait aux choses de la peinture. Et, me voyant puiser dans mon bien au comptoir de Santa Maria Nuova, c'est encore lui qui s'était entremis auprès de Robertet pour qu'il me commandât la *Vierge à l'Enfant jouant avec un fuseau*, un tableau que ce Français me paya fort cher. C'est Salay, enfin, qui m'avait obtenu de son père un loyer, pour la vigne que j'avais reçue du *Moro* à Milan.

Il fallut tout de même que je finisse par braver le courroux de mes frères pour aller voir mon père à la Badia avant sa mort. Or, il me fit chercher quand il entendit vanter mes travaux de l'Annunziata. Voilà qui se trouva le mieux du monde. Si je montrai tant de zèle à les accomplir et à les présenter à la curiosité de mes visiteurs, c'était justement afin que mon père en entendît parler.

Hélas, il entendit aussi évoquer la légende de la *coda*, que se plaisait à colporter mon demi-frère Lorenzo. En outre, Salay continuait à négocier ce maudit objet qui lui rapportait trente florins par an. Cela l'obligeait à visiter des ateliers d'orfèvrerie par toute la ville. Il était même allé prendre le conseil de Lorenzo di Credi pour savoir où le faire fondre à Pise.

Mais je reviens à mon père. Il me reçut dans un cabinet où se trouvaient rassemblés les coffres, stylets, chandeliers, médaillons et statuettes qu'il avait recueillis depuis le temps de sa jeunesse. Un petit portrait de Savonarole trônait sur une console étroite. Une branche de buis était piquée sous une châsse de verre. Le bronze d'un Mercure ailé voisinait avec le sabot verni d'un cheval qu'il avait aimé.

Il m'assura que, si mon frère Lorenzo cherchait à nuire à ma réputation, il n'avait point sa bénédiction. Après quoi, il y eut entre nous un silence d'une longueur peu commune. Je voulus le rompre, mais il m'en empêcha, afin que je le laisse aller au terme de ses pensées.

Ayant passé soixante et dix années sans autre maladie que la pierre, il était encore alerte. Il se levait sans cesse pour scruter l'entrée de la rue, deux étages plus bas, attendant le retour de quelque serviteur.

Je le trouvai amaigri. Sa tête, déplumée comme la mienne sur le dessus, avait des cheveux ras sur les côtés. Il portait le pourpoint noir, blanc et feu que je lui avais toujours vu et un haut-de-chausses gris et blanc sur lequel il posait, en parlant, ses mains tordues par l'âge. Sa voix, aussi haute que la mienne, m'était toujours fort déplaisante.

Il me représenta que les querelles d'héritage étaient, avant tout, des querelles de personnes. Après quoi, il me fit les éloges les plus chaleureux sur mon dessin de l'Annunziata. Il se réjouit de mes rapports avec la famille Gonzaga de Mantoue. Ces princes avaient fait la fortune du peintre Mantegna, qu'il aimait fort lui-même. Il me dit qu'en son vieil âge rien ne lui était plus agréable que de voir vérifiée l'intuition de ma valeur.

« Cherchez-vous, lui dis-je, à me persuader de votre estime afin que je vous pardonne de tester en faveur de vos seuls enfants légitimes ?

– Je te laisse le meilleur des héritages », murmura-t-il.

Je lui demandai lequel, à quoi il répondit :

« Ton héritage, ce sont toutes ces vertus que l'on te reconnaît aujourd'hui. »

Il me fit un tableau confus des mérites de son propre père, qui eût été un grand poète si la Providence l'avait permis. Je répliquai que, si ma famille m'avait légué tant de vertus dont il parlait si bien, elle m'avait aussi légué des vices dont il n'ignorait rien. Il aurait beau m'inciter à prendre femme, il savait bien qu'il n'aurait aucune influence sur le fond de mon cœur, lequel resterait inaccessible aux conseils humains. En outre, ces vices ne déplaisaient qu'à ceux à qui ils répugnaient par nature. Lesquels devraient s'interroger d'abord sur l'origine de leur répugnance.

« Te voilà juge de ton père ! », me répondit-il.

Sa voix était altérée par l'émotion. Je fus au bord de verser des larmes. Mais le serviteur qu'il attendait revint porteur d'une nouvelle fâcheuse, à propos d'une affaire qui m'était inconnue, et il m'oublia aussitôt. Nous devînmes étrangers l'un à l'autre et nous le fûmes, hélas, jusqu'à sa mort, qui survint deux années plus tard.

En le quittant, je me sentis comme chassé par le souci qu'il avait de lui-même et fort incapable de lui inspirer autre chose qu'un prudent dédain. Je traversai le quartier des orfèvres pour m'asseoir au bord du fleuve. Là, j'attendis qu'une passante levât les yeux sur moi dans la foule. Mais j'attendis en vain. Alors je me mis en tête de chercher la Bruna du côté de Sant'Ambrogio.

Je la trouvai dans une ruelle où elle vivait avec un vieil homme nommé Guidubaldo Pullicino et leurs fils.

La maison était étroite, à deux fenêtres. Le vieillard se tenait tout le jour devant celle de droite et touchait, d'un bâton, les portefaix qui passaient à sa portée. Il pestait contre le *palio* auquel jouaient les enfants dans la cour voisine, car les querelles emplissaient la ruelle de leurs cris.

Au milieu de ce vacarme, la Bruna me prit à part et m'assura de son embarras. Elle voulut savoir ce que Salay m'avait révélé de ses prophéties : « Je dois tuer un jeune homme », lui dis-je. Elle le confirma en hochant la tête et j'en eus, comme tu le penses, un grand déplaisir. Mais ce n'était qu'une partie de ce qu'elle avait vu, ajouta-t-elle. Ce n'était que la plus petite, la moins prodigieuse, la plus aisée à imaginer. Tout le reste dépassait son entendement.

« Soit, lui dis-je, je n'en veux rien connaître, après tout, sauf une chose pour laquelle je te paierai six sous : dois-je aller où l'on me réclame ?

– Oui », me dit-elle sans hésiter.

Je la payai, je trouvai Salay, lui empruntai de quoi partir avant la nuit du lendemain, et donnai mes consignes à l'Annunziata pour que mes élèves fissent croire aux frères, et à tous ceux que la maudite marquise m'enverrait de Mantoue, que j'étais perdu dans mes études sur quelque rivière de la Valdichiana.

J'étais venu à Rome deux mois plus tôt, sans Salay. J'y avais rencontré Giovanni Conte, un envoyé de Cesare Borgia. Lequel, ayant vu à Milan combien les Français estimaient mes méthodes, avait su me tenter, puis me fléchir, en me laissant croire qu'il s'intéressait à mes ornithoptères. Il m'avait promis que nous créerions ensemble « une armée entière de ces oiseaux de guerre ». C'est donc vers lui que j'allai aussitôt.

Ce maudit fils de pape était depuis longtemps dans la suite des Français. Il avait entendu pour la première fois le récit de mes études sur les oiseaux à la Corte Vecchia. Depuis lors, menaçant tout le monde par la sauvagerie de ses entreprises, il avait chassé le duc d'Urbino de son palais pour s'y installer. Il avait fait tuer et dépecer le premier d'entre ses propres *condottieri* pour convaincre la population qu'il était de son côté contre la cruauté de ses propres troupes. Salay affirma toujours que le caractère impétueux de Cesare Borgia m'inspirait de l'admiration. Il m'accusait d'aimer obéir à des hommes féroces. Comme si, à travers eux, je me réjouissais secrètement que nous fussions de la même espèce. Je ne pus le blâmer de le croire. Il pensait qu'en découpant les trépassés j'assouvissais une passion secrète. Borgia le croyait aussi. En quoi l'un et l'autre se trompaient.

Mais, quant au reste, Salay avait raison. J'étais peu lettré. Je connaissais mal certains mots, certains textes, certains traits de l'histoire antique. Je commettais des erreurs de contadin du Chianti, qui m'avaient fait mépriser par Lorenzo le Magnifique et qui faisaient rire le jeune Baldassarre Castiglione. Il me fallait donc un maître qui ne pût m'en remontrer en aucune matière, hors celle du gouvernement des hommes. C'était certes le cas du *Moro*. Et de Borgia. Lesquels étaient ignorants de presque tout ce qui ne relevait point de la galanterie et de la guerre.

Nous prîmes donc la route, Salay et moi-même, pour aller retrouver Cesare Borgia, qui me déplut grandement par l'étendue de ses férocités. Dès notre arrivée à Urbino, il me fit de surcroît son complice, menaçant de mort quiconque refuserait de complaire à mes enquêtes d'ingénieur. Au lieu de me permettre de dessiner librement les grands ornithoptères dont il aurait besoin pour ses batailles futures, il me fit mesurer les forteresses et dresser les plans des cités conquises. Partout où je me présentai pour son compte, autour d'Urbino et dans la Romagne, on m'accueillit avec crainte. On nourrit, peut-être, le dessein de se venger de moi. C'est pourquoi je laissai pousser ma barbe afin de ressembler plutôt à Platon qu'aux hommes de guerre du Borgia.

L'autre, la principale et peut-être la seule raison du changement de mon apparence, fut la vanité de mes efforts pour plaire à mon élève. Affecter seulement de posséder les attraits de la jeunesse m'était devenu impossible. Pour cacher la perte de mes dents du haut, la moustache fut un expédient sans lequel ma mâchoire inférieure fût remontée avec le menton vers l'extrémité du nez, que j'ai fort tombant.

Salay, comme j'ai dit, n'aimait que ses semblables. Il fallait, pour gagner ses faveurs, montrer des grâces dont j'étais dépourvu. Il m'abandonna pour suivre Cesare Borgia et sa troupe à Milan. Sous le prétexte d'aller voir son père et sa sœur, il s'y livra sans doute à mille débauches, pendant que j'étais laissé seul, avec ma barbe nouvelle et mes maux de dents, dans Urbino désert.

J'errai longtemps entre les murs de la citadelle. La cuirasse des soldats résonnait lugubrement jusqu'au milieu des nuits. Je traçai des plans pour m'occuper l'esprit. Tous les quatre jours, j'envoyais un émissaire à Milan pour me plaindre d'avoir été relégué à Urbino et de n'y rencontrer qu'insolence et mauvaise volonté. Les lignes de défense du duché se trouvaient aux mains d'hommes au caractère impétueux et cruel, qui m'eussent jeté en prison ou tenu pour un espion de Florence sans ma lettre de crédit. Il est vrai que j'envoyais fort souvent des lettres à Florence pour attirer vers moi Luca Pacioli. Je lui parlais des livres que la fuite du duc d'Urbino avait offerts à ma curiosité. Il les connaissait, ayant passé quelques mois à son service. Je n'osai lui dire la vraie cause de mon insistance, qui était la peur à laquelle j'étais livré par la solitude. Rien ne l'atténuait : ni la présence de mes jeunes serviteurs, ni la profusion des livres, ni la beauté des chevaux de l'écurie.

Pendant l'une de ces journées d'Urbino, tout me sembla pencher vers le pire. Le temps était orageux. Dans les profondeurs, au pied des courtines, on entendait les cris des prisonniers attendant leur sort. Mon esprit fut livré aux pensées funestes qui assaillent ceux qui ne dorment point. Or, c'était le milieu du jour.

Je voulus m'écarter des souterrains, afin d'oublier que la fortune des uns est bâtie sur l'infortune des autres. La forteresse était assise sur les geôles des suppliciés. Leurs plaintes m'étaient insupportables.

Je gravis l'escalier de la citadelle. Il était fort rude et fort étroit. Quand je fus au milieu de l'hélice de pierre, mes cauchemars me revinrent. J'étais éveillé, mais la crainte de demeurer dans cette spirale me saisit comme au milieu du rêve de Venise. Les cris venant des souterrains résonnèrent de plus en plus fort à mes oreilles.

Cesare Borgia, croyant m'être agréable, m'avait montré dès mon arrivée les effets de sa férocité sur les rebelles. L'un d'eux gémissait, les os brisés par une machine atroce que je ne veux point décrire. Cet homme, qui n'était pas jeune, m'avait supplié de saisir le fer qu'il y avait devant l'escalier du cachot pour le tuer. À cet instant, Borgia m'avait demandé ce que j'attendais pour accéder à la requête de cet infortuné. Il m'avait dit :

« Ah, je comprends, ce sont là des besognes indignes des grands architectes, et cependant, maestro Lionardo, si nul ne voulait s'y résoudre, qui pourrait encore faire l'architecte et bâtir des palais, de nos jours ? L'Italie est peuplée de cette vermine, de ces comploteurs, de ces criminels. Libres, ils ruineraient le moindre de tes élans vers la beauté. Aucune de tes peintures ne serait jamais prête. Qu'est-il advenu du *Cavallo* que tu faisais à Milan ? »

Au lieu d'écouter la réponse, il avait fait un signe vers l'un de ceux qui étaient toujours après lui. C'était un jeune soldat de vingt ans qui, saisissant promptement son épée, l'avait plongée dans le col du prisonnier. L'homme avait expiré devant nous.

Après quoi, Borgia avait repris :

« Va, découpe cette carogne, si tu n'as point le cœur de découper les hommes vivants. Mais, crois-moi, nous sommes de la même espèce. »

En gravissant l'escalier de la citadelle, je m'arrêtai pour songer, la tempe contre la pierre, à ces paroles.

J'avais répondu à Borgia :

« Si je découpe les hommes, c'est pour les mieux connaître. Et vous, Seigneur, pour les mieux ignorer. »

Crois-tu qu'il me laissa prendre le dessus ? Pas du tout.

À son tour, il m'avait représenté que, en laissant ses ennemis jurer et râler à l'agonie le ventre ouvert pendant deux jours, il les connaissait mieux que des frères, « comme il me semble, maestro Lionardo, avait-il ajouté, que je te connais davantage, à mesurer l'effroi que mes paroles t'inspirent ».

Ces mots revinrent à ma mémoire jusqu'au dernier tandis que je parvenais au sommet de la tour qui dominait la campagne d'Urbino. De là se voyaient les collines lointaines, peintes de bleu et d'ocre par la brume, les fumées dérivant dans le soleil et les eaux des rivières brillant, au creux des vallons, comme la laisse des escargots sur l'écorce des troncs morts.

Je conçus le moyen de dresser la carte des villes en usant de cercles successifs, comparables à ceux que décrivent les cigognes lorsqu'elles s'élèvent sous les nuages. J'avais été grandement frappé par les entrecroisements de voûtes de la salle des audiences du palazzo ducal. En me penchant vers le bas de la tour, je me figurai un drap ciré, de dix brasses de diamètre, tendu selon le même dessin de voûtes croisées. Aux six angles était liée, par six cordes légères, une nacelle d'osier. Ainsi un homme de poids moyen serait-il capable de sauter de la tour afin d'échapper à ses ennemis.

Je me promis de représenter les avantages de ce procédé à Cesare Borgia dès son retour de Milan, afin de le convaincre que je devais hâter mes études sur les ornithoptères. Et c'est ce que je fis. Quand Borgia, suivi par sa troupe et par mon cher Salay, revint de Milan après avoir assuré le roi français, Louis le Douzième, de sa loyauté très grande et très sincère (à laquelle celui-ci ne crut sans doute pas dans les mêmes proportions), je montrai à ces soldats les calculs des distances que j'avais réalisés par relevé circulaire, et je leur annonçai des prodiges, grâce auxquels ils pourraient survoler leurs ennemis et gagner l'empire du monde. De quoi

Cesare Borgia fut extrêmement curieux. Il promit de me procurer tout ce dont j'aurais besoin. Mais à peine m'eut-il décrit les moyens qu'il allait me donner afin que je pusse construire de nouvelles machines, que j'imaginai de rentrer promptement à Florence.

Cette inconstance n'était qu'apparente. Je n'avais pour but que de garder la compagnie de Salay, dussé-je lui sacrifier mon orgueil et ma réputation. Je ne ménageai ni l'un ni l'autre.

J'avais d'abord manifesté l'intention d'étudier de nouveaux ornithoptères parce que Salay en avait le goût. Et, quand il voulut revenir à Florence, je voulus ce qu'il voulait. Mais l'arrivée soudaine à Urbino de Luca Pacioli m'ôta toute illusion. Quand je fis part à ce dernier de mon intention de rentrer bientôt à Florence avec Salay, il m'avertit que l'heure de mon retour en grâce n'avait point sonné. Des calomniateurs attachés à ma perte outrageaient ma réputation jusqu'à Fiesole. On avait pénétré dans mon studio de l'Annunziata pour saisir certains des objets voués au culte d'Apollon dont Salay faisait le commerce. Le peintre Filippino Lippi m'avait remplacé à la tâche pendant qu'on m'inscrivait dans les registres d'infamie du gonfalonier Soderini.

Fra Luca m'assura que tout serait effacé avant peu, mais il avait préféré s'éloigner lui-même de la Seigneurie et nous suivre ici, avec son cher élève Guidobaldo (celui de l'illustre famille de Montefeltro). Ils demeurèrent avec nous tout un mois avant d'aller à Bologne.

Il fallut donc rester sous la protection de Cesare Borgia. Et, quand il quitta Urbino, nous partîmes avec lui.

Salay ne fut jamais mieux à son affaire. Le voyage qu'il venait de faire à Milan au milieu de tous ces soldats l'avait enivré de lui-même. Il n'avait que vingt-deux ans, mais il montra l'assurance d'un caractère accompli. Et il s'entendait à recevoir de l'argent pour des tâches dont la plupart étaient celles d'un espion.

Il devint mon bailleur aussi souvent qu'il le fallut. Sa beauté toujours incomparable, son caractère capricieux, sa voix qui trahissait (quand la profusion de ses bijoux n'y eût point suffi) le côté femelle où penchait sa nature, écartaient de lui les soupçons des hommes en cuirasse. C'est pourquoi il se prêtait si bien aux intrigues guerrières. De secrètes missions l'occupaient souvent. Il m'infligeait sous mon toit la compagnie de jeunes hommes qui n'aimaient que les chevaux de Sicile et les habits de soie. À Cesena et à Bologne, je craignis de voir réapparaître parmi eux Baldassarre Castiglione. Mais nous ne le vîmes point.

Nous allâmes à Rome avec Borgia. C'est là que Salay excella le plus dans l'intrigue. Lorsque Cesare rendit visite à son terrible père, le pape Alessandro le Sixième, les fêtes qui furent données en son honneur tinrent notre protecteur assez éloigné pour que nous pussions nous soustraire à sa surveillance.

Salay m'y incita fermement. Il avait ses entrées et pratiques depuis longtemps au secrétariat de l'illustre cardinal Grimani. Il était peut-être même entré jusqu'à la chambre de Son Excellence. En tout cas, dans ces jours-là, mon élève me prêta tant d'argent qu'il dut bien en recevoir. Peut-être le reçut-il de Grimani, notre hôte, et cela fut cause d'une querelle entre nous. Salay tira prétexte de la différence de nos âges pour repousser mes caresses, alors qu'il allait avec ceux dont les richesses lui faisaient oublier les ans. Je le lui dis. Il me répondit qu'il œuvrait pour mon « établissement ». Il avait grand souci de me voir gagner la gloire prédite par la Bruna. C'est pourquoi il s'efforçait, partout, à donner l'illusion que ma fortune était excellente. Lorsqu'il parlait de moi, il m'attribuait l'insouciance des esprits élevés et le train de maison d'un seigneur – afin que je les obtinsse.

Il ajouta qu'il n'avait aucune peine à représenter, à mes détracteurs, calomniateurs, délateurs et envieux, que je vivais sur un pied élevé. Pourquoi ? Parce que j'étais prodigue des sommes qu'il me prêtait.

Il me dit encore que c'était grâce à lui que la marquise de Mantoue me croyait riche. Chacun savait désormais que je vivais derrière l'église *di Santo Apostolo di Roma* parmi les hôtes du cardinal Grimani, que cet homme illustre me demandait mon conseil pour ses achats d'antiquités, et qu'il me laissait user de ses chevaux les plus véloces.

« Voilà, me dit Salay, le Lionardo que je veux pour maître ! »

Le cardinal Grimani protégeait mes entreprises dans le seul but d'attacher son nom à la plus grande œuvre que j'avais en train : faire voler de grands aigles de toile, lesquels non seulement seraient capables d'envoyer sur les lignes ennemies des lances acérées, mais permettraient de tracer sur un plan l'ordre et l'étendue des édifices.

J'avais longtemps observé le vol des cigognes qui gîtent dans la plaine de Cesena, sur le chemin de l'Afrique. Les cruels villageois de la Romagne les tuent pour les faire rôtir. Mais ceux de ces oiseaux qui ne servent point de viande à ces barbares s'élèvent dans le ciel sans battre des ailes. Ils parviennent à se maintenir au bord des nuages et quittent la compagnie des hommes pour s'échapper vers les contrées lointaines.

J'expliquai ce prodige au cardinal Grimani. Il m'écouta en plissant les yeux. Il avait un long nez, des jambes courtes, des poignets velus et il portait tout à sa bouche, d'une lourde main baguée d'or et de rubis. De son enfance vénitienne, il gardait un goût fervent pour les délices de l'Orient, dans la table comme dans les jeux de Vénus. Ma vertu pleine d'austérité le laissait comme interdit et fâché, car la vie ne l'effrayait pas, alors que j'étais inquiet de tout. Cette ville terrible de Rome, *Roma-Amor*, m'épouvantait par ses vices, ses crimes et ses vengeances. Trente personnes y perdaient la vie chaque semaine, par violence et pillage, de cruelle façon. On égorgeait dans les ruelles. On vous passait par le fer. Les vilains avaient le col tranché. Et cela ne finissait jamais.

Au milieu de ces effrois, Cesare Borgia était au bord de lancer les sbires de son père contre moi, car il me soupçonnait de vouloir quitter son service, et il avait raison.

En plus de quoi, j'appris que les moines de l'Annunziata de Florence avaient fait constater mon absence à la tâche. Pour achever l'autel que j'avais entrepris, ils avaient loué un autre peintre et Salay (toujours instruit par des voies qu'il ne voulait point dire) m'affirma que le prieur des Servites était dans la plus extrême fureur à mon égard. Il voulait percevoir de force le montant de mes loyers (lequel était pourtant déjà versé à son financier, mais il l'ignorait). La colère du prieur s'augmenta de celle que nourrissait à mon endroit la marquise de Mantoue, dont j'avais repoussé les curiosités.

Salay, qui connaissait ses espions, alla jusqu'à plaider pour elle. Il me dit que cette femme illustre ne voulait « après tout » qu'un portrait de ma main.

Je répondis qu'elle me voulait plutôt voir ainsi, et je lui désignai un corbeau cloué sur une table.

Il se signa.

Nous retrouvâmes les rives de l'Arno, après avoir couru la Romagne et séjourné à Rome un assez long temps. C'est encore Salay qui dut intriguer pour dégager mes caisses des douanes de Florence.

Le gonfalonier Soderini était si curieux de savoir ce qu'elles contenaient que j'en fus privé trente jours. Chaque fois que j'envoyais Salay s'enquérir de mon affaire, il revenait sans autre chose que des promesses et des mensonges.

À la Seigneurie, on entendait ainsi châtier mon orgueil. Ma fabrique de l'Annunziata ayant été visitée après mon départ, on y avait trouvé des obscénités sans nombre. L'inventaire consigné dans les registres comportait une mention de la *coda* et d'autres objets fâcheux, abandonnés par Salay : des statuettes qui bougeaient lascivement, une deuxième *coda* d'ambre et de cerisier, et les mesures d'une machine à foutre, qu'on actionnait avec des poulies. J'en avais tracé le dessin ; Salay se l'attribua pour ménager ma réputation.

L'inscription aux registres pouvait aisément être effacée, car il n'y eut rien contre moi. Quant à la faute endossée par Salay, elle était trop bénigne pour qu'on allât plus loin. Mais le gonfalonier Soderini jouit de laisser traîner les choses. Il me maintint dans l'inquiétude, à quoi il savait que j'étais sujet. Il fit une allusion à ma première inscription pour une infamie qui datait de trente ans et qui m'avait valu le cachot. Il avait compris que ma faiblesse ne se trouvait point dans la confiance que j'avais en moi-même, car elle était assez grande. Avec l'âge, elle s'affermissait toujours. Ma faiblesse était dans mon peu de confiance à l'égard des jugements d'autrui. Cette fois, l'âge n'y remédiait point, au contraire.

Chaque fois que je rencontrai Soderini, il commença par me rappeler les vertus de Ser Piero mon père. Il affecta de déplorer que je n'eusse point le même sérieux que lui dans la conduite de mes affaires. Il me dit que malgré la bienveillance de cet homme rigoureux et mesuré, qui depuis toujours me voulait voir suivre une règle exacte, j'avais mené une vie désordonnée. Mes funestes passions l'emportaient sur les qualités de mon esprit. Je traitais mes tâches secondes avant les premières.

Plus tard (au temps où ma fresque de la bataille d'Anghiari recueillit l'estime générale), il me reprocha, par jalousie, ma ressemblance avec le peintre grec Protogenès qui ne finissait point ses œuvres. Et quand il eut vent de mes essais d'ornithoptères, dans les montagnes du côté de Pontassieve, il devint si acharné contre moi que le roi de France dut prendre ma défense. « Vous passez vos journées à construire des ailes et à soigner des chevaux, vous avez en train cent travaux que nul ne vous réclame, me dit alors ce vilain gonfalonier, et vous ne faites pas ceux qu'on vous a commandés ! »

Il est vrai que je possédais cinq chevaux et presque autant d'ânes, ce qui était une folie, car mon bien était fort maigre. Je me commandais des travaux à moi-même. Je voulais complaire seulement à qui je l'entendais, ce qui ne m'a pas enrichi. Parfois même je n'ai réclamé aucun paiement pour mes œuvres. Cette insouciance fut causée par Salay et les paroles de sa devineresse, laquelle m'invitait à ne point me soucier de ma destinée. Salay me rapporta qu'en allant livrer un instrument à Luca Pacioli il avait rencontré la Bruna à Santa Croce. Elle l'avait assuré que le sort ne devait m'inspirer aucune crainte, mais elle me recommandait de la venir voir au plus vite.

« Si je ne dois nourrir aucune crainte, lui dis-je, je me demande pourquoi elle veut me voir au plus vite. Mais c'est inutile. Je le sais, je sais ce qu'elle veut : elle veut percevoir dix sous d'une âme crédule. Et c'est en moi qu'elle croit l'avoir trouvée. »

Or, Salay me répondit, assombri :

« S'il ne s'agit que de dix sous, je les paierai : va la voir.

– Hein, quoi ? répondis-je, tu me donnes dix sous ? Mais ne me dois-tu pas cinq florins ? Je ne prendrai pas dix sous de quelqu'un qui me doit cinq florins ! »

Il consulta son livre, qui attestait mon propre débit, pour le double, ce que j'admis sans dispute. Nous affections toujours un commerce d'argent pour en cacher un autre. Ma dette envers lui n'est toujours pas éteinte.

Donc, Salay insista fort pour me voir aller chez la Bruna. Premièrement, il me fit entendre qu'il était impatient d'assister à ma gloire universelle. Puis il m'assura que la Bruna semblait curieuse de compléter sa propre prophétie. Mon triomphe l'avait frappée. Elle voulait revoir de plus près un personnage capable d'étonner le monde avec une telle généralité.

Salay avait autre chose en tête. Nous allions être chassés du couvent de l'Annunziata et il savait que ce moment n'était pas le mieux choisi pour accueillir d'autres élèves, or il m'amena plusieurs jeunes hommes. L'un était âgé de seize ans. On voyait que l'apprentissage du dessin n'était pas sa première ambition. Je me gardai de lui donner le moindre gage de faveur.

Salay entendait détourner mon admiration. À certains signes, tout au long des semaines, je démêlai qu'il nourrissait une amitié cachée pour quelqu'un de l'entourage des Medici. Un neveu des Appiani, me dit-on. Il me voulait voir occupé ailleurs, plutôt que de subir ma jalousie.

Afin de lui bien montrer que rien ne saurait me faire changer de préférence, je le comblai de cadeaux, drap fin, broderies, hauts de satin qu'il aimait entre tous. Hélas, où qu'il allât, chez les Appiani, chez les amis les plus érudits de Luca Pacioli à Santa Croce, ou chez Giorgio Vespucci qui nous fit bientôt héberger à San Marco, il finit dans les cercles les plus débauchés. Il leur fournissait les dessins et les petites peintures obscènes qu'il exécutait lui-même ou qu'il faisait réaliser par mes élèves.

Ce Vespucci, par exemple, grâce à qui nous trouvâmes un nouveau refuge, était un homme lettré, digne de maints éloges et doué de vertus corporelles dont la beauté n'était pas la moindre. Mais, pour le reste, il ressemblait fort à Lorenzo di Credi (et à tant de pleurnicheurs, comme le Buonarroti) : il avait trop aimé les plaisirs pour ne point embrasser le parti de Savonarole. Depuis la mort du vilain moine, il restait persuadé qu'on lui avait fait un sort injuste. Parvenu à l'âge de cinquante ans, il était entré chez les dominicains de San Marco, où sa bibliothèque l'avait suivi.

Je l'y suivis moi-même, à son invitation, dans une double salle bordée de cabinets spacieux à parements boisés. Elle était fort proche des écuries où vivaient mes trois élèves, mes chevaux, et toutes nos bêtes. Outre les ânes, il y avait un serpent jaune, un singe et des oiseaux de l'Afrique que Zoroastro m'apporta en grand nombre.

En ce temps-là, je me livrai à des études pour la Seigneurie, qui voulait assécher Pise. J'eus le projet de dévier les eaux du fleuve. Je repris aussi mes visites aux *contadini* de la plaine, au-delà de Pistoia, où j'étais sûr que mes frères ne me verraient point parler aux jeunes laboureurs. J'abandonnais cinq sous aux familles pour prix de la patience que l'on montrait sous mes caresses et je continuais à relever mes distances ainsi, de ferme en ferme et de jour en jour. Je rentrais à Florence épuisé mais content.

Pendant ce temps, Salay reconstituait promptement sa propre école et distribuait autant d'obscènes peintures qu'on voulut en acheter. Avec cela il prétendait subvenir aux dépenses de ma maison et ménager le pécule que j'avais amassé à Milan et à Venise. Il y parvint pendant six mois, au bout desquels le vertueux Giorgio Vespucci, notre introducteur au couvent des dominicains de San Marco, que l'on voyait partout rôder en silence dans sa robe brune et noire, et qui guettait au fond des couloirs l'écho des passions interdites, eut vent de ce qui se tramait sous son toit. Il m'en parla, sans m'en parler, comme il faisait toujours. Il usa de mille détours, allant jusqu'à blâmer la couleur de vermeil qu'avaient le vêtement de Salay et le mien, l'apprêt de mes cheveux, qu'il jugea immodeste, et mes extravagances.

Lorsque j'interrogeais ma conscience, qui était fort attentive à mes questions, je reconnaissais à tout cela une seule cause : l'assurance que m'avait donnée la Bruna de triompher de mes ennemis. C'était elle qui m'ôtait toute humilité et toute prudence. Je voulus donc entendre où et quand elle me voyait illustre. Car, pour l'heure, je m'éloignais de l'empyrée promis.

Je me rendis donc à Sant'Ambrogio pour trouver la devineresse, non sans m'être fait annoncer par Salay.

Le vieil homme qu'elle nourrissait, celui qui criait tout le jour contre les joueurs de *palio*, n'avait point quitté sa compagnie. Mais leur plus jeune fils était mort d'un coup d'escopette. Je voulus la réconforter. Elle me dit que son spectre était là, présent, entre nous. Il me regardait, affirma-t-elle, avec la plus grande bienveillance.

Ses récits de ce qui m'adviendrait produisirent sur mon imagination l'effet le plus violent. Je serais placé, me dit-elle, au service d'un prince qui possédait dix mille chevaux, des armées puissantes, des palais et des forteresses emplis d'or et de pierreries. J'allais jouir d'une demeure accueillante au bord d'une rivière, entourée d'un jardin fertile aux couleurs vives et variées.

Elle me fit le tableau du lieu que j'avais souvent rêvé pour moi-même. Les écuries étaient vastes et les eaux qui baignaient les profondeurs de la demeure en éloignaient les odeurs dans la campagne. Je disposais de grandes salles pour concevoir mes machines et tracer mes plans.

Cette femme me décrivit tant et tant de choses que j'avais souhaitées, usant pour cela des mots que j'employais, que j'écrivis aussitôt une lettre au sultan turc Bajazet, pour l'inviter à me consulter sur les sujets qu'il lui plairait, car j'en savais beaucoup en mathématiques et en géométrie. Mon esprit fertile était empli de projets qui tous pouvaient être utiles à la gloire d'un prince.

Quoi ! me diras-tu, Francesco, moi qui craignais tant les Turcs, je voulais donc servir Bajazet ?

Depuis qu'il avait signé la paix avec Venise, il semblait avoir renoncé à l'empire du monde, et l'on disait qu'il préférait construire des merveilles autour de ses palais. À Florence et à Rome, chacun croyait à ce changement de circonstances. Les beautés de la civilisation de l'Italie se répandaient sans le secours des armes.

De même, la guerre entre Florence et Pise se fût achevée sans recourir à la force, si la Seigneurie avait consenti à détourner le fleuve, comme je l'avais suggéré, afin que Pise fût contrainte à se soumettre sans combattre. Mais elle ne le fit point. Ainsi privé d'une tâche qui m'avait occupé en vain, comme toujours, je me retrouvai sans autre ressource que de dépenser mon épargne de Milan.

Niccolo Machiavelli me vint en aide. Il persuada le gonfalonier Soderini de m'attacher davantage à Florence, faute de quoi j'irais, comme Michelangelo et d'autres, offrir mes services au sultan. (Oui, Buonarroti avait aussi le projet de se soumettre aux Turcs pour gagner des richesses.)

Ce fut pour nous retenir l'un et l'autre qu'on nous confia, Buonarroti et moi, la même tâche dans la salle du Conseil du Palazzo Vecchio. Mais je crois plutôt que Soderini entendait réunir l'eau et le feu, et qu'il nous voulait châtier l'un par l'autre.

Quiconque connaissait Michelangelo eût jugé que c'était moi qu'on punissait le premier. Tu l'as vu à l'œuvre, Francesco, quand nous fûmes à Rome. Tu devines combien ce voisinage me coûta de muette patience. Mais je fis ma part de la fresque, ou plutôt je fis le carton qui lui devait servir, sans rechigner à l'ouvrage, et sans supputer les mérites du sien.

Michelangelo prétendait détester en moi ce qu'il nommait la fausse vertu. Oui, voilà le nom qu'il donnait à ma pudeur. Il se moquait de mes vêtements apprêtés. Il n'aimait ni les huiles ni les eaux de lavande dont mes cheveux et ma barbe étaient baignés chaque matin. La modestie lui manquait dans la licence comme dans la contrition. Il se livrait à de grandes débauches pour aller enfin se jeter aux pieds d'un prêtre et donner à chacun le spectacle de ses remords extravagants. Quant à l'habit, il le portait toujours sale et ouvert sur ses poils follets du devant, qui, de la poitrine, lui remontaient à la barbe sans aucune interruption. Et comme les hommes de peine, dès l'aurore il sentait la chèvre.

Nous fûmes longtemps à œuvrer ensemble dans la salle du Conseil, lui sur la bataille de Cascina, moi sur celle d'Anghiari ; mais au bout de quelques mois une entente se fit entre nous selon les jours et les heures. Je ne vins à ma tâche que lorsqu'il délaissait la sienne.

Il avait, de surcroît, pris grand ombrage de mes avis sur son *David*. La Seigneurie m'ayant interrogé comme les autres peintres et ingénieurs, j'avais jugé qu'une sculpture de cette grandeur ne devait point sortir de la loggia qu'il y avait au coin du Palazzo, afin de ne pas gêner la vision lors des cérémonies. Je ne fus pas le seul de cette opinion. Mais Michelangelo ne retint que la mienne. Il y vit une manœuvre contre son orgueil, lequel fut d'ailleurs satisfait puisque l'on choisit, à la fin, le lieu qu'il avait souhaité.

Te souviens-tu encore, Francesco, quand je t'ai demandé à Rome pourquoi tu restais avec moi, alors que ce Buonarroti, qui t'avait remarqué, dix ans après avoir tenté en vain de me voler l'affection de Salay, te prodiguait toutes les marques de son intérêt ? Tu avais dix-sept ans. Tu m'as répondu : « Il n'a aucun goût pour moi, il veut détourner de vous mon admiration. » C'était vrai.

Dix années auparavant, il était déjà ainsi. Il n'aimait point mes peintures, mais surtout il détestait qu'elles fissent école. L'admiration de Raffaello devant les sept brasses de carton de ma *Bataille d'Anghiari* lui déplut. Raffaello, alors fort jeune, ne fréquentait que ses aînés. Il traçait fort souvent mon portrait. D'ailleurs, il me semble qu'il me fut amené par celui qui broyait mes couleurs, Zoroastro, avec qui j'allais autrefois à Milan aux bains de la Porte et qui avait la même inclination pour les vieux hommes.

Je donnais des ailes à mes élèves, alors que Michelangelo terrassait les siens. Il disait souvent qu'il avait une imagination précise et entière des formes cachées partout, dans les couleurs, dans les lumières et dans le marbre. De quoi j'étais fort incapable, disait-il encore, mais dans son esprit nul n'était capable de rien. Ni ses commanditaires, ni ses apprentis, ni ses rivaux. Il était si impatient de voir sa valeur reconnue avant les autres qu'il voulait mesurer tout le monde à ses exploits passés. Sa statue de David était encore à ses propres yeux un miracle. Il ne cessait point d'admirer cette œuvre et dressait un classement des peintres et des sculpteurs, le Perugino, Lorenzo della Golpaia, Giuliano Sangallo, Filippino, au seul regard de cette parfaite imagination qu'il exigeait d'eux avant toute exécution. Je lui ai représenté un jour qu'il n'y avait point de gloire à être ceci plutôt que cela et capable de dessiner en deux heures ce que d'autres faisaient en trois semaines. Il importait seulement que le résultat méritât des éloges. Alors il m'accabla de critiques avec une vigueur qui eut plusieurs témoins. Nous nous trouvions dans la salle du Conseil ; dehors il pleuvait sans cesse et le vacarme du ruissellement couvrait le pas des chevaux sur la place.

L'infortuné Zoroastro, qui était navré dès qu'on se querellait devant lui, ne sut comment l'interrompre.

« Depuis le début du printemps, me dit Buonarroti, tu fais livrer ton plâtre, ton gypse et ton blanc de céruse, tu as ton Ferrante, ton Zoroastro ou qui sais-je, tu prépares tes huiles et tes couleurs avec des mines mystérieuses, mais tu n'as rien fait d'autre que d'apposer au mur ton carton de la bataille, au milieu d'un monceau de planches, en deux années entières. Vois : j'ai commencé le mien cet hiver. Il est presque achevé. De surcroît, ta *Bataille* est en plusieurs morceaux, comme si tu ne savais point concevoir tous ces corps et ces chevaux en un même effort de ton esprit. Non content d'assembler des groupes épars, tu les peins avec le secours d'huiles nauséabondes, pour ne rien dire des foyers que tu fais allumer pour sécher tes mélanges, et des parfums de lavande dont tu cherches à couvrir tous les autres. À quoi servent tes distillations ? À te permettre de reprendre le trait. Ton art n'est qu'une dissimulation d'erreurs. Moi, je ne dissimule rien. Je vais d'un trait à la vérité. Toi, ta façon te ressemble : tu es un hypocrite et un sournois. »

Que pouvais-je répondre à cette grossière attaque ? J'eusse mieux fait de l'ignorer, mais, avec la plus grande courtoisie, je lui représentai que d'autres tâches m'attiraient souvent ailleurs en plus de mes peintures. L'exécution de mon œuvre souffrait en apparence de mes études dans des matières fort diverses, mais ces études lui étaient cependant nécessaires.

« Pauvre insensé, me dit-il, les illustrations que tu as gravées à Venise pour la géométrie de Pascioli font rire ceux qui te voient prétendre à la science mathématique. Tu prétends aussi faire voler des chèvres avec le secours d'Archimède. Tu perds des semaines à la recherche d'écrits que tu ne comprends pas. Suffit-il de posséder un livre pour en faire le bon usage ? Moi qui n'en possède aucun, suis-je moins savant que toi ?

– Oui », lui dis-je.

Alors sa fureur redoubla et sa figure roula des yeux furieux comme ceux de mes guerriers d'Anghiari. J'ignore pour quelle raison je me laissai mener à cette querelle. Mais je sais pourquoi je ne pus l'interrompre : dans l'arène dressée par son orgueil, il était seul, le glaive à la main. Il livrait bataille contre un adversaire inventé par son esprit. Il lui donnait mon nom, mais ce n'était pas moi.

J'ignorais presque tout de la vie de Buonarroti, mais il connaissait plusieurs circonstances de la mienne. Hélas, toujours à moitié, et souvent à l'envers. Il m'accusa de faire espionner mes frères et d'intriguer contre eux parce que je voulais hériter de mon père. C'était le contraire.

Je ne dis pas que je dédaignais l'héritage de mon père. Mais j'étais la victime du complot de mes frères, tout le monde peut l'attester.

Il me dit encore que j'étais fort amoureux du Perugino depuis ma jeunesse et que je l'importunais (j'omets d'autres sottises offensantes pour ma réputation). Or, chacun de mes élèves pouvait témoigner que c'est le Perugino qui surveillait tous mes actes et qui me poursuivait de ses passions importunes. J'en avais grand-peur, parce qu'il avait vendu son âme à la marquise de Mantoue. Mes garçons l'éconduisaient de temps à autre, surtout après que nous eûmes quitté San Marco pour Santa Maria Novella. On eût dit qu'il dormait à la porte du couvent. Salay dut souvent prétendre que j'avais quitté Florence pour trois jours, mais il était fort difficile de s'en défaire, car son éducation était grossière, et son amitié, intéressée. « Lionardo, toi que j'estime tant », me disait-il. *Il Perugino* me prenait pour plus influent que je n'étais. Il n'aimait que la richesse. Ou peut-être était-il sincère. Mais il ne suscita chez moi qu'embarras et pitié.

Michelangelo m'accusa enfin d'avoir fait de vaines promesses à Mantoue. Il prétendit que la marquise

Isabelle courait après l'exécution de quelque tâche qu'elle avait déjà payée. C'était encore le contraire. Je m'étais gardé de me lier par la moindre dette à cette femme. Je savais trop qu'elle m'eût dévoré, comme elle tenta de le faire en m'adressant un ambassadeur ou plutôt un ange (il se nommait Angelo) qui portait une lettre disant à peu près : « Vous souvenez-vous, excellent maître Lionardo, du dessin que vous avez fait de moi au charbon. Il fut question alors que vous en fassiez un tour orné de couleurs, mais le choix d'un autre sujet vous inspirera peut-être davantage ; ainsi, par exemple, je verrais bien un Christ de douze ans, l'âge où il étonna les docteurs de la loi au Temple. Vous le représenteriez avec cette manière douce et sereine qui vous est si personnelle. »

J'avais promis de m'exécuter. C'est justement *il Perugino* qu'elle m'envoya pour me persuader ou pour m'intimider. Cet ardent compagnon de ma jeunesse me mit en garde contre des lenteurs trop insolentes à l'égard de la marquise. Il prétendit que le sujet suggéré par elle n'était point innocent. En m'offrant de peindre un jeune Christ, elle m'adressait, sans doute, une allusion aux médisances dont elle pourrait user contre moi.

J'ignore jusqu'où Michelangelo connaissait tout cela. Je ne sais de quelle bouche il l'avait appris. Mais il savait au moins que Salay vendait de petits tableaux licencieux en laissant entendre que j'en étais l'auteur. Il me révéla que Salay avait proposé en mon nom, à la marquise, la peinture convoitée. Mon élève avait naïvement essayé de s'attirer la complicité de certains amis du Perugino, dont l'abbé de Fiesole, afin de laisser croire que je l'avais exécutée moi-même. Salay disait qu'il me suffirait d'ajouter mes modelés roux et mes ombres bleues, et que la marquise serait abusée aisément.

Il est vrai que j'avais promis à Salay de reprendre la figure du jeune Christ, s'il faisait pour moi ce petit tableau et s'il le présentait à la marquise à ma place. Mais Michelangelo me parut trop avisé de ces détails, et trop curieux d'apprendre ceux qu'il ne connaissait pas. J'affectai de vouloir en réprimander mon élève. Je fis comme j'avais accoutumé, afin de rejeter sur lui la faute de cette supercherie.

Généralement, Salay y consentait. Ainsi, lorsque mon ornithoptère s'était brisé, je l'avais accusé d'avoir provoqué ce désastre en retenant la corde qui fixait la nacelle, et il avait accepté de passer pour la cause de mon échec. Lorsque mes papiers et mes objets avaient été examinés à l'Annunziata après mon départ pour la Romagne, puis mes affaires abandonnées à la douane de Florence, Salay avait avoué aussi, sans autre difficulté, qu'il vendait des dessins et des objets à l'insu de son maître. Mais cette fois, lorsqu'il s'agit du tableau de la marquise de Mantoue, il refusa de laisser dire qu'il avait abusé de ma confiance. Il maintint que j'étais son complice et son inspirateur.

Il y eut donc entre nous une querelle plus grave que les autres et une conjonction de faits extrêmement fâcheux qui expliquent toute la suite. Ils l'expliquent jusqu'à présent, encore que je ne sois point sûr du présent.

Si Salay ne nous a pas suivis en France et s'il m'a exposé à finir seul dans la montagne, c'est à cause des circonstances qui se sont précipitées en ce temps-là et qui laissent leur brûlure dans ma mémoire.

La première fut la mort de mon père. J'étais fort soucieux de l'opinion que Ser Piero da Vinci avait de moi. Lorsqu'il mourut, j'étais encore en train de comploter pour qu'elle s'améliorât. Je voulais non le revoir, car mes frères cadets me l'avaient interdit, mais lui envoyer la Bruna, par l'intermédiaire de l'une de mes servantes, Monna Margherita, qui connaissait la sienne. La devineresse, pensais-je, saurait le persuader de ma gloire future.

Mais il mourut au commencement de l'été. Il avait quatre-vingts ans et laissait, outre les deux frères que j'ai dit, huit garçons, deux filles, et de grands biens dont je n'ai pas hérité pour un seul florin.

Les disputes qui paraissent avoir la cupidité pour origine sont causées, en vérité, par des sentiments plus dignes de susciter la compassion du philosophe. L'homme qui, dans un héritage, cherche à dépouiller ses autres frères ne prétend ni les ruiner ni s'enrichir, mais s'arroger, après la mort de leur père, la préférence dont il n'a point joui de son vivant. Ceux qui sont parents de nombreux enfants doivent les traiter avec un égal amour. De grandes rancœurs naissent de préférences accordées trop légèrement.

J'eusse certainement aimé arracher à mon père un mot de pardon pour les torts que j'eus envers lui. Le plus grand fut ma naissance. Je n'y pouvais remédier qu'en progressant vers la gloire qui m'était promise. Le triomphe du grand oiseau saurait seul me délivrer de la matrice. Sans lui, ma naissance ne serait point achevée. Sans lui, je resterais dans l'escalier, prisonnier de l'hélice des limbes, livré aux férocités de la nature. Mes jambes seraient prises comme elles le sont à présent sous la neige. Je serais aveuglé. Je serais englouti. Je ne verrais point le jour.

Je voulais m'extraire de l'obscurité, renoncer à tout ce qui est bas et cruel, m'envoler des plus hautes terrasses en échappant aux calomniateurs, à la brutalité des princes, à la cruauté des Turcs. Voilà ce que je voulais. Voilà ce que je veux.

Des obsèques de mon père, je ne dirai rien, sauf ceci : je n'y fus pas le premier de ses enfants. Et ceci encore : ses servantes furent mieux traitées que moi. Le jour où il fut couché sous sa pierre, je ne songeai qu'à la forme du nouvel ornithoptère qui serait cause de ma renommée universelle et me vengerait de son indifférence. J'en avais tracé l'esquisse à Cesena et sur les tours du palais ducal d'Urbino. Il s'élèverait dans l'éther au-delà des monts où l'air est à peine troublé par la chaleur du jour. Il ferait son profit des rayons du soleil pour monter vers les nuées à l'exemple des cigognes qui ne possèdent pas assez d'endurance pour battre longtemps des ailes. Le navigateur de l'air donnerait à l'extrémité de la voilure un certain mouvement au moyen d'une courroie pour infléchir sa course. Il tournerait au-dessus des vallées comme font les plus grands oiseaux afin de se maintenir dans la montée de la chaleur par leur mouvement hélicoïdal.

Il faut, aux cigognes, très peu de force pour se soutenir et se maintenir en équilibre sur la course du vent. Le mouvement qui leur est nécessaire est d'autant plus faible que leurs ailes sont grandes. Chez les oiseaux, la proportion du poids à l'envergure est fort variable. On voit des faucons porter des canards. On voit des aigles enlever des lièvres vers les hauteurs.

Pour mon vol, la grandeur de la montagne devait être au moins égale à la crête de San Baronto d'où je contemplais les vergers dans mon enfance. Il fallait aussi que la pente fût forte afin que l'ornithoptère pût quitter au plus vite les parages où le vent est capricieux. Il fallait enfin que la pente fût bien exposée au soleil de l'après-midi et proche d'un fleuve.

Oui, c'est à quoi je songeai, dans l'heure même où mon père fut couché sous la terre.

Peu après, il y eut une autre circonstance que je me rappelle très bien : Tommaso Masini, *il mio famiglio* Zoroastro, qui courait toujours la ville à la recherche d'animaux, et qui voulait me détourner de mes sujets de tristesse, m'amena cette fois un animal de l'espèce la plus singulière : un garçon d'une exquise beauté, jointe à une grande vigueur malgré une taille au-dessous du médiocre. Il se nommait Michele, il avait les cheveux blonds et fort bouclés, les yeux bleus comme Salay, des épaules dures, un nez droit et des lèvres à l'antique qui rappelaient les esclaves de marbre du cardinal Grimani.

Zoroastro avait trouvé cet Apollon dans les collines qui entourent le Monte Ceceri. Son père était un fermier. Il n'était donc pas plus orphelin ni déshérité que toi, Francesco, quand plus tard tu vins te présenter toi-même en me disant : « Maître, ne me repoussez pas, car je veux vous servir. » À quoi, tu t'en souviens, j'ai répondu :

« Et pourquoi veux-tu me servir ?

– Pour vous ressembler, m'as-tu dit.

– Et pourquoi veux-tu ressembler à un vieil homme dont la barbe est presque blanche et qui n'a plus de dents ?

– Parce que vous êtes le plus savant des ingénieurs de l'Italie. »

Michele, lui, ne m'a rien dit de tel. Il n'avait aucun don pour la parole et ignorait tout de mon art. Mais à l'exemple de Zoroastro, qui me l'avait amené, et comme toi, mon enfant, qui par ton zèle et ton amour l'auras si bien illustré, il avait une inclination sincère pour les hommes qui ont atteint le sommet de leur âge.

Salay m'avait naguère envoyé le jeune fils d'un marchand de laine afin qu'il partageât ma couche. Je m'étais gardé de l'y inviter. J'avais d'autant moins admiré la figure de cet enfant que son père avait, je crois, des liens avec mon frère Lorenzo dans la corporation des lainiers.

Mais je confesse que, cette fois, mon cœur fut aussitôt touché par Michele. Sa figure gracieuse était digne de Donatello. Il venait, comme j'ai dit, de la campagne entre Fiesole et Pontassieve, où il retournait fort souvent. Il gagnait quelque argent comme portefaix. Salay l'avait connu lors du transport de mes affaires à Pise.

Outre un mulet qu'il louait à un vieil homme de Fiesole, il tirait après lui deux ânes, Mimi et Momo, l'un blanc et l'autre gris, « l'un triste et l'autre non », nous dit-il. Selon son humeur, il flattait l'un ou l'autre. C'est ainsi que je le connus d'abord. Il vint chez mon oncle Francesco à Vinci avec ses bêtes, afin de redescendre les huiles dont j'avais besoin pour ma *Bataille*. Il le fit une première fois durant l'été où je me rendis au moulin que louait mon oncle sous la cascade. Zoroastro et Iacopo, un apprenti que j'avais en ce temps-là, y broyaient mes couleurs en chantant des chansons galantes.

La deuxième fois, Michele vint pendant les vendanges. Mon oncle Francesco, fort affaibli, nous reçut dans la demeure qu'il occupait dans l'enceinte du château de Vinci. Quant à moi, j'habitais dans une autre maison qu'il possédait à la Colombaia. Le matin, je montais donc à Vinci avec Michele et ses ânes.

C'était pendant le temps où les enfants légitimes de mon père s'entendaient si bien à m'écarter de son héritage. De sa tombe, Ser Piero me poursuivait encore de ses réprobations et j'en étais fort triste. Alors, pour me consoler de mon chagrin, Zoroastro nous divertit. Il fit des farces, se grima en homme sauvage, en panthère et en singe. Il raconta l'histoire des deux amis qui marchent la nuit sur un chemin sans lumière. Le premier dit à l'autre : « À présent, je suis sûr que tu es mon ami. – Ah bon ? répond le deuxième, et pourquoi ? – Parce que tu pètes tous les trois pas pour me guider dans l'obscurité ! »

Mon oncle renvoya les siens pour rire avec nous. Il écouta Zoroastro jouer de la musique avec des tiges de sureau et des feuilles de laurier, l'observa gaiement faire danser un lapin ou un cabri. Puis Zoroastro, quand il fut certain d'avoir réussi à apaiser mon cœur, s'en alla avec Iacopo, me laissant seul avec mon oncle et Michele.

Mon oncle Francesco, qui n'avait point de pudeurs inutiles, me fit entendre qu'il appréciait mon nouveau serviteur Michele. Il m'apprit que, pour réparer l'injustice qui m'était faite par les enfants légitimes de son frère Piero, il me laisserait, en mourant, la maison de la Colombaia, et que mon grand-père Antonio l'en eût certainement approuvé.

Il me parla aussi de Zoroastro, qui venait de nous quitter et en qui j'avais raison de placer ma confiance. Puis il attendit que Michele fût en train de goûter la tiédeur du soir sous les voûtes pour me dire que Zoroastro m'avait trouvé là un garçon superbe, et qui de surcroît n'avait point de goût pour la jeunesse.

Je lui répondis que Zoroastro le prétendait en effet.

« Eh bien moi, je l'ai vérifié », me dit-il.

Je n'eus pas le loisir de l'interroger. Sitôt proféré cet aveu, il jugea sévèrement Salay, ce qui me fut douloureux et me détourna de ce premier sujet. Zoroastro lui avait décrit les errements de mon élève et l'ivresse des hauteurs qui l'avait saisi depuis qu'il rôdait autour des plaisirs des Medici, des Vespucci, des Benci. Toute la ville l'accueillait pour entendre et colporter de mes nouvelles.

Je voulus néanmoins savoir jusqu'où mon oncle avait vérifié les dispositions du jeune Michele à l'égard des hommes avancés en âge, et il me répondit en riant : « Jusqu'à l'extrémité. »

S'étant plaint de douleurs de la hanche qui l'empêchaient de marcher, il s'était laissé soigner par cet enfant, lequel, avec une affectation de vénération plaisante, lui avait palpé l'aine, de la hanche au périnée, puis avait redoublé de zèle jusqu'à ce que la satisfaction de son patient se fût bien exprimée. « Ensuite, me dit mon vieil oncle, je l'ai interrogé sur les sentiments qu'il avait à ton égard, et il m'a dit qu'ils étaient grands. »

Hélas, lui dis-je, pour ma part je n'en avais point. C'est un plaisant mystère de la nature que de voir la jeunesse montrer pour la vieillesse une inclination si sincère. Mais cela rappelle la fable de la vigne et de l'arbre, où la jeune vigne imprudente grimpe sur un arbre branlant et périt avec lui. En outre, il arrive que la vieillesse considère avec effroi l'admiration dont elle est l'objet. C'était mon cas. Quand un être juvénile est assez insensé pour chérir ce que nous conjurons en nous efforçant de paraître plus jeunes, quand nos cheveux blancs et nos chairs flétries deviennent pour lui des appas, pouvons-nous l'aimer ?

Pourtant je n'ai point repoussé Michele. J'ai même bu l'eau de sa jeunesse. Mais ce fut encore plus tardif qu'avec toi, Francesco.

Michele dédaignait ce qui me restait de vigueur et de beauté pour préférer mes plis à l'aine et mes cheveux blancs. Cette curieuse passion, à laquelle Zoroastro était fort sujet, comme j'ai dit, au lieu de me réjouir, m'obligeait à me regarder comme frappé de sénilité, ce que je ne voulais pas. Si j'y consentais, je perdais l'amitié de Salay. Afin de la reconquérir plutôt, je commençai par tailler ma barbe plus courte et par lui rendre sa blondeur. Michele en fut affecté, mais je n'en eus garde. Ensuite, j'annonçai à Salay ma résolution de construire le meilleur ornithoptère que j'eusse imaginé, et de le faire dans le but d'obtenir la gloire universelle annoncée par la Bruna. De surcroît, j'allais le faire sur cette terre sèche et brûlée des coteaux de San Baronto où j'avais tant rêvé de vol en mon jeune âge. Un songe de mon enfance m'avait mis en présence d'un oiseau noir, de qui la queue soyeuse était venue frôler mes lèvres, me donnant à jamais la certitude que gloire et délivrance me viendraient du ciel. Le moment approchait de l'illustrer.

Nulle circonstance n'était mieux choisie que la désaffection que j'observais chez Salay et qui l'obligeait à tromper mes convoitises sensuelles, lesquelles étaient nombreuses, fréquentes et de moins en moins satisfaites. Il me présentait des objets toujours plus jeunes et toujours plus dociles, mais je n'en voulus point. En vérité je n'en voulais point d'autre que lui.

Je lui annonçai donc mon projet de voler jusqu'aux nuages sous un aigle de dix brasses aux ailes fixes, dont j'avais tracé les premiers dessins quand il était à Milan avec Cesare Borgia. À l'instant où je manifestai cette intention, je ne l'avais qu'à demi. Mais, devant la promptitude de sa conversion vers moi, je vérifiai que le vol des oiseaux savait nous réunir quand tout le reste avait échoué.

« Placerais-tu un avorton sous ton appareil ? », me dit-il.

Il parlait de Michele, lequel était si petit qu'il dépassait à peine ses ânes Mimi et Momo de la tête et des épaules. Placer Michele sous l'ornithoptère, non, je n'y songeais pas. Mais je prétendis le contraire et que Michele m'accompagnerait à Piombino dès le mois prochain. (Sache, Francesco, si tu l'ignores, que Piombino est une seigneurie placée devant l'île d'Elba. Il s'y voit des couchers de soleil orange qui dessinent sur les murs l'ombre bleue des mâts et des cordages.)

Je dis à Salay que le seigneur de Piombino était curieux de me voir. Il me répondit que cette curiosité devait tout à l'entremise de Niccolo Machiavelli, donc à la sienne, car le secrétaire de la seigneurie de Florence l'avait dans ses bonnes grâces.

« Par la croix de Dieu, lui dis-je encore, ne prétends pas que tes intrigues, dont je ne veux rien savoir, influencent les affaires de la cité ! »

Je ne voulais point le croire, et pourtant, à Piombino, où il me suivit à l'automne, le seigneur Appiani, un homme triste et nerveux, l'appela *votre cher élève* avec trop d'égards pour n'avoir pas été instruit en sa faveur.

Michele était là aussi. Mais il ne monta jamais au palais Appiani. Il logea chez nous, sur le port, au pied de notre maison haute, où il dormait avec ses ânes. Par un effet de la jalousie, ou de la privation, Salay retrouva le chemin de ma couche, mais je n'en fis aucune mention, de crainte de voir cesser ce miracle. Il me combla de cette intimité qui est si nécessaire à l'homme et sans laquelle il se sent exilé hors du monde. J'en avais perdu l'habitude, mais point le goût. Une grande part de notre existence est consumée par elle. Nous lui sacrifions un temps que nous jugeons gaspillé quand il nous détourne de nos tâches. Et pourtant, à l'instant de mourir, nous nous souvenons autant d'un reflet de la lumière sur une touffe de poils blonds, que des préceptes d'Aristote ou des règles de la fonderie.

Durant les deux mois que dura notre séjour maritime, mon appétit se réveilla tandis que Salay se mit à parler sans cesse de mes ornithoptères. Il en fit mention devant le seigneur Appiani, auprès de qui il joua le rôle qu'il avait accoutumé : celui de faire-valoir de son maître. Il s'en acquitta si bien que le seigneur de Piombino fut curieux de voir l'appareil avec lequel maestro Lionardo quittait les montagnes.

J'étais en train de tracer le modèle des fortifications nouvelles du port, mais il voulut que s'y ajoutât le dessin d'un ornithoptère. Nous en fîmes donc un modèle petit et léger. En vérité, pendant que j'étais occupé à modifier les défenses de Piombino, Salay fit construire par les ouvriers de la forteresse la copie de l'aigle qui avait quitté la tour de Milan, un oiseau noir et blanc de trois brasses, aux ailes tressées d'osier et tendues de soie vernie, lequel fit un vol bref, de la tour à la plage, dériva le long du rivage contre les façades blanches de la cité, puis s'abattit sur une aile, sans se retourner ni se rompre, en un gracieux mouvement de berceau qui s'acheva contre le vent.

Le seigneur Appiani, devant un tel exploit, fut comblé de satisfaction. Mais le véritable prodige fut que ce prince, en supputant les conséquences d'une telle invention, répéta devant moi mes propres imaginations. Il usa des mêmes mots que moi. Il parla d'échapper aux ennemis venus de la mer au moyen de cet oiseau. Il dit que les plus féroces étaient les Turcs, qui tenaient captifs les femmes et les enfants après les avoir obligés à assister au sacrifice de leur époux et de leur père.

Ce seigneur Appiani était un homme au nez long et aux yeux rapides. Il était fort inquiet. Cesare Borgia l'avait un temps chassé de chez lui, épisode durant lequel il s'était convaincu de la vanité de la condition terrestre. Les préceptes de Savonarole l'avaient grandement séduit. Il se montra curieux de mes travaux sur la géométrie et intrigué par l'existence d'un nombre d'or dans la nature : le pentaèdre, ses cinq angles et ses cinq côtés ; la plupart des fleurs et les étoiles de mer semblaient renvoyer les hommes au chiffre 5. D'ailleurs, les hommes eux-mêmes, lorsqu'ils écartaient les bras, ne décrivaient-ils point cette même figure tracée par Dieu ? Je fis comme j'avais accoutumé avec Ludovico Sforza : je l'égarai sur le 6 en lui parlant des fleurs ornithogales et des multiples de 6.

Il fut tellement persuadé de son erreur qu'il renvoya ses musiciens et maudit le babillage de ses filles. Durant le banquet qui suivit, il ne prit presque rien.

J'en devins tout songeur aussi.

Le lendemain, devant le port livré à une tempête soudaine, je dessinai l'assaut des vagues sur les rochers, puis un homme bras et jambes tendus dans un pentaèdre auquel je faillis ajouter un sixième angle et un sixième côté en tirant sa queue vers le bas.

Une femme passa sous la fenêtre de la maison du port et me regarda. Les jours suivants, je dessinai, songeur, le Monte Albano, d'où je me promis de voler pour connaître la gloire qui m'était promise. Et toujours cette femme revint au bord de l'eau et sembla m'interroger. Tantôt elle était seule, tantôt accompagnée d'un enfant qui tenait une étoile de mer.

La marquise de Mantoue se manifesta dès que je fus rentré à Florence. Elle me fit envoyer un cheval sicilien tout pommelé, comme ceux de ma *Bataille*, et sembla fort avertie du progrès de mes travaux. Il est vrai que la ville entière en était instruite. Salay avait pris l'habitude d'amener devant mes cartons assemblés de nombreux visiteurs. Michelangelo s'en irritait, en lui infligeant des plaisanteries de plus en plus cruelles à mon sujet.

« Ton maître, lui dit-il, n'a point la modestie de la vertu, il suffit de voir son vêtement pour s'en persuader. »

Salay lui représenta, devant plusieurs témoins, que si la vertu consistait à se couper les cheveux tout ras comme un homme de peine et à embrasser les pieds d'un prêtre à Santa Maria Novella dès qu'on avait récolté les figues avec ses apprentis, il était certes mieux placé que maestro Lionardo pour la pratiquer. Mais que si la politesse, la civilité, l'apprêt de soi-même, le soin de l'apparence consistaient à complaire à autrui selon les préceptes du Christ, Lionardo était le plus vertueux et le plus chrétien de tous les maîtres.

À quoi Michelangelo répondit que mon habit et mes cheveux témoignaient depuis toujours de mes efforts pour faire oublier que j'étais un bâtard descendu de ses vignes. Quant à lui, il n'avait aucun besoin du vêtement pour avoir l'air d'un seigneur, et c'est pourquoi il allait attifé de la sorte. Il traita mon Salay de *caquesangue,* de *bardascia* et d'autres noms laids que je ne veux point dire.

Mon élève réservait à ce Buonarroti une leçon dont il se souvint. Comme je m'attelais fort rarement à la tâche quand Michelangelo faisait la sienne, et comme il me blâmait, en somme, de me dérober à toute comparaison (tant il avait besoin de me surpasser toujours), je répondis un jour par une parabole où il était question de deux colombes.

« Si l'on place deux mâles de cette espèce dans la même cage, lui dis-je, il s'en trouvera toujours un pour faire le gros col et occuper le perchoir pendant que l'autre restera coi et craintif au fond de la cage. Mais, si l'on ouvre la cage, la colombe la plus basse pourra s'élever vers l'empyrée céleste et les efforts de l'autre pour paraître grosse et redoutable lui deviendront ridicules. »

Je lui signifiai ainsi, à mots couverts, les progrès de mes travaux sur l'ornithoptère. Il en était averti, je ne sais par qui. Et il craignait qu'ils ne me rendissent plus illustre que lui.

Il accueillit ma parabole avec colère. Soudain, délaissant toute pudeur en présence de Salay, il quitta le ton de badinage qu'il affectait si mal, pour se moquer de mes velours, de mes teintures et de ma manière de peindre qu'il jugeait mignarde et « en tout extrêmement femelle ». Il fit le compte des finesses que j'avais mises dans les premiers croquis de mon futur *Ganymède embrassant Jupiter*, tout en me blâmant d'avoir entrepris là quelque chose qui me détournait de ma *Bataille d'Anghiari*, laquelle traînait au-delà des délais prévus et ne serait jamais finie. Après quoi, voyant que je ne répondais point, il revint me piquer plusieurs fois de paroles acerbes et nota que je portais trop de bagues pour me lancer dans des compositions qui réclamaient de se salir les mains. Ma parabole des deux colombes avait d'ailleurs un défaut.

Lequel ? Eh bien, puisque je paraissais curieux de le connaître, ce défaut tenait au fait que dans cette cage (il désigna les hauts plafonds sonores chargés de lys d'or et d'étoiles, sous lesquels résonnaient ensemble les campaniles de la cité), dans cette cage ce n'étaient point deux colombes mâles qu'il y avait, mais un mâle et une femelle.

Alors Salay, qui avait assisté à cette querelle au milieu des apprentis et des visiteurs effrayés, prit la parole. Le ton d'ironie qu'il adopta jeta la stupeur. Il s'exprima à peu près ainsi : « Très estimé Michelangelo, qui vous donnez pour mâle et qui tenez mon maître pour femelle, permettez-moi d'attester devant vous que maestro Lionardo possède, dans ses affaires les plus privées, un caractère mâle des plus impérieux. Ni ses bijoux, que vous méprisez tant, ni sa chevelure parfumée, ni sa barbe peignée ne l'empêchent de tenir la part de l'homme dans les jeux de Vénus, et moi, qui suis bien placé pour vous le dire, je ne le vis jamais faire autrement. Quant à vous, malgré vos grandes épaules et vos airs de portefaix, malgré vos cheveux de franciscain et toutes vos rudesses, chacun sait à Florence que vous êtes du genre à tourner le cul. »

Ayant dit, il tourna le sien et s'en alla.

Ces paroles firent le tour de la ville. Sa réputation d'insolence en bénéficia longtemps et les Vespucci ne se lassèrent point d'entendre raconter l'incident.

Il y eut un épilogue le lendemain. Salay joua un mauvais tour à Buonarroti en plaçant dans son coffre, au sommet de sa planche, deux colombes qui se tinrent immobiles dans l'obscurité jusqu'à sa venue. Dès qu'il ouvrit le coffre, elles s'envolèrent. Il fut si surpris de les voir qu'il tomba de l'échelle et fut trempé de céruse en renversant un pot. Les colombes, réfugiées dans les plafonds, semblèrent se moquer de sa frayeur. Il comprit, sans nul doute, que l'allusion venait de moi. La chose eut lieu de surcroît en présence d'un membre de l'illustre famille Montecchi de Vérone (dont Michelangelo espérait une faveur qu'il n'obtint jamais).

Ainsi vengé, je repris mes travaux sur l'ornithoptère avec une ardeur décuplée par l'orgueil. Et, je le confesse, elle le fut aussi par la terreur d'être bientôt le premier à voler par-dessus les montagnes au péril de ma vie.

Salay, qui jusqu'alors n'avait point voulu me croire déterminé à braver seul un tel péril, commença vite à redouter le contraire.

« Tes forces ne te permettront même pas de porter l'appareil, me dit-il.

– N'importe, lui répondis-je, puisque c'est l'appareil qui me portera. »

Et il m'assura que je ne devais point compter sur lui pour voler à ma place. À quoi je répliquai que je ne céderais ma place pour rien au monde, car je voulais goûter tout entière la gloire qui s'attachait à mon entreprise. Pour montrer davantage qu'elle était mienne, j'allais voler du Monte Albano, celui que je voyais, enfant, quand j'allais sur les crêtes.

Salay avait de nouveau déserté ma couche depuis que nous étions rentrés de Piombino. Un soir, il se glissa contre moi et il dit :

« Ne parlais-tu pas de faire de Michele ton nouveau Ganymède ? »

Je lui affirmai que j'y avais renoncé. Non seulement je n'avais pas l'intention de le faire voler à ma place, mais il n'était pas entré dans mon intimité. En ce temps-là je gravissais l'Olympe en réservant mes offrandes au patron des ardeurs solitaires, *San Cresci in mano*. Salay se mit à rire et m'en dispensa. Ce fut l'une des dernières fois qu'il se donna cette aimable peine. Il n'avait rien perdu des attraits de sa jeunesse. Aujourd'hui je suis certain que, s'il ne possède plus cette verte innocence, il sait l'affecter à merveille.

Dieu fasse que le roi l'ait fait chercher à Milan. Je ne veux point mourir sans le revoir. S'il refusait de venir, je n'aurais rien fait de ma vie. J'ai beau plaire aux plus puissants des princes, si je n'ai pas su garder dans ma vieillesse l'amitié de cet enfant, je me déplairai à moi-même.

Quand notre souffle fut apaisé, Salay plaça l'oreille contre mon cœur comme il avait accoutumé. Puis il me rapporta que Michele était épris de moi jusqu'à vouloir apprendre à lire en secret pour me contenter. Zoroastro, dont il était inséparable, lui montrait comment on traçait les lettres. En outre, ce jeune garçon était résolu à me proposer son office comme navigateur de l'ornithoptère et je serais bien avisé d'accepter, me dit Salay, car sa force était grande, et son courage, admiré de ceux qui se mesuraient à lui sur la Costa San Giorgio.

J'ignorais ce qui se passait sur la Costa San Giorgio. Salay m'engagea à y aller voir. Il me dit qu'il y avait là des joutes à mains nues, qui finissaient dans le fleuve. Michele y montrait une grande habileté à la lutte. C'était à cet endroit que Zoroastro l'avait d'ailleurs présenté à Raffaello Sanzio. Ce dernier, alors fort jeune lui-même, avait trouvé là pour ses dessins une grande variété de modèles pris dans la corporation des portefaix, où le corps des hommes reste de proportions harmonieuses jusques au seuil de la vieillesse.

La Costa San Giorgio était le lieu où l'on voyait passer cette femme qui me regardait au bord de l'eau. Mais je bravai mes craintes. J'allai où Salay m'avait dit et j'assistai au spectacle qu'il m'avait décrit. Des portefaix et des crocheteurs d'âge mûr lavaient leurs bêtes à demi nus dans la lumière. Ils semblaient se complaire à s'entre-regarder. De jeunes hommes s'affrontaient en riant au bord de l'eau pour leur plaire. Ce spectacle était empreint d'une paix harmonieuse.

En rentrant à ma fabrique, je fis de nombreux croquis de ce que j'avais vu et j'interrogeai Zoroastro. Il voulait désormais qu'on l'appelât Zoro, et ce nom lui resta longtemps. À Rome il le portait encore, en hommage à Michele qui le lui avait donné. Comme il l'avait fait, naguère, aux bains de la Porte à Milan, Zoro me décrivit les usages de la société de San Giorgio, où les hommes jeunes recherchent la compagnie de ceux qui ne le sont plus. Cette confrérie rassemble, à ce qu'il prétendait, des hommes qui n'ont pas, pour leur propre sexe, une inclination permanente. Mais ils aiment à se mesurer les uns aux autres, aux bains, ou dans les travaux qui illustrent leur force. Certains ont une femme et des enfants qu'ils chérissent. La plupart ne sont point du genre à contrefaire le sexe qu'ils n'ont point. La différence des âges suffit à leur mutuel attrait. Tel jouvenceau que j'interrogeais aux bains de la porte me dit, un jour, qu'il fût allé avec une vieille femme plutôt qu'avec un autre jeune homme.

Francesco, je vois que tu es curieux d'en savoir davantage, mais je n'aime pas en parler. Quand tu es venu toi-même poser ta tête sur ma poitrine, tu avais quinze ans. Crois-tu que si tu avais été un élève médiocre et distrait, si tu avais montré la même inclination que Salay au plaisir et à la paresse, je t'eusse gardé un seul jour ?

De même, si Michele n'avait point possédé tant de vigueur et d'adresse, s'il n'avait point voulu apprendre à lire, s'il n'avait si bien compris les chevaux, le vent, la mer et les prodiges de la nature, s'il n'avait su dresser ses ânes à divertir les inconnus, s'il n'avait aimé les oiseaux autant que je les aimais moi-même et s'il n'avait désiré de voler, jamais je n'eusse montré tant d'indulgence envers lui. Mais, pour toutes les raisons que j'ai dites, il me toucha le cœur.

Salay lui-même renonça aux aigreurs de la jalousie. Sans perdre l'intérêt très vif qu'il avait toujours témoigné à mon entreprise, il m'incita fort à initier le jeune homme aux mystères de l'ornithoptère, afin qu'il devînt mon navigateur.

Et pourtant mon élève ne pouvait croire à ma détermination. Salay douta jusqu'au bout que cet enfant fût prêt à s'envoler pour moi du Monte Albano, à quoi je répondis :

« Tu as peut-être raison, il se pourrait que je vole à sa place. »

Au milieu de la salle où reposait l'oiseau sur des tréteaux élevés, je m'installais souvent dans la nacelle. J'accomplissais les gestes du navigateur céleste, lequel n'aurait, pour se diriger, qu'à tirer sur une poulie. L'extrémité de l'aile s'assouplirait par le déplacement de l'une des baguettes imitant les rémiges des oiseaux. Le navigateur libérerait le tissu qui formait un demi-cône tendu comme l'arrière d'une robe soulevée par un courant d'air.

Ce nouvel ornithoptère appliquait toutes les règles auxquelles je n'avais point voulu me soumettre quand j'étais à Milan. Il ne battait plus des ailes. Il imitait le dessin des modèles qui avaient déjà montré leur aptitude au vol. Sa forme était parfaitement copiée sur celle des *cortone* que j'observais souvent au-dessus de l'Arno. Et, surtout, le nouveau dessin laissait à la partie arrière de l'aile une souplesse qui la faisait pendre sur ses armatures quand le vent ne la gonflait pas. Cela empêcherait la construction de se retourner pendant le vol. Ce funeste défaut, observé sur les modèles plats et roides, avait naguère causé la perte de la chèvre de Lecco. Cette fois, j'étais si persuadé du succès de mon entreprise que je méditais de remplacer en personne mon navigateur, sans l'en aviser lui-même.

Dix semaines passèrent dans une inquiétude que nul ne voulut laisser paraître. Le temps fut extrêmement pluvieux. Des eaux tumultueuses dévalèrent les pentes des vallées situées à l'est de Florence. On vit tomber la neige sur le Monte Albano jusqu'à la veille du jour que j'avais choisi.

Il fut d'ailleurs repoussé d'un mois. Puis je renonçai au Monte Albano pour le Ceceri, qui s'élève au-dessus des brumes de Fiesole. Puis j'y renonçai encore pour un mont que l'on voyait de l'autre côté du fleuve, l'Acuto, parce qu'il était exposé au soleil de l'après-midi comme la crête de San Baronto, et fort proche du fleuve.

J'y avais observé le vol des oiseaux sous l'œil de Salay.

« Je sais fort bien, lui dis-je, pourquoi tu me surveilles.

– Je veux voir jusqu'où tu es capable de poursuivre cette folie, me répondit-il.

– Tu mens. Tu reçois de l'argent par le truchement de l'abbé de Fiesole, qui lui-même en reçoit de la marquise de Mantoue, afin d'espionner mes travaux sur l'ornithoptère. Voilà tout ce qui t'intéresse : servir ceux qui, par leurs curiosités sournoises, veulent compromettre ma réputation ! »

À quoi Salay répondit encore que la marquise Isabelle se moquait bien de me voir voler jusqu'aux nuages : elle n'était curieuse que du *Ganymède*, que j'avais préféré peindre au détriment du *Christ enfant* qu'elle m'avait demandé.

Mon *Ganymède* ? Il y avait longtemps que j'avais renoncé à peindre un Ganymède ! Je craignais trop de donner prise à ceux qui voulaient exposer mes passions.

« Mais, soit, dis-je à Salay, puisqu'il faut satisfaire ta curiosité, je veux faire une peinture que Mantoue ne verra point. Elle montrera que Jupiter a fécondé Léda sous la forme d'un cygne. Tous ceux qui ont des yeux pour voir sauront qui se cache derrière Léda. Mais la marquise n'en aura rien à dire contre moi. »

Salay voulut connaître le moment de mon essai. Il voulut voir le Monte Acuto et les rives de l'Arno à cet endroit. Il voulut être instruit de toutes les choses que j'allais entreprendre. C'était, certainement, afin de pouvoir en instruire à son tour la marquise. Elle employait des espions en grand nombre, qu'elle mettait en concurrence et payait fort cher. Ils devaient donc trouver sans cesse de nouveaux faits à lui rapporter. Parmi les plus récents, il y en eut un qui la fâcha par-dessus tout : pendant que je refusais la commande qu'elle m'avait réclamée, j'en avais accepté une autre, au bénéfice d'un marchand lainier qui voulait un portrait de lui-même et de sa jeune épouse.

Salay s'efforçait de convaincre les ambassadeurs de la marquise qu'avec tout le temps que je consacrais à ma *Bataille*, à l'ornithoptère, et à mon *Ganymède* (fût-il devenu *Léda*) je n'avais aucun loisir de satisfaire un marchand lainier. Les détails fournis à ce sujet étaient donc, disait-il, l'invention de fripons soucieux de mériter leur salaire.

Salay espérait ainsi préserver ma bonne réputation à Mantoue. Car il ne désespérait toujours pas de m'y voir un jour couvert de richesses, comme Mantegna l'avait été. Mais, hélas ! la providence divine ne voulait point me faire ressembler aux peintres qui transforment leur art en florins, en bijoux et en écuries. J'étais si peu taillé pour les richesses qu'en arrivant à Rome, deux années plus tard, nous pûmes constater que même Raffaello Sanzio, à qui personne n'eût prédit une telle fortune, vivait dix fois mieux que moi.

Francesco, mon enfant, tu m'as demandé d'où venait cette peinture de dame florentine que le roi de France m'a achetée. Sache que le portrait commandé par le marchand de Florence et cette *Fiorentina* sont un seul et même ouvrage.

Les espions de la marquise de Mantoue ne l'auront point trompée : j'avais accepté de réaliser le portrait d'un marchand et de son épouse au lieu d'honorer la promesse que je lui avais faite.

Pourquoi ? Je vais te le dire.

Pendant l'exécution du portrait de Francesco del Giocondo, je n'ai rencontré aucune difficulté. Sa figure était pleine et souriante, ses cheveux noirs brillaient sous un bonnet de coton, et il fut satisfait de mon œuvre. Mais, lorsque j'entrepris de peindre la femme, une langueur saisit mon imagination. Elle était grosse de cinq mois. Pourtant, dès le début de mes croquis, je m'écartai malgré moi du modèle pour peindre une Vierge comme j'avais accoutumé : une Madone au sourire aimable et plein de réserve, qui rappelait fort celui de ma mère. Je fis si bien (ou si mal) que ce portrait ne put jamais être livré à mon marchand, lequel ne me paya qu'un tiers de sa commande.

Sous mes pinceaux, les traits de cette *Fiorentina* étaient devenus si peu ressemblants qu'elle ne vit jamais le tableau. Cela explique pourquoi j'avais préféré peindre pour le marchand plutôt que pour la marquise. Si j'avais failli, dans l'exécution d'une commande pour Mantoue, l'Italie entière eût appris mon infirmité. Les portraits, plus que tout autre exercice, me laissaient irrésolu et mécontent de moi-même. J'étais toujours captif des mêmes formes. Salay prétendait que j'avais beau classer sans cesse les types de crânes, de nez, de bouches et de mentons, je peignais toujours les mêmes.

« Léda ou Ganymède, s'écria-t-il un jour, on les distinguera par la queue ou le téton. Car ils n'ont qu'une seule figure ! »

Il avait raison. Toutes mes figures étaient sœurs, je le sais bien. J'étais incapable des prouesses des autres peintres, ceux qui avaient la faveur des princes et qui savaient faire des individus gras ou petits, maigres, minces et de tournure élégante. Botticelli par exemple n'avait aucun sens des paysages, et ses nymphes volaient comme des papillons au lieu de danser sur le sol. Mais leur variété était grande et celle de la nature s'y reflétait très bien. Buonarroti lui-même avait raison contre moi. Je n'eusse jamais taillé le marbre comme lui. La prophétie de la Bruna, selon qui je trouverais gloire et richesse dans le vol des machines, fit que je me détournai de la peinture. Je ne songeai qu'à l'ornithoptère.

Si tu veux savoir, Francesco, pourquoi un homme savant tel que moi, méfiant à l'égard des prêtres et de tous ceux qui abusent de l'infortune des pauvres, a pu accorder foi aux dires d'une vieille femme, je te répondrai qu'elle ne se mêlait point d'astrologie comme les charlatans dont *il Moro* abusait à Milan. Et puis, elle me confortait grandement dans mes jugements sur moi-même. Elle était capable d'arracher à mon passé des visions que j'étais seul à connaître : l'oiseau qui me touchait de sa queue, les grottes de mon enfance sous la montagne de Faltognano, mes longues stations sur les crêtes, la frayeur que j'avais toujours eue des escaliers en hélice qui s'étrécissaient en leur sommet. Tout cela lui était connu. Et sais-tu pourquoi elle le savait si bien ?

Hélas ! c'était parce que ce brigand de Salay le lui avait raconté, afin qu'elle pût m'étonner par le récit de mes propres chimères ! Il fit tant d'ailleurs qu'il m'avoua, plus tard, avoir payé cette femme pour qu'elle m'annonçât ce que je voulais entendre.

Mais je n'ai pas de colère contre lui. Presque tout ce que la Bruna m'a prédit m'est advenu. Et si ce ne fut point, c'est que je ne l'ai point voulu. Elle m'a dit que les ailes du cygne seraient tachées de sang. Aussi, à l'approche du jour que j'avais choisi pour monter les pièces de l'ornithoptère, les ai-je fait transporter sur le Monte Acuto, et non sur le Ceceri, la montagne du Cygne, qu'il y a derrière Fiesole. Ceux qui voulaient voir mon envol s'y seront rendus en vain, ce jour-là.

Dans le creux d'un arc décrit par les collines, il y avait deux fermes au pied de l'Acuto. Une semaine avant ma venue, Michele s'était installé dans la plus grande, accompagné de ses ânes, de Zoro qui allait toujours avec un faucon, et de deux serviteurs originaires de Pontassieve qui connaissaient les lieux et savaient comment traverser le fleuve. Quand les eaux étaient grosses, une barque crochetée à un cordage tendu entre deux points de la rive permettait de franchir l'onde furieuse. Les orages du printemps avaient fait, cette année-là, de nombreux dommages. Pour trouver un pont qui permît d'aller vers Fiesole, il fallait remonter devant les murs de Florence, ou passer à l'est vers Pontassieve.

Dès mon arrivée avec Salay, je commençai à assembler les ailes dans la ferme la plus grande. Michele, que j'avais instruit des manœuvres, volerait le premier quand le jour viendrait.

Il parlait de ce jour avec ferveur et me regardait comme son bienfaiteur, ce qui ne laissait pas de m'attrister. Pendant les deux semaines que dura la préparation, je me vis dans la position où j'étais au moment de reporter le dessin de ma *Bataille* sur le mur de la salle du Conseil. Je me vis obligé de perpétuer un mensonge jusqu'à l'instant où quelque prétexte me permettrait de ne point aller au terme de ma tâche.

C'est pourquoi je manquai tant de hâte. J'attendais de reconnaître, pour changer de résolution, un instant favorable qui ne vint point. Dans cette attente, je me laissai distraire par la vie de ceux que je voyais à la tâche. Je dessinai les humbles journaliers de la ferme, les enfants et les animaux. Je fis une roue à aubes et un bateau plat. Je traçai le dessin d'une broderie. Je posai des attelles à un chien et je fis une parure pour une fillette avec les plumes de trois coqs. Je laissai mon esprit vagabonder en voyant les nuages s'amonceler sur les collines où j'allais voler. Connaîtrais-je le sort de la chèvre de Lecco ? La pensée que je vivais mes dernières heures me visita parfois. Mais ne vivons-nous pas nos dernières heures dès que la première a sonné ?

Plus le jour du vol approchait, plus Salay doutait de ma détermination.

« Tu n'as donc aucune pitié pour Michele, me dit-il. Cet infortuné est tellement épris de toi que, même si tu te contentais de lui peindre des ailes dans le dos, il sauterait de la montagne ! »

Salay comptait sur la pluie pour m'empêcher de mener à bien mon entreprise. Il faut dire que le ciel était de son côté. La campagne ruisselait. Les nuages déversaient partout une eau abondante et furieuse. Elle poussa des rochers. Elle roula des troncs morts qui sautèrent les digues et fracassèrent des maisons.

La seule ressource qui nous fut laissée en attendant le jour favorable fut d'écouter Zoro nous divertir de ses fables. Nous fîmes quelques repas ensemble. Nous eûmes des musiciens. Des jeunes gens vinrent de Fiesole afin de s'assurer que mon oiseau volerait du Monte

Ceceri. Nul ne les détrompa. Nos hôtes partirent résolus à surveiller le dôme du Ceceri le jour venu, afin de ne point manquer ce spectacle extraordinaire. Mais ce jour-là ils ne virent rien, car nous n'y étions pas.

Un soir, nous fûmes six ou huit à table autour d'un rôti et de quelques fiasques de vin, dans la salle même où l'ornithoptère attendait son transport sur une charrette. Zoro nous récita une fable qui ne fut point de mon goût. Le marchand Zanobi, raconta-t-il, avait joué un mauvais tour à quelque fournisseur, lequel voulait se venger de lui sans savoir comment faire. Il alla trouver un membre de l'illustre famille Tornabuoni, qui était son client, pour lui dire : « Tu iras voir sa femme et sa fille de ma part et tu leur prescriras de réprimander Zanobi par ces mots : “Après ce que tu as fait, ne t'avise plus de m'adresser la parole !” Et toutes ses connaissances feront de même sans jamais lui révéler ce qu'il a fait, et à qui il l'a fait, en sorte qu'il sera contraint d'interroger toujours sa conscience. Ses occasions de se repentir seront si nombreuses qu'il en deviendra fou. »

Ainsi fut fait. Son fournisseur de drap via dei Servi, son boucher, son orfèvre, et ses clients l'avertirent : « Après ce que tu as fait, allons, ne t'avise plus de m'adresser la parole. » Son épouse et sa fille murmurèrent la même chose. Ses valets quant à eux ne dirent rien, de crainte d'être mis à la diète, mais se détournèrent de lui avec la plus muette indignation.

« Hein ? Quoi ! Qu'ai-je fait ? », s'écria-t-il enfin.

Et en peu de jours il devint fou, interrogeant sans cesse sa mémoire à la recherche de quelque mauvaise action qui expliquât ce ressentiment général. Il demandait toujours :

« Quand ? Qu'ai-je donc commis ? Envers qui ? »

Faute de réponse, il était obligé de se souvenir de toutes les vilenies dont il était coupable depuis sa naissance, et son âme entière en était remuée. Il demanda le pardon de fautes que personne ne connaissait, mais pour lesquelles il se blâma devant tous. Ses affaires périclitèrent.

Or, la faute que lui reprochait son fournisseur était bien petite en comparaison de celles qu'il avoua, mais il dit : « C'est égal, je me sens soulagé et, dussé-je me louer comme journalier ou mendier mon pain, j'ai l'âme légère. »

De quoi son épouse se trouva très mal, comme la plupart de ses amis. Car ses fournisseurs ne furent point payés et sa fille n'eut point de dot. Et le jeune Tornabuoni, l'auteur de la plaisanterie, reçut des reproches de son père, qui lui dit :

« Vois comme trop grande exigence de vertu mène à la ruine. Quiconque s'amuse à jeter le scrupule dans une âme saine et vigoureuse la rend bientôt débile et malade. »

Je ne sais pourquoi cette fable me tortura l'esprit toute la nuit.

Le lendemain, Salay vint me trouver à part et me dit :

« Décidément, tu ne peux laisser Michele s'accrocher sous l'ornithoptère, il n'est pas prêt, il en mourra. Renonce à cette tentative.

– Tu as raison, mon garçon, lui dis-je, je volerai moi-même. Car c'est à moi qu'il incombe de courir ce risque si je veux la gloire qui m'est promise.

– Il n'y aura point de gloire, me dit-il, mais la mort d'un pauvre homme, assez fou pour se soustraire à l'amitié des siens en voulant étonner le monde, et qui finira les os rompus. »

Oui, c'est de moi qu'il parlait ainsi. Plus tard, il me rejoignit devant le feu qui brûlait encore :

« Zoro prétend que Michele est capable, pour te plaire, de se livrer à quelque sacrifice. Il en est tout attristé, car il dit que cet enfant n'aura pas même reçu, avant de s'exposer de la sorte, une seule embrassade de son maître en guise de viatique.

– Il n'a pas besoin de viatique, lui dis-je, puisqu'il n'y aura point de voyage. C'est moi qui volerai.

– Je n'en crois rien », répondit-il.

Et il s'en fut avec les autres dans la salle voisine où l'on jouait aux cartes, me regardant comme s'il me prenait en pitié.

J'écrivis longtemps, à la lueur du jour. Il revint encore et me demanda ce que j'écrivais. Je répondis :

« Mes volontés. »

Il haussa les épaules et s'en alla, cette fois offensé.

Quand ce fut l'heure d'allumer des chandelles, je fis appeler Michele près de moi. Tous les autres disparurent à la ferme voisine. Le jeu de cartes cessa. On rentra les animaux. Les deux valets de Pontassieve, les enfants du fermier et les autres, firent danser leurs torches sous la pluie et les ânes Mimi et Momo, le blanc et le gris, attachés sous l'auvent, poussèrent un braiment lugubre.

Michele était devant moi, ses cheveux blonds liés au front, sa figure triste affligée d'une expression douloureuse. Il m'avait apporté une fiasque de vin dont je bus assez pour vaincre ma réserve et lui dire :

« Cher enfant, sois remercié de ton zèle, mais je vais voler moi-même sous l'ornithoptère, car je ne puis supporter de t'exposer à mourir pour servir la réputation de ton maître. »

À quoi ce jeune homme répondit avec feu :

« Pour l'amour d'un maître tel que vous, j'y suis prêt.

– Oui, c'est ce que m'a dit Zoro, répondis-je en lui posant la main sur l'épaule, mais tu n'as nul besoin de mourir pour mériter ma faveur ; vois, je te l'accorde sans cela, tu es souriant, vigoureux, ta figure est gracieuse, j'ai toutes les raisons de me plaire en ta compagnie. Mais la mienne doit te répugner, car je n'ai plus de dents et mon crâne est déplumé. »

Alors il me représenta la vanité de mes scrupules en frottant sa joue sur ma manche. Il porta la main à mon ventre. Je n'eus presque aucun geste à accomplir. Sa dévotion juvénile me combla. Chaque partie de mon corps le jeta dans des transports incompréhensibles que j'eusse été en peine de lui reprocher, mais qui m'emplirent de honte.

« Au moins, me disais-je, ne sera-t-il point tenté de mettre sa vie en péril pour me plaire. En lui offrant ce qu'il désire, je ne l'obligerai point à commettre une folie pour l'obtenir. »

Et certes il obtint de moi ce qu'il voulut. Jamais je ne connus d'adorateur si fervent, à l'exception de toi, Francesco, mais tu verras que les circonstances ne se peuvent point comparer.

Quand Ganymède eut fait son offrande à Jupiter, je lui représentai pourquoi il fallait que Jupiter fût seul à s'envoler de la montagne. Nul ne devait chevaucher l'ornithoptère à ma place. Il était une partie de moi-même. À quoi Michele répondit plaisamment que ce ne serait donc point la première fois qu'il chevaucherait une partie de son maître et il me dit encore mille folies qui me causèrent une grande mélancolie.

Le matin qui suivit, nous n'observâmes aucun présage funeste. Le ciel, où traînaient encore quelques voiles, s'était éclairci vers Fiesole et, comme le vent était entièrement tombé, je résolus de faire atteler, pour arriver au sommet de l'Acuto avant l'heure de midi.

Les deux valets de Pontassieve, qui prétendaient toujours connaître le temps qu'il allait faire, annoncèrent que le soleil brillerait dans l'après-midi. Or, quand nous fûmes en route (Zoro, en tête, jouant un air de flûte entre les ânes), la pluie se mit à tomber. Il fallut protéger nos ailes et nous mettre à l'abri d'une grotte au bord du chemin.

Hélas ! le temps que nous passâmes dans l'immobilité réveilla les humeurs belliqueuses. Salay s'en prit à Michele, l'accusant d'avoir déployé sa persuasion pour me flatter dans mes entreprises. Hier encore, dit-il, les yeux tendres et les prévenances qu'avait ce jeune portefaix envers moi n'étaient que ridicules. Mais s'il m'avait persuadé de voler moi-même, ils devenaient criminels. Heureusement, les eaux du ciel m'obligeraient à renoncer.

En parlant, Salay désigna le feuillage qui ruisselait, mais à l'instant le soleil fit poindre ses rayons sur l'autre côté du val, et les flaques s'illuminèrent. Les mules éblouies par la lumière baissèrent le col et nous reprîmes notre route sans un seul mot.

Les paroles de Salay durent frapper l'esprit de chacun, car la flûte de Zoro ne nous accompagna plus pendant le reste de la montée.

Quand nous fûmes en haut, Salay montra tant d'insistance dans la description de mes pusillanimités que Michele lui répondit :

« Tu accuses ton maître de manquer de courage, tout en lui reprochant sa témérité quand il veut sauter de la montagne. »

Et il lui dit encore :

« Tu es libre de traiter maestro Lionardo comme tu l'entends dans vos affaires privées, s'il y consent, mais je ne veux point que tu m'obliges à écouter.

– Eh bien, répondit Salay, tu n'as qu'à te boucher les oreilles. »

Les deux valets de Pontassieve n'aimaient guère Salay. Il les avait entraînés dans l'un de ces commerces cachés qu'il menait à Fiesole et à Sienne, et ils n'osaient se réjouir de le voir ainsi moucher devant tous. Mais ils accueillirent la réponse de Michele avec un recueillement satisfait. Même nos montures parurent marquer le pas pour l'entendre.

« Ton bavardage irrite ceux qui t'écoutent, dit-il. La circonstance exigerait une conduite plus digne. Tu as raison de dire que le premier remède serait de nous boucher les oreilles. Mais j'en connais un autre. »

Salay voulant savoir lequel, il répondit :

« Te fermer le bec.

– Qui le fera ? dit Salay.

– Avec la permission de ton maître, dit Michele, j'y suis prêt. »

Je me gardai de lui donner ma permission. J'invitai plutôt chacun à se taire afin de me laisser observer la course des vents, qui aurait une influence très grande sur la direction de l'ornithoptère. Mon intention était de maintenir l'oiseau, grâce à son gouvernail, face à l'air qui remontait le berceau des vallées. Je m'élèverais jusqu'à cent brasses de la crête qui s'achève par le Monte Acuto. Je tournerais à main droite en direction du fleuve. Je longerais les eaux en approchant du sol, afin de prévenir les conséquences d'une chute en arrivant sur l'eau. Si tout allait bien, je prendrais pied sur la berge face à Fiesole, dans les champs ou les épais roseaux qui couvrent cette partie de la rive.

Salay dit que les eaux de l'Arno étaient grosses. Les observations que j'avais faites le jour d'avant, le long de l'étroite plaine qui borde le fleuve, ne lui avaient point paru expertes, ni même attentives. Mon intention de voler manquait un peu de franchise. Mais il savait qu'en m'offensant par son incrédulité il pouvait précipiter ma tentative, car le vent qui s'était levé m'était favorable. Il cessa donc de douter de ma résolution, et se tint coi.

Quand il se remit à parler, je sentis que son inquiétude ne me regardait plus entièrement. Quelque chose l'appelait à Fiesole avec nos deux valets. Je ne sais quelle circonstance le réclamait dans la plaine, mais il était mécontent d'avoir à surveiller mes entreprises en un moment pareil.

J'avisai son pourpoint bleu et ses chausses cramoisies.

« Tu es bien vêtu, lui dis-je, as-tu quelque obligation en bas ?

– Aucune », répondit-il.

Il comprit que j'avais percé la raison de son irritation envers moi.

Elle n'était ni la seule ni la première. La première raison est qu'il était fort inquiet de mon sort. Le tremblement dans sa voix me sembla signifier qu'il m'aimait donc un peu. J'en fus si content que j'en eusse versé des larmes.

Il voulut savoir si Michele gardait l'ambition de me devancer dans les airs. Ce fut Michele lui-même qui lui répondit. Sa réponse fut que, la crainte l'ayant saisi, il préférait renoncer. Oui, l'audace lui manquerait de s'élancer contre le vent et il voulut me dissuader de le faire, car le lendemain serait peut-être un meilleur jour.

Sur mon ordre, on avait ménagé au sommet de l'Acuto un abri de planches qui devait épargner la pluie aux ailes de l'ornithoptère. Zoro me représenta que toutes mes études sur la conduite du grand oiseau ne tenaient pas compte des dommages que la toile et les cordages pouvaient subir si la pluie tombait pendant le vol.

Tandis qu'il parlait, les rafales redoublèrent, et l'eau du ciel s'abattit sur nous. Salay retint son chapeau et suggéra que nous redescendions dans la plaine en laissant Michele dormir ici avec les mules. Nous lui ferions porter du pain et des œufs.

« Quelles que soient ta résolution et ta bravoure, s'écria-t-il, n'est-il pas téméraire de mettre en péril le fruit de tant d'efforts, pour avoir manqué de patience une journée ?

– Qu'est-ce qu'une journée, en effet, lui dis-je, et pourtant je vois bien que, toi-même, tu ne peux remettre à demain ce qui te réclame en bas. Allez, va, je resterai ici avec Michele sur qui je puis compter pour me servir, et qui ne répugne point à dormir avec moi.

– Soit, si tu l'entends ainsi », dit Salay en affectant d'être offensé par ma réponse, et il en tira prétexte aussitôt pour annoncer son intention de redescendre avec les deux valets.

La pluie semblait annoncer un orage, mais l'horizon était clair. En voyant le déplacement des nuages, je supputai que l'ornithoptère pourrait être extrait de son abri avant une heure, mais je n'en dis rien. Tandis qu'en secret ma résolution ne cessait de s'affermir, j'affectai d'être sensible aux paroles de Salay, de nourrir des inquiétudes, et de balancer encore.

Je fis si bien que Salay fut persuadé que je n'allais rien entreprendre. Jamais il ne m'eût quitté sans cela. Lorsqu'il s'éloigna, il était à peine plus de midi.

À l'horizon de Florence, au bout d'une heure, le ciel devint bleu comme je l'avais prévu. L'ornithoptère frémit au vent sous son abri comme un aigle au bord du nid. Michele me supplia de le laisser me devancer.

« Il y a une heure, lui dis-je, tu craignais de te rompre les os et maintenant tu fais le téméraire ! »

Il me répondit :

« Je voulais écarter de vous votre élève, il eût compromis votre entreprise.

– Tu dis vrai, mais cette entreprise est la mienne. Allons, il est temps de connaître la gloire qui m'a été promise. »

Il m'arrêta encore, et dit :

« Maître, je volerai avant vous, et je dirai à tous que c'est vous qui l'avez fait. »

Il me représenta que la gloire revenait à celui qui avait dessiné l'ornithoptère, et non à son navigateur.

« Tu veux me rendre complice d'une supercherie ? », lui dis-je.

Il m'assura que, pour le cas improbable où sa tentative échouerait, en choisissant un navigateur tel que lui, cet échec ne nuirait point à ma gloire, car chacun dirait : « Michele n'a pas su gouverner l'ornithoptère. » Mais, s'il réussissait, le mérite m'en reviendrait entièrement. Les derniers témoins étant redescendus dans la plaine avec Salay, il pourrait attester que j'en étais le navigateur.

À la fin, je lui dis de m'épargner ces raisonnements qui m'empêchaient de rassembler mes pensées, et je lui ordonnai de m'aider à porter l'ornithoptère, car le vent favorable ne durerait pas. Puis je lui prescrivis de mener les mules à la ferme après mon envol, de détacher mon cheval, qui était sellé derrière le pigeonnier entre ses deux ânes, puis d'aller me rencontrer sans attendre en cet endroit des berges de l'Arno où nous avions prévu que l'ornithoptère retrouverait le sol.

En prononçant ces paroles, je me figurai que j'allais accomplir la seule œuvre qui mériterait d'être rappelée dans mon épitaphe. J'allais échapper aux laideurs terrestres et connaître la délivrance à quoi j'aspirais depuis l'instant de ma naissance. Je verrais ramper la fourmilière de mes ennemis avec le contentement de l'oiseau survolant les batailles.

« Tire là, pousse ici, et que nul ne nous voie », lui dis-je en ceignant l'outre d'air qui devait atténuer la brutalité de mon retour sur le sol (si je tombais dans le fleuve, elle me maintiendrait sur les eaux).

J'attachai aussi les sangles de mes jambes et celles de mes épaules. Michele serra les lanières des pièces de cuir qui protégeaient mes genoux. Il me pressa contre lui, avec toute la vigueur de ses jeunes années, et me frotta, sur les parties de devant, d'un geste par lequel il signifia tout ensemble la tendresse et la fermeté de ses affections vers moi.

« Cesse de gémir sur ce ton d'inquiétude, lui dis-je, je ne vais pas mourir. Ce soir nous partagerons le *minestrone* à la ferme, tu me feras rire avec tes ânes, tu viendras me rejoindre à la nuit, et demain nous irons conter mon exploit à la seigneurie de Florence, où l'on saura vite le parti que l'on peut tirer de mon oiseau contre les ennemis de la cité. À moins que le pape ou le roi de France ne veuillent le construire avant ce maudit gonfalonier. »

À l'instant de relever le nez de l'oiseau dans le vent, et de dresser vers le soleil ma tête ceinte d'un bandeau de cuir roide comme le tour d'une marmite, je répétai *a chi la va, Dio lo benedica* pour me donner du cœur, tout en mesurant fort bien, comme j'avais fait à Lecco, l'équilibre des deux forces : celle qui tient l'oiseau sur l'air contre le mouvement des vents et l'incline à descendre, et celle du vent lui-même, qui le porte à monter.

Ces deux forces s'égalèrent si bien que je fus un temps immobile à une brasse des herbes qui couvraient le sommet de l'Acuto.

Oui, je fus bien aise d'avoir prédit sans calcul préalable le lieu de la montagne où s'annulent les forces contraires. Je vis aussi que, si l'oiseau vole avec des ailes d'une même hauteur, s'il ne monte ni ne descend, une fois placé dans un tel équilibre, il peut se diriger d'une simple torsion de la queue.

C'est à Piombino que je l'avais compris, en observant les barques des pêcheurs au pied de notre maison sur le port. L'erreur était de vouloir agir sur l'élévation de la queue des oiseaux en imitant la nature. Car les oiseaux ont le pouvoir de corriger par le mouvement et la surface de leurs ailes les brusques changements de hauteur. J'ai renoncé à les imiter en fixant les ailes. Puis j'ai attaché la queue elle-même, qui ne pouvait ni monter ni descendre. Je n'ai conservé que la faculté de changer de cap au moyen d'un gouvernail.

La hauteur de l'ornithoptère était donc entièrement laissée au gré de la force du vent. Laquelle était, pour l'heure, égale à celle qui le faisait descendre. C'est pourquoi je restai immobile un temps fort long, pareil au rapace qui observe la gerbille en train de folâtrer dans l'herbe.

Ensuite j'avançai de quelques brasses. La pente de la montagne en cet endroit s'accentuait vite. Je me vis bientôt fort loin au-dessus de la cime des arbres et je poussai une clameur en songeant à ceux par qui ce prodige était advenu. Je revis ma mère, qui fut toujours humblement persuadée de mes mérites. Je revis mon père, qui le fut beaucoup moins, et pourtant aurais-je pu fournir, de mes capacités d'invention, une preuve plus éclatante ? Je revis le profil auguste de mon grand-père Antonio sur la crête de San Baronto. Et je tins avec fierté la barre horizontale qui manœuvrait le gouvernail sur son axe. Si je me gardais de décrire une courbe, je monterais et descendrais aussi longtemps que le vent me porterait. Je volerais sur les murs de la cité de Florence. Je verrais les quartiers tracés comme les plans que j'avais faits à Cesena et Urbino. Je verrais la pointe du Cimone, qui se trouve après les thermes de Montecatini.

La brume subsistait au-dessus de Borgo San Lorenzo, mais on voyait les collines de Fiesole bordées de leurs ombres bleues. Cent fumées indiquaient la direction des vents. La course de l'ornithoptère s'infléchit vers l'Arno, car la tension de l'aile droite avait faibli. Mais le gouvernail me permit de limiter l'amplitude de la courbe. La route de l'oiseau continua longtemps, toujours selon le même cap, et il eut garde de s'opposer au vent. Il évita les parties de la montagne où le flot de l'air, se heurtant aux rochers, s'anime de funestes tourbillons.

Tout en volant, je songeais déjà que cette invention devait être tenue secrète et ses plans préservés d'une importune curiosité. J'avais conservé dans mes carnets le dessin et la mesure des ailes. Mais la longueur des attaches et les proportions de mon poids à la surface exigeaient d'être relevés avec soin. Hélas ! j'allais manquer du loisir de le faire si l'appareil se brisait pendant sa descente. Je conjurai le Ciel de ne point le permettre.

Combien de temps dura le vol de l'oiseau ? Je l'ignore. Ce fut la moitié d'une heure, environ, toujours face au vent. Il ne s'éleva point au-dessus du Monte Falterona, mais me porta plus haut que l'Acuto, presque un mille à l'aplomb de la plaine. Je vis que le fleuve était jaune et sortait de son lit en maints endroits après Pontassieve. Je vis briller les neiges dans l'horizon lointain. Je vis l'Albano, après lequel se trouvait le lieu de mes jeunes années. Ce temps de ma vie m'inspira une grande pitié, et aussi une grande frayeur à la pensée que j'eusse pu rester au milieu de la matrice et ne point connaître une telle félicité. L'obscurité m'eût retenu à l'exemple de ces milliers d'hommes que leurs semblables ont laissés se lamenter et périr loin du soleil, dans des caves, des cryptes, des souterrains et des grottes. Ainsi de cet infortuné *Moro*, dont l'orgueil fut anéanti par huit années de cachot chez les Français.

Voilà donc à quoi, dans mon contentement d'échapper à l'ignorance et à la cruauté de mes ennemis, je songeai en allant au milieu des nuées.

À Milan, à Piombino, à Mantoue, je m'étais hissé sur les terrasses. À Venise, je m'étais élancé en songe au-dessus des Turcs. Désormais je naviguais dans les sphères élevées, comme les rapaces qui tournoient, silencieux, indifférents aux tumultes.

Hélas, l'ornithoptère fut affligé contre mon gré d'un tournoiement plus funeste. Une débilité de l'aile droite causa la courbe qui amorça ma descente. Par miracle, elle affecta bientôt l'aile gauche dans une proportion semblable, faute de quoi j'eusse été précipité vers le sol en un irrémédiable mouvement de vis.

Ma course décrivit un cercle au rayon large. Mon gouvernail eut beau se tendre au bout de sa poulie dans la direction opposée à la courbe, rien n'y fit. Le grand oiseau perdit de la hauteur, avec une vélocité qui toutefois ne parut pas mortelle. Une autre circonstance favorable vint s'ajouter à celles qui avaient permis ma montée. Le vent s'accentua au creux de la vallée. Je fus assez fortuné pour qu'en arrivant à la cime des arbres l'oiseau rencontrât la force de l'air. Dans le sens opposé, j'eusse péri. La célérité de l'ornithoptère, accrue par celle du vent, m'eût brisé sur la terre, comme une branche arrachée par la tempête.

Les eaux du fleuve étant grosses, je craignis d'être emporté, mais l'oiseau s'abattit vers le lit de limon humide en frôlant les roseaux. Il se dressa, retomba en arrière et se retourna contre un rocher droit, si brusquement que j'en fus étourdi.

Le front ceint de la bande de cuir roide qui m'était tombée sur les yeux, je dormis ainsi, les membres serrés dans les lanières et le corps enchevêtré dans les morceaux de la machine.

Des enfants qui passaient me réveillèrent. Ils me menèrent à une ferme voisine. Ayant raconté mon affaire, je demandai aux cultivateurs si quelque personne digne de foi pourrait témoigner que j'avais volé comme un oiseau. Une femme voulut bien l'attester, mais son sourire signifia qu'elle eût aussi bien juré le contraire.

On m'amena plutôt un jeune homme nommé Matteo. Il était venu avec d'autres pour enlever les débris des ailes. En rentrant à Fiesole avec sa carriole et son chien, il m'avait vu voler le long du fleuve. Je demandai s'il pourrait répéter cela devant les représentants de la seigneurie, les *buonomini* et tous ceux à qui il plairait de l'entendre, et il m'en donna l'assurance. Je le priai alors de me suivre à la ferme où nous avions dormi les jours précédents. Il y consentit encore. Nous nous mîmes en route et nous arrivâmes au bout de deux heures, car il fallut traverser le fleuve aux portes de la ville.

À la ferme, Zoro m'accueillit seul. Michele n'était point redescendu de la montagne avec les mules, et mon cheval avait disparu. Salay, ayant entendu dire qu'un vaisseau céleste, construit par Lionardo, avait volé pardessus les arbres, était déjà parti à ma recherche.

Nous attendîmes son retour. Nous l'attendîmes longtemps. Quand la nuit tomba, Zoro s'en fut voir l'âne gris et l'âne blanc, comme afin de les interroger sur le sort de leur maître et il revint accablé en disant qu'ils ne mangeaient point. Salay revint finalement avec les mules et, lorsqu'il me vit, sa figure exprima un soulagement qui me combla d'aise.

Il me demanda où était Michele ; je lui dis qu'il avait dû quitter le lieu de l'envol avec mon cheval. Je lui fis le récit de ma navigation dans les nuées en citant maints détails et en précisant que j'en avais des témoins. Mais Salay se moquait de l'ornithoptère. Il ne songeait qu'à retrouver Michele et mon cheval.

Les mules avaient traversé le fleuve, ce qui échappait à son entendement. À moins qu'elles n'eussent franchi l'Arno par le premier pont, qui se trouvait à un mille. Quant à moi, tout à l'exaltation de mes récits et de mes projets, je ne l'écoutai guère, et la nuit s'avança ainsi jusqu'à ce que Zoro nous avouât qu'il craignait pour la vie de Michele. Il résolut d'aller visiter sa famille le lendemain.

Le jour suivant, une querelle éclata entre Salay et moi, car je voulais rentrer à Florence avec mon témoin et faire entendre à qui m'écouterait que j'avais franchi les montagnes sous l'ornithoptère. Mais Salay avait envoyé ses deux valets vers Pontassieve à la recherche de mon cheval en disant : « Là où nous trouverons cet animal, nous trouverons Michele. »

Il avait raison. Quelques heures plus tard, l'un des deux valets revint avec Zoro qui tirait mon cheval blessé. Quant à l'infortuné Michele, ayant voulu passer avant le pont pour atteindre plus vite le lieu où j'avais touché le sol, il s'était noyé dans les eaux furieuses. Zoro pleurait. Salay ne disait mot.

Je fus grandement accablé, mais je craignis d'éveiller la jalousie de Salay. Il m'accusa d'indifférence. Devais-je lui représenter mon affliction, lui parler de la nuit passée dans les dévotions charnelles avec l'infortuné, devais-je lui dire que j'avais décelé, dans le cœur de ce garçon, la tristesse du Christ au mont des Oliviers ? Cet enfant avait la vision du destin qui le devait frapper. Il avait puisé sur mon sein le courage de l'affronter.

Au moins eus-je le loisir, pendant quelques heures, de m'en ouvrir à Zoroastro et de partager la tristesse de rassembler les affaires de notre Michele. Une petite caisse de bois. Deux grandes lanières de cuir. Un chapeau fin et trois chemises de droguet. Le silence de la ferme était plein d'effroi, et mon cœur, plein de remords. À la fin, Zoro attela les deux ânes, le blanc et le gris, le gai et celui qui ne l'était pas, et ce sont eux qui deux jours plus tard menèrent la charrette au cimetière.

Le village où était né Michele se trouvait face au Monte Ceceri, d'où l'ornithoptère aurait dû voler. L'affliction des siens me causa de la peine, mais j'en eus davantage en subissant les excuses dont ces gens m'accablèrent après la mort de leur fils. À les entendre, cet accident m'infligeait des soucis indignes d'un illustre personnage. Le père des jumeaux Bartolino de Milan m'avait déjà traité ainsi après le cimetière. Zoro me dit que mon air hautain et songeur en était cause. Il ne douta pas de mon affliction, contrairement à Salay, mais il ajouta que les esprits affairés comme le mien sont toujours dans l'étonnement et l'embarras devant la mort des pauvres. Parce qu'elle les oblige à souffrir la charité en même temps que la tristesse.

Je ne pus jamais oublier ses paroles. Le désagrément que j'en eus m'ôta le sommeil. Il fut décuplé par l'humeur insolente de Salay, lequel me tint pour comptable de tout. Il me refusa en ce temps-là des consolations qui m'eussent été bien nécessaires.

L'excellent Zoro y suppléa en m'envoyant de vieux portefaix de la Costa San Giorgio qui me visitèrent à tour de rôle pour me présenter leurs regrets. Ils disaient que j'avais perdu là le garçon le plus dévoué. Michele ne leur parlait que de moi depuis un an. Jamais on n'avait vu un fils chérir son père avec plus de dévotion.

Zoroastro ayant acheté les ânes Mimi et Momo à la famille leur fit, chez moi, une pension commode, et il eut l'idée de leur faire porter au col un panier qui servit à faire dire des messes à la mémoire de leur maître. Ce panier fut garni tous les jours, du Dôme à Santa Croce.

Au bout d'un mois environ, je dis à Zoro ma gratitude pour son humeur toujours modeste et enjouée. Le cœur empli de tristesse et de bonté, les yeux baignés de larmes, je le remerciai des soins qu'il prodiguait aux bêtes. Il les recueillait en grand nombre. Chez nous les colombes perchaient sur les ânes, les lézards s'accrochaient aux tissus, les hermines montaient et descendaient dans de hautes cages de bois, les singes jouaient avec leur corde et se querellaient avec les coqs parleurs venus de l'Afrique. À cause de lui je ne mangeais plus de cadavres d'animaux depuis longtemps ; on ne servait chez moi que des œufs et du minestrone. D'ailleurs, renoncer aux rôtis ne me coûtait guère, car je n'avais plus de dents. Enfin, je me trouvais bien de respecter les êtres vivants, en un temps où la mort avait frappé si près de nous. Je le remerciai enfin de s'efforcer toujours à me distraire. Si pour l'heure ses efforts restaient vains, ce n'était pas sa faute, lui dis-je, mais celle des circonstances, qui contrariaient mes entreprises. Dans la mort, Michele me paraissait aussi bienveillant et joyeux qu'il l'avait été dans la vie. Plusieurs fois je le vis en songe, qui m'exhortait à être heureux.

Le témoin de mon vol ne s'était point dérobé à sa promesse. Mais la seigneurie, par la voix du gonfalonier Soderini, répondit qu'un nouvel essai de mon ornithoptère devrait être présenté de manière incontestable afin que ce prodige fût avéré devant la population. Toutefois, avait-il ajouté, ce jour attendrait l'achèvement de ma *Bataille d'Anghiari*, une peinture pour laquelle j'avais déjà perçu de grosses sommes, et que je ne faisais point.

J'appris plus tard que le gonfalonier, dans son ambition de me nuire, avait ordonné une enquête sur la noyade du jeune Michele afin de m'en imputer les causes. Non, je ne veux point croire que les premières calomnies à ce sujet provinrent de la Costa San Giorgio, où Michele avait de nombreux compères. Je pense plutôt qu'elles vinrent de ceux qui allaient tout le jour avec Salay et qui passaient de l'alcôve des princes au marché Sant'Ambrogio. Ceux-là rôdaient à Santa Croce les jours de fête. Mon élève leur avait imprudemment livré, de la fin de Michele, un récit que lui avait inspiré la jalousie : j'aurais suscité, chez cet enfant, une admiration et une ferveur si grandes qu'en voulant nager à mon secours après la chute de l'oiseau il s'était noyé.

J'entends bien, Francesco. Tu me dis que toi, à la place de Michele, tu aurais fait comme lui. C'est possible. Souviens-toi cependant que, lorsque tu es venu te présenter chez moi, Salay s'est montré jaloux dans l'heure, alors qu'il prétendait déjà ne m'aimer plus.

En vérité, tu as remarqué que Salay n'est point tant irrité par ceux qui veulent le supplanter dans mon affection que soucieux de les prévenir contre moi. Il veut les mettre en garde contre mes petitesses. Il leur conseille de cesser avec moi leur admiration ridicule. Il les invite à déjouer le piège de ma bienveillance, qu'il appelle hypocrisie. Il dit que mon apparence de modération et de civilité cache des convoitises brutales. Il évoque mon cahier intitulé *Leo Sum* et celui que j'ai appelé les *Histoires de ma main gauche*, parce qu'ils montrent des anges à la figure douce affublés de membres épais.

Désormais il dit tout ce qu'il veut, puisqu'il est à Milan. J'ai espéré en vain qu'il ferait partie des Milanais envoyés en France auprès de François le Premier. Aujourd'hui, il est libre de nuire à ma réputation. Il me faudrait des jours entiers pour énumérer ses mensonges. Hélas, ils s'appuyaient toujours sur une apparence de vérité. Ainsi ma bienveillance et ma douceur n'étaient point feintes. Elles étaient même fort sincères, mais il n'avait pas tort : je les affectais tout de même, parce que ma nature était trop impérieuse. Je devais la contraindre à la civilité, jusque dans les jeux de Vénus.

Francesco, rappelle-toi comment Salay a cherché à te circonvenir avant que nous ne nous mettions en route pour la France. Il ne cessait de te dire que par orgueil j'exposais ma vie, la tienne et celle de mon serviteur, en voulant franchir les Alpes avant la fin des neiges. Il y revenait sans relâche, afin de te convaincre que son maître Lionardo n'était qu'un vieux démon, capable d'aveugler son entourage, de le mener à sa perte, pourvu que chacun fût persuadé de sa gloire.

Et quand nous faillîmes périr sous un amas de neige en arrivant au col, sans doute as-tu pensé qu'il avait raison. Si tu veux savoir comment il me traita pendant les jours que nous passâmes à Florence après la mort de

Michele, rappelle-toi ses paroles le jour où nous avons quitté Milan. Tu comprendras qui est le vrai démon.

Ah ! ce jour fut le plus affreux de ma vie.

Il affirma que je n'étais pas maudit par le Ciel, mais que je portais en moi ma propre malédiction. Ce jour du départ en France, il était vêtu comme une femme et soignait ses pieds gracieux. C'est aux extrémités que siège la grâce d'un corps. Ses membres étaient entourés de soie grise. Une fontaine chantait entre nous.

Je l'ai interrogé :

« Comment peux-tu me prétendre maudit si la Bruna m'a prédit la gloire ?

– J'ai payé cette femme pour prédire ta gloire, m'a-t-il répondu en riant.

– Tu mens, ai-je crié, ou si tu dis vrai, elle n'a pas reçu d'argent pour m'annoncer que la montagne du Cygne allait être tachée de sang, et tu n'as pu lui faire prophétiser que j'allais mourir dans tes bras. Parce qu'elle l'a fait, je ne cesserai d'espérer que je te reverrai à l'heure de ma mort. »

C'était le jour où j'ai quitté Milan vers la France avec toi, Francesco, Battista, les mules, mes caisses, la *Fiorentina* et le *Baptiste*. Je m'en souviens très bien.

L'inizio della fine.

Il y a combien de temps ? Deux ans ?

Il me semble que c'était il y a une heure. Il me semble que j'étais hier encore à Florence, errant du côté de la Badia, affligé par la perte de Michele, dégoûté à jamais de l'ornithoptère, et toujours incertain de ma fortune après tant d'années.

C'est en ce temps-là que Salay me desservit auprès de Soderini en répétant que j'allais sans doute quitter Florence et retourner à Milan, pour me placer une nouvelle fois sous la protection des envahisseurs français. Salay avait été témoin de certaines visites que j'avais reçues à ma fabrique de Santa Maria Novella : deux gentilshommes milanais qui avaient promis de réclamer pour moi le paiement de travaux anciens à Milan. J'étais si persuadé de recevoir cet argent que je songeais à rendre à la seigneurie de Florence les sommes perçues pour ma *Bataille*. Mais si je commettais ce coup d'éclat avant d'être sûr du secours des Français dans le règlement de mes affaires milanaises, ma richesse tiendrait dans une paire de bagues et quatre chevaux.

Mon intention, au début, n'était point de revenir à Milan. Ce fut Salay qui m'inspira de le faire. Ce fut par lui que j'appris la duplicité de la conduite du gonfalonier Soderini – laquelle précipita mon départ.

Cet homme terrible cherchait à donner, de la noyade de l'infortuné Michele, une explication qui effraya Salay lui-même. Le gonfalonier me rendait coupable de turpitudes sensuelles dont la mort de cet enfant eût été la conséquence. Il fit interroger mes connaissances à Florence, à Fiesole et à Sienne. Il fit questionner aussi le mari de la Bruna, parce qu'elle était morte inopinément et que j'avais payé les vieux de son cortège le jour de ses obsèques. Luca Pacioli lui-même dut répondre aux questions du Barigello sur mes études anatomiques. Soderini fit également intimider le jeune Raffaello, lequel me révéla plus tard, à Rome, qu'on avait cherché à lui soutirer à mon propos des vérités qui n'en étaient point.

La Bruna était morte d'un mal rapide et silencieux. Par l'un de mes élèves, j'avais fait donner quelque argent au prêtre après la messe. Je n'avais point voulu me faire connaître autrement. Précaution inutile. Après deux semaines, le fils aîné de ma devineresse, un vaurien, celui que Soderini avait fait questionner à mon sujet, fut tué d'un coup de poignard via delle Terme, près du Mercato nuovo. Hélas, ce fut justement le jour où, s'étant présenté chez moi, on l'avait éconduit à ma demande.

Salay me rapporta les détails atroces de sa fin en prétendant qu'il était peut-être venu chercher une protection auprès de moi, et que je l'avais repoussé.

« Une protection contre qui ? », demandai-je.

Il affecta d'en savoir plus qu'il ne pouvait le dire.

« À moins, insinua-t-il soudain, que cet infortuné ne fût porteur d'un message ultime de sa mère, à propos de nos destinées.

– Un message, répondis-je aussitôt avec ironie, que tu n'aurais point payé comme les autres ?

– Un message qui nous raconterait comment s'est noyé Michele. Et comment nos mules ont traversé le fleuve toutes seules. »

Il me lança un regard qui semblait exiger mille ménagements pour prix de ses compromissions. Et il déclara, sans hésitation, qu'il ne croyait pas à mon récit de la journée sur l'Acuto. Quoi qu'il fût advenu sur cette montagne, ce n'était certainement pas ce que j'en avais dit.

Il en usa ainsi presque chaque jour. Presque chaque jour il me rendit compte des bruits qui couraient sur moi dans la ville : j'allais retourner à Milan pour échapper à mes entreprises florentines ; je ne savais pas faire ma *Bataille* ; et les seigneurs de Florence ne se contenteraient point, cette fois, de me voir abandonner ma tâche à quelque Filippino Lippi.

« Il n'en est pas question, lui dis-je. Je vais achever cette peinture avant l'été.

– Il faudrait d'abord que tu la commences », répondit-il.

Il affirma que sans l'appui des Français ma position n'était plus sûre et que j'ignorais la gravité des rumeurs qui se répandaient à mon sujet.

Je m'étonnai que ce fût toujours par lui que j'étais instruit des mauvaises opinions sur mon compte.

« Je te cache la moitié de ces calomnies, me dit-il.

– Je ne te demande qu'une chose : épargne-moi l'autre moitié. »

En me rapportant le mal que l'on me voulait, il semblait me le vouloir aussi. En insistant pour que nous allions à Milan, il entendait moins protéger mes affaires que faire avancer les siennes. Je lui rappelai que sans moi il n'était presque rien. N'avait-il point compris que les notables de la ville, en le joignant à leurs banquets et plaisirs, ne souhaitaient qu'une chose ? Et cette chose n'était point le bénéfice de sa conversation ; ils voulaient comploter pour me perdre.

Il s'écria que mes reproches étaient injustes. Il fallait qu'on lui trouvât quelques qualités propres (quand ce ne fût que sa tournure). D'ailleurs, l'intérêt à mon sujet s'était fort émoussé. S'il me conseillait de revenir à Milan, c'était parce que, au milieu des banquets et plaisirs dont je lui parlais sans cesse, mon nom était devenu un sujet de dérision. Il en était blessé pour moi.

« Tu es blessé par ma disgrâce, lui dis-je, ou par le fait qu'elle signifie la tienne ? »

Je le vis au bord de verser des larmes. J'eus envie de le consoler, comme à l'âge où il traçait des croix dans la poussière.

« Bien, dis-je encore, nous irons à Milan. Je laisserai une part de mes affaires ici, afin de montrer à la seigneurie que je n'ai point l'intention de me dérober à ma tâche. »

Alors il me parla de la vie de Milan si précisément et avec une telle vivacité que je doutai de sa franchise.

Charles d'Amboise, un gentilhomme français dont parlait toute l'Italie, était favorable à mon retour dans la cité sforzesque. Il m'offrirait sa garantie pour obtenir le paiement des sommes qui m'étaient encore dues. Marco d'Oggiono, qui avait longtemps travaillé chez moi dans la Corte Vecchia, me fit dire, par d'obligeants voyageurs milanais, qu'il copiait *l'Ultima Cena* pour le compte de quelque confrérie. Ambrogio da Predis et son neveu avaient en outre obtenu une expertise favorable de notre Vierge de la Conception, qui serait payée sur intervention des Français (à moins que le roi de France ne l'achetât lui-même).

Salay me rapporta cent autres faits du même genre, attestant qu'il était instruit de ce qui se passait à Milan. Quand je lui témoignai ma méfiance, il me répondit qu'il n'était point le seul de mon entourage à entretenir de bonnes relations avec les Français. Zoroastro lui-même était réclamé par le plus civil d'entre eux, ce Charles d'Amboise qui lui voulait faire acheter, à Gênes et à Naples, les oiseaux les plus rares débarqués de l'Asie, pour peupler ses volières et ses jardins.

« Si ce Français envoie vers nous tant de messagers, me dit Salay, c'est qu'il souhaite te confier la construction d'un palais pour abriter ses hôtes. »

Un prince qui aimait les oiseaux n'était point fait pour me déplaire. Je demandai toutefois à Salay pourquoi ce prince m'approcherait par le truchement de mon élève.

« Il ne veut point offenser les seigneurs de Florence en interrompant ta tâche ici, et en t'attirant à Milan par ses requêtes », me dit-il.

J'obtins du Conseil des seigneurs la permission de quitter mon ouvrage pour trois mois. Un notaire, ami de mon père, écrivit un contrat. Mais le Conseil ne se contenta point d'entendre que j'allais laisser mes affaires à Santa Maria Nuova comme gage de mon intention de revenir dans la ville. Il fallut que je m'engage à payer un dédit de cent cinquante florins si je manquais à ma promesse.

Salay m'affirma que, si je devais rester longtemps éloigné de Florence, Charles d'Amboise acquitterait cette somme. Et il me donna de telles assurances que tout me parut manigancé à mon insu.

À quelques jours du terme fixé pour le voyage, on me fit chercher chez Bonafé, l'hospitalier de Santa Maria Nuova, où j'empaquetais mes livres.

Un jeune homme hors d'haleine, qui avait pleuré en courant dans l'escalier et qui s'étouffait de chagrin, m'avisa qu'un grand malheur était arrivé.

Je crus que ma *Bataille* avait subi quelque désastre, car il pleuvait sans interruption depuis trois jours. La cloche sonnait le tocsin chaque soir, et le jour devenait nuit d'un instant à l'autre. Dans les débuts de mon travail, le carton de ma peinture avait reçu les eaux du toit.

Mais, cette fois, il s'agissait de Salay.

Je pressai le messager de me dire ce qui arrivait. Le jeune homme me répondit qu'il était mort. On me l'avait amené à la porte du couvent, frappé d'un coup de poignard.

« Malédiction, m'écriai-je, où est le sel de ma vie, où est mon fils selon mon cœur, où est-il ? Disparais !

non ! Montre-le-moi ! Montre-moi celui qui a fait cela ! Amène-moi là-bas tout de suite. Je sais opérer les blessés. J'irai chercher Salay chez les morts. »

Dans ma douleur, je frappai ce jeune homme à la tempe et au bras. Bonafé dut m'écarter de lui. Je lui échappai furieusement pour me précipiter vers l'escalier, et tous deux coururent derrière moi vers l'entrée de l'édifice.

Salay gisait sur un brancard, entre deux apprentis, au milieu de la foule bruyante. Une lame l'avait percé au ventre et à la cuisse. Son sang se mêlait à la pluie qui trempait son vêtement. L'eau claquait sur les marbres. Elle résonnait sous les voûtes comme les pluies d'orage à l'entrée des grottes. Je me penchai sur cette poitrine chérie et j'écoutai son cœur. Même s'il ne battait plus pour moi, grâce à Dieu il battait encore. J'ordonnai qu'on m'apportât des liens pour arrêter le sang, de l'esprit-de-vin, de l'eau chaude, tout en criant autour de moi pour chasser les curieux. Quant à Salay, je le conjurai de se réveiller, et je lui parlai ainsi :

« Pauvre enfant, Dieu fasse au moins que tu n'aies point risqué la mort en défendant la réputation de ton maître. Non, ne t'en va pas, ne me laisse pas seul maintenant, je ne saurais me passer de tes colères, de tes coquetteries et de tes mensonges ! »

Au bout de deux heures, ayant bien respiré le vinaigre et le camphre dans une salle du couvent où l'on entendait le vacarme de la pluie dans les cours voisines, il s'éveilla. Son esprit devint clair en un instant. Il dit : « Si je meurs, ne chasse point mon père de ta vigne à San Vittore, promets-le. »

Je jurai de ne point chasser son père.

« Et pardonne-moi tout ce que je t'ai fait. »

Je pardonnai, les yeux fermés.

Il dormit et délira deux jours entiers. Je dus chasser les miens de la chambre tant ses paroles me causèrent d'embarras. Ce ne sont point les mots sur ma *coda*, les allusions à nos sensualités et les protestations selon quoi il était libre d'user de ses charmes à sa guise qui me gênèrent le plus. Il dit surtout : « Lionardo vous a tous trompés. » Puis encore : « Rendez-moi cela, rendez-le-moi, je vous en conjure, faute de quoi mon maître saura bien vous punir ! »

Et il dit encore d'autres choses obscures qui signifiaient qu'il redoutait la prison et la pendaison à cause de moi. On le saisissait, on l'étranglait, on le maudissait en mon nom, pour lui faire verser de l'argent. Il répondait : « Prenez mon cul, vous n'aurez point ma tête », et il citait des faits connus de lui seul, des intrigues, des vengeances auxquelles il essayait de se soustraire. Il faisait mention d'un jeune homme qu'on avait décapité pour donner une leçon à son amant. Il parlait d'un seigneur de Sienne, un homme robuste qui tenait ses proies captives pour les faire mourir de faim et jouir de leur infortune au secret. Au milieu de ces récits, la ville entière se dressait dans mes imaginations comme une créature monstrueuse et cruelle.

Et soudain il s'en prit à moi comme si j'étais l'un des criminels dont il parlait. Il ne me vit plus. Il ne sentit plus ma présence. J'eus beau lui serrer les bras, il se plaignit fort amèrement de son maître qui, dans les égarements amoureux comme en d'autres matières, semblait perdre toute raison et toute humanité. Ses passions le guidaient seules, il eût aussi bien pu jouir des cadavres comme on l'en soupçonnait quand il demandait à Bonafé de lui ouvrir la morgue à l'hôpital. Puis, s'adressant à l'assemblée imaginaire de mes ennemis, il leur disait au contraire : « Taisez-vous, mon maître n'est point ce que vous dites, il est meilleur que vous : *il sait ce qu'il fait.* »

J'eusse aimé en être persuadé autant que lui, mais, quant au reste, tout ce qu'il dit suscita mon effroi. Ma réputation de violeur de cadavres. La vie d'intrigues et de violences qu'il semblait mener à mon insu. Depuis le temps de ma jeunesse, Florence était devenu un enfer. La protection des princes était bien plus forte que les lois. Les jeunes gens se fussent damnés pour une bague. Il est vrai qu'à Rome, plus tard, nous vîmes bien pis.

Salay guérit. Ses esprits lui revinrent en même temps qu'une méchante ironie. Elle signifiait : « Prends soin de moi, car tu as de grands torts à te faire pardonner. »

Je le pansai. Je le flattai. Je me jurai d'amasser assez de florins pour l'arracher aux périls d'une existence qui côtoyait la crapule.

Et, dix jours plus tard, ayant obtenu de la seigneurie un sursis qui tînt compte de sa convalescence, je l'emmenai à Milan par Bologne, en tirant une charrette où il était couché à demi nu, le ventre ceint, et où il ne cessa de se plaindre.

Ce fut pourtant un voyage agréable. J'en garde un souvenir des plus précis. Zoro chanta souvent pour nous distraire. Mes deux serviteurs me dépouillèrent de quatre *grossoni*. Et d'une pièce de cuir. Je retrouvai deux des *grossoni*. La pièce de cuir fut vendue sans doute à un marchand qui passait. Le plus vieux des deux, nommé Ippolito, tomba d'un pont. Mais il eut la vie sauve grâce à mon apprenti Lorenzo, qui plongea nu et tarda longtemps à se vêtir après son exploit. Je tirai de nombreux dessins de cette journée. À notre passage, les animaux de Zoro divertirent les âmes simples. Il avait, outre les corbeaux, les coqs d'Afrique, le singe et le lézard, un petit chien d'Écosse qui marchait sur les pattes de devant en tenant dans sa gueule un melon. Quand nous arrivâmes à Milan, nous étions précédés d'une réputation très favorable à cause de ces amusements.

À cause d'eux aussi, nous allions fort lentement. Dès notre étape à Alessandria, un coursier prévint les Français de notre approche et, quand je me présentai devant le palais qu'occupait Charles d'Amboise, le lieutenant du roi français, chacun était avisé de ma venue prochaine, et chacun me témoigna une extrême considération.

Charles d'Amboise avait le nez tortueux, mais l'âme droite. Il n'oubliait jamais ses promesses, même s'il fit tout pour me délivrer des miennes. Comme tous les Français, il était fort prodigue de compliments. Et comme tous les Italiens, j'en étais fort avide. Sans leur accorder trop d'importance toutefois, car les gens du roi Louis le Douzième (à l'exception de son secrétaire, à qui j'avais peint une Vierge) ne savaient point juger les belles choses. Il leur fallait toujours connaître l'opinion d'un homme de l'art avant de s'avancer. Et parmi les Italiens j'étais l'un de ceux dont l'opinion leur était le plus nécessaire.

Salay fut partagé, dès notre venue à Milan, entre le plaisir d'un séjour somptueux et la crainte de perdre son influence comme mon ambassadeur auprès des calomniateurs et des sots. Tout le monde m'était acquis. Il n'avait donc personne à convaincre en ma faveur. Charles d'Amboise le traita pour ce qu'il était, et il n'était rien d'autre que mon élève.

L'insolence que montrait envers moi ce jeune homme l'étonna un jour sur les rives du Naviglio. J'avais tracé pour le lieutenant français les plans d'une villa. Elle devait être sise à cet endroit, près du Nirone. Le lendemain, je devais régler certaines affaires avec le père de Salay, qui habitait sur ma vigne. C'est pourquoi mon élève, encore tout affaibli, m'accompagnait.

Charles d'Amboise fut séduit par mes plans, mais, tout le temps que durèrent mes explications, tandis que je désignais les lieux de la campagne où seraient creusés les ruisseaux, plantés les édifices et tracés les escaliers, Salay parut excédé par l'attention que me portait ce gentilhomme français. Il était jaloux, pensant mériter un intérêt presque égal à celui dont j'étais l'objet. Mais surtout il enrageait de me voir traité en maître très sage et en inventeur prodigieux, moi dont il connaissait les misères.

Le lendemain, comme il était prévu, nous allâmes à la vigne de San Vittore que m'avait donnée *il Moro*. Le père de Salay, qui l'occupait avec les siens, me devait vingt ducats. Nous passâmes la moitié du jour à le faire chercher par la campagne. Il arriva, pris de vin, reconnut à peine son fils et cria sur sa progéniture. Salay embrassa sa sœur et sa mère adoptive, nous réglâmes les affaires que j'avais avec le père et qui étaient fort simples : il ne pouvait point me payer.

Par amitié pour le fils, je me contentai de recommandations. J'essayai, en vain, de voir celui à qui naguère les Français avaient donné ma vigne à tailler. Je visitai les alentours, attristé, craintif, pensant que toute insistance dans ces matières d'argent me vaudrait une humiliation à propos des intimités que j'avais eues avec le fils de cet homme. Elles me rendaient incapable d'exiger de lui quelque chose. La présence d'un soldat de Charles d'Amboise, qui veillait sur moi depuis la veille, fit tout pour frapper son imagination et il m'en parla sans cesse pour me dire qu'il n'avait rien à se reprocher, ce qui signifiait fort certainement le contraire.

Je l'écoutai une heure, car il m'instruisit sur la façon dont on regardait les Français à Milan. On les disait fort rustres et brutaux, mais nécessaires à la conduite des affaires de la ville.

Ils le furent à la conduite des miennes.

Je finis par retrouver la pleine propriété de ma vigne de San Vittore. Mon compère Ambrogio, avec qui j'avais longtemps peint dans ma jeunesse, et qui était parti chez l'empereur d'Allemagne, avait persuadé de nombreux peintres de s'entremettre en notre faveur, afin que nous fussions payés de nos travaux les plus anciens. Mais jusque-là rien n'était venu. Charles d'Amboise et son propre portraitiste, Solario, qui dans les débuts nous servit d'interprète, surent obliger la confrérie de la Conception à verser une partie de la somme qui nous était due. Ils me témoignèrent leur bienveillance en toute chose, hormis dans le traitement qu'ils firent à Salay, et dont je fus embarrassé.

Andrea Solario, peintre du lieutenant d'Amboise, apprécié du roi Louis à ce qu'on m'affirma, avait pour moi une estime très grande et très entière. Elle avait multiplié la curiosité des Français à mon égard. Sans lui, je n'eusse jamais été mandé comme architecte de leurs plaisirs et de leurs fêtes. Or, Solario se mit à haïr Salay, lequel, il est vrai, avait osé se donner pour peintre devant lui. Après quoi mon élève s'était mêlé de m'abaisser dans l'estime de mes hôtes en montrant envers moi des insolences et en buvant du vin plus que de raison. Il nous parlait de sa blessure comme si les affaires du duché en dépendaient.

On jugea que j'avais pour ce jeune homme une indulgence excessive. Elle paraissait ne point s'expliquer par les mœurs que l'on dit italiennes, car il ne partageait pas ma couche. On respecta le penchant que j'avais pour lui tout en ne l'approuvant point, et il fut d'autant moins approuvé que l'imprudent Salay se mêla de commenter à table ma querelle avec le gonfalonier Soderini. Il affirma que j'avais été avisé de ne point revenir à Florence au jour fixé. Il nous représenta la figure du gonfalonier le jour où il avait reçu la première requête des Français pour mon sursis. (Malgré la promesse faite devant un notaire et malgré la garantie de Bonafé, l'hospitalier de Santa Maria Nuova, j'avais retardé d'un mois mon retour, puis de deux. Le maudit gonfalonier en bouillait de rage.)

Or, Charles d'Amboise était embarrassé. Il s'attendait à une meilleure volonté de la seigneurie de Florence. En diplomate, il redoutait que l'affaire menaçât de tourner à la querelle entre le roi de France et les seigneurs.

De son côté, Soderini me réclamait l'argent que j'avais déjà perçu pour la *Bataille*, tout en menaçant de s'en prendre, à titre de remboursement, aux biens que j'avais laissés à Florence. Il voulait exiger l'arbitrage du notaire, lequel, rappelait-il, était une ancienne connaissance de mon père. (Pour m'accabler, Soderini réveillait, une fois encore, la mémoire des vertus paternelles, et j'avais beau y être accoutumé, je n'y étais point insensible.) Ainsi la situation était-elle en tout point délicate et douloureuse.

Salay n'eût pu trouver de pire occasion pour prétendre que Soderini usait de ma peinture de la bataille d'Anghiari comme d'un prétexte : il avait d'autres choses à me reprocher que ma lenteur de peintre, affirma-t-il.

Lesquelles ? Eh bien, dit-il au lieutenant d'Amboise, des choses dont on pouvait parler moins aisément que de ma *Bataille*.

À quoi le peintre Solario répondit prestement :

« On peut en parler d'autant moins que personne, ici, ne se soucie de les entendre. »

Charles d'Amboise se mit à rire, à notre exemple, sans comprendre de quoi nous parlions.

Salay, mortifié, resta coi.

La blessure de mon élève le tint éloigné des débauches de Milan un assez long temps. Son oisiveté le conduisit à aimer le vin de plus en plus. Il en abusa en mainte circonstance. Hélas, quand il perdait l'esprit dans l'ivresse, il blâmait ceux qui m'honoraient. Il leur représentait toujours que ma vertu n'était qu'un mensonge.

Il y eut une fête où il faillit perdre ainsi son dernier crédit auprès des Français. Il voulut les persuader que mes procédés avaient trop servi au temps de Ludovico Sforza, et que je n'avais point changé de recette, mais de convives. À quoi s'ajoutèrent des allusions malignes aux jumeaux Bartolino, qui avaient connu un sort funeste à cause de mes lampes au mercure, et à Michele, qui s'était noyé le jour où j'avais volé sur l'ornithoptère.

Charles d'Amboise, qui prisait mes inventions d'ingénieur, me dit avoir appris que j'avais volé à Florence sous cet oiseau mécanique. Je lui répondis qu'en effet cette machine avait bel et bien navigué dans les nuées, et même un assez long temps, avant de se briser sur le sol. Les plans de l'ornithoptère pourraient servir à quiconque serait assez patient pour en construire un autre.

Le roi Louis le Douzième avait entendu, lui aussi, le récit de cet exploit par Francesco Pandolfini, l'ambassadeur de la seigneurie en France, lequel m'était acquis depuis longtemps. Dans sa grande bonté, Pandolfini faisait de moi les portraits les plus flatteurs au prince français. De sorte que le roi Louis voulait à présent un tableau de ma main, une Madone semblable à celle que j'avais donnée à Florimond, son secrétaire. Afin d'être certain que j'aurais le loisir de la faire, il voulut que Pandolfini me priât de m'attarder à Milan. Il souhaita que les détails du triomphe français dans cette ville fussent réglés par moi avec le faste que je savais donner à de telles cérémonies. Je restai donc à Milan pour l'attendre, malgré ma promesse de revenir à Florence.

Le couronnement de tant d'heureuses circonstances fut que je recouvrai, devant les Possessi de Milan, la propriété de ma vigne de San Vittore.

Peu après, le roi Louis parut à Milan comme il avait dit. Il entra par la Vercellina, dans le faste qu'il avait souhaité. Tous les magistrats et les autorités de la ville vinrent lui témoigner une allégeance unanime et le concours de population fut très grand. On offrit vingt bœufs rôtis quand sa troupe pénétra au château. Je courus, je donnai mes ordres. Je fis en sorte qu'il n'y eût aucun temps d'hésitation dans le cortège (ce qui est le plus malaisé à obtenir dans ces sortes de choses). Et, pendant tout le jour, le sort de Salay m'inquiéta.

Je ne sus pas où il était avant le lendemain à midi et ne le revis que le soir, de méchante humeur, à moitié pris de vin.

Il se moqua de moi devant le petit Lorenzo et d'autres membres de ma fabrique. Parmi les témoins de ses insolences, il y eut un enfant.

Tu le connais très bien, Francesco. Cet enfant, c'était toi. Ton premier passage chez nous remonte au jour où tu fis partie des pages qui précédaient le cortège du roi français. Je ne t'ai pas remarqué tout de suite. Mais ton courroux contre Salay te désigna vite comme un garçon impérieux et prompt à la querelle. Tu avais quatorze ans. Tu étais entouré d'une trentaine de tes pareils en tunique rouge. Girolamo Melzi, ton père, était le capitaine de la procession.

Ensuite, nous nous sommes revus quand je suis venu tracer un canal sur l'Adda devant votre villa de Vaprio. Ce fut le commencement de notre amitié.

Mais, pour l'heure, le soir où Salay m'infligea son affront, tu fus grandement frappé. Il m'accusa d'avoir menti à propos de mon ornithoptère. Il dit que la machine avait volé seule. Il dit que j'avais trompé les miens en prétendant que j'avais été lié à l'appareil.

La troupe des enfants qui étaient près de nous ne l'écoutait pas. Mais toi, Francesco, tu regardais Salay comme s'il avait perdu l'esprit, et dans ton regard il y avait des exhortations à la colère.

« Quoi ? semblais-tu me dire, comment un homme aussi solennel que vous peut-il se laisser traiter de bandit par ce ragazzo bouclé comme une femme ? »

Mon indulgence envers lui t'irritait. Mais je vis bien qu'elle te comblait aussi, par ce qu'elle révélait de mon caractère.

Devant les instances du roi de France en ma faveur, les seigneurs florentins s'inclinèrent. Ils cessèrent d'exiger mon retour. Le gonfalonier Soderini, ivre de colère, produisit les pièces du contrat que j'avais signé. Par vengeance, il voulut faire interrompre le procurateur que j'avais chargé de rapporter mon argent de Florence à Milan. Ses efforts restèrent vains. À la fin, il alla même jusqu'à soutenir mon frère Giuliano dans le procès qu'il m'intenta pour contester l'héritage de mon oncle.

Il se trouva en effet que, sur ces entrefaites, mon très cher oncle Francesco d'Antonio di Ser Piero tomba malade et mourut. Cet homme blessé depuis sa naissance jusques au fond de l'âme entendait montrer que les liens qui unissent les gauchers d'une même famille sont plus forts que les filiations légitimes. Il me légua donc la Colombaia, l'oliveraie et d'autres petites possessions qui m'étaient chères. J'eus aussi un terrain à Fiesole. Un petit terrain droit, fort bien situé, près d'un ruisseau. Dans la lettre qu'il écrivit pour moi avant sa fin, mon oncle loua le sourire de Salay, qu'il aimait grandement. Il me recommanda de prendre soin de ce garçon *miracoloso*, car j'avais là « plus qu'un fils et bien plus qu'un disciple ».

Quand je lus ces mots à Salay, il en fut si touché qu'il consentit à m'accompagner à Florence. Mais nous y restâmes très peu de temps : il avait peur de recevoir un autre coup de poignard, pour des raisons qu'il ne voulut point me dire.

Nous allâmes voir les cartons de ma *Bataille* à Santa Maria Novella. J'affectai même d'y travailler encore, mais je fus pris de dégoût devant cette œuvre qui semblait avoir souffert des querelles dont elle était l'objet.

Le souci de l'héritage de mon oncle empoisonnait mon esprit. Il ne me laissait entreprendre aucune tâche particulière. J'allais souvent d'un sujet à l'autre, mais je revenais toujours à celui-là. Mes frères contestaient injustement ce legs. À les entendre, j'avais commis une grande faute : non seulement je bénéficiais de l'entremise du roi de France dans une affaire privée, mais surtout j'en avais porté la connaissance jusqu'à Milan, ce qui n'eût jamais dû être.

La moitié de la ville avait pris leur parti, mais l'autre m'était favorable.

Fra Luca Pacioli, chez qui mon cœur s'épancha, interféra pour me trouver un nouveau séjour florentin chez son ami Martelli, lequel me reçut en son palais avec Zoro et mes deux apprentis. Martelli, mathématicien, était fort diplomate et capable d'apaiser la seigneurie en ma faveur. Court, brun, portant au milieu du front une frange droite, il avait de belles mains et une longue tête de Romain. Il se montrait d'une constante indulgence envers Salay, à qui il faisait devant moi de petits présents qui m'emplissaient d'une secrète jalousie. En outre, tout comme Zoroastro il témoignait la plus grande miséricorde aux bêtes, et premièrement aux oiseaux qu'il faisait venir de l'Afrique par Naples et Piombino. Les cages et les volières étaient nombreuses en son palais, qui comportait une salle à fenêtres grillagées où tous les chants des contrées lointaines se faisaient entendre. Ses caves étaient aussi garnies d'un excellent vin du Chianti qui plut fort à Salay.

Quand mon élève était ivre, ses sujets de dispute avaient trait au jour de la mort de Michele. Zoro refusait qu'on en parlât. Il disait qu'il avait perdu là un jeune frère de la plus haute valeur, que son cœur en était encore bouleversé, et qu'il n'en voulait rien entendre. Toutefois, quand il ne pouvait empêcher Salay d'en parler quand même, il lui disait :

« As-tu fini de prétendre que maître Lionardo a manqué de courage ? Tu n'as pas fait le tiers de ce qu'il a fait dans sa vie ! »

Salay répondait « Dieu m'en préserve ! » ou quelque insolence de ce genre et il se mettait à raisonner tout haut.

L'ornithoptère avait pu voler sans navigateur. En ce cas, j'aurais donc menti. Il se demandait si j'étais assez téméraire pour m'être accroché sous cette machine. D'ailleurs, ne disais-je pas toujours que « le grand oiseau » avait volé sur l'Acuto ?

« Eh bien quoi ? », répondait Zoroastro.

Salay prétendait que je disais justement « le grand oiseau » pour ne pas dire « moi, Lionardo, j'ai volé sur l'Acuto ».

Alors, d'un ton furieux, je répliquais :

« Je te le dis ! »

À quoi il répondait, à son tour :

« Quoi ? Quoi ? Que me dis-tu ?

– Moi, Lionardo, j'ai volé sur l'Acuto. »

Et ainsi allaient nos querelles. Zoro y mettait fin en l'interrogeant :

« Y étais-tu ? Moi j'y étais ! »

Il citait le nom des enfants qui m'avaient trouvé au bord du fleuve et qui ne pouvaient mentir. Il ajoutait, pour faire taire mon élève, que s'il doutait encore de la réalité de mon envol, c'était qu'il avait honte d'avoir déserté les lieux pour quelque galanterie.

Salay affirmait qu'il subissait des reproches pour la plupart de mes actions. Il fallait que son amitié pour moi fût très grande pour qu'il eût encore le cœur à prendre ma défense.

Il ne disait pas tout devant Martelli et les autres. Il agissait surtout pour préserver la clientèle de ses peintures, auxquelles je ne prêtais plus la main depuis peu. Il voulut débaucher pour cela le petit Lorenzo, un apprenti que j'avais instruit et qui venait de Sienne.

Or, ce dernier s'entendait si bien à tracer les formes humaines qu'il loua plutôt ses services à l'orfèvre Rustici, qui vécut avec nous chez Martelli.

Salay voulut aussi décider Zoroastro à l'aider, mais en vain. Puis je donnai bientôt à Salay assez d'argent pour l'éloigner de son industrie. Je parvins à le dissuader de répandre des copies de la *coda* au moment où j'avais grand besoin de ma réputation. Mais il la compromit de bien d'autres façons, en de nouvelles compagnies : coquets portant bandeau dans les cheveux, athlètes à la peau sombre comme des guerriers nubiens, enfants gracieux comme des chevreaux – à cause de quoi je renonçai à le laisser dormir avec moi quand il rentrait ivre, car le mal français m'inspirait de grandes craintes. Ce que j'en voyais à l'hôpital Santa Maria Nuova, crevasses rouges sur la peau des malades, scrofules, écrouelles, ne m'incitait guère à la licence.

En ce temps-là, j'ouvris aussi fort souvent la poitrine des femmes grosses qui n'avaient point survécu à leurs couches. Quand elles gardaient l'enfant qui n'avait pas vu le jour et qui leur avait ôté la vie en se présentant à l'huis tout à l'envers, je le retournais. Je lui désignais moi-même la lumière en affectant de le pousser dans la matrice ouverte, et mon cœur se serrait de compassion à la pensée que la distance était si brève entre le trépas et la vie.

Entre la vie et le trépas, elle l'est tout autant. Je le sais aujourd'hui. Mes observations sur la génération et l'enfantement devaient servir à quelque traité qui ne fut jamais écrit. Je vis plusieurs délivrances de femmes par l'entremise de l'hospitalier Bonafé de Santa Maria Nuova. Je les choisis, celles-là, bien vivantes, afin de pouvoir me représenter les degrés de l'apparition des nouvelles âmes dans le monde. Mais le bruit courut que je me livrais à des examens immoraux et profanes. Ces anatomies me causèrent grand tort. Quand plus tard le gonfalonier Soderini fut appelé à siéger auprès du pape, ces accusations recommencèrent.

Oui, voilà toute l'explication du complot que je subis à Rome des années plus tard : une part de ces mensonges provint de Santa Maria Nuova, j'en suis certain. Elle date du temps où j'attendais le jugement dans mon procès d'héritage. Je ne sais lequel des garçons qui transportaient les corps avant la sépulture se mêla aussi d'aller dire que je dessinais et mesurais les membres des hommes défunts afin de déterminer leurs proportions moyennes, ce qui était la vérité. Mais, à en croire mes calomniateurs, je les moulais pour une collection.

Cette collection n'a jamais existé. Je n'ai jamais moulé que la bouche d'un trépassé qui n'avait plus de dents. Je me souviens, ce jour-là, m'être dit : « Tu feras une denture en argent et tu essaieras de la remettre dans cette bouche dont tu as l'empreinte. Ainsi les vieillards pourront retrouver grâce à toi la mâchoire et le sourire de leur jeunesse. »

Zoro a utilisé ce procédé sur mon conseil afin de donner à l'un de ses amis qui voulait faire une farce la gueule féroce d'une panthère. Mais il ne m'a point rendu le sourire de mes jeunes années. D'ailleurs, avec ou sans dents, je n'avais point le cœur à sourire.

Entre les insolences de Salay et les calomnies du Palazzo, je choisis de me consoler par l'étude. Comme je craignais quelque examen forcé de mes papiers, je les avais fait enlever de Santa Maria Nuova pour les entreposer dans la demeure de Martelli. Les *Histoires de ma main gauche* et mon carnet *Leo Sum* furent placés à part de tous les autres. Je repris diverses notes que j'avais consignées sur des sujets variés. Je ne voulais point les voir tomber entre des mains étrangères. Non qu'elles fussent criminelles, mais parce que j'avais honte de leur méchant style. Je voulus ensuite réunir mes écrits sous une forme plus élégante et ordonnée, en plusieurs carnets d'égale grandeur. Ce que je fis, en attendant que l'on me rendît le droit de jouir de mon héritage.

Oui, c'est à quoi j'occupai le principal de mes journées. Cela dura deux mois, pendant lesquels Salay fut gagné par une folie soudaine. J'ai dit qu'il rentrait ivre pour m'accabler de ses insolences. Mais je n'ai point dit combien cette guerre assiégeait mon esprit. Mes lectures, mes écrits, mes songes eux-mêmes subissaient l'atteinte de ses sarcasmes. Le matin, les serviteurs de Martelli disposaient quelques fruits et du lait sur la fenêtre. Quand je me mettais à la tâche, le soleil était déjà levé.

Vers dix heures, Salay paraissait devant moi à moitié dévêtu. Je ne pouvais plus écrire tant il m'accablait de paroles. Ses rancœurs à mon sujet étaient fort nombreuses et générales. Je les endurais sans broncher. Ce fut au point que Zoro m'accusa de m'y complaire.

« Maître Lionardo, me dit-il, vous êtes cruel envers ce garçon. Vous le laissez vous agacer sans consentir à la moindre querelle. Plus vous haussez les épaules, plus il s'entête dans le ridicule, ce qui augmente contre vous son inutile colère, dont vous jouissez encore. »

Je confesse avoir été pharisien envers Salay. Pour le punir de sa présomption, je lui ai laissé toute licence de parler contre moi devant les personnes qui m'étaient dévouées. Et toi le premier, Francesco, dès les mois qui suivirent. Ainsi ces personnes sont-elles devenues pour lui des juges impitoyables. Plusieurs fois il s'est mêlé, comme Michelangelo, de mettre en doute ma science mathématique et, me voyant attablé à l'écriture de mes carnets, il m'a blâmé de tracer mes lettres à l'envers. C'était là, disait-il, un signe de ma vaine méfiance. J'étais orgueilleux de croire que l'on voulait me voler mes écrits. De même croyais-je toujours que l'on complotait pour dérober mon argent.

Salay me signifiait devant tous qu'il connaissait les cachettes où je dissimulais mes richesses. Il révélait à mes amis que je laissais quatre ou cinq lires dans une cassette pour attirer les yeux des voleurs, tandis que les sommes importantes traînaient dans des enveloppes ordinaires parmi mes papiers. Il ne répéta pas seulement les critiques qu'adressait Michelangelo à mon orgueil. Il imita aussi ce maudit Buonarroti en parlant à son tour de mes *manières femelles*. Ce garçon qui portait des bagues et qui dépensait tant d'argent en apprêts et en vêtements me dit qu'il était las d'entendre brocarder en ville mes afféteries (tout en les brocardant lui-même) ! Ma voix n'était pas assez grave. Mes mains étaient trop vives. Mon vêtement, trop court. Ma barbe, trop longue.

Mais, quand il vint à ce qui l'irritait le plus contre moi, je m'avisai que c'était toi, Francesco.

En ce temps-là, te souviens-tu ? pendant que je finissais ce que j'avais en train à Florence, je t'adressais des lettres à Milan pour avancer mes affaires. Salay en avait grande jalousie. Il évita de le montrer. Il fit plutôt comme il avait fait avec Michele : il s'efforça d'entraver ton admiration. Puisque lui-même y avait renoncé, il voulait que personne ne continuât à m'estimer de la sorte.

Un jour, il me dit :

« Comme il est facile de faire l'homme savant quand on écrit à un jouvenceau de quinze ans ! »

Et il ajouta qu'il était l'un des mieux placés pour le savoir.

À quoi je répondis cruellement :

« Ce n'est point par ma science que je t'ai séduit. Et certes tu ne m'as point séduit par la tienne. »

Alors il montra une grande rancœur à mon égard en affirmant que, si je me donnais l'air d'apprécier Francesco Melzi pour sa pratique du latin, j'en voulais plutôt à son cul. Or, c'était un mensonge, Francesco, tu le sais. J'avais seulement besoin d'un jeune homme que sa modestie et son éducation missent à même de travailler pour moi comme secrétaire. Ce jeune homme, c'était toi. Si j'avais voulu trouver quelqu'un avec qui cueillir les figues, je l'eusse cherché dans une ferme et non chez un gentilhomme aussi raffiné que ton excellent père. Et mon compagnon de cueillette m'eût tutoyé, plutôt que de conserver la réserve qui subsiste encore entre nous.

Si je t'écrivais souvent, en ce temps-là, c'était afin que tu ailles t'enquérir pour moi des revenus dont le roi de France m'avait généreusement accordé le bénéfice à Milan. C'était aussi pour te prévenir contre Salay quand je te l'enverrais comme messager. Je voulais, avant son départ, te préserver de son influence.

J'ai bien fait, tu me l'as dit. Dès le début, tu as été surpris d'entendre toutes les paroles acerbes qu'il proférait à mon sujet. Et dès le début, hélas, tu me l'as dit aussi, tu as été séduit par la *coda* de bronze qu'il transportait avec lui. La légende de mes actes impudiques ne t'a point rebuté, au contraire. Lorsque je revins à Milan, tu fis tout pour restaurer mon amour-propre et me préserver des méchants.

Tu avais quinze ans, le cou fragile et cette blondeur songeuse, réfléchie, des jeunes Lombards élevés à la campagne, hors des jalousies et des intrigues de Milan. Quand je te fis lire et copier mes écrits récents, tu les jugeas dignes des grands poètes, que tu connaissais bien. Ton opinion me fut d'un grand réconfort en une période où pourtant les satisfactions ne manquèrent point à mon orgueil. L'issue du procès de Florence me fut favorable. Ma *Bataille* fut confiée à un autre peintre, mais on me rendit l'héritage de mon oncle Francesco. Cet excellent homme, au nom de la parenté secrète qui existe entre les gauchers, corrigeait ainsi l'injustice que l'on m'avait faite à la mort de mon père. Dans le même temps, le roi de France promit de m'attribuer de grandes salles à Milan pour monter une nouvelle *bottega*. Il la fit aménager pour moi à San Babila, près de la porte d'Orient.

Je reçus le revenu d'un canal. Je ne manquai point de commandes. L'argent arriva en quantité suffisante pour moi et les miens, qui étaient nombreux : Lorenzo, Giacomo, Paolo, Giovanni, tous m'aidaient à faire des Madones, des grandes et des petites, pour lesquelles je n'éprouvais plus aucune peine à la tâche. Et je fus payé de la Vierge que j'avais peinte pour les moines de la confrérie de la Conception avec Ambrogio da Predis. Lequel en fit une copie qui nous fut achetée aussi. Je trouvai même le loisir de peindre une autre Madone pour la marquise de Mantoue, à qui j'envoyai Salay pour la lui porter. Je comptais ainsi apaiser les démangeaisons d'espionnage dont cette femme était toujours animée à mon sujet, tout en éloignant de Milan mon élève pour une quinzaine. Le tout au bénéfice des travaux que je menais avec toi, Francesco.

Je voulais surtout prolonger la satisfaction d'entendre tes éloges. D'un jeune secrétaire aussi lettré et zélé que toi, ils étaient faits pour apaiser mes inquiétudes. Car, même si je n'en laissais rien paraître, jamais mes craintes n'avaient été plus vives. Malgré tous mes sujets de contentement, mon sommeil était livré aux plus terribles imaginations. J'étais emporté par un flot qui tournait sans cesse et je n'avais d'autre choix que de suivre ce tourbillon ou d'affronter la cruauté d'ennemis invisibles, lancés à ma poursuite. À la fin, j'appelais la fureur des eaux sur les populations de la terre tandis que je m'élevais dans le ciel par le simple effet de ma volonté. Nul besoin d'ornithoptère, ni de ces toiles à six angles qui m'avaient été inspirées à Urbino par l'entrecroisement des voûtes et qui permettaient de fuir ses ennemis en sautant du sommet des citadelles. Devant l'imminence de mon martyre, je consentais à la destruction des hommes avant de m'éveiller, tremblant, sous ma chandelle éteinte.

Dans la nuit tiède de San Babila, à l'heure où le pas des chevaux ne résonnait plus sous les arches, je songeais à la parole fort juste de cette diablesse d'Isabella d'Este, marquise de Mantoue, selon qui j'étais « un homme de paix qui traçait des plans de guerre ».

Oui, je me figurais fort bien en dieu vengeur, supprimant la race humaine afin de la punir de s'être égarée dans la cruauté et les vices. Au cœur de la nuit, je scrutais la lueur de la lune au bord des fenêtres. Mon esprit s'évadait de prisons ingénieuses en inventant cent machines et procédés plus ingénieux encore. Je trompais je ne sais quels geôliers, j'échappais au pouvoir de je ne sais quels princes, je sciais des ferrures aux fenêtres, je nouais des chaînes, je tendais des cordes sur des poulies. Et surtout je franchissais les eaux. Je dressais des barrages mobiles sur les canaux et les fleuves. Les troncs morts s'y accumulaient. Je songeais, dans leurs moindres détails, aux dégâts extrêmes que causeraient mes procédés. Ces architectures me tenaient éveillé jusqu'au matin, dans une excitation très grande et toujours couronnée par l'illusion d'une puissance illimitée. Je franchissais les mers. Je survolais volcans et falaises jusques au bout du monde. Toujours dans l'amertume, hélas ! de voir périr des hommes qui se livraient bataille au milieu des rigueurs de la nature.

Si je trouvais le sommeil avant le matin, c'était pire. Je me voyais entouré des sœurs de Salay. Elles se confondaient avec les miennes et elles partageaient ma couche comme les filles de Loth. J'en tirais de très grandes satisfactions charnelles. Peut-être regrettais-je, confusément, d'avoir donné à l'une des sœurs de Salay assez d'argent pour compléter sa dot. Je ne sais. Le père habitait toujours sur ma terre à San Vittore, mais il était perdu de vin. Il se trouvait donc incapable de donner à ses enfants le moindre bien pour leur établissement. Lorsque je songeais à la honte qu'en éprouvait Salay, j'avais pour lui de la pitié. Souvent je songeais que, si je venais à perdre l'affection de ce garçon, j'aurais perdu ma vie. Et que s'il perdait la sienne, dans quelque querelle inutile, j'en mourrais certainement, comme je meurs à présent de ne l'avoir point revu de deux années entières.

Francesco, je t'ai toujours voué une grande estime. Mon cœur est empli de gratitude envers toi. Pourtant, si nous étions séparés, je n'en mourrais pas. Et toi non plus. Nous sommes deux esprits que réunit l'amour de la vérité. Tandis que Salay et moi avons en commun des mensonges, des secrets si nombreux et si liés que nous sommes pareils à ces frères attachés par le flanc dans la matrice. Si l'un vient à mourir, l'autre meurt aussi. Ce côté droit qui ne m'obéit plus lui ressemble. Avec lui, j'ai laissé à Milan la moitié de moi-même.

Tu m'affirmes que Salay se trouve chez le roi. Mais comment puis-je te croire ? Le roi n'est point même à Amboise.

Écoute-moi. Prends ma main, ainsi je saurai que tu m'entends. J'ai le sentiment de discourir pour moi-même. Quelle étrange chose que d'être incertain depuis si longtemps de qui m'écoute, du lieu où je parle, de la réalité de mon récit ! Ma voix me paraît plus aiguë qu'elle le fut jamais. Je suis triste de t'avoir infligé jusqu'au bout le poids de mes ans. Ma rigueur envers toi fut d'un vieillard et non d'un maître. Pardonne-moi.

Tu me dis que je t'ai donné les meilleures leçons de peinture. Cette fois, je te crois volontiers. Tu es devenu un peintre accompli et digne de tous les éloges. Tes Madones surpassent les miennes. Par l'excellence de ton art, tu me rappelles Lorenzo di Credi. Poésie, traduction des Grecs, peinture, sculpture, il n'est aucun des arts libéraux que tu n'aies acquis dès ton jeune âge en te jouant.

Tu me dis que l'invention est le premier don du Ciel. Tu me dis que je le possède, et qu'il vaut tous les autres. Ma foi, je l'admets aussi, mais je m'avise qu'il compte pour rien. En cette vie, si l'on ne fait point ce que l'on rêve, qui est-on ? Personne. Je suis las d'arpenter des palais qui ne sont jamais sortis de la terre. À Romorantin, j'ai bâti un vaste et puissant édifice entouré d'eau, sur une lande plate où le roi chassait avec sa jeune troupe. Ce palais n'existe que dans mon esprit. On y accède par le grand escalier que j'ai vu dans mon cauchemar de Venise. Cet escalier laissait le passage aux carrosses et chevaux. C'est par lui qu'on amenait l'ornithoptère avant que je m'envole des terrasses, au-dessus des armées turques. Il était large, sonore et comportait une deuxième hélice qui allait sous la première. Elle permettait aux occupants des lieux de fuir en restant invisibles de leurs assaillants. Les souterrains de cet édifice étaient traversés par quatre canaux capables d'emporter au loin les pestilences. Et, au sommet de cette basilique de pierre, on ne voyait point de toit ni de chapiteau, mais plusieurs campaniles, tours et portiques formant une ville agrémentée d'escaliers, de terrasses, de jardins plantés au bord du ciel.

J'ai tout tracé en esprit, comme tu le vois. Mais je n'ai rien fait dans le roc. Combien de merveilles ai-je dessinées sans les construire ? Presque toutes. Et presque toutes, conçues comme si elles étaient vues d'un oiseau. Cette façon d'envisager un paysage, une vallée, une colline, l'embouchure d'un fleuve comme l'Adda au lieu où il se jette dans le lac de Côme, suffit à mon contentement. Elle est l'âme de la peinture. En disposant des couches azurées sur les distances lointaines, la peinture fait apparaître des plans multiples sur une surface qui n'en a qu'un. La peinture sait traverser les nuées, réunir les points les plus éloignés d'un paysage, tout enjamber, tout survoler, elle ouvre la porte des songes. En montrant les choses visibles, elle montre celles qui nous sont invisibles.

Après la journée passée sur l'Acuto et la noyade de Michele, je n'ai plus jamais volé, ni construit d'ornithoptères, ni même consenti à en parler. Mais mon esprit n'aura jamais cessé de naviguer dans les nuées. Quand nous fûmes plus tard à Vaprio, chez ton père, j'ai tout de même lancé de la terrasse un petit oiseau d'osier, une hirondelle. Il s'est élevé comme celui que

Salay avait jeté de la tour cardinale à Milan. J'ai souffert de la conjonction de ces deux circonstances. J'ai arpenté d'un trait le chemin parcouru. J'ai eu honte de me rappeler ces vingt années écoulées. J'ai eu honte de vous infliger, à toi et à ta famille, la présence et les sarcasmes de Salay. De mon indulgence envers lui en cette période où je restais sourd à tes affections juvéniles.

« Pourquoi l'avoir fait venir chez mon père ? », m'as-tu demandé plusieurs fois.

Je t'ai répondu que livré à lui-même, à Milan, pendant mes absences si fréquentes, il eût risqué cent fois de mourir pour avoir défié quelqu'un sous l'emprise du vin ou pour s'être livré à ses ironies habituelles. Il fût allé traîner chez sa sœur Angelina. Battista, son beau-frère, n'eût pas manqué de l'assommer pour le punir de ses paroles femelles et de sa mauvaise humeur.

Salay demandait raison de leurs félicités domestiques à ceux qui avaient le front d'en jouir devant lui. Le mariage de la sœur dont j'avais complété la dot avait été l'occasion d'un scandale auquel je n'ai pas assisté, étant rentré à Milan bien avant les danses. On me raconta qu'il s'était battu contre le nouvel époux. La noce avait été gâchée par ses cris.

Pour l'heure, il se demandait plutôt, devant moi, à la table de ta famille, ou peu s'en fallut, où était passé le Lionardo aventureux qui se livrait aux caresses et aux plaisirs de plusieurs jeunes gens ensemble, à Venise et à Bologne. Il regrettait le temps où j'étais moins soucieux. Celui où j'aimais les fêtes. À quoi je répondis que j'allais régler au moins celle de Milan. J'étais en train de composer tous les tableaux du triomphe du roi français, lequel avait vaincu les Vénitiens et revenait dans un mois en Lombardie pour être acclamé.

Salay se mit à rire. Il répliqua que j'allais reproduire une fois de plus les procédés dont j'avais abusé du temps de Ludovic Sforza : il y aurait des lions, des fontaines éclairées, des fosses garnies de chandelles, des chars scintillants et des Mercures ailés. Les Français, et Charles d'Amboise tout le premier, étaient assez naïfs pour croire que les gens de goût en Italie couraient encore après mes fêtes. Mais il n'en était rien. Leur faveur était passée depuis longtemps.

Salay dit encore qu'en peinture je me copiais moi-même. J'allais bientôt faire la troisième version de ma Vierge du retable de la confrérie. Un jour, il y en aurait quatre.

Ah ! comme il déplorait mon inconstance et mes faiblesses ! Elles étaient cause que je n'étais point devenu riche.

Pendant qu'il parlait, nous étions, t'en souviens-tu ? réunis pour la première fois dans ta famille, à Vaprio, sur la terrasse entre les figuiers. Charles d'Amboise avait ordonné à ton père de m'aider à régler les circonstances de la fête du roi. Il devait recruter les soldats et les pages dont j'avais besoin pour accueillir son cortège. Or, Salay ne cessait de parler devant ton père un langage à double sens, dont cet excellent homme ne daignait point même contourner les allusions. Au sujet de la compagnie des jeunes pages du maestro Lionardo, mon élève s'écria qu'elle était fort illustre, mais que nul n'eût pensé que les pères viendraient un jour me confier leurs fils pour les voir vêtus de tuniques rouges. Voilà qui lui rappelait, dit-il, le sort des Vierges livrées au Minotaure.

Je fus embarrassé de ses paroles à un extrême degré. Quant à toi, tu me regardais comme si la colombe de l'Esprit-Saint était posée sur mon épaule. Ton père semblait avoir absous, malgré moi, la ferveur de tes admirations. Elle était déjà très grande. Mais je n'avais aucune intention d'y répondre. J'entends : je ne voulais point y répondre autrement que par les éloges d'un maître à son élève. J'estimais fort tes capacités de mémoire et d'étude. Je me réjouissais de ta connaissance du grec. Mais je n'eusse jamais songé à complimenter ta tournure.

Et pourtant Salay me présenta, chez toi, comme un moderne Socrate. Les convives en restèrent interdits. Je me souviens que le cri des geais dans le feuillage et les hélements des paysans d'un bord à l'autre du fleuve comblèrent mal le silence entre nos paroles.

Salay laissa paraître le fond de son amertume de façon encore plus surprenante. À ton père et à toi-même qui l'écoutais en tenant à la main l'hirondelle d'osier rapportée des rives du fleuve par de jeunes serviteurs, il expliqua que la gravité de mon apparence cachait une nature enfantine et distraite. J'étais, à l'en croire, entièrement tourné vers les fêtes, les facéties et les futilités. À quoi ton père répondit que je ne pouvais être, tout ensemble, le personnage triste et sévère qu'il venait de nous peindre, et le maestro futile dont il nous livrait le portrait.

« Bien au contraire, seigneur Melzi, s'écria Salay, car il est à la fois l'un et l'autre, je vous l'assure. Il fait des farces à ses amis, il tend des liens au plafond, il fabrique des lampes qui s'allument et s'éteignent seules, il pique des yeux de verre sur des peaux de chiens pour effrayer ses serviteurs. Il s'occupe à ces choses inutiles pendant des journées entières. Rien n'est plus important à ses yeux que les mécaniques qui lancent des éclairs et imitent les lions. Il néglige le reste. Il ne fait point sa peinture. Comme dans sa boutique ou son habitation, il passe sans cesse d'un lieu à l'autre et d'une pièce à l'autre. Il est toujours las de voir ou de faire plus d'une heure la même chose. À Milan, au temps du dernier repas du Christ qu'il peignait à Santa Maria delle Grazie, il arrivait à sa tâche à huit heures, pour tremper son pinceau dans quelque rouge de cinabre, et s'allait avant neuf heures. Quand il arrive dans une nouvelle demeure, il scie, taille et polit de nouvelles tables à placer le long des murs. Il change les draps et les tissus. Il trace des plans comme s'il devait passer là les dix-huit années suivantes ; or, c'est parfois dix-huit mois et parfois dix-huit jours seulement. Et quand il fait chercher un Vitruve ou un Sénèque par Zoroastro ou par moi-même, à Florence ou à Milan, quand il envoie des messagers à Rome, avant la mort de quelque cardinal, pour faire racheter ses livres avant que les marchands ne s'en saisissent ou que les pillards ne les brûlent, c'est pour les regarder à peine une journée. Et de tous les livres qu'il prétend écrire un jour, il n'a écrit jusqu'ici que les titres et l'intitulé des chapitres. Il écrit partout "tu feras ceci et cela", mais il ne le fait point. »

Voilà ce qu'il pensait de moi. Et même s'il n'a pas tout dit d'un trait ce que je rapporte, ton père en fut dans l'embarras, au point de m'assurer que, dans l'avenir, si j'avais besoin d'un changement de lieu, je pourrais m'installer chez lui. Et, désignant le vaste édifice qui se dressait derrière nous, il ajouta en riant qu'une fois chez lui je pourrais changer de salle tous les jours. Nul ne m'en blâmerait.

Personne ne se doutait que le sort m'obligerait bientôt à accepter son offre.

Je me souviens aussi que Salay, rendu jaloux par l'étendue de vos terres au bord de l'Adda, joua devant lui les propriétaires. Il parla de ma vigne de San Vittore, commenta les soucis que *nous* causaient *nos* droits sur le canal, jalousa vos chevaux. Depuis l'âge de douze ans, il ne supportait point chez les autres la moindre félicité domestique. Les amitiés dont il était exclu, les plaisirs que l'on goûtait hors de sa présence, les capacités qu'il ne possédait point l'irritaient tout pareillement.

Or, il avait fallu moins d'une année pour que tes grandes dispositions de dessinateur se manifestent. Tu dessinais de surcroît toujours de vieux hommes qui me ressemblaient. Je te suggérais de faire des Vierges ou des bergers à l'antique, mais tu revenais sans cesse à mon front ridé, à mes sourcils blancs, à mon regard qui scintillait dans tes portraits comme un ruisseau sous la branche. Tu me disais que tu n'avais pas de goût pour les gens de ton âge. Eussent-ils trente ou quarante ans comme ton père, tu les dédaignais. J'ai souvent observé, quand je traçais pour toi quelque esquisse, que mon dessin d'une figure jeune se transformait sous ton pinceau en un vieux philosophe. J'en plaisantais avec indulgence. Ton habileté te valait l'amitié de tous les autres élèves, car ils te poussaient vers moi, dans l'espoir que tu saurais supplanter dans mon affection le capricieux Salay.

Pourtant ce n'est point ce qui arriva. Je n'ai jamais pu le haïr. Il luttait contre une infirmité de son esprit. Il souffrait d'une maladie de son vouloir contre laquelle il était vain d'exiger de lui un effort de la volonté. À mon autre élève Boltraffio, qui vivait chez nous après une chute et qui avait la jambe brisée, personne n'eût demandé de courir. Salay était comme lui : il boitait de l'esprit.

En ce temps-là, il a beaucoup fréquenté les Milanais, qui méditaient leur revanche contre les Français. Et comme je lui faisais le reproche de comploter encore et toujours, il m'assurait qu'il ménageait mon avenir, ce qui est fort possible. Il souhaitait certainement que Charles d'Amboise et le roi Louis finissent par perdre leur position en Italie, car à ses yeux ils m'avaient hissé trop haut. Quand les Français seraient défaits, il prendrait ma défense contre les vengeurs en leur disant : « Non, ne blâmez point mon maître, il n'entend rien aux intrigues, il n'a pas trahi, c'est un homme distrait ! » En m'épargnant l'humiliation de la vengeance, il m'en eût infligé une autre, car il rappelait à l'envi que j'avais embrassé le parti de l'envahisseur.

Mais ce n'est point non plus ce qui arriva.

Il arriva que je travaillais fort bien. Je fus estimé du roi français tout en me soustrayant à ses enquêtes. J'avais affaire, pour le principal, à Charles d'Amboise, lequel me venait toujours voir en grande compagnie. Outre son peintre Solario, il avait devant lui six hommes cuirassés qui faisaient grand tumulte en marchant, et il était fort malade de la pierre. On ne savait qui le terrasserait le premier, la pierre ou ses ennemis. Ce fut la pierre.

Quand je voulais éviter d'être mal jugé par les patriciens milanais, dont le ralliement aux Français était parfois douteux, je t'emmenais à Brescia, chez Tonzi, Forli, Antonino da Pietri, Paolo Gheppio, et celui qu'on appelait Balia Nera. Et à Côme, dans la famille de Cesira. Et chez d'autres. Je visitai les édifices et les canaux dans les places nouvellement conquises par les Français. Je mesurai les barques de pêcheurs et toutes leurs voiles.

Si Salay ne vint point avec nous, ce ne fut pas par dédain. Il avait plutôt un grand dépit à mon égard. Si j'avais su qu'il souffrait, je l'eusse consolé, mais je pensais être le seul à me lamenter. C'est toi, Francesco, qui me voulais toujours consoler, en ce temps-là.

« À quoi bon vous attrister d'avoir perdu l'admiration de Salay, me disais-tu à demi-mot, puisque vous pouvez être assuré de la mienne ? »

Tu avais raison et, cependant, je dédaignais la tienne. Il faut, aux affections de l'amour, un peu d'incertitude. Si j'avais été moins assuré de ton amitié, je l'eusse recherchée. Mais je la fuyais au contraire. Ou si je ne la fuyais pas, je l'ignorais exprès.

Tu ne négligeas rien pour me persuader de ton inclination vers moi. Et pour m'en persuader davantage, tu t'offris à mes regards, à demi nu, par une feinte inadvertance. Tu cherchas souvent à éveiller mes convoitises. Quand le besoin de faire notre eau nous saisissait ensemble au bord du chemin, tu ne t'éloignais pas de moi, afin de te montrer défait. Mais je regardais plutôt le front des arbres en chantant *Come fa la cinciarella*.

Ta présence servait mes entreprises auprès des jeunes gens de passage. Soit que ta mine juvénile les attirât, soit qu'en te voyant en ma compagnie ils fussent persuadés de pouvoir me séduire, parce que j'étais suivi d'un beau garçon tel que toi. Mes mulets, mes instruments d'arpenteur bagués de cuivre et d'argent, les intriguaient et leur servaient de prétexte. Ils venaient m'interroger. Certains essayaient de me voler pendant que nous travaillions. J'étais contraint d'en employer deux pour surveiller les autres.

Il en est un chez qui tu éveillas une curiosité très grande, ce fut Cesare Giraldi, surnommé Cesira, le pêcheur pour qui j'avais dessiné des voiles à Lecco.

Je le revis pendant mes relevés sur les canaux de l'endroit.

Tu ne crus guère au hasard qui fit paraître Salay lors de la fête de son mariage. Et pourtant tu as eu tort. Tu croyais que je laissais Salay dans notre *bottega* de la porte d'Orient à Milan pour le punir, pour t'attribuer ma préférence. Il n'en était rien. Je le laissais derrière moi parce que je voulais ménager l'avenir. Les rumeurs que j'entendais ne me rassuraient point sur le sort qu'allaient connaître les amis des Français en Lombardie. Ton père qui savait tout ce qu'on disait à Milan n'avait guère d'illusion sur le destin des armées du roi Louis. Et quand mourut Charles d'Amboise, qui me faisait attribuer quatre cents livres par an, je crus que ma fortune ne lui survivrait pas. Mais j'eus seulement à déplorer l'interdiction que me fit son successeur d'ouvrir la matrice des femmes mortes. D'où il découla que je cessai de graver mes planches d'anatomie. Tes traductions latines devinrent inutiles. Notre livre fut interrompu.

Mais tu ignores une chose : la vraie raison de cette interruption fut la peste. Le seigneur de Chabannes, l'un des fidèles du roi de France, m'envoya un serviteur pour me faire dire que ces anatomies représentaient un péril pour la ville entière, car le fléau rôdait à Vérone. Il avait appris que je me rendais avec toi à Pavie dans l'académie de médecine de Marcantonio della Torre, lequel, disait la lettre, était justement mort de la peste avant-hier.

Je te l'ai caché parce que je comptais sur la Providence pour nous épargner ce sort funeste. En outre je ne croyais point à l'utilité des remèdes. C'est à cause de cette épidémie que j'ai consenti à m'installer chez ton père à Vaprio et non, comme l'affirme Salay, par crainte d'une défaite des Français. Car je ne suis point un lâche.

Donc, Salay se retrouva au milieu de nous le jour du mariage de Cesira. La seule raison de sa présence fut le hasard, je l'affirme. Il voyageait en compagnie de deux jeunes hommes de sa connaissance et d'un troisième, le fils d'un lieutenant français. Ils buvaient force vin et marchandaient, de-ci, de-là. Ils se trouvaient dans les environs de Riva di Garda quand Salay apprit que Marcantonio della Torre, chez qui j'avais passé plusieurs jours à Pavie avec toi, venait de mourir de la peste à trois maisons de la leur. Et le lendemain, comme il avait appris, tout aussi fortuitement, que j'étais à Côme avec toi, il s'y rendit pour me voir et m'instruire de cette nouvelle.

Il nous trouva dans le presbytère où Cesira nous faisait loger avant son mariage.

Je priai tout d'abord Salay de ne rien dire à propos de la peste. Il ne dit rien. Mais il me menaça de révéler bien d'autres choses à mon sujet. Je me vis soudain pareil au personnage de cette fable où l'on voit un jeune Tornabuoni se moquer d'un marchand et comploter avec son entourage afin que chacun lui reproche des fautes imaginaires.

Salay raconta la mort de Michele. Il dit que ce garçon avait été sacrifié sur l'autel de mon orgueil. Oui, il me traita presque de criminel. Mais ce ne fut pas le pire.

Cette fête dont Cesira me voulait faire l'hôte de marque connut quelques événements dont tu ne t'es point avisé. D'abord Cesira te jugea fort à son goût malgré la circonstance. Ses plaisanteries ne t'épargnèrent jamais. Tu ne t'aperçus de rien. Il se moqua de ton innocence et parut en douter. Il lança des phrases à double sens. En outre, tu ignorais la guerre qui se jouait entre Salay et lui. Ils avaient été amants. Salay le menaçait d'en dire assez pour faire rire la compagnie et la promise à ses dépens.

Puis il s'en prit à moi. J'avais inventé un ballet de lumières, des météores de feu, des sphères de paille enflammée, liées à trois longues cordes qui s'entrecroisaient entre les arbres. Tout le monde fut ébloui de ce spectacle. Il s'acheva sur une explosion de feu quand le mouvement de pendule tressa les trois cordes et réunit les météores. Salay me reprocha de voir ce finale pour la sixième fois. Ensuite il plaisanta sur les amitiés du jeune marié. Il dit que pour lui le temps des figues était révolu.

« D'ailleurs, de nos jours, la jeunesse (dit-il en te désignant à mon côté) préfère les figues sèches ! »

Cette noce rassemblait des gens sans piété particulière, mais jusque-là fort humbles et respectueux de nos habits et de nos manières. Salay éprouva leur patience en se montrant dans tous ses actes extrêmement femelle. Nous étions à l'écart de la compagnie des autres convives. Je vois encore la table d'honneur dressée au bord des eaux du lac, sous un arbre. Au début tu n'étais pas là. Tu n'as guère entendu ce qu'il disait, d'ailleurs les musiciens jouaient très fort, mais les quelques mots qui sont parvenus à tes oreilles ont suffi. Salay m'a traité de vieux courtisan et tu t'es querellé avec lui.

Pendant votre querelle, Cesira m'a fait entourer de ses amis pour que je n'entende rien. Il m'a emmené. Pendant que je m'écartais avec lui de la table, j'ai senti avec honte que nous étions un spectacle pour tous les convives. Ce qui nous désignait naguère à l'admiration de ces villageois devint un sujet de mépris. Nos habits, nos usages, les intrigues qui nous agitaient dans la confusion de la fête, nous accablèrent dans leur esprit comme Milanais.

C'est du moins ce que je t'ai laissé croire ensuite. Tu n'as pas entendu la phrase qui gâcha toute la fête. Ce ne fut pas l'insolence de Salay, ni la présence d'un Français dans sa troupe qui nous fit rejeter. C'est plutôt qu'il parla de la peste. Sous l'effet du vin et de la colère, il osa dire que lui et ses amis venaient d'un rivage où l'on mourait la veille encore de la peste et que le célèbre Della Torre de Pavie, un ami de maestro Lionardo ici présent, y avait succombé.

Ces paroles firent trembler la terre autour de nous. Quand tu revins vers nous, tu crus que la méfiance et le dégoût que nous montra une partie de la noce provenaient de ces mœurs que j'appelle gauchères et qu'en France on nomme italiennes. Tu fus prêt à te battre pour réparer cette humiliation. Et moi, pour ne point t'effrayer, je voulus te cacher que la peste en était cause.

La noce se divisa. Cesira eut grand mal à sauver les apparences. Les vieux craignaient d'attraper le mal. Les musiciens faillirent s'en aller. On chassa les animaux et les enfants. Les réserves de vin firent beaucoup pour apaiser tout le monde.

À la fin, Salay s'en fut dormir seul dans l'herbe et j'allai m'asseoir avec Cesira au bord du lac, où tu m'avais accompagné, et où tu t'endormis à ton tour.

J'ignore si tu as entendu nos paroles, mais elles te concernaient. Cesira te contempla longtemps. Tu étais couché dans l'herbe, la tête sur mes pieds, comme un chiot. Il dit que ce tableau était la plus belle chose qu'il ait vue depuis longtemps. Ah j'étais fort heureux d'avoir trouvé là un compagnon si aimant et si savant à la fois !

Je protestai que tu n'étais point mon compagnon, mais il ne daigna pas répondre. Il m'interrogea plutôt sur la peste et m'instruisit des défaites françaises.

Milan n'était plus pour moi un séjour assez sûr, me dit-il. Salay l'affirmait : un esprit de vengeance rôdait de la Vercellina à la porte d'Orient, et dans l'escalier de ma *bottega* il avait trouvé des inscriptions injurieuses. Cesira me proposa de rester à Côme. À quoi je répondis en jetant un regard sur ton sommeil : « Je n'ignore pas, Cesira, pourquoi tu veux que je prolonge mon séjour à Côme. »

Il me rappela notre ascension commune sur le Monte Boso et cet homme gelé que nous avions trouvé là-haut entre le roc et la neige.

Je le priai de ne plus me parler de cet homme des neiges. J'ai toujours eu grande crainte de ce présage. Si je ne suis point entièrement certain de mourir dans mon lit, c'est à cause de lui. Qui sait si nous ne sommes pas encore dans la montagne et si je n'ai pas rêvé mon séjour en France ?

J'ignore ce qu'a fait Salay le lendemain de la fête. Je n'ai aucun souvenir de son départ, mais je me souviens que j'avais le cœur triste à la pensée que la peste avait peut-être traversé la noce.

Comme je voulais te cacher cette inquiétude, nous sommes partis fort tôt vers l'Adda et la maison de ton père, où tu disais que nous serions à l'abri des querelles de Milan. Nos deux serviteurs et l'homme des Français, qui nous protégeait, voulaient rentrer. Tu parus offensé de leurs intentions, mais je te dis « laisse-moi faire » et je renvoyai tout le monde avec mes instruments.

C'était encore de crainte que tu n'apprennes que la peste nous menaçait. Et pour m'assurer que nous n'allions point transmettre ce mal à ta famille, je suis resté longtemps avec toi dans une auberge, puis le long du lac jusqu'à l'embouchure du fleuve Adda, où j'ai tracé de nombreuses esquisses.

Le deuxième jour, j'ai prétexté de mon besoin de te prendre pour modèle pour vérifier qu'aucun signe du mal n'était apparu sur ton corps. J'étais accablé d'inquiétude pour Salay et pour moi-même. Cet examen n'avait point d'autre cause. Pour ta part, tu crus que j'avais autre chose en tête. Quand tu t'es dévêtu, tu étais persuadé que mon trouble s'expliquait par ta roideur soudaine.

Tu as eu tort. Tout en continuant à tracer, à la plume et au plomb, les contours de ton flanc et de ton épaule, après avoir vérifié qu'aucune partie de ton corps ne présentait les signes de la peste, j'ai absous le reste bien volontiers. Ces ardeurs dont tu m'offrais malgré toi le spectacle, et dont tu me prias d'excuser l'apparition, ne me firent aucun effet. Je t'expliquai que ce membre qui ignorait opiniâtrement les injonctions de ta volonté tirait sa sève d'un canal venu de la cervelle. Je n'en avais point encore tracé le chemin dans mes anatomies, car une partie de son fonctionnement se dérobait à mon étude. Il y avait de nombreux sujets relatifs aux inclinations naturelles et charnelles que j'eusse aimé pouvoir étudier davantage, mais le temps m'a manqué. Et quand j'en eus le temps, je n'en eus point la licence. J'avais pour ambition de trouver dans la cervelle des hommes le siège des conduites et des passions qui les animent. Je voulais te montrer le lien que leur membre possède avec l'œil et la mémoire. Je voulais te parler d'Aristote et d'Alexandre.

Tout en discourant, je me suis avisé qu'une illustration de mes paroles était en train de se manifester dans ma propre vie. Jusqu'alors je n'avais jamais éprouvé d'attrait pour ta juvénile beauté, car elle était de genre mâle. Tu n'éveillais en moi que la miséricorde que l'on éprouve devant les petits des cerfs ou des chevaux. Je n'aimais que les modèles dont les muscles ne saillent pas aux contours des membres ; or, tes épaules étaient aussi fermes que celles d'un acrobate. Ton membre avait la couleur du ventre des chiens, ou des chauves-souris : mi-brun mi-violet. J'aimais fort cette couleur chez un jeune homme quand elle était alliée aux douceurs de l'ange et au teint rose des putti. Mais tu ressemblais plutôt aux bergers de Lombardie qui mènent leurs bêtes sous les arbres. Ils ont le teint si sombre et les dents si blanches qu'on ne voit que leur sourire quand ils se découvrent.

Toute la séduction de Salay se trouvait pour moi dans ces contraires. Il avait un teint de Madone et la queue de Barabbas. Dans la maturité il devenait de plus en plus féminin, alors que sa conduite et ses audaces ressemblaient à celles des hommes faits : il jurait, se battait, chevauchait comme un écuyer et, quand il était pris de vin, commentait avidement les charmes de ses compagnons.

Quant à moi, mon front était ridé. Mes mains, couvertes de taches. Mes cheveux longs se mêlaient à ma barbe et au pelage vermeil qui sortait de ma chemise. Et pourtant, en toute chose, je concevais désormais des émois femelles. La vue d'un jeune homme aux hanches droites ne m'avait jusqu'alors jamais ému. Elle commença de me jeter dans des transports imprévus. C'est en te regardant que je subis cette révolution.

Nos longues marches jusqu'aux sommets enneigés ne te permirent point de trouver le plus intime chemin vers moi. Mais tu passas au bord en mainte occasion. La jeunesse est impatiente de goûter les satisfactions qu'elle recherche. Je fus enchanté de te les promettre sans te les donner. Tes ruses et tes frôlements m'ont comblé d'aise. Tu crois que je ne me suis avisé de rien. Tu crois que tes façons n'ont éveillé aucune réponse. Au contraire. J'ai goûté le frisson de tes moindres caresses.

Tu me serrais le coude pour m'empêcher de trébucher entre les pierres. Le soir tu chauffais l'eau pour mes pieds. Tu me frottais le flanc de vinaigre en soupirant. J'ai senti plusieurs fois ton membre dressé contre mon coude et je n'ai rien dit. Un jour nous vîmes tomber la foudre alors que l'hiver s'achevait à peine. La mule d'un menuisier fut tuée près d'un arbre devant nous. Un air à l'odeur de forge est passé devant nos narines et tu t'es jeté sur ma poitrine. J'ai été pris d'un ardent désir de me livrer à toi. Mais tu auras espéré cette ardeur en vain. Elle est restée plusieurs semaines entre nous comme un oiseau qui ne sait sur quelle branche aller.

Quand nous eûmes bien relevé au bord du lac et sur les monts de la Martesana les mesures pour dresser les plans que je voulais tracer, quand nous eûmes compris, l'un et l'autre, que l'oiseau ne se poserait point, nous allâmes chez ton père.

En arrivant, je m'entretins avec l'un de vos serviteurs qui partait à Milan. Je voulais qu'il remît à ton père une lettre. Dans cette lettre je remerciais l'excellent Girolamo Melzi de l'hospitalité qu'il m'avait naguère offerte et que les circonstances, lui disais-je, m'obligeaient à accepter pour un temps. Son fils venait de me ramener à ce séjour des bords de l'Adda que j'avais tant aimé l'année précédente et où toute sa famille veillait à mon confort. J'y travaillais comme si j'étais chez moi. Cependant il me manquait certains de mes carnets, tous en vérité, et lui, Girolamo, serait le plus précieux auxiliaire de mon travail (en plus de son fils, qui peignait à merveille et m'était tant dévoué) s'il pouvait faire enlever les caisses de mes écrits près de San Babila, et les faire envoyer dans sa propre maison, à Vaprio.

Je n'ai pas dit toute la vérité à ton père. J'aurais certainement pu me priver de mes écrits plus longtemps. Mais je craignais pour eux la vengeance des Sforza s'ils revenaient à Milan. Je craignais aussi que Salay ne me privât de certains dessins pour les vendre. Je craignis enfin qu'il ne me compromît en divulguant mon carnet *Leo Sum* et mes *Histoires de ma main gauche*.

Je t'ai parlé des *Histoires de ma main gauche*. Tu en étais fort curieux, comme de la *coda* et de tout ce qui servait ton désir de me connaître. Pendant trois semaines, tu as guetté en vain l'arrivée du transport que j'attendais, et ne le voyant point venir, tu m'as rassuré chaque jour. La résistance des Français aux soldats venus de la Suisse était suffisante, disais-tu, et Milan ne retomberait point sous l'influence des Sforza.

Mais la première source de mon inquiétude n'était pas là : c'était la peste. Mes pensées ne quittaient point ce sujet. Il était dans tous mes songes. Dans ma lettre, j'avais décrit à ton père les précautions que j'avais prises afin que tu fusses épargné par ce mal, non seulement toi mais les tiens. « Voilà pourquoi, lui disais-je, j'ai soustrait longtemps votre fils à ses amis, à sa famille, le temps d'être certain que nous n'allions être cause d'aucune contagion et que votre noble demeure n'allait point porter par notre faute une marque funeste. »

Lorsque ton père, quelques jours après, pénétra dans la cour de sa villa à la tête d'un convoi où se trouvaient la plupart de mes affaires, ma *Fiorentina*, mon *Battista*, et mes *Histoires de ma main gauche*, il m'assura, presque avant toute chose, que j'avais bien agi avec toi. Il y revint ensuite de curieuse façon. Je te dirai comment.

Il me persuada, pour l'heure, qu'il n'y avait point lieu de craindre la peste à Milan. Il fallait craindre plutôt la vengeance des Sforza et de ceux qu'il appelait les alliés du pape.

Je lui demandai comment se portaient mes élèves. Je ne nommai point le premier d'entre eux, mais il s'en chargea lui-même. Il ignorait entièrement où se trouvait Salay. Il le faisait chercher depuis un mois.

À ces mots, je n'écoutai même plus.

Sous la grange, au milieu des charrettes et des caisses de volaille, les serviteurs séchaient leurs vêtements. Il pleuvait depuis trois jours. Les bêtes faisaient grand vacarme. Dehors, les échos d'une dispute résonnaient contre un mur. Assis sur un banc, le cœur accablé d'une tristesse soudaine, j'ai songé que Salay allait périr loin de moi. Il se pourrait que j'ignore à jamais ce qu'il était devenu.

Je me rappelle l'effroi et la pitié que mon cœur en éprouva. Il les éprouve encore. Car, depuis que Salay nous a laissés partir seuls en France, le flot de la destinée a rompu ses digues et va comme un fleuve errant.

Ton père voulut-il vraiment me voir dresser des colonnes au fronton de sa villa de Vaprio ? Est-ce toi qui l'as inspiré ? Je l'ignore. Il te chargea de m'attribuer deux salles de votre maison et me pressa de questions sur mes imaginations d'architecte. Il me pria de dessiner un port, un bassin sous la digue, un bateau de halage pour le transport des récoltes d'un bord à l'autre du fleuve, un élevage de poissons, et je ne sais quoi encore. Je traçai les plans de tout cela.

Mais ton père me surprit bien autrement. Voyant que je m'alarmais des revers subis par les soldats français, il me rassura sans détours, disant qu'il se faisait fort d'illustrer, devant les partisans des Sforza, que je n'avais point trahi mes anciens maîtres. Hélas ! ces mots me persuadèrent que les apparences étaient contre moi. Il restait assez de familles à Milan pour m'accuser de traîtrise. Salay pouvait avoir à subir les conséquences de ma réputation.

On eût dit que Girolamo devinait chaque pensée qui se formait dans ma tête. Mon esprit était de surcroît échauffé par la crainte et l'inconfort où me plaçait ta ferveur envers moi, Francesco. Cette ferveur était bien trop grande. Il me semblait que tes sœurs n'en ignoraient rien et que ta mère agissait envers moi comme si elle l'approuvait.

Ton père lui-même ne la réprouvait point.

« Maestro Lionardo, me dit-il à peu près, mon fils vous tient dans une estime devant laquelle je m'incline, car elle est celle qui fait les saints et les philosophes. Nous nous sommes longtemps demandé pourquoi cet enfant ne parlait point à ceux qui avaient son âge. Puis nous avons pu observer qu'il ne fréquentait pas non plus ceux qui en avaient le double. Il ne goûtait que la compagnie des hommes aux cheveux blancs. Il aimait les étonner par ses paroles et il y parvenait si bien que, souvent, ils venaient me complimenter sur le bel esprit de mon fils. Je suis heureux, leur disais-je, qu'il consente à me regarder encore comme son père, car je me sens comme saint Joseph attendant Jésus au Temple.

– Heureux homme, lui dis-je embarrassé, qui ne juge point ce qu'il ne comprend pas. »

Il me répondit aussitôt avec ironie :

« Je n'ai point dit que je ne comprenais pas. »

J'ignore si tu as abordé ce sujet avec ton père. Mais tes attentions envers moi ont gravi un degré supérieur aussitôt après. Tu dormis à ma porte. À table tu ne voulus jamais être placé loin de moi. Tes yeux ne quittèrent point mes gestes.

Il y eut ce jour où nous apprîmes la mort d'un lieutenant français. Ton père était fort triste. Tu as fait l'éloge de ma main, en un poème ardent et singulier. Tu l'as saisie et gardée longtemps entre les tiennes. Ton hommage a montré une érudition exacte. Tu as parlé d'Apelle, le peintre de la Grèce, tu as dit que ma main portait la marque de mon caractère extraordinaire et que, si tu n'y lisais point l'avenir comme ceux qui se prétendent devins, tu voyais entre ses plis la douceur et la bonté d'un homme voué entièrement à l'édification des autres.

Sais-tu à quoi je songeais en cet instant ? Mon cœur était tout partagé. En tenant ma main prisonnière un instant, tu as porté mon membre à un degré d'éminence douloureux. Mais j'ai songé aussi que les critiques et les insolences de Salay me manquaient. Je regrettais fort les historiettes de Zoro, ses bêtes venues de l'Orient, ses coqs et son singe. La paix solennelle qui régnait dans ta maison me ramenait toujours à l'étude. Or, si j'avais pour l'étude un grand appétit, la satiété m'en venait vite.

Chez toi, je n'avais plus le loisir de me distraire comme j'avais si bien accoutumé. Mes pensées les plus graves naissaient dans le même œuf que les plus légères. J'aimais les distractions et les facéties, changer de lieu et de pièce, secouer le joug de mon esprit trop fécond. Cependant, ta famille et toi-même me teniez pour quelque héritier de Sénèque. Vous m'aurez épargné jusqu'à la musique, dont mes imaginations avaient tant besoin.

C'est en vain que j'essayai de rappeler les joueurs de viole de ta mère. Elle les avait congédiés, croyant que j'avais besoin de silence.

Au contraire. Pour trouver des raisons de rire, pour jouir de la surprise de quelqu'un, pour effrayer quelque jeune garçon en disposant dans l'herbe un mécanisme à lamelles qui fît bondir une peau de chien ou une crécelle, je fus contraint d'aller au bord du fleuve et de choisir pour victimes les haleurs et les hommes de peine.

Un jour, j'ai joué un tour à un homme en liant son lacet à l'extrémité de sa barque, afin qu'au moment d'enjamber le devant il soit précipité dans l'eau. Tu te souviens ? Tu n'as pas ri. Plus tard, tu m'as demandé si j'étais esclave de mes songes au point de laisser périr quelqu'un sans lui offrir mon aide.

Je ne feignis pas d'ignorer le sens de ta question. Tu voulais me parler de la noyade de Michele, dont Salay t'avait livré le récit. Je t'ai répondu que le sujet m'était importun et certes il l'était ; mais il n'était pas clos pour autant.

Un matin, ton père retrouva Salay à Milan. Il réapparut avec lui, et Zoro les accompagnait.

T'en souviens-tu ? Salay arriva dans un vêtement couleur de miel tout garni de soufflets. Il portait un haut-de-chausses blanc et gris et ses bras étaient chargés de présents. Son exil n'avait point été trop sévère. Il avait vécu quatre mois à Pavie. Des mésaventures qu'il avait connues là-bas, nous ne sûmes rien, sauf qu'elles regardaient sa famille.

Envers la tienne, il se montra désinvolte. C'est même peu dire.

Pardonne-moi de n'avoir rien fait pour l'empêcher. Mais j'étais dans une si grande félicité que je ne songeais à rien d'autre.

Tu dois te demander pourquoi j'ai choisi le temps de son retour pour encourager tes entreprises sur ma pudeur. Je ne sais pas. Ce fut ainsi. Le lendemain du jour béni où je revis Salay, je t'ai prié de verser l'eau sur ma tête aux fontaines. Quand tu m'as tendu le linge, je t'ai ouvert ce cœur que Salay avait laissé béant.

Ne me demande pas pourquoi les choses sont advenues ainsi. Tu sais que l'esprit des hommes n'emprunte jamais le chemin le plus droit. Ta conduite envers moi fut d'ailleurs aussi tortueuse que la mienne. Mais qu'importe. Tout tort sera réparé un jour.

Ne t'offense pas de ce que j'affirme, je ne te blâme point, au contraire. Admets seulement que tu as toujours agi envers moi tout à l'envers. Quand tu dessinais mes traits, chacun devinait aisément que tu me voulais paternel et sévère. Mes sourcils semblaient furieux, mes lèvres grimaçaient, mes yeux avaient une expression triste et impérieuse. L'ombre de mes joues, les vagues qui agitaient ma barbe me faisaient ressembler au maître de l'Olympe s'apprêtant à jeter des éclairs. Et pourtant, tous ces efforts pour me donner la figure d'un parangon des vertus et des sagesses, efforts auxquels je finissais par me prêter moi-même, étaient anéantis chaque fois que tu glissais ta main sous ma ceinture. Chaque fois que, tirant parti de mes attitudes complaisantes, tu t'emparais de l'objet de ta vénération et caressais mes œufs dans leur nid, tu piétinais ton œuvre comme un enfant.

Quant à moi, j'illustrais une vérité dont mes anatomies et mes patientes observations de la société des hommes m'avaient persuadé depuis longtemps : chacun des deux sexes, parvenu aux rives de la vieillesse, contracte les traits de son contraire. Les vieilles femmes ont de la moustache et leur conduite est brutale. Les vieux hommes perdent la largeur de leurs épaules ; les os de leurs hanches se mettent à saillir, et dans leur voix, et dans leurs gestes, on décèle l'altération de leur caractère. Par cette manière, qui se voit communément, la nature veut nous rendre sages et nous fait connaître que nous ne sommes rien uniment. Et Dieu m'est témoin que grâce à toi cette sagesse m'aura pénétré entièrement.

Tu parus presque contrit d'avoir séduit ton maître, et fort en colère que Salay le sût. Or, c'est de moi qu'il l'avait appris. C'est pour moi qu'il commenta la chose, devant les tiens, en usant de ce double langage qui lui permettait d'être entendu des uns tout en divertissant les autres.

Salay plaisait fort à tes sœurs, ce qui t'irritait encore davantage. Il parlait souvent de lui-même au féminin pour les faire rire, il s'irritait de mes travaux incessants qu'il appelait *ghiribizzi*, et surtout il répétait que j'étais un enfant en habit de vieillard.

Il avait raison. Ma grande vertu fut toujours de pouvoir renoncer aux soucis des hommes et d'aborder de nouvelles tâches en m'amusant. Rien ne fut jamais indigne de mon attention. Dès que trois roues dentées s'entraînaient sur la table, je retrouvais les joies de l'enfant. Mais ce que Salay ne voyait pas, non plus que toi, d'ailleurs, est combien l'entraînement de ces trois roues avait de rapport avec l'ordre du monde. Salay avait beau se parer de bijoux et de rubans, dédaigner les occupations viles et regarder avec mépris mes études sur les barques, les charrues et les lampes, il manquait de goût pour les choses élevées, auxquelles on ne peut point accéder sans légèreté. Il faut connaître l'art de la plaisanterie pour savoir ce qui mérite le sérieux.

Or, depuis l'âge tendre auquel je l'ai recueilli, Salay n'a pas changé. Il se bouchait déjà les oreilles à la lecture du *Momo*. Il haussait les épaules à la moindre farce. Aujourd'hui, il ne pense qu'aux rubans et aux parures, et pourtant, dans la futilité, sait-il être joyeux ? Non. Il n'y a que Zoroastro pour partager mon goût pour les historiettes et les facéties. Ni Salay ni toi n'en êtes capables.

Toutefois, Salay n'agit pas ainsi par esprit de sérieux. Je crois qu'il craint surtout des conséquences de ma légèreté.

Sa grande terreur en ce temps-là était de retomber dans la pauvreté par ma faute. Il m'a dit un jour qu'il valait mieux dépendre d'un homme raisonnable que d'un philosophe animé de passions et sujet à de soudaines colères contre ses bailleurs. Car le serviteur placé au service d'un maître fantasque n'était pas assuré de manger tous les jours.

Peu après sa venue chez vous, il s'est écrié :

« Je vous fais le pari que maître Lionardo a déjà dressé au moins six brasses de plans pour la réfection de toute la maison et le détournement du fleuve. »

Le brigand ne se trompait pas. Ces paroles qui paraissent indulgentes l'étaient fort peu, car il voulait dire, et il expliqua fort bien, que son maître étant réduit à l'immobilité entre ces murs, la complexion particulière de son esprit voulait que les murs se missent à bouger puisqu'il ne pouvait bouger lui-même. C'est pourquoi il annonça que je voulais faire de ce paisible séjour de Vaprio sur l'Adda un chantier et une excavation.

Inutile de te rappeler combien ta mère et tes sœurs l'approuvèrent de critiquer cette intention.

De ton côté, tu as choisi de te dresser contre les femmes de ta maison et de défendre mes travaux, que tu disais intéressants et nécessaires. Ce qui ne t'empêcha point de dissuader ton père de les entreprendre, dès qu'il arriva. Je me suis demandé pourquoi. Je crois que c'était d'avoir mesuré ma faiblesse, toi aussi. Tu savais que mon irrésolution s'aggravait et que l'âge altérait mon caractère. Je regardais la vie en patient et non en agent. Cela m'eût sans doute conduit, si j'avais entrepris les travaux prévus, à ne point les finir, ou à les préparer longtemps pour ne point les faire.

Patient, je le fus avec toi, premièrement. En privé, tes manières envers ton vieux maître n'eurent bientôt plus rien d'un élève. Une fois le rideau tiré, tu devenais impétueux comme un jeune chien.

Et pendant ce temps, ton père s'entendait à merveille avec Salay. Personne ne parut comprendre ses raisons. Moi, je les connais. Ils avaient œuvré à Milan dans le même but. Ils avaient, l'un comme l'autre, préparé le retrait des Français. Salay avait fait ce qu'il avait promis : tout le temps de son absence, il s'était employé à faire entendre, aux vieux courtisans de Ludovico Sforza (et surtout au Crivelli), que Lionardo da Vinci n'avait point trahi leur ancien maître. Il s'était seulement écarté de la ville pour échapper à l'insistance des lieutenants du roi Louis.

Quant à toi, mon pauvre Francesco, j'ai perçu ton infortune. Tu étais extrêmement mécontent de toi-même. Tu tremblais de rage et d'inquiétude. Les assurances que me donnait ton père au moment de retourner à Milan ne t'inspiraient aucune confiance.

Celui qui me donna la meilleure explication de tes écorchements fut Zoroastro. Je m'étais ouvert à lui de ce commerce sensuel qui renversait les préséances entre nous. Je lui avais décrit les degrés du changement que j'étudiais en moi-même (comme j'étudiais la conduite des chapons couvant les œufs de la poule : c'est en effet une chose singulière que de voir ces volailles mâles qui ont perdu les attributs de leur groupe se transformer en femelles au temps de la couvaison).

Devant Zoroastro, qui était mon confident depuis longtemps en toutes ces affaires, j'ai commenté les étrangetés de ta conduite et celles de la mienne. Je ne veux point te rappeler avec trop d'insistance que tu foutais ton maître. Mais c'est la vérité.

J'étais et je suis encore fort curieux de savoir pourquoi je suis devenu ainsi. J'aimerais montrer la cause qui existe entre le ralentissement du flux vital, le long des canaux qui vont de la cervelle au périnée, et l'inclination vénérienne chez les hommes d'âge avancé. J'étais donc devenu chapon à mon tour. Dans cette indulgence et cette bonté que j'éprouvais parfois devant toute la nature, je couvais les miens.

Zoroastro possédait sur ces sujets une science qu'il avait acquise aux bains de la Porte et dans toutes ces confréries de métiers où les rapports entre vieux et jeunes hommes ont leurs rites.

C'est lui qui m'a persuadé que cette inclination de la sensualité n'est point rare, qu'elle est même très fréquente chez l'homme d'âge qui s'adonne à la nostalgie de sa jeunesse tout en comblant le désir d'un père chez ceux qui n'ont point connu ou point aimé le leur. Il m'a persuadé aussi que ma conduite presque docile envers toi était la première source de ton inconfort. Il m'a dit que tu me voulais à la fois sévère et tendre, mâle et femelle, ce que j'ai souvent observé depuis en effet, car je t'ai toujours senti soucieux de réunir en moi les faces opposées de Janus. Si, par exemple, je m'emportais contre le serviteur de ta mère, le jeune Piero qui bâtait les ânes à l'envers et qui les empêchait de boire, si je me montrais exigeant dans les travaux de peinture, il te fallait soumettre mes fureurs le plus tôt possible en me traitant comme le chapon que j'étais devenu. Ta convoitise sensuelle se faisait apparente et insistante. Tu étais tout bandé en me frôlant. Mais mon orgueil n'en souffrait pas. Au contraire. J'avais pour ces jeux du corps et de l'esprit une double curiosité : celle de la science et celle de la volupté.

Zoro affirma que tout cela était cause de ton extrême impatience à l'égard de ton père. Il avait raison. En me dominant de la sorte, en m'infligeant tes charmants outrages une fois la chandelle éteinte, tu m'arrachais mon pouvoir et tu avançais le moment d'hériter de ton maître. Tu vois, c'était inutile. Tu es l'héritier de mes écrits, de mes rêves, de mes souvenirs. Je te laisse tout ce qui est de quelque importance dans la vie d'un homme. Les autres auront le reste.

À l'heure de son nouveau départ vers Milan, ton père subit ton courroux permanent. Vos disputes étaient pour moi une source d'embarras et d'inquiétude. Je fus bien aise qu'il nous devançât de huit semaines pour préparer mon retour dans la société des Sforza : car, à cause de moi, tu étais devenu son ennemi.

C'est dommage. J'avais pour ton père une très grande estime. C'est pourquoi je t'ai prestement remis à ta place. Je l'ai fait aussi parce que tu t'es mêlé de me donner des conseils pour ma vêture et parce que tu m'as désigné plusieurs fois les choses que ma dignité m'autorisait ou non. Et, parmi les choses qu'un homme tel que moi ne pouvait à tes yeux se permettre, il en était une au-dessus de toutes les autres : maestro Lionardo ne pouvait s'infliger le ridicule de soigner ses cheveux avec un soin si constant. Il devait se garder de disputer du choix des tissus et des couleurs avec Salay. Il ne devait point se promettre, en revenant bientôt à Milan, d'aller chez le tailleur Crisante près de la Vercellina pour commander deux brasses de velours rouge à reflet doré qu'on ne trouvait que chez lui.

Je confesse qu'après cela j'affectai d'aimer tout ce qui t'irritait pour te contredire. Je partageai le goût de Salay pour les tartes et les gâteaux de miel que faisaient les gens des cuisines de ta mère. Je distillai des eaux de rose et de lavande en quantité pour les femmes de ta maison. En tout cela, Francesco, je reconnais que j'ai donné plus de gages aux caprices de Salay qu'à ton dévouement.

Plusieurs fois, Salay m'a d'ailleurs fait rire à tes dépens. Plusieurs fois, après le départ de ton père, il m'a placé dans une position fâcheuse en arborant les signes de notre ancienne intimité devant ta mère et tes sœurs.

La présence de Zoro aurait pu rendre la chose plaisante, car nous partagions l'esprit d'une même famille. Il suffisait d'une allusion pour nous réunir dans le souvenir des choses que nous avions vécues ensemble à Florence, mais c'est toi qui rompis la balance.

Il est vrai qu'elle s'était établie à tes dépens. Tu affirmas que Salay avait osé traiter son maître de menteur. Il avait rapporté certains événements qui avaient eu lieu sur le Monte Acuto, d'une manière offensante pour moi. Tu affectas de me défendre. Tu le fis avec tant de vigueur que je dus me défendre moi-même. Comme tu n'étais point avec nous sur l'Acuto, ce malheureux jour où périt Michele, je me suis adressé à toi, devant ta mère et tes sœurs, sur un ton de reproche et d'agacement. Je t'ai dit que tu ne devais point répéter que Salay répandait des mensonges à propos de cette journée funeste, car tu n'en savais rien. Tu ne l'avais point vécue avec nous.

J'entendais ainsi mettre Salay de mon côté, mais il s'est retourné vers toi pour te dire :

« Il vaut mieux, en effet, ne point parler de cette journée, car tu vas te faire détester par ton maître. Il a volé sous l'ornithoptère sans aucune contestation et sans aucun témoin. »

Alors je me suis emporté contre lui. Il s'est levé en disant qu'il allait suivre Girolamo Melzi à Milan. Mais, au moment de quitter cette salle aux fenêtres ouvertes et tandis qu'un jeune chien jappait sous la muraille avec insistance, Salay a dit en haussant le ton :

« Ton maître fait rarement quelque chose sans s'entourer de témoins (encore qu'on en pourrait citer une ou deux). Dans toutes les affaires de sa vie qui peuvent contribuer à sa gloire (et je ne compte point celles dont je parlais à l'instant), il envoie ses serviteurs partout pour veiller à ce que personne n'ignore jamais ce qu'il fait. Or, de la plus grande affaire de sa vie, qui fut d'imiter les oiseaux en quittant le sommet d'une montagne, il n'y eut qu'un seul témoin. Et il est mort. »

Zoro l'a interrompu comme de coutume, la mort de Michele étant le seul sujet sur lequel il perdît son goût de la plaisanterie. Et Salay est parti sur cette phrase, à ton adresse :

« Il ne t'a point parlé de cette femme qui lui a fait une prophétie à propos d'un jeune homme qui mourrait à cause de lui. C'était peut-être Michele. Ce sera peut-être toi. Je ne peux pas en révéler la teneur, pour ne pas effrayer ta tendre cervelle. »

Salay ne partit point le jour même, ni le lendemain, mais le jour d'après, en m'assurant bien qu'il n'avait pas eu l'intention de me blesser, à quoi je répondis que, s'il n'avait pas l'intention de s'amender non plus, il me blesserait encore.

Sur la prophétie de la Bruna (puisque, désormais, tu sais le nom de cette devineresse), tu m'as questionné pendant notre retour à Milan. Mais je n'ai rien voulu te dire, moi non plus. Tu sauras bientôt pourquoi.

Cela signifie que, si Salay consent à venir me retrouver ici, je dirai tout. Tout ce qui s'est passé sur l'Acuto. Demain je n'aurai plus la force de supporter cette attente. Oui, j'ai un aveu à lui faire, un aveu que tu entendras aussi.

Mais, si Salay ne vient pas, j'aurai perdu ma vie. Peu importe que le roi François dise à chacun que je suis le plus grand peintre de l'Italie. Il a beau m'avoir donné un palais et quatre mille ducats de ma Florentine, tout roi qu'il est, tout vainqueur de Milan, s'il est incapable de me ramener l'affection d'un seul être, il n'est rien. Et moi, si je ne l'ai pas méritée, je ne suis pas davantage.

Ne me mens pas. S'il était à Amboise, je le verrais.

Alors, s'il est là, qu'il vienne. Pourquoi serait-il au palais si le roi n'y est pas ?

Sais-tu ce qu'il a dit de mon Battista quand il l'a revu à Milan ? Eh bien il m'a dit que le Giovanni Battista était mon portrait, tout comme la Léda ou l'Ange. Que je ne pouvais jamais peindre autre chose que la figure de ma jeunesse. Il m'a dit aussi que cette propension avait gâché le portrait de la Fiorentina à un tel degré que je n'avais pas pu le livrer à son commanditaire. Mais, surtout, il m'a dit que sous les traits du San Giovanni Battista j'avais l'air de me moquer grandement de celui qui me voyait ainsi le doigt tendu. Par ce geste je cherchais à faire entendre des choses cachées.

Excuse mon rire. Je ne ris pas de toi. Sais-tu de quoi je ris ? Je me suis souvenu de cette phrase. Ma mémoire m'a rappelé ces paroles de Salay à propos du doigt levé : tu sais très bien quel jour, c'était le jour que je fus avec toi dans les chambres pontificales et où l'aimable Raffaello Sanzio, pour m'être agréable, m'avait réservé la surprise du portrait qu'il fit de moi en philosophe, dans son immense et fort admirable peinture de la salle des Signatures. Sur cette peinture, j'avais aussi le doigt levé. Or, pendant notre visite, dans la solennité et l'étonnement qui nous saisit (il y avait aussi Zoro et d'autres avec nous, mais Salay ce jour-là n'y était pas), à l'instant où j'aurais dû montrer ma satisfaction de voir une si belle peinture, en voyant ce doigt levé, j'ai plutôt poussé un éclat de rire.

Raffaello a cru que je me moquais de lui. Tu n'as jamais compris pourquoi il s'est si vite assombri, ni pourquoi j'ai eu tant de mal à le persuader que ce rire n'avait point son œuvre pour objet. D'abord, tu es trop jeune pour avoir été témoin des séductions déployées par Raffaello pendant que j'étais à Florence. Si ma conduite envers lui t'a paru souvent obscure, c'est qu'elle s'explique par ces choses que tu ne connais pas. En outre, un seul de mes proches eût pu comprendre pourquoi j'ai poussé un tel rire en découvrant les philosophes d'Athènes du jeune Raffaello : c'était Salay, à cause de ce doigt levé. Salay l'avait tourné en dérision si plaisamment quelques mois plus tôt, en voyant mon Battista, que je m'en suis souvenu. Cette plaisanterie galante, ces choses cachées que Salay m'accusait de faire entendre par ce geste étaient un secret ridicule entre nous, un secret comme il en existe entre les amants et les frères. Et voilà que ce secret se trouvait exposé au milieu d'une peinture immense et solennelle dans les chambres pontificales. Raffaello m'avait peint le doigt levé de telle façon que j'en rugis de rire.

Or, mon rire avait aussi une cause plus amère. Zoroastro la démêla tout de suite : moi qui perpétuais l'illusion de posséder la jeunesse, je me voyais là tout vieilli, dans un vêtement de philosophe auquel le peintre avait donné jusqu'à la couleur vermeille qui m'était habituelle. Je personnifiais Platon, le plus ancien des Athéniens, et je conférais avec un Aristote dans la force de l'âge.

Mais ce n'est pas tout encore. Puisqu'il faut peindre mon cœur dans son entière vérité, cet affreux rire avait une dernière cause : l'envie.

Raffaello m'avait approché, à Florence, pour me complimenter et m'arracher quelque approbation sur ses propres travaux. Mais je le dédaignais. Bien que ses dessins fussent excellents, son assiduité m'était importune. Il se gardait d'ailleurs d'en faire étalage devant le Buonarroti quand je peignais ma *Bataille* au Palazzo. Mais en privé il m'a dit un jour qu'il serait incapable de mes prouesses. Et moi, plein d'orgueil, je lui ai demandé de quelles prouesses il me parlait. Alors, il m'a répondu que mes chevaux et mes hommes avaient, dans la bataille, la même expression tempétueuse. Ma peinture ne montrait point la guerre telle que nos yeux la voyaient, mais telle que nos cœurs la craignaient.

Comme ce jeune Raffaello avait raison ! Et combien, malgré cela, j'eusse volontiers changé ma faculté contre celle de peindre comme lui ! Car sa grande peinture des Athéniens, quand je la vis dans la salle des Signatures, m'emplit, comme naguère celles de Mantegna, d'une jalousie foudroyante.

Pour l'heure, en revenant à Milan après le séjour de votre demeure de Vaprio, où j'avais été si heureux sans le savoir, en retrouvant les murs de ma *bottega* de San Babila, j'aurais pu me satisfaire de ma bonne réputation. Tu me le conseillais dans ta juvénile sagesse. Mais, comme toujours, c'est l'avis de Salay que j'ai suivi. Salay a réveillé mon orgueil. Il m'a fait honte de la façon dont mon hypocrite frère Giuliano, après mon départ de Florence, avait réussi à gagner la faveur générale.

Salay avait une grande rancœur contre mes frères. Il prétendait que l'attentat dont il avait failli périr à Florence était leur œuvre. À l'en croire, l'honneur de mes frères était chatouillé par ses frasques et ses accoutrements. Quant à moi, fils illégitime, affligé d'une moralité étrangère au commun, j'étais au service des Français, ce qu'ils toléraient encore moins.

Il n'est pas impossible que mon frère Giuliano ait chanté cet air-là aux Medici. Giuliano ressemblait fort à notre père. Il avait le même front, la même taille élevée, le même métier de notaire. Dans notre querelle d'héritage, c'est moi qui l'avais emporté contre lui, mais il sut me faire payer le prix de sa vengeance.

Il répéta les critiques que notre père avait, avant sa mort, exprimées contre moi ; mes façons, mon train de maison, les animaux qui peuplaient mon logis, mes amitiés grandes et petites. À cause de lui, on fut bientôt persuadé jusqu'à Rome que j'avais donné toute ma mesure dans l'art de peindre. Ma cervelle était fantasque. Certaines de mes passions s'approchaient de la folie, comme celle qui me portait à découper les trépassés malgré le risque de la peste. (Ce risque, ajoutait-on, était couru par mes proches à leur insu, et voilà une habile façon d'éloigner de moi ceux qui m'aimaient encore !)

Je te laisse juger combien de rumeurs s'étaient accumulées depuis si longtemps que je m'étais écarté de la société florentine. Et comme à Milan on ne m'aimait pas non plus, j'écoutai l'ambition de Salay : je m'en fus plutôt à Rome.

Dès notre installation dans le taudis qu'on nous avait ménagé au Belvédère, près de la Basilique, je me suis grandement félicité d'avoir renvoyé chez ton père une partie de mes écrits. Mais j'ai tremblé pour les autres, qui contenaient des hérésies inspirées par le Botticelli sur la descendance du Christ et mille autres sujets prophétiques.

Le frère du pape Leone Decimo, Giuliano de Medici, qui avait pour moi de l'estime depuis notre jeunesse, me fit comprendre, en m'accueillant, qu'il me consentait là une faveur contre mes détracteurs. S'il avait dû prêter l'oreille à ce qu'on disait de moi, il m'eût laissé croupir à Milan.

Je crois qu'il redoutait d'être compromis par mes extravagances. À mots couverts, il me conjura d'y renoncer. Voilà une plaisante façon de me mettre en garde à peine arrivé !

La visite que je fis ensuite avec toi à la salle des Signatures, en compagnie de Raffaello, ne fut pas pour alléger mon humeur.

Il y eut ce rire que je regrette encore. En outre, tout au milieu de la grande peinture des Athéniens, je n'étais pas le seul à figurer en philosophe. Je reconnus la figure du maudit Buonarroti, avec qui Raffaello partageait les travaux pontificaux. Nous sommes allés voir la chapelle de Michelangelo et son mur du Déluge. Heureusement, Salay n'était point avec nous. Je n'eusse jamais toléré son enthousiasme. Mais il visita cette chapelle les jours suivants. En rentrant, il me demanda pourquoi je ne lui avais rien dit de ma propre visite.

J'étais perclus de jalousie. Voilà pourquoi. J'en perdais tellement la raison que je t'en voulus, Francesco, d'avoir été retenu pendant un an dans ta demeure de Vaprio au lieu de travailler à des peintures comme celles que je voyais à Rome. Et, au creux des nuits, je me disais :

« Messer Lionardo, pendant que des travaux titanesques s'accomplissent à Rome, pendant que tes élèves deviennent des maîtres, pendant que triomphent tes rivaux à travers toute l'Italie, que ton ancien ami Miglioretti, avec qui tu as dormi dans la paille, assume les plus hautes fonctions auprès du pape, pendant que Bramante bâtit des palais, que fais-tu ? »

Et je me répondais humblement à moi-même :

« Tu étudies les vannes, les barrages, le mouvement des barques de transfert sur les canaux, tu regardes les coquillages gravés par les eaux mortes dans la pierre, tu contemples sans fin la course des oiseaux, tu traces des colonnes de nombres et leurs multiples, tu alignes des étoiles à cinq et à six branches, tu restes debout la nuit sur les terrasses du Borgo pour interroger la vibration tranquille des astres. Et tout cela pour quoi ? Pour échapper au doute qui te saisit dans les choses de la peinture. Comme l'a dit Salay, tu ne ressembles point aux autres peintres, car tu ne t'écartes jamais de toi-même. Quand tu peignis ta *Bataille*, tu peignis un état de ton âme. Si tu avais peint la reddition de Naples ou saint Jean à Patmos, la vie et la mort de Socrate, la folie de Néron, on t'eût reconnu sous les mensonges et les déguisements de l'Histoire. Si tu avais achevé ta statue sforzesque, le cheval lui-même eût ressemblé à tes imaginations. Raffaello Sanzio ou Mantegna sont capables de peindre des batailles ou des apôtres sans s'arrêter sur eux-mêmes au milieu de leur tâche. Mais toi, non. En outre, n'es-tu pas persuadé que les palais ne sont jamais aussi beaux qu'à l'instant d'être conçus, et que les architectes, s'ils étaient philosophes, ne se donneraient point la peine de les bâtir ? Car il n'est de palais qui ne finisse par être détruit comme la cité de Delphes. Aucun de nos édifices ne peut prétendre à l'éternité. Aucune de nos apparences, à la vérité. De même que Ludovico Sforza, le puissant et orgueilleux duc de Milan, a perdu ses États et ses biens pour être amené comme une bête féroce à Loches et jeté dans un trou, de même le peintre, ne doit-il point croire à l'éternité de sa peinture, mais à celle de son âme. »

Voilà comment je songeais, au creux de ces premières nuits romaines. En bas, on percevait l'écho de tous les crimes de la ville. Les lumières vacillaient au bord du fleuve. Quand la chaleur des nuits me conduisait à dormir dévêtu sur le drap de coton gris de la terrasse, tu te glissais derrière moi, et je songeais qu'il y avait de la présomption à diviser l'humanité en hommes et en femmes, quand on voit qu'il ne reste, pour les distinguer, rien après leur mort, et déjà si peu dans le grand âge.

Tu seras peut-être fâché d'apprendre que nos privautés furent consignées dans cette partie des *Histoires de ma main gauche* que j'ai laissée chez ton père à Vaprio, avant notre départ pour la France. Je t'y donne ton nom entier de Gianfrancesco. J'ai noté mes propres révolutions intimes et les altérations de mes imaginations amoureuses en même temps que je décrivais les tiennes. Tu n'auras qu'à chercher cela chez ton père quand je serai sous la terre. Le récit de ces journées figure dans deux carnets à dos de corne noire. J'y ai écrit chaque jour ce que m'inspirait le curieux commerce de nos corps et de nos âmes. Les observations que j'avais faites sur toi à Vaprio n'ont jamais été démenties. Tu me voulais patriarche le jour, et la nuit tout le contraire. La jalousie te rendait taciturne et coléreux. Le jour où Salay est reparti à Milan pour deux mois, tu as tout fait pour hâter ses adieux. Et moi, j'ai tout fait pour les prolonger. J'ai tenu embrassé devant toi ce fils selon mon cœur, je lui ai fait promettre de revenir une fois ses affaires réglées. J'ai dit que je n'aimais point laisser hors de ma vue ceux que j'aimais, car à mon âge il se pouvait que mes yeux se ferment en leur absence.

Quand il est parti, ton soulagement fut très grand, mais il ne fut pas entier avant que tu ne sois parvenu à écarter de moi Raffaello Sanzio. Tâche aisée. Le hasard voulut qu'il fréquentât Baldassarre Castiglione, lequel était à Rome et vivait au Borgo. Tu as usé là du meilleur des remèdes. Si j'avais eu la tentation de me rapprocher de Raffaello (après mon rire malencontreux, il ne souhaitait rien plus ardemment), les indiscrétions de Castiglione eussent tôt fait de m'en dissuader.

Ce méchant courtisan aurait raconté que j'allais me caresser aux bains. Ou chez Giuliano de Medici, le frère du pontife, qui passait pour mon complice en hérésies, et avec qui j'évoquais les secrets des frères de Sion. Ou bien au dépôt de l'hôpital Santo Spirito, où l'on disait déjà que j'avais repris mes dessins de trépassés.

Il m'arrivait, il est vrai, d'aller en chacun de ces lieux sans y montrer pourtant d'assiduité très grande. Durant tout le temps où je visitai les murs du Vatican en arpenteur et où je traçai les plans d'un écoulement des eaux, je n'eus que les occupations d'un honnête inventeur au service du pape. Quand je ne faisais rien, je le faisais avec toi, sauf pendant les heures où je t'assignais quelque tâche de traducteur ou de copiste. Ces jours-là, j'allais au bordel de la *Pulzella*, dite encore la *Cremona* ou la *Via Larga*.

Ne fais pas l'étonné. Tu le sais depuis longtemps. Baldassarre Castiglione fut si surpris d'apprendre que je me rendais chez cette femme qu'il se garda de répandre la nouvelle, de crainte d'être pris pour un menteur. Et il en fut bien avisé, car la vérité lui eût été fort difficile à concevoir.

Laisse-moi d'abord te dépeindre cette Cremona. Je la connus par ce qu'en disaient nos apprentis les plus jeunes, et surtout le petit Fanfoïa qui était si disgracié. Depuis notre arrivée, il avait contracté le duvet noir d'un oisillon au lieu d'une moustache. Il rôdait le soir autour des lieux d'ivresse. Il chapardait dans les palais incendiés. Il convoitait les femmes en jaune qui avaient une tirelire au cul.

La Cremona n'était ni la plus riche ni la plus renommée, ni même la plus jeune d'entre ces mondaines, mais elle avait l'esprit délié et le corps agréable. On la payait autant pour sa parole que pour sa chair brune et le parfum de myrte et de lavande qui s'exhalait de ses charmes.

Au début, je suis allé la voir pour acheter sa complicité, afin de jouer un vilain tour à l'une de mes connaissances. Cette connaissance n'était autre que mon frère Giuliano. J'avais imaginé toute une histoire pour l'égarer et le couvrir de honte, mais rien ne s'est déroulé comme j'avais imaginé. Mon frère, au lieu de fuir ma présence à Rome, a voulu me voir. Il m'a fait mille grâces parce qu'il avait besoin de la faveur des Medici dans ses affaires.

Il me croyait bien en cour au Vatican. Or, rien n'est plus faux, comme tu le sais. D'ailleurs, le courroux du pape contre moi remonte, précisément, à mes visites à la Cremona.

J'allais chez elle pour apprendre les secrètes habitudes des femmes. J'ai payé plusieurs fois dix lires pour demeurer silencieux, tout l'après-midi, derrière une fente du bois. Après quoi j'ai montré à cette courtisane les croquis que j'avais tirés de ce que j'avais vu. Puis j'en ai tracé d'autres comme à Milan, j'ai représenté toutes les attitudes qu'inspire aux hommes la passion vénérienne. Le soir, je les rehaussais à la plume en songeant que, si Salay avait été là, il les eût copiées pour les vendre un bon prix (et quand il fut de retour, il ne manqua point de le faire). Ensuite, comme j'interrogeais fort souvent la Cremona sur l'exercice et les exigences de sa boutique, je fus amené à construire pour elle un genre de litière avec deux pliures en son milieu, deux articulations qui amplifiaient grandement les mouvements du cavalier et les transports de sa monture.

Tu te souviens à présent que j'ai mis beaucoup de zèle à concevoir cet appareil, puisque tu m'aidas à en parfaire et le plan et la pratique. Mais, comme je dessinais chaque jour un objet singulier de cette espèce, tu ne fus pas très étonné de voir celui-là. Mes outres de boyaux gonflées, mes hélices de cire qui grimpaient jusques au plafond sous l'effet de la chaleur, mes sacs à balancier pour le transport des pièces de bronze, mes machines à nourrir les chevaux, mes études pour des fontaines à mouvement perpétuel, mes chariots à une roue pour le transport à bras, mes jeux de nombres, mes divisions géométriques, tous ces *ghiribizzi* te paraissaient en somme plus dangereux, pour ma réputation, qu'une machine à foutre qui ne quittait point mon logis.

Elle était le fruit d'une observation patiente des forces qui animaient les amants embrassés dans leur besogne. La Cremona avait l'esprit qui convient à la science. Grâce à elle, j'en appris beaucoup sur les femmes, sur moi-même et sur le membre des hommes, qui semble tantôt exprimer la volonté de leur cervelle, tantôt posséder la sienne propre. Cet être a souvent en effet une vie, une intelligence distinctes de celle de l'homme qui le porte. Et l'homme a tort d'en avoir honte, de répugner à le nommer, de le couvrir et de le dissimuler. Il devrait l'orner plutôt et le parer pour être toujours montré.

J'ai observé que la nature, en dotant le membre des hommes d'une peau rétractile, a prévu la difficulté de la première entrée puisque l'organe coulissant agit comme un onguent sur celui qui le reçoit. Et si cela n'était encore suffisant, ce membre fort intelligent sécrète en son extrémité une rosée incolore et gluante, qui est propre à rendre l'intromission plus aisée. Toutefois j'ai relevé, grâce à la Cremona, cette contradiction que dans l'acte vénérien la partie patiente veut être pénétrée par le membre le plus gros, tandis que la partie agente cherche le logis le plus étroit. De sorte que ces épousailles exigent de trouver un terme moyen entre ces deux besoins contraires.

La Cremona me dit encore bien des choses qui nourrirent des réflexions infinies sur la génération. Qu'un grand nombre des hommes débiles dans les jeux de Vénus retrouvaient leur virilité quand on les socratisait avec le doigt ou quelque instrument similaire. Que pour éviter d'être grosse il ne fallait point céder au sommeil une fois l'acte accompli. Car la nature tirait parti de l'assoupissement des femmes pour les féconder. Ces dernières devaient au contraire se relever et sauter en l'air plusieurs fois pour ne point enfanter.

La représentation de ce tableau me fit rire. Quand la Cremona me le permit, je dessinai fort souvent l'acte lui-même, et les émules de Socrate avec leur *coda* dans le cul. J'y trouvai de grands contentements solitaires. Ensuite, je lui demandai de me montrer ses pratiques les plus membrées afin de compléter mes anatomies. Ce qu'elle fit sans difficulté. À la fin, notre commerce fut si libéral qu'elle me mit tendrement en garde contre la luxure, tout en me souhaitant d'avoir toujours à charmer d'aussi beaux serpents que ceux-là. Elle affirma qu'on disait grand bien de celui qui dormait sous ma robe.

Ce fut la première fois que je connus la présence de ma *coda* de bronze à Rome. J'en fus effrayé comme de l'arrivée de mon frère, et comme des indiscrétions, à mon sujet, de Baldassarre Castiglione. J'en eus tant d'effroi que, Salay tardant à revenir, je suivis le frère du pape à Civitavecchia où nous nous promîmes ensemble de bâtir des merveilles. Que nous ne bâtîmes point.

Pendant ces semaines, ta patience me toucha. Je fus ému de voir ton sourire courtois lorsque le frère du pape te traita de secrétaire.

Contrairement à Salay, tu me dénudais pour me vénérer. Je t'en sais gré. J'ai observé mille choses que je ne puis te dire maintenant avec précision. Elles ne furent point de celles que l'on écrit dans ses carnets. Des pensées d'une élévation tout abstraite.

L'une d'elles provint de mes observations les moins propices à la rêverie. J'avais coupé vingt fois des yeux de bœuf et des yeux d'homme pour me figurer par la plume et par le plomb la course de la lumière quand elle entrait par le chas de la prunelle. Mais peu à peu, ayant bien relevé toutes les inversions des rayons et des images dans le verre, puis les couleurs qui semblaient couronner les objets translucides, j'ai songé à la nature de ce que nous voyons : une surface au soleil, les chandelles d'une salle, les traits d'une figure éclairée par le soleil restent inscrits sous nos paupières une fois nos yeux fermés. La peinture perpétue, de même, pendant plusieurs siècles, les images destinées à ne demeurer qu'un instant dans le regard des hommes.

Tu m'as dit justement que les peintres décrivent ce qu'ils sont et non ce qu'ils voient. Ainsi parviennent-ils à laisser subsister dans les mémoires une image d'eux-mêmes. Hélas, leur portrait ainsi livré à la curiosité d'autrui est exposé aux flétrissures et aux légendes. Qui sait si quelque poète comme Baldassarre Castiglione n'écrira pas sur moi des mensonges après ma mort, ou pis, des vérités ? Ne vaut-il mieux pas marcher dans la vie comme sur le sable humide, et laisser la mer emporter la trace de nos pas ?

Voilà qui me fut inspiré quand je fus avec toi sur les plages de Civitavecchia. Nous avons rencontré là une pauvresse. Elle était semblable à toutes celles que j'avais vues sur la Costa San Giorgio, à Piombino, au bord du lac de Lecco, sur l'Adda, sous la terrasse de ton père ou sur la rive du Pô. Elle marchait le long du rivage, pieds nus, et me regardait en passant. Plus l'âge pesait sur mes épaules et plus j'étais persuadé de savoir où allaient ces femmes muettes.

Quand nous fûmes de retour à Rome, Salay nous y rejoignit. Je le trouvai beau comme Apollon, bavard, extravagant et fort capable de ruiner en quelques jours mon crédit dans cette ville. Pour comble, le frère du pape, le seul qui voulût encore me commander ma peinture à Rome et qui me traitât avec les égards auxquels on m'avait naguère habitué, alla prendre femme en France et m'abandonna.

Face à Salay, j'eusse été bien seul pour affronter de nouveaux tourments. Heureusement, Francesco, tu fus là pour me défendre.

Cent fois j'eus à me féliciter de ta diplomatie. C'est dans ce moment qu'elle fut à son sommet. Si j'ai bien compris, Salay vivait sur ce qui me restait d'influence à Milan. Il y jouissait aussi de mon bien, tout en préparant le temps qui suivrait ma mort, et tu observeras que je ne l'en ai point blâmé. Sa famille n'était pas illustre comme la tienne. Il devait donc se soucier du temps où je ne serais plus. D'autant que, lorsqu'il revint à Rome (le jour même où nous apprîmes la mort du roi Louis le Douzième), une grande fatigue m'avait saisi.

Tu as su m'en guérir mieux que si j'avais bu des remèdes. Tu m'en as guéri de la façon que toi seul connais et qui fait exulter le patient entre les mains de son médecin. Je n'étais plus effrayé par ta vénération, au contraire. Je la recherchais le matin, quand les oiseaux faisaient un doux vacarme sous nos fenêtres. Tu savais me toucher la poitrine et le dos comme tu le fais à présent. Sous l'os de l'épaule, à l'endroit où ta main se pose, siège un nerf qui gouverne la volupté. Il communique avec l'oreille et la cervelle par la moelle épinière. Le créateur d'une telle mécanique fut bien imprudent de la confier à un animal aussi mauvais que l'homme, lequel détourne ces canaux pour infliger des tourments à ses ennemis.

Je me suis longtemps demandé pourquoi Salay était revenu auprès de moi. À présent je le sais. Il voulait s'assurer, au moment de s'établir à Milan sur la vigne de San Vittore, qu'il n'allait point se priver d'une meilleure position à Rome (pour le cas où la mienne eût progressé). Il s'agissait de presser l'orange une dernière fois.

C'est du sang qu'il a tiré de l'écorce.

Tu essaies de rassurer un vieil homme qui va mourir. Tu essaies de me persuader que Salay est ici, mais, même si cela devait être, comment ne point penser qu'il essaie de profiter de ma faveur à la cour de France, comme naguère il a voulu tirer parti de celle qui me restait à Rome ?

Oui, tu es généreux, Francesco, de vouloir m'apaiser l'esprit en me faisant croire à la réalité de ses affections. Ou Salay n'est pas en France, et tu me mens parce que je meurs. Ou bien il est ici, par la même raison qu'il est revenu naguère à Rome : pour profiter de moi.

Ou bien alors il m'aime un peu.

Applique encore tes mains sur mon dos. Inutile de réveiller mon côté droit, qui n'est déjà plus, flatte et réchauffe le côté gauche, où s'est réfugiée mon âme. Sais-tu que le roi François a pour toi la plus grande estime ? Il me l'a dit à sa fête du tournoi l'autre printemps, celle où le lion fut taillé en pièces par les chiens de Naples. Et sais-tu pourquoi il me l'a dit ? J'ai démêlé ses raisons dès la première audience.

Comme ce jeune roi est amoureux des femmes au-delà du raisonnable, notre entente socratique aurait dû lui déplaire. Il n'ignore point que tu réchauffes mes sens refroidis. Et pourtant il te sait gré des efforts que tu déploies depuis Milan pour m'obliger à montrer, en toute chose, une solennité de père et de philosophe. Ces efforts auront grandement fait pour le séduire quand il me vit pour la première fois. Ce jeune prince haut comme un cheval n'aura connu que sa mère et ses compagnons de ribote, lesquels, pour la plupart, n'ont guère passé vingt ans. Il admire ma tête blanche. Et toi, par ta modestie, tu as laissé croire dès le commencement que ton maître est droit et vertueux.

À Rome tu me fus aussi d'un précieux secours quand cet affreux Allemand, Johann, qu'une maladroite providence avait envoyé chez moi comme maître miroitier, m'a traité par le dédain et par l'offense.

C'est Salay qui lui a autorisé avec moi les plus fâcheuses habitudes. Il y eut un soir où tu étais absent et où Salay, ivre, m'a parlé au féminin devant lui. Ce Johann n'eût jamais dû le remarquer puisqu'il refusait d'entendre un autre langage que l'allemand. Mais, tu peux me croire, il a très bien compris.

Pourtant j'ai toujours essayé de complaire à ce vaurien d'Allemand. Il a partagé avec nous le gîte et le couvert. Dans la chambre qu'il avait sous notre toit, il avait installé une fabrique où il travaillait pour d'autres que moi. Mais je n'en ai rien dit.

Après quoi, il sortait dîner avec les Suisses de la garde. Ceux-là sont déjà très fainéants, mais, dans la fainéantise, il les surpassait encore. Ils allaient ensemble tirer les oiseaux dans les ruines jusqu'à la nuit tombée. Zoroastro en avait grande colère, mais comment faire entendre raison à un homme qui vous insulte quand il est ivre et qui vous ignore quand il ne l'est point ?

Il faut ajouter à ce tableau désastreux tout ce que l'Allemand avait appris chez les Suisses, et auprès de Salay lui-même, à propos de la *coda* de maître Lionardo. Il m'a présenté un outil semblable qu'il avait taillé dans un bois. Il se le mettait entre les jambes pour se moquer de moi. Ensuite il allait dénudé et tout dressé en me menaçant de « révéler mes turpitudes » dans son italien de sourd-muet. Son acolyte ne valait pas mieux.

Les choses ont pris des proportions très grandes. Même toi, tu n'en as connu que la moitié. Soderini, celui que je t'ai décrit comme mon plus grand ennemi à Florence et qui réveillait sans cesse contre moi la mémoire de mon père, avait suivi à Rome le pape Medici. Il s'est entendu avec le Bargello pour me faire trébucher. Comme à Florence, il a fait intercepter des dessins volés chez moi ou copiés par Salay, et que ce charmant brigand vendait aux débauchés. On les prisait aussi chez les gardes suisses.

La plupart de ces dessins provenaient de mes séances chez la Cremona. Certains représentaient des anatomies de différents actes charnels et de l'enfantement lui-même.

Je sais que tu ne l'ignores pas. C'est la suite que tu ignores.

Je fus la victime d'un complot mené par Soderini. Si tu n'avais eu l'âme trop fragile pour m'accompagner au dépôt des morts de San Spirito, tu me l'aurais sans doute épargné, mais je suis tombé dans un piège. Quand j'allais à l'hôpital, je prenais pourtant garde de ne jamais m'y trouver en même temps que certains débauchés illustres. Le gouverneur me signifiait les jours où je pouvais me livrer à mes anatomies. Fanfoïa m'accompagnait pour porter l'attirail. Je restais là deux heures et le gouverneur, un homme faible, couvrait tout d'un voile d'étourderie.

Tout allait ainsi, à l'abri du scandale. Mais le gouverneur de San Spirito fut remplacé par un homme plus jeune. Il prétendait connaître toutes les consignes à mon sujet, mais il se trompa de jour. Il me fit entrer dans les lieux un soir où des scélérats s'y trouvaient déjà.

Cette méprise, bien sûr, ne fut point due au hasard. Car les hommes du Bargello ont pénétré dans l'hôpital ce même jour, pour y constater qu'on se branlait sur les tables et que les cadavres des mondaines attendant leur sépulture étaient l'objet d'embrassades impudiques. Pour comble d'infortune, le petit Fanfoïa, qui avait l'âme simple en plus de sa vilaine figure, au lieu de fuir avec moi ces bacchanales, y fut mêlé comme témoin ou comme agent. Je parvins à le dégager des griffes du Bargello et à prouver que ma besogne était ailleurs. Mais je ne pus convaincre personne qu'elle était légitime. Le pape en fut averti.

À ce premier désastre s'en ajoutèrent d'autres : dans cette affaire, le frère du pape ne voulut point me soutenir. Il renonça à me payer certain portrait de sa maîtresse qu'il m'avait commandé. (Ce tableau est celui de la Fiorentina, dont, à force de détours, j'avais perdu la ressemblance. Par une singulière plaisanterie de la Providence, il était le portrait presque sans retouches de la maîtresse chérie de Giuliano de Medici. C'est à peine si j'avais eu à reprendre les cheveux et la plénitude des joues.) Hélas, il ne voulut point de cette peinture puisqu'il était marié. Et c'est le roi François qui l'eut à sa place.

Ces Français m'auront tiré d'affaire en mainte occasion, mais celle-ci fut la dernière. Quand le pape Leone

Decimo alla contracter son alliance avec le jeune roi François le Premier à Bologne, j'étais au bord de succomber aux calomnies romaines. J'étais épuisé, malade de langueur. Quant à toi, tu passais de la fenêtre à ma litière en songeant que j'allais peut-être mourir. Salay le redoutait aussi. Il s'apprêtait à rentrer à Milan après avoir détruit le peu de sagesse et de raison sur lequel s'appuyait mon âme inquiète.

Je m'étais longtemps gardé de Baldassarre Castiglione, des amis de Raffaello, et de tous les courtisans sournois. Je ne songeais plus à la gloire mondaine. J'étais parvenu à me convaincre que celui qui s'inspire de la jeunesse pour régler sa conduite court au désastre. Je m'étais même inscrit à une confrérie d'entraide devant la mort, pour renoncer aux vanités humaines, avant d'en être privé.

Et voilà qu'en six semaines Salay avait réussi à réveiller mes ambitions déçues :

« Non, me disait-il, tu n'es pas le philosophe que tu prétends être, ta barbe, tes gestes lents, ta voix douce dissimulent une nature envieuse et tournée vers la jouissance terrestre ; tu n'es pas aussi innocent que tu l'affirmes des turpitudes de l'hôpital Santo Spirito, et quand tu vas prendre tes recettes chez la Cremona, c'est pour faire ta putain avec Melzi. »

C'est ainsi qu'il me parlait quand tu n'étais pas là. Je n'en ai rien dit pour éviter d'attiser vos querelles. En ta présence, il se montrait prudent et modeste. Jusqu'à ce jour où il s'est enflammé contre moi chez Martelli. J'étais déjà inquiet de le voir suivre avec nous la cour pontificale à Florence. Tu m'as rassuré en me promettant de te dérober à tout incident. Et tu as tenu parole.

C'est peut-être ce qui l'a rendu fou.

Pendant ce voyage, Salay était vêtu avec la plus grande extravagance, de feu, d'azur et de blanc. Le camp de Soderini, au lieu de mépriser son insolence, le mit souvent en avant pour m'accabler.

« Messer Salay, lui disait-on, dis-nous ce qu'en pense ton maître ! »

Et il répondait plaisamment :

« Si mon maître en pense quelque chose, il n'est pas certain qu'il me le dise. Sachez qu'à présent il ne parle qu'aux philosophes. Grâce à Botticelli, il est devenu maître des frères de Sion, une conjuration de sages qui a trouvé le cinquième évangile, et il dédaigne le vulgaire. »

À Civitavecchia, quand la pluie nous retint, j'ai pensé devenir fou à mon tour. Je me voyais noyé dans un souterrain. Mes peintures et mes écrits étaient livrés aux inondations et aux pillards. La ville était envahie d'eaux furieuses. Les mères périssaient en hissant leurs enfants sur des troncs morts. Le bétail hurlait de terreur. Le fracas des débris sous les ponts était épouvantable.

Après tout cela, ce long séjour du pape hors des murs, auquel nous participions, sentait la fin du monde et la tribulation dernière.

Ce sentiment me fut confirmé quand nous précédâmes le pontife à Florence. Le concours de population était extrême. La confusion, très grande. La pluie giflait les rives de l'Arno de salves sonores. Et le logis qu'on nous donna prenait l'eau.

Le premier jour fut un supplice, toujours à cause des coquetteries de Salay. Te souviens-tu le tour qu'il nous a joué devant la boutique de masques de la via dei Servi ?

Dieu merci, le lendemain nous étions chez Martelli. Entre tous les peintres et les architectes de la ville, je fus l'un des plus honorés. Mais je ne le fus point pour mes mérites. Les gens du pape avaient pour moi des ménagements tout politiques. On m'a traité avec égard parce que le jour que le pape rencontrerait le roi de France à Bologne j'allais être utile. D'ailleurs, j'étais déjà fort courtisé par ceux des Français qui étaient à Florence. Le roi François avait dit qu'il était impatient de me voir. Et les gens des Medici, qui n'en étaient pas contents, ne pouvaient faire autrement que de se donner l'air de l'être quand même. Alors ils se vengeaient de moi, en usant de toutes les manières que connaissent les courtisans et les menteurs.

Leur fausse courtoisie envers Salay en était une. Il n'était rien de plus aisé que de tirer parti de l'ivresse de Salay pour l'entraîner à parler de son maître. Comme nous évoquions les projets du pape pour la Florence future, celle qui devait être à l'entière dévotion des Medici, nous passâmes deux jours devant les échelles de bois d'Andrea del Sarto, qui figuraient les façades de San Lorenzo.

Salay n'entendait rien à ce que nous disions. C'est pourquoi il a commencé à parler de mes ornithoptères. C'était le seul sujet qui, sans lui être inconnu, s'approchait de mes capacités d'architecte. La construction de mes ornithoptères remontait en outre au temps où toi, Francesco, tu n'étais pas encore dans le premier cercle de mon intimité, ce qui lui permettait, croyait-il, de te rendre jaloux.

Quand on lui vantait les mérites de son maître, Salay avait une façon de se renfrogner qui devenait ridicule. Il roulait des yeux d'épouse excédée. On eût dit Sandra, la femme de mon frère Giuliano, celle qui est devenue folle et qui ne supportait point que la conversation s'écartât de ses propres affaires. Salay a laissé croire plusieurs fois qu'il était le seul à connaître messer Lionardo « par tous ses côtés ». Je ne sais ce qu'il entendait par là. Mais je jure qu'il n'en connut qu'un.

Pourquoi ne le dirais-je point ? Je peux dire bien d'autres choses encore. Que chez Martelli tu m'as fait connaître une félicité très grande. Je ne sais pourquoi, elle passait par l'oreille. En ce temps-là, mon oreille droite percevait les voix de l'enfer. Ce vacarme ressemblait au bruit des vagues sur les rochers quand on plonge sa tête dans l'eau. Te souviens-tu de ce morceau de rotin verni avec lequel tu m'as curé l'oreille ? Il a éveillé en moi un sentiment d'aise qui s'est étendu par des voies mystérieuses à mon périnée. Je n'ai pas eu le loisir de reconnaître ces voies de la volupté, ayant à peu près cessé de pratiquer mes anatomies. Mais elles descendent par l'oreille de la cervelle aux organes de la génération. Je n'eusse pas été chatouillé plus profondément si tu m'avais passé ton rotin au cul.

Je le dis comme je l'entends. N'ai-je pas le droit de dire ce que je veux, puisque je vais mourir ? Je ne crains que le jugement de Dieu. Et comment aurais-je sujet de le craindre, s'il me fit tel que je suis avant ma naissance ?

Le temps m'aura manqué d'illustrer que les hommes ne naissent pas égaux devant l'instinct de génération. La cause s'en trouve dans leur cervelle, comme chez cet enfant qui fut présenté jadis à Ludovico Sforza au château de Milan. Il savait calculer les nombres comme un banquier, sans les avoir jamais appris. Il savait aussi la musique mieux que ses maîtres. Chacun admit très bien qu'il était né ainsi. Et chacun admet aussi que les enfants qui usent de la main gauche pour tracer leurs lettres n'ont point choisi le côté de leur écriture. Alors pourquoi, moi, aurais-je choisi davantage d'aller avec Ganymède plutôt qu'avec Junon ? Mon grand-père Antonio et mon oncle Francesco l'ont-ils choisi plus que moi ?

Sais-tu pourquoi mon père était tellement irrité par mon singulier caractère ? Parce que mon caractère n'était point si singulier qu'il ne lui rappelât ceux de son père et de son frère. Chez le premier de ses fils, il a reconnu l'inclination pour les hommes que la nature ne lui avait point donnée.

Je ressemblais à son père Antonio plus que lui-même. Or, Ser Piero, mon père, était fort orgueilleux, je te l'ai dit. Il fut toujours irrité de jalousie parce qu'il m'avait transmis ce qu'il ne possédait point. Évidemment, je pourrais croire qu'il réprouvait les inclinations socratiques de son père. Je pourrais croire qu'il déplorait de les avoir reconnues chez son fils. Mais je crois surtout qu'il enrageait d'observer entre nous cette parenté aussi subtile et naturelle que l'usage de la main gauche.

Je ne crains pas le jugement de Dieu sur ce que je fus, mais sur ce que je fis. C'est dans les jours qui ont suivi le dernier vol de l'ornithoptère que Salay a cessé de m'aimer. Il me l'a dit fort expressément.

Il me l'a dit chez Martelli, quelques jours avant que nous suivions le pape à Bologne. Il m'a parodié avec cruauté, te souviens-tu ? Non, tu ne l'as pas entendu. Tu étais avec Zoro dans les jardins. L'incident avait commencé bien avant ta venue. Salay a prétendu que j'avais abusé les crédules avec mon ornithoptère. Que le vol et le bris de la machine n'étaient qu'une légende habilement forgée. Que j'avais fui Florence avant d'être convaincu de mensonge – comme j'avais fait dix fois, déjà, devant les seigneurs, les prieurs, les marchands et tous les commanditaires de mes tableaux.

« Nous verrons, lui ai-je dit, si tu répètes tes accusations devant les Français. »

Mais il a répondu que les Français ne savaient point qui j'étais. C'est pourquoi je les préférais aux autres, qui connaissaient mon caractère.

C'est ainsi qu'il me parlait quand tu es apparu au pied de l'escalier de Martelli. Je n'ai point crié justice, car il avait raison. Oui, je lui donne raison d'avoir perdu pour moi ses affections. Premièrement, depuis le temps de ma jeunesse, mon âme s'est dépouillée de la plupart des traits masculins grâce auxquels je l'avais séduit. À soixante et cinq années, je n'aspirais plus qu'à recevoir en patient tes offices.

De quoi t'offenses-tu ? Tu ne veux point qu'on dise que tu m'enfiles, mais tu ne dédaignes point de le faire. Eh ! que me fait la présence de nos serviteurs ? Crois-tu qu'ils en soient ignorants ?

Mon âme était devenue femelle, mais je gardais, du mâle, toute la sagesse et la vertu corporelle. Le roi François ne décela sur mon front aucune des turpitudes dont Salay m'accusait. Non, ne dis pas trop vite que Salay a eu tort. Tu ignores ce qui s'est passé le jour de l'ornithoptère. Je ne dis point non plus qu'il a eu raison. S'il vient ici baiser le front de son maître, s'il vient de Milan pour être pardonné, moi aussi je lui demanderai pardon. Il saura ce qui s'est passé sur l'Acuto, j'en fais le serment. Tu l'as compris, tout vient de là.

Chez Martelli, je lui ai demandé pourquoi il était si sévère envers moi, et il m'a répondu :

« Depuis que ton grand oiseau a volé, je ne sais plus qui tu es. Ou plutôt je le sais fort bien. Pour le douteux bénéfice de la science, pour la réussite d'une farce ou pour produire un simple effet de lumière, tu es capable de laisser mourir quelqu'un de jeune et d'innocent. Tu ne manges pas d'animaux, mais tu dévores les hommes. »

Ensuite, il m'a dit que je l'avais dévoré lui-même. Il m'avait aimé avant de reconnaître en moi la froideur des âmes solitaires, incapables de ressentir la compassion ou de goûter les plaisirs d'un cœur généreux.

J'avais tenu compte de ces reproches lors de mon premier séjour chez ton père à Vaprio. Tu me vis, là-bas, soucieux de jouir des bienfaits de la Providence. Chez toi je fus heureux. Chez toi je fus doux avec les bêtes, docile et patient en toute chose. Mais, hélas, il était déjà trop tard pour retrouver les affections perdues.

J'ai été maladroit de demander son aide au roi François pour faire venir Salay à Amboise. Le pauvre garçon a dû me haïr d'avoir recours à ce stratagème, mais je n'ai pu résister à la tentation d'user de l'influence du jeune roi. Quelle dérision ! Sa Majesté m'aura offert de construire des palais et de détourner des fleuves, et la seule chose que je lui demande depuis six mois est de faire revenir Salay auprès de moi.

Quand je vis le roi pour la première fois, à Bologne, sa réputation était très grande. Il avait défait les Suisses à Milan. Je me figurais sa puissance comme paternelle. Puisque tu connais maintenant ma filiation douloureuse, tu jugeras combien j'étais content d'avoir mérité la bienveillance d'un tel prince, laquelle se pouvait deviner plusieurs jours avant notre rencontre. Elle avait empreint d'une solennité respectueuse mes relations avec les Français. Et les Florentins ménageaient en Lionardo celui que le roi de France avait élu.

Je fus enfin présenté à ce roi très puissant et je me trouvai devant un jeune homme haut et large qui avait à peine vingt ans. Il parlait en claironnant et disait à tout propos « foi de gentilhomme ». Il me fit présent d'un Vitruve, d'une cassette d'ivoire à rubis, de trois stylets d'or et d'argent, et me signifia tout de suite sa vénération.

En sorte que je passai en un instant de la gratitude de l'enfant prodigue à la bienveillance du patriarche.

J'eusse aimé dire à ce prince français que son épaule était un refuge après lequel j'avais soupiré toute ma vie, mais il faillit presque soupirer sur la mienne d'avoir trouvé le père qu'il n'avait point connu.

C'est ainsi que la Providence divine se moque de nous.

Quand Salay a quitté la villa Martelli de Florence pour rentrer seul à Milan, j'étais persuadé de ne jamais le revoir. Il s'en est aperçu. Il a versé des larmes. Tu m'as affirmé que non, mais c'est que tu n'as point voulu t'en aviser.

Tu ne l'as point voulu parce que tu étais en querelle contre moi. Et tu étais en querelle contre moi parce que je t'ai obligé à lui prêter de l'argent. Ce fut, d'ailleurs, la première de nos querelles.

Ou la deuxième. La première avait eu lieu la veille. Elle advint quand tu vis paraître l'affreux miroitier allemand Johann dans la suite du pontife à Bologne. C'est moi qui avais réclamé sa venue. J'avais à montrer au roi François une coupole que nous avions faite ensemble pour multiplier les rayons du soleil. Ce que je fis, fort longuement, sur un plan et sur un modèle en bois que Johann avait apportés de Rome.

Or, pendant que je montrais ma méthode pour réunir en un seul point les ardeurs du soleil, je sentis que le jeune roi ne regardait que le côté de ma figure. Et, quand j'eus fini, il se mit à plaisanter avec son camérier Artus et quelques autres qui se trouvaient là. Puis il me dit qu'en France, avant d'assembler les rayons du soleil sur un miroir courbe, il fallait attendre que les nuées se dissipent. Parfois elles n'y consentaient qu'après de longs jours.

Ces paroles m'inspirèrent une imagination précise de ce pays, de ses hautes forêts, de ses fleuves immenses qui scintillent dans la brume, de ses palais et chaumières bordés de chemins blancs. J'eus la vision la plus exacte de ce royaume vaste et désert où m'appelait un prince puissant et où je pourrais vivre sans me soucier de ma subsistance.

En Italie il se trouvait toujours quelqu'un pour prétendre que mon temps était accompli. Les Medici venaient d'accueillir mes conseils d'architecture à Florence avec un intérêt médiocre. J'avais revu mon ami le Pistoia, un imbécile, un âne qui se prenait pour un cerf. Il m'avait accablé d'un dédain courtois en affectant de croire que j'étais retiré du monde. Or, j'avais tracé moi aussi, comme le Sangallo et les autres, mes plans de façades pour San Lorenzo. Mais j'avais fait preuve d'immodestie en dégageant l'édifice de ceux qui l'entouraient et en traçant des esquisses sans mesures de cadastre. Les nécessités de l'arpenteur n'étaient point les miennes. Andrea del Sarto ce jour-là me dédaigna, et Sangallo me ménagea à peine plus que les autres. Quant au Pistoia, je ne le revis jamais plus.

Quand je fus de retour à Rome et privé de la compagnie de Salay, tu as déployé toutes les ressources de ta bonté, Francesco, pour me faire croire que mon influence était encore très grande dans cette ville, alors que nul ne se souciait plus de mon avis. Tu te figurais que tu allais prendre soin de ton vieux maître jusqu'à sa mort. Raffaello entretenait deux architectes malades, m'as-tu dit avec insistance. Mais Raffaello percevait dix mille ducats pour chacune de ses œuvres et, pour ma part, tous les premiers du mois, on m'en donnait trente-trois ! La différence était le prix de mon orgueil.

Ce dernier fut encore mis à mal d'une épouvantable façon. D'une façon que tu ne peux te figurer. Tu n'en as rien su, trop occupé à me servir en allant voir les uns et les autres à mon sujet. Tu me laissais seul au Belvédère.

À Rome, Salay avait répandu derrière moi une traînée de poison, et les gens du pape m'attribuaient tous les dessins d'anatomies qui se négociaient dans le Borgo. Les Allemands qui m'aidaient au grand miroir menaçaient de tout dire si je ne leur livrais point le secret de l'ornithoptère. Oui, quand tu étais là, Johann et l'autre, le Giorgio, se donnaient l'air d'être revenus, envers moi, à d'aimables sentiments. Mais dès que tu étais parti, pendant que tu allais plaider pour moi chez Raffaello ou chez le frère du pape qui se mourait, je subissais leurs vexations au Belvédère.

Ils m'ont menacé de mille sévices et j'en ai subi quelques-uns. Maître Johann, le plus âgé, était sensible à mes suppliques. Mais l'autre, qui aimait le vin, l'excitait contre moi. Dans leur langue, que je n'entendais pas, ils me menaçaient de révéler ma « scélératesse ». Le plus jeune saisissait mes carnets et parlait de les brûler. Il se penchait sur mes anatomies. Il dénudait les parties de devant de son compère et me les présentait en m'ordonnant de les lécher, puis de les dessiner. Comme je me refusais à tout, il me saisissait les bras et la nuque pour me baisser le front vers son ventre. Battista et mon autre serviteur ne pouvaient point me défendre, car en arrivant chez moi les Allemands les obligeaient à descendre, pour mieux guetter ton retour, disaient-ils.

Ce martyre ne dura guère, mais il laissa sur mon esprit sa morsure. Johann, qui parlait assez d'italien pour m'effrayer par d'incessantes menaces, me fit entendre qu'à mon âge il suffisait d'un souffle pour m'ôter la vie et que je serais bien avisé de lui montrer ce qu'il voulait voir. Comme miroitier, il avait percé depuis longtemps le secret de mes écritures renversées, mais il y avait trouvé tant de mots à lire qu'il m'eût infligé la question, pour apprendre dans quel carnet je consignais mes découvertes.

Tout maître miroitier qu'il fût, c'était une brute. Il ne s'intéressait à mes raisonnements que s'ils regardaient, outre le verre et la lumière, les secrets des frères de Sion sur le cinquième évangile et les prodiges illusoires de la nécromancie. Or, si la nécromancie existait, comme le croient les esprits sans élévation, rien ne pourrait lui résister. Elle exhumerait les richesses cachées au sein de la terre. Elle permettrait de faire sauter toutes les serrures, de quitter toutes les geôles, d'échapper à tous les bourreaux, d'aller à travers les nuées, d'orient en occident, jusqu'aux confins les plus éloignés de l'univers. C'est pourquoi il voulait violer mes secrets. Mais cette science n'existe pas, évidemment.

Quoi qu'il en soit, il trouva en cette partie de mes écritures une telle abondance de mots et de dessins obscurs qu'il n'en put faire aucun usage et qu'ayant en vain essayé de m'effrayer, pour m'arracher l'explication de mes représentations de l'œil et de la vision, il renonça à me questionner.

Mais il ne cessa point, pour autant, de me tourmenter. Il m'avait vu à l'œuvre, avec les Français, à Bologne. Il avait fait route vers le cortège du pape avec le modèle du miroir courbe et le lion mécanique à trois pièces que je destinais au roi François pour ses fêtes. Depuis lors, ce maudit Allemand racontait que j'étais le compère et l'allié des Français.

Pour comble d'infortune, le frère du pape étant mort au printemps, mon dernier rempart contre cette calomnie s'abattit avec lui.

Cette fois je songeais sérieusement à accepter l'offre du roi François. Aucun miracle ne pourrait rétablir ma faveur à Rome. Les Français y avaient, depuis longtemps, la plus affreuse réputation. La cité avait subi, vingt années plus tôt, les pires tourments infligés par les soldats de Charles le Huitième, lesquels chiaient dans les vases de Venise, violaient les femmes sous les yeux de leurs pères, rançonnaient, séparaient les familles, coupaient les têtes et noyaient les nourrissons. Les Français s'étaient conduits en tout comme des Turcs. Mes accointances avec ces envahisseurs me causaient grand tort. C'est pourquoi maître Johann, celui des miroirs, me fit entendre que, s'il maltraitait un traître comme moi, il ne s'exposait guère à être châtié.

Un après-midi, tu me fis envoyer Battista à San Paolo Fuori le Mura, pendant que je faisais l'arpenteur sous les murs de l'église. Il me dit que tu allais rester à Ostie jusqu'au lendemain soir pour y régler certaines affaires. Je redoutai aussitôt ce qui allait advenir. Je ne me trompai pas.

Battista et le Fanfoïa furent d'abord chassés de chez moi par les deux Allemands. Le Fanfoïa ne revint jamais. Ensuite, maître Johann et Giorgio m'entreprirent avec grossièreté tout en se donnant, devant les quelques témoins de la scène, l'air de plaisanter avec moi.

« Maître Lionardo, me disaient-ils, dans votre grande sagesse, dites-nous ceci et cela. »

Et moi j'essayais de leur répondre sur le même ton badin, pour ne point laisser leur mortification m'atteindre.

Ils me suivirent, déjà fort pris de vin, jusqu'à mon logis du Belvédère. Ils avaient emporté trois bouteilles. Je n'avais plus subi leurs tourments depuis deux semaines. Hélas ! ce léger répit m'avait dissuadé de t'en parler.

Tu seras surpris de l'entendre, mais je fus longtemps retenu de me plaindre devant toi par la crainte d'être tué. En outre, j'éprouvais quelque chose de plus fâcheux que cela. Une disposition soudaine à l'abandon, à la soumission, qui ne laissa point de m'étonner, au milieu de ces mortifications. On eût dit que j'attendais de voir s'aggraver la cruauté de mon infortune, pour mieux reculer les limites de ma vertu.

Cette nuit-là fut un calvaire. J'ai peine encore, non à t'en parler, car tu vois bien que je te peins mon cœur dans sa vérité, mais à me souvenir de ces circonstances. Ils me versèrent du vin et m'obligèrent à le boire. Maître Johann y ajoutait une poudre. Je crus que c'était un poison, mais ce philtre était de ceux qui altèrent la cervelle. Ils me firent encore des questions, mais cette fois ils voulurent savoir où je cachais mes ducats. Ils m'accusèrent encore de nécromancie. Ils écrivirent au mur : *« Lionardo ha il diavolo in testa. »*

Puis le plus jeune me fit trébucher sur le sol, et le diable que j'avais en tête fut plongé dans une ivresse brutale. Les murs et les fenêtres dansèrent. Les cloches résonnèrent dans mon crâne. La *coda leonardesca*, non le simulacre de bois, mais une véritable copie de bronze, fut soudain brandie par ces sauvages assaillants tandis que j'essayais de leur échapper par un escalier en hélice. Hélas ! l'étroitesse de la vis ne me permettait point d'atteindre la lumière. On me rattrapait par les jambes, et ma propre *coda* me pénétrait dans le cul. Je me voyais à l'instant coupé au milieu du corps comme les corsaires catalans tombés aux mains des mahométans, mais j'étais secoué d'une intense félicité charnelle. Dans une étreinte monstrueuse, j'étais uni à ma mère. Je me fécondais moi-même. Et comme la peste était la punition de l'inceste, me disais-je, sans savoir d'où provenait cette certitude, j'en ressentais à l'instant tous les symptômes. Ma peau se craquelait et se couvrait de rougeurs.

J'ignore comment tout cela eut lieu, mais, à l'instant de perdre l'esprit, j'ai formé le vœu, si la vie ne m'était point ôtée par mes bourreaux allemands, d'aller en France sans attendre. C'est pourquoi, quand le vin se dissipa le lendemain, et quand Battista me trouva presque mort sous la fenêtre, je lui parlai de la France avant toute chose. Je lui dis que ma cervelle avait connu une profonde faiblesse. Mon côté droit était engourdi.

Mon corps gardait le souvenir de certains outrages. Je ne les ai point rêvés. Je ne puis en raconter davantage, faute d'en savoir davantage. J'ai exigé de Battista qu'il ne t'inquiète pas et j'ai demandé à ce garçon s'il me suivrait en France. Il m'a dit oui.

J'ai donc arrêté ma décision de franchir les Alpes pour échapper à l'humiliation de n'être rien à Rome. Quand tu revins d'Ostia, tu accueillis avec ferveur cette intention et tu voulus m'accompagner. Que dis-je ! C'est toi qui m'auras mené en France. Malgré toutes les caisses à remplir et les dangers du voyage, malgré la nécessité d'envoyer chez ton père une part de mes affaires, tu n'as pas hésité.

Je t'ai arrêté d'un geste. Je t'ai dit :

« Suis-je devenu si difficile à défendre auprès de tes amis romains ? »

Tu m'as répondu que nul ne pouvait se flatter d'avoir un ami romain, à quoi j'ai compris que tes démarches en ma faveur étaient restées vaines. Je ne saurai jamais quelle ambition ultime tu nourrissais pour ton maître en allant à Ostia. Mon intention de rencontrer Salay, en passant à Milan, ne t'assombrit même pas.

Tu ne croyais pas qu'il voudrait nous suivre en France. Tu avais raison. Mais tu fis si bien qu'à la veille de partir je gardais l'illusion de pouvoir l'en persuader. Lorsque nous fûmes à Milan, tu me laissas seul avec lui. Telle est la générosité de ton cœur qu'en me voyant triste et défait tu essayas, après moi, de le fléchir pour qu'il vînt avec nous.

Hélas, la vigne de San Vittore donna cet automne-là de belles grappes. Le canal du Naviglio rapportait quelque argent aussi. Salay me dit que sa vie était faite à Milan. Il me parla d'un prince pour qui son cœur avait grande indulgence et qui montrait du goût pour la peinture. Il ne voulut point me dire son nom. Il m'assura plusieurs fois qu'il me paierait ma vigne fort scrupuleusement, à quoi je répondis en le priant de considérer que ma dette envers lui était plus grande que celle qu'il eut jamais envers moi. Mais je lui dis qu'à travers moi le plus illustre des Français lui offrait sa protection, et qu'il fallait y réfléchir. Des hommes d'armes étaient mandés pour nous accompagner jusqu'à la cour d'Amboise.

Salay me répondit :

« La saison d'automne est avancée, ne me demande pas de sacrifier ma vie à ta dernière folie. »

Et il ajouta :

« D'autant que ta vie est dans son automne, elle aussi. Qu'adviendrait-il de moi en France après ta mort ? Francesco Melzi possède de grands biens, mais moi je n'ai rien. »

Puis le temps des adieux est venu. Je n'ai ressenti à l'égard de Salay qu'une grande bonté. J'ai demandé à la Providence d'adoucir mon chagrin en veillant sur son sort, puisque je ne pouvais plus veiller sur lui moi-même. Et je suis parti vers la France avec toi, avec notre serviteur Villanis, avec les deux hommes que le roi avait mandés pour notre protection. Nos mules étaient chargées des portraits de la Fiorentina, du Battista, et de mes carnets dans leur cuir. J'ai pris les trois pièces du lion mécanique qui me serviraient à étonner la cour du roi François comme j'avais fait à Bologne. Traverser tant de paysages majestueux avec un chargement aussi futile me parut d'une grande tristesse.

Il pleuvait. Le Pô se heurtait aux ponts et noyait ses berges. Les oiseaux nichaient peureusement dans leurs arbres. Dans les montagnes, on voyait les cascades crachées par les falaises. Des rocs roulaient sur les pentes entre les arbres jaunes. Les cimes révélaient des clartés funestes au milieu des nuées. « Allons, me disais-je, entre l'exil et la mort, c'est la mort qui me rapprocherait le plus du cœur de Salay. Je n'ai donc aucun sujet de la craindre. Luca Pacioli, qui m'attend au royaume céleste, disait que les hommes meurent tous au même instant. Quand je verrai Salay chez Dieu, je serai peut-être délivré de mon orgueil. »

C'est en le quittant à Milan que j'aurais dû lui faire le récit de ce qui s'est passé sur l'Acuto, le jour où l'infortuné Michele a péri. Peut-être m'aurait-il suivi en France pour récompenser la sincérité de mon cœur.

Je n'ai point menti : l'ornithoptère a volé. Il s'est élevé à la hauteur des premiers nuages. Sa course hésitante a paru s'affermir à mesure qu'il montait sur les dômes du vent. Non, il n'a point volé seul. Il avait un navigateur comme je l'ai toujours affirmé.

Mais qui m'interroge ? Est-ce toi, Francesco ? Est-ce toi, Salay ?

Est-il possible que ce soit toi ? Apportez d'autres chandelles. Je veux voir qui me parle. S'il n'y a pas assez d'air, qu'on ouvre les fenêtres.

Si ma vision ne me trompe pas, c'est bien Salay. Comme il ressemble à son père ! Dans ses yeux, la flamme de la jeunesse est près de s'éteindre, mais elle est encore là.

Approche-toi. Laisse-moi toucher ta joue et tes cheveux. Ô joie ! Ô tourment ! Je voudrais me persuader que tu n'es pas ici par devoir ou par intérêt, mais qu'importe. Tu ne regretteras pas d'être venu. Je vais te livrer mon cœur comme je l'aurais dû depuis longtemps. Et tu me diras des nouvelles de ta sœur, de Zoroastro et de notre vigne de San Vittore.

Vas-tu rester avec moi ? Je ne suis pas aussi endurci que tu l'as dit. Si j'ai commis une faute, ce n'est point celle d'avoir le cœur sec. Ma véritable faute, que tu as toujours soupçonnée, et qui nous a séparés, c'est la crainte de Pierre reniant le Christ. J'ai renié Michele le jour de sa mort. J'ai trahi.

Quand tu es parti vers Fiesole avec tes acolytes, tu croyais que la journée finirait sans autre événement et je le croyais aussi. Mais ce maudit vent s'est levé. J'ai voulu faire ce que j'avais résolu, j'ai voulu voler.

Puisqu'il faut parler d'un cœur simple et sincère, la résolution me manquait encore. Je feignais de vouloir voler afin qu'on m'en dissuadât. Je voulais que Michele m'empêchât de ceindre les lanières. J'avais fait de même à Lecco devant toi, et tu m'avais gardé de me rompre les os.

Michele m'a donc représenté lui aussi que c'était pure folie et que la force nécessaire à toute la manœuvre allait me manquer. Il voulait accomplir ce vol pour l'amour de son maître. Il m'assura qu'il n'avait aucun goût pour le sacrifice et qu'il était fort certain de son affaire.

« N'avez-vous jamais ressenti la certitude de réussir ? me dit-il. Moi, je m'y fie toujours et je n'ai jamais été déçu. »

Mon âme fut exaltée par sa confiance. Tantôt je bénis son entreprise, tantôt je murmurai entre mes lèvres : « Insensé, que vas-tu faire ? » Je priai la Vierge et les saints de protéger sa vie. Mais je songeai aussitôt qu'en l'épargnant, le Ciel assurerait le succès de mon procédé. J'exultais secrètement à la pensée que mon œuvre la plus grande allait s'accomplir.

Son front ceignit la pièce de cuir et, quand il entoura son ventre de l'outre en peau de chèvre, je pus sentir en lui une détermination si grande et si entière que je l'embrassai. Oui, je le tins contre moi tout serré en soupirant. Tremblant, je baisai ses lèvres, ses bras m'entourèrent au milieu de la nacelle. Il me toucha plus bas en un geste d'une douceur et d'une fermeté qui signifiaient ce qu'il ne pouvait point dire. Il exprima ainsi tout ensemble sa gratitude de connaître bientôt la félicité du vol, sa crainte et sa détermination.

Alors, s'arrachant brutalement à moi, il appliqua les préceptes que je lui avais rappelés. Il redressa le bec de l'oiseau et pesa de son poids entier dans la nacelle. Le miracle eut lieu. *A chi la va, Dio lo benedica.* La machine s'éleva tout de suite. Elle faillit perdre sa balance, mais Michele sut résister à toutes les torsions que l'air imprimait à sa voile. Il eut garde de bien obéir au premier de mes ordres. Quand il fut au bord d'échapper à ma voix, je lui criai de rester toujours face au vent et il obéit.

La faiblesse de ses ailes l'obligea bientôt à décrire une parabole, mais il vola sans secousses. Dans la constance de son vol, je mesurai la sagesse et la mesure du navigateur. Il se contenta de maintenir le rayon de la courbe et se garda de tout mouvement brutal qui l'eût précipité au sol.

Mon cœur en était serré de gratitude. En voyant défiler la campagne sous ses ailes, je songeais que je l'aimerais comme un fils et que je le comblerais de bienfaits, s'il avait l'esprit d'aller au bout sans périr.

À l'instant où l'oiseau s'abattit au bord du fleuve, je poussai un cri de triomphe, comme si j'avais un premier-né. De mon point d'observation, lorsqu'il toucha le sol, sa vélocité ne paraissait point trop grande : il était sauf.

Je me ruai vers nos montures pour redescendre le chemin pierreux jusqu'au bas de la montagne et j'attachai nos mules. Puis je fis route à cheval vers le lieu où l'ornithoptère était resté immobile.

En arrivant à sa hauteur, sur la rive qui lui faisait face, je vis qu'il s'était renversé sous un roc jaune. Je rendis grâce à la Vierge d'avoir épargné la vie de mon petit navigateur, car il remuait sous la toile. Il essayait de se défaire de ses liens. Par-dessus les eaux furieuses, je lui criai de m'attendre, car l'ornithoptère, à moitié juché sur un buisson, menaçait de tomber dans le fleuve. Il ne m'entendit point.

Pour parvenir en cet endroit, il fallait franchir le pont le plus proche à Pontassieve. Il y avait un mille environ, que je parcourus aussi vite que possible. Sur le pont, personne. Au-delà, j'empruntai l'ancienne route de Fiesole. Je traversai les feuillages de printemps, je longeai les flaques boueuses, je sautai des troncs morts en m'exhortant au courage, et je parvins bientôt devant le roc jaune dont ma mémoire avait gardé le dessin et la couleur.

Mais, quand je retrouvai le lieu où je l'avais vu, Michele n'y était plus. Mes appels restèrent vains. Je me figurai que l'ornithoptère avait quitté son berceau de verdure et que les eaux grosses l'avaient emporté. Je chevauchai encore un temps le long de la berge, et ne le voyant pas, je commençai à songer que mon navigateur avait pu se défaire de ses liens.

Au détour d'un bosquet, mes yeux furent attirés par la tache claire de sa poitrine découverte. Il était couché à l'envers, les yeux à moitié clos, toujours lié à l'oiseau par le bas du torse.

Il n'avait pu se dégager avant d'être noyé. L'appareil l'avait entraîné avec lui dans le flot boueux pour l'échouer à quelque distance.

Pourquoi fallait-il que cet infortuné, qui avait réussi le plus glorieux des exploits, succombe à un péril aussi commun que la noyade ? Où était l'infinie bonté du Ciel ? Je songeai à ses ânes Mimi et Momo, à son maigre paquetage qui restait à la ferme, et le monde fut empli de son absence. Que faire ? Devais-je m'abandonner au chagrin et faire vœu de contrition, ou devais-je me redresser et ravaler mes pleurs ? J'en ai versé, Dieu les connaît, mais nul n'en vit rien.

Tout en me lamentant ainsi sur son sort funeste, je ne pus m'empêcher d'être distrait par un odieux contentement d'ingénieur : cet oiseau de huit brasses avait donc volé avec son navigateur. Plutôt que d'attendre qu'on vînt le chercher, je détachai le corps du petit Michele pour le tirer sur la berge. Ensuite j'allai à Pontassieve pour franchir le pont, détacher mes mules et les ramener sur les lieux. Ma seule intention était d'abord d'écarter cette machine de Michele afin que nul ne pût m'accuser d'avoir persuadé ce jeune homme de sacrifier sa vie à mes folies.

Le transport des débris fut plus aisé que je ne l'avais craint. En outre, le sort voulut qu'aucun témoin ne se présentât sur le chemin. Quand j'eus déchargé les morceaux de l'oiseau sur la berge à quelque distance, je les rassemblai. Alors, des enfants approchèrent.

Ils me demandèrent si c'était moi qu'on avait vu voler, je répondis oui sans y songer davantage. Michele ne m'avait-il point dit que, s'il prenait ma place, la gloire me revenait quand même ? Le mensonge lui-même ne me causa point de remords. Il résulta d'une imprudence irréfléchie.

Mais ensuite c'est devant toi, Salay, que j'en fus accablé. Tu n'as jamais pu connaître toutes les circonstances de cette journée. Tu avais disparu. D'ailleurs, qu'allais-tu faire à Fiesole ? Quoi qu'il en soit, le soupçon de ma faute t'a troublé tout de suite et t'a détaché de moi. À tes yeux, tous mes défauts sont devenus apparents, toutes mes bontés importunes. Encore ! si j'avais été comblé par la faveur du pape dans les années qui ont suivi, tu me serais peut-être resté fidèle, mais le Ciel ne l'a pas permis.

J'ai voulu te persuader de venir en France avec moi. Je t'ai dit que le roi de France entendait me faire vivre chez lui en seigneur. Tu ne m'as pas cru. Je t'ai supplié. Je t'ai dit que je ne pouvais me résoudre à mourir loin de toi, que mon âge m'interdirait de revenir à Milan. Tu m'as répondu que mon âge m'interdirait, premièrement, de franchir les montagnes. Et que, si d'aventure j'y parvenais quand même, après quelques mois passés en France, je serais, comme toujours, mécontent de mon sort.

Dans un cauchemar que j'eus chez les moines de Saint-Gervais, je fus cet homme des neiges dont j'ai tracé la croix et je le suis encore un peu. Je meurs dans la montagne. Je doute de mon séjour en France.

En cet instant, je n'ai pas lieu d'en douter puisque tu es ici. Vois ce qui m'entoure, mon doux Salay, juge par toi-même ! N'avais-je pas raison de venir en France ? N'ai-je point tous les sujets d'être satisfait ? Apprends que, dès mon arrivée avec Francesco Melzi, j'ai trouvé entre ces murs l'estime et la bienveillance auxquelles j'ai toujours aspiré. Le roi m'a fait donner mille écus. Il a acheté ma *Fiorentina*.

As-tu vu le palais entier ? Sais-tu que le roi y donne des fêtes, des tournois et des chasses pour mille convives pendant quatre jours ? Tous les raffinements de l'Italie se retrouvent ici au milieu de landes désertes, de marécages et de forêts immenses. J'ai diverti ces jeunes gens de la cour avec des jeux de lumières comme tu n'en as jamais vu. J'ai réuni les pièces du lion mécanique que tu méprisais tant sous le prétexte qu'il avait trop servi chez Sforza. Il a servi encore, ici même, l'année passée. J'ai donné une fête italienne. Tout le monde en a été fort content.

Et puis, ce palais d'Amboise n'est point, comme les nôtres, entouré de taudis et d'échoppes. Les pestilences y disparaissent dans les profondeurs de la pierre. Les eaux sales se mélangent à celles du fleuve loin d'ici. Ce fleuve est si vaste qu'il ressemble aux rives du Lido. Ses ponts traversent des îles fort étendues. On n'aperçoit guère la vie contadine. En regardant l'horizon du sommet des terrasses, on ne voit que de minces fumées dans la campagne. Cela ressemble au voisinage de chez mon oncle Francesco, lorsque nous allions par les crêtes, te souviens-tu ?

Mon palais de Cloux paraît modeste. Mais il est aussi grand que le Palazzo Gondi. Une rivière coule en bas. Il y a plusieurs bassins peuplés de poissons qui se laissent caresser le dos comme des chats. Il y a aussi un moulin de ma façon, une filature et une papeterie. J'ai une cuisinière. J'ai le serviteur que tu as vu à Rome, Battista, et de nombreux ouvriers que le roi me fait mander dès que j'en ai besoin. Mais, hélas, je n'en ai guère besoin, car je ne fais plus rien. La mère du roi me voulait voir construire un palais sur les eaux de Romorantin. Ce sont Francesco et Domenico di Cortona qui l'ont tracé selon mes plans. Cortona est au service du roi depuis cinq ans. C'est lui qui tient ma règle et mes compas. À

Rome, mon bras droit était déjà tremblant, mais il m'a trahi pendant le passage des neiges. Il ne me reste que le gauche, qui m'est plus cher que l'autre.

Mon cher Salay, je pourrais continuer à te mentir. Je pourrais te dire que le tableau de ma vie ici est celui de l'entière félicité. Mais tu me connais mieux que quiconque. Je ne saurais regagner dans ton cœur la moindre estime si je ne tire point parti de mes dernières heures pour te peindre la vérité.

Tu l'as prophétisé toi-même le jour où j'ai quitté Milan, et tu ne t'es pas trompé : moins d'une année après que le roi m'eut installé entre ces murs, je m'ennuyais déjà.

Le jeune roi est fort agréable. Mais il n'a point d'esprit et il est mal entouré. Son estime envers moi est empreinte du besoin d'écouter la sagesse d'un père. Or, j'ai gardé, malgré ma tête blanche, le souvenir des déceptions que m'infligea le mien et j'eusse aimé m'en consoler auprès d'un prince tutélaire.

Qu'ai-je à faire d'un roi qui m'admire, si c'est lui que je veux admirer ? Quand il me parle des philosophes, je préfère louer son courage, son jugement, son adresse à la chasse. Sa mère Louise, auprès de qui il se rend fort souvent à Romorantin ou qui vient séjourner ici avec son nombreux équipage, n'a guère d'indulgence envers moi. Elle me parle toujours de Francesco Melzi. Elle l'appelle son « petit gentilhomme milanais ». Elle entend réduire mon influence sur Sa Majesté aux commentaires de Vitruve. Elle veut surtout lui démontrer que les mœurs, les fantaisies et les plaisirs de *Lyonard* sont italiens par nature. Mais ce n'est point pour déplaire à Sa Majesté le roi. Il m'a dit : « Tout ce qui vient des architectes de l'Italie est propre à féconder les terres françaises. »

Quand j'ai tracé les plans du palais de Romorantin, quand j'ai apporté au roi et à sa mère mes avis sur la réfection du palais d'Amboise qui était, en maints endroits, vieux et branlant, le roi m'a dit une chose pleine de sagesse :

« Considérez l'Italie et ses cités comme le modèle des complications qu'il faut aux édifices français, mais ne privez point ces derniers des beautés de la nature. »

Il m'a représenté que les cités italiennes manquaient de point de vue. Ainsi, l'antique Bologne où j'avais été reçu naguère dans la suite du pape, par lui et les siens. Il ne s'y voyait point, comme en France, de lieux dont la perspective ouvrait sur des forêts lointaines. Le roi prétend que l'Italie n'a plus besoin de forteresses. Elle n'a plus à se défendre contre des armées de soldats. Ses vrais ennemis sont les comploteurs. Dans la guerre de complots, le champ de bataille se trouve sur chaque place de la cité. Son arsenal est la parole. L'Italie a bâti trop de lieux où l'on parle.

Le roi François veut qu'ici, dans les lieux où l'on parle, on ne perde jamais la vision des solitudes du ciel et des forêts, afin que la parole qui complote et qui tue soit balayée par la course des vents. Je lui parlai de Loches, où Francesco m'accompagna au printemps de l'année passée. Je lui décrivis l'effroi que j'avais eu devant ces murs austères et ces souterrains.

« Voilà ce que je ne veux plus », me dit-il.

Crois-tu qu'il ne voulait plus de forteresses parce qu'il ne craignait plus ses ennemis ? Non. C'était parce que le dessin d'une forteresse était dépourvu des complications et des mignardises italiennes, sans lesquelles on ne saurait entreprendre à loisir une belle femme dans un couloir, un escalier, un cabinet à parements. Je l'ai vu, ici, courir deux fois sa carrière avec deux belles différentes le même matin ! La première entre le conseil du lever et la messe. La deuxième, à peine sorti de la chambre de sa mère. Il m'a dit qu'il lui faudrait un jour bâtir un palais où ses compagnons et lui-même seraient capables d'entrer et de sortir sans être vus. Je crois qu'il parlait fort sérieusement d'entrer et de sortir du cas des dames.

Sais-tu pourquoi je suis allé à Loches avec Francesco ? Il faut une journée en passant par le fleuve.

Parce que Ludovico Sforza y avait sa prison.

Il s'était dissimulé parmi ses propres soldats suisses quand il fut découvert, après la chute de Milan, et amené au comte de Ligny, lequel le fit promptement mettre en cage et montrer comme une bête dans les villes qu'il traversait avec son armée. J'ai voulu voir son dernier séjour pour vérifier que ses mortifications furent à proportion des miennes.

Elles les ont dépassées.

Ma première raison de visiter sa prison de Loches n'était point d'assouvir une cruelle curiosité. Je voulais m'obliger à me souvenir des mille déceptions subies à Milan, et me persuader que l'Italie ne manquait point à mon cœur. Et pour m'en convaincre davantage, il fallait que je vinsse rappeler à ma mémoire ce Sforza qui me commandait des travaux sans éclat, qui ne me payait point, et qui disait grand bien de moi tout en me faisant grand mal.

Sa Majesté m'avait donné, outre six hommes d'armes, une charrette où j'abandonnai ma tête aux cahots du chemin. Je songeai à ce *Moro* qui avait passé un mois tout crotté dans sa cage. Sa tête avait ballotté ainsi de Modane à Loches.

En arrivant, Francesco, Battista et moi-même, nous vîmes le gouverneur de la forteresse. C'était un homme très grand qui portait une cuirasse. Il n'avait qu'un œil, lequel fut toujours fixé sur moi pendant qu'il me montra la cage dans laquelle *il Moro* avait été amené. Il me désigna aussi nos appartements. L'escalier qui y conduisait était fort étroit. Mais cette étroitesse n'était rien auprès de celle qu'il fallait franchir pour atteindre la prison d'*il Moro*. Le gouverneur, qui nous guidait, perçut mon trouble. Il l'aggrava par ses récits.

La journée du *Moro* commençait dans le froid et l'obscurité. Son cachot long et voûté s'achevait d'un côté sur une cheminée, de l'autre sur les latrines. Au-dessus de sa tête pesaient cent brasses de pierre blanche propres à écraser toute imagination. Cet édifice qui plongeait dans le sol au flanc de la colline était percé d'escaliers. Les pires de mes cauchemars ne m'en avaient jamais montré de semblables. Mais la plus affreuse vision que j'eus dans cette prison fut une peinture, que le fantôme de son hôte avait laissée pour moi.

Il Moro avait gravé son portrait dans la pierre, au-dessus de la cheminée. En outre il avait peint, le long de la voûte, à grandes lettres : « *celui qui n'es pas contens* ». Je m'irritai d'abord de voir l'inscription « celui qui », dont la grandeur exagérée était fort dans sa manière. Elle occupait tant de place sur la voûte que les mots suivants étaient tracés en petit. Mais soudain je m'avisai plutôt des mille étoiles qu'il avait dessinées à la terre rouge sur la pierre blanche. Elles avaient huit branches. Alors, songeant aux formes à six branches que j'avais naguère observées sur mon vêtement dans la neige, je me souvins qu'un certain jour, à Milan, j'avais représenté au *Moro* les propriétés du six.

La chandelle à la main, je visitai toutes les parties du cachot à la recherche d'autres étoiles que je n'aurais point vues. Car je voulais, à présent, qu'elles eussent six branches au lieu de huit. Il me sembla que si *il Moro*, dans ce cachot, avait retrouvé l'intuition du six en songeant à moi, nos esprits par-delà le trépas seraient réunis. La différence de nos fortunes, de nos conditions et de notre science compterait pour rien.

C'est ce qui advint. Les étoiles les plus hautes de la voûte, plus fermement tracées, étaient toutes à huit branches, mais, à mesure que les forces du *Moro* déclinaient, il les avait tracées à six branches en s'approchant du sol.

J'en fus ému jusques au fond de l'âme. Depuis que j'avais balancé entre vie et mort dans la montagne, je me voyais, certaines nuits, tout enseveli sous la neige (il me suffit de fermer les yeux et je m'y vois encore). Et, à cause de ces cristaux de neige qui nous montrent l'enchaînement infini de la géométrie divine où s'accrochent tous les prodiges de la nature, je songeais très souvent aux six branches de la fleur ornithogale, au nid des abeilles, au plan de la forteresse de Milan, et à toutes ces formes, graines, roches, fleurs et feuilles, qui rassemblent six triangles égaux par la pointe. L'homme, bras et jambes écartés, n'est-il point lui-même une fleur à six pétales, si l'on consent à compter pour tels sa tête et sa queue ?

J'eus grande compassion pour mon ancien seigneur. Moi qui étais venu à Loches pour me consoler de mon exil, au souvenir des déceptions endurées à Milan, je regrettai ce temps de ma vie.

La France est un pays froid et dépourvu de population. Les seuls gentilshommes qu'on y voit chaque jour sont les plus jeunes, qui s'adonnent à la chasse. Les vieux sont éloignés dans leurs demeures, et peu enclins aux considérations. Le roi François a, certes, le goût des grandeurs et des grands chantiers. Mais il veut acheter le savoir de l'Italie comme on garnit ses écuries avec des chevaux qu'on n'a point élevés soi-même.

Je parle de chevaux à dessein. Dans l'éducation des chevaux, François le Premier ne montre pas la patience qu'il faut. Ailleurs non plus, il est vrai. J'ai dressé un genre de Sicilien noir, nommé Mercure, qui m'obéit sans licou. J'ai donné à ce cheval les mêmes leçons qu'à mon cher Olona. Tu te souviens d'Olona, que nous avions à Milan. Je montais sur un banc de l'écurie pour lui parler de front à front. J'ai fait de même avec l'autre.

J'ai si bien fait que ce Mercure me suit à présent comme un chien. Je te le montrerai. Dans mon jardin d'ici, il va sans aucune bride, au bord de la rivière. Il trotte sous les fenêtres en attendant que je sorte. Je l'ai même dressé à voler le chapeau de l'abbé.

Quand je revins de Loches après mon passage aux geôles où Sforza était mort, je fus atteint par une noircissure de l'âme. *Il Moro*, auquel je n'avais presque jamais songé jusqu'alors, me visita en songe sans rien dire. Il était couvert d'écrouelles. Il traçait des étoiles rouges sur un mur blanc.

Peu à peu, je regrettai d'avoir quitté le séjour du Chianti de mon enfance. Je le regrette encore. J'eusse été mieux inspiré d'y finir mon temps. Je n'aspire aucunement à revoir Florence. Je suis comme la pierre des champs qui a roulé sous les roues des carrosses et le pas des chevaux : je soupire de m'être frotté à la rudesse des hommes, d'avoir été souillé et méprisé; j'eusse mieux fait de m'épargner leur compagnie comme mon oncle, Francesco d'Antonio di Ser Piero. Mais il est trop tard.

Il m'importe peu puisque tu es là, Salay. D'ailleurs, si je ne suis point revenu en Italie, l'Italie m'est revenue. Elle a débarqué à Amboise quelques mois après mon arrivée. Et je me vis bientôt occupé ici des mêmes choses que celles que je faisais à Milan. Le duc d'Urbino, le petit-fils du Magnifique, est venu en ces lieux épouser une parente du roi français, lequel m'a réclamé de produire à nouveau le lion qui allait seul. Ce prodige l'avait ravi, lui et ses compagnons d'armes, quand Giuliano, le frère du pape, le lui avait fait envoyer à Lyon. Le roi a voulu revoir cet animal quand nous étions ensemble à Bologne, te souviens-tu ?

Je sais ce que tu penses, Salay. Je répète toujours les mêmes récits. Mais comment ferais-je autrement ? As-tu assez moqué ma façon d'user plusieurs fois des mêmes recettes ! Tu me l'as reprochée aussi lorsque j'ai refait la femme del Giocondo afin qu'elle devînt le portrait d'une autre. Tu m'as dit : « Voilà la raison pour quoi tu n'es pas riche comme Raffaello. Cette peinture ne sera jamais livrée. »

Apprends que le roi me l'a payée. Quatre mille ducats. Et il en voulait d'autres. Mais puisqu'il faut encore te peindre la vérité, mon cœur s'est serré de jalousie quand le duc d'Urbino et sa suite d'Italiens, venus pour le mariage, ont apporté à Sa Majesté deux tableaux de Raffaello. Il y avait un grand San Michele fort admirable, aux ailes déployées, où j'ai vu un signe funeste de la providence divine.

Le roi, pour m'être agréable, lorsqu'il s'est mis à discourir sur les beautés de cette peinture, a fait allusion à mon vol sous l'ornithoptère dont les Medici lui avaient parlé. J'en fus mortifié. De quoi il a déduit, plaisamment, que Lyonard le Florentin était mystérieux quand il s'agissait de ses secrets d'ingénieur.

Le lion mécanique que j'ai produit au mariage du duc d'Urbino était, je crois, plus réussi que les précédents : il avançait de dix brasses sans l'assistance d'aucun serviteur. Il était poussé par un ressort de métal sur des roues invisibles placées sous ses pattes. La force du ressort tenait ensemble ses deux moitiés ; quand elle s'épuisait, l'animal se rompait par la poitrine en laissant échapper des boules ornées de fleurs et d'emblèmes. Leur poids exerçait, sur les flancs de la mécanique, une pression suffisante pour que les balles ainsi libérées se missent à rouler vers les convives avec une grande vélocité.

Le roi m'ayant souvent invité à surprendre les hôtes de la noce, je les ai étonnés avec mes vieilles recettes. Ils ne les ont point jugées si méprisables. J'ai gonflé des boyaux de moutons avec de l'air chauffé dans une pipe de cuivre. J'ai empli des balles légères de fumée afin qu'en se rompant elles libèrent un nuage. Au baptême du dauphin de France, j'ai fait jaillir des essences enflammées. Les lumières se reflétaient sur les courtines d'argent du berceau. J'aurais voulu que tu sois là. La musique était parfaite. Les hautbois et les trompes de chasse ne jouaient point trop fort. On traversait la cour vers l'église sous une toile et, dans la nef elle-même, une large étoffe adoucissait les lumières. En sorte que l'enfant royal, dénudé pour recevoir l'eau, le sel et le chrême, ressemblait à Jésus au berceau.

Ce fut certainement la dernière fois que j'eus envie de faire une peinture. Derrière le dauphin de France et son front doré par la lumière passaient des reflets d'argent puisés dans la coupelle où l'aiguière versait l'eau bénite. Et derrière les tentures, les parements de bois et les galons de drap bleu, je vis un paysage fort imité de celui qui se voyait dans les lointains du *San Michele archange* (cette peinture achetée par le duc d'Urbino à Raffaello). Le paysage de Raffaello était très semblable aux miens, mais avec une grâce pleine d'exactitude. J'eus envie de l'égaler dès que possible afin de montrer de quoi j'étais encore capable.

Mais le montrer à qui ?

Tu as raison, mon doux Salay. Même Francesco peint mieux que moi, désormais. Quant à toi, depuis que je ne suis plus là pour t'empêcher de bien faire, tu as dû accomplir de grands progrès.

Mais si. Je le sais.

Je le sais de mes espions de Milan, qui sont aussi ceux du roi, ceux qui t'ont persuadé de venir ici. S'il faut les croire, tu vends encore des Vierges de ma main. Il m'importe peu maintenant.

Après le mariage du jeune duc d'Urbino, il y eut des danses italiennes, mais, comme j'étais épuisé, on me permit de rentrer en mon palais avant le branle. Francesco a renvoyé les serviteurs. Il m'a aidé à me dévêtir. Il m'a frotté le dos jusqu'au sommeil. En s'endormant, mon cœur était noyé de tristesse comme il le fut, hélas, en s'éveillant.

Le baptême du Dauphin fut suivi du mariage du jeune Medici. Je n'eus presque rien à faire. Il y a ici un Italien, Domenico di Cortona, qui joue à la cour de France le rôle que j'ai moi-même tenu chez Sforza pour les fêtes et les illusions. Domenico est un garçon fort ingénieux en architecture. Il est capable de calculer les plans et surfaces sans le secours du crayon, car il jouit d'une mémoire prodigieuse.

Le roi a bien d'autres ordonnateurs pour ses fêtes. Je n'ai presque rien fait. Mon corps m'eût désobéi. J'étais presque dans l'état où tu me vois aujourd'hui. Je m'écartai, d'ailleurs, des hôtes italiens de Sa Majesté pendant les tournois. Comme tu peux le penser, de leur côté ils furent curieux de me voir. La plupart voulaient me visiter ici dans mon palais de Cloux pour raconter à Florence ce qu'il advenait de moi. J'ai affecté d'être le plus heureux des hommes. Pendant ce temps, Francesco fut souvent interrogé sur l'excellence de mes rapports avec le roi, lequel voulut bien l'illustrer, en plusieurs occasions. Mais, quand Sa Majesté donna les raisons de l'estime qu'il avait pour son ingénieur Lyonard, il désigna la rôtissoire que j'avais construite et qui tournait seule. J'en fus mortifié.

Malgré cela, je montrai aux Italiens que mon séjour en France était aussi heureux que celui de Mantegna à Mantoue, et j'étais curieux d'entendre ce qu'on disait de moi chez nous. Je ne te mentirai pas, Salay, il me coûte à présent de ne point te demander en quels termes Milan commente mon exil. Mais je ne veux point le savoir. Non, décidément, j'ai assez souffert des récits que l'on me fit pendant le mariage du duc d'Urbino. Les courtisans venus de Florence se moquaient à demi-mot de la vérole du jeune époux. Devant tant de malveillance et de méchanceté, je reconnus que, sans avoir quitté les rives de la Loire, j'étais bel et bien revenu en Italie.

Francesco m'accompagnait au lieu des tournois chaque jour. J'y montais fort péniblement. À cause de tous ces jeunes Italiens venus pour le mariage, l'écheveau de mes souvenirs se resserrait; je songeais à toi, Salay, à ta beauté, à ton caractère qui se confondait entièrement dans ma mémoire avec celui de l'Italie. Et mon amertume de t'avoir perdu augmentait celle de n'avoir jamais été honoré, ni à Florence ni à Rome, dans la même proportion que les autres peintres. L'amour de la terre italienne était l'écho de celui que j'avais pour toi. Cet amour est très grand et très vivace, comme tu le vois, car j'éprouve le besoin de t'en parler encore.

Tu avais raison de dire que je fus souvent froid et orgueilleux. Mes rivaux en peinture étaient, en somme, plus italiens que moi. Et cependant je ne suis plus ainsi. Je n'ai plus ni froideur ni orgueil. L'exil me pèse, comme pèserait, sur l'enfant adopté par quelque personne douce et honorable, l'absence de ses vrais parents.

En te parlant de moi-même, je pense encore à toi. Pourquoi crois-tu que j'aie favorisé ton établissement sur ma vigne de San Vittore comme si elle était tienne ? Parce que l'indulgence que tu as montrée envers ta famille d'ivrognes et de chevriers m'a ému. Quand je serai mort, l'un de vous ira expliquer à Vinci et à Pistoia que mon cœur n'a point quitté les collines du Chianti. On ne m'y enterrera pas, mais je veux que le prêtre de San Baronto dise une messe pour moi sur la crête, où les chants des enfants se mêleront au cri des corbeaux.

À dix ans je savais que cette messe-là serait dite. Ma vie m'apparaissait comme une quenouille dont je croyais dérouler le fil, mais il se rembobinait derrière moi. Je le vois tout serré maintenant.

Il y eut une autre circonstance, l'an passé. Ce fut toujours pendant le mariage du jeune Medici. Une circonstance à quoi je mesurai mon regret de l'Italie et mon dédain de la France : la blessure du marquis de Mantoue. Il reçut une lance au flanc de la cuisse, dont il resta certainement fort estropié. Ce garçon était beau comme une femme en cuirasse. J'avais déjà fort peu aimé le sort qu'on avait fait au lion de Naples en le livrant aux chiens ; or, cela se passait au même endroit, et ce tournoi me révulsa encore plus. Le roi François, emplumé, accompagné de vingt-quatre cavaliers vêtus de bleu, rompit les premières lances sans encourir la mort. Mais les jeunes hommes qui le suivaient, et qui voulaient montrer leur bravoure, furent blessés en grand nombre.

On emporta Brézé. On en emporta deux de la suite du duc d'Alençon, le front sanglant. La mère du roi ne savait plus comment prier le Ciel pour que cessât ce tournoi. Ce jour-là, les Italiens furent livrés à des jeux dont la brutalité n'a point d'équivalent chez nous. Il ne s'agissait point de jeux, en vérité, mais d'exciter en vain les passions de la guerre. Après les tournois, il y eut la prise d'une forteresse de bois que le roi avait fait construire et qu'il devait défendre contre l'assaut du connétable de Bourbon. J'étais mécontent. J'avais prévenu que les canons feraient périr certains assaillants, mais personne ne m'avait écouté. La mère du roi était fort remontée aussi. En plus des angoisses qu'elle endurait pour Sa Majesté, elle enrageait de devoir m'approuver.

On tirait de gros boulets de bois, des sortes de coloquintes creusées au tour. Le vacarme était effrayant. Les dommages furent très grands. Un homme de la suite des Gonzaga reçut un boulet dont il périt, la figure enfoncée. Les Français ne plaisantent jamais devant la victoire. Ils mettent du jeu dans les joutes amoureuses, mais point dans celles de la guerre.

D'ailleurs, le roi ne songe aujourd'hui qu'à prendre la tête du Saint Empire. Voilà deux semaines qu'il n'est plus ici. Je devrai peut-être me résoudre à mourir hors de sa présence. L'été dernier, il m'a demandé où se trouvait la vraie gloire d'un prince. Je lui ai répondu, comme l'eût fait Socrate, que la vraie gloire d'un prince se trouvait là où était la gloire d'un homme. Je lui ai parlé de ce cheval qu'il m'avait demandé de dresser pour lui et qui se nommait Mercure.

« Votre puissance ne sera jamais plus grande, lui dis-je, que lorsqu'un cheval comme ce Mercure vous suivra sans licou. Vous aurez beau soumettre des armées, des provinces, vous aurez beau prendre le cerf à la vouge et traverser les forêts avec Pierrot (son veneur), doubler, tripler le nombre de vos valets de limiers, si aucun cheval ne consent à laisser son front contre le vôtre, le reste n'est point digne d'être accompli. »

Alors, je ne sais pourquoi, m'enhardissant, je lui réclamai la permission de faire chez moi, avec l'aide de Domenico di Cortona, une fête italienne, sans qu'il soit besoin de joutes, de tournois, et loin des aboiements de ses chiens d'Écosse. Une fête simple, au luth et à la viole, pour ravir les sens, pour amuser l'esprit, et pour deviser comme au temps heureux de ma jeunesse.

Le roi me dit qu'il mettait Artus, son maître d'hôtel, à mes ordres, et qu'il viendrait à cette fête avec Vendôme et les autres. Et aussi que, pour éviter d'avoir à déplacer ses Écossais et ses Suisses de la Porte à mon palais de Cloux, il emprunterait le souterrain des carrières, où il me dispensait d'aller l'accueillir (car il savait que j'avais en horreur d'aller sous la terre).

Ce souterrain est ici, derrière la chapelle. Tu le verras. Artus l'a fait ouvrir et nettoyer pour le passage de Sa Majesté. Quant à moi, j'ai préparé les réjouissances italiennes comme j'avais annoncé, avec le secours de Cortona et de Francesco. Et, pendant toute la préparation, je n'ai cessé de regretter ton absence.

Toi excepté, rien ne manquait à cette fête. Elle fut une reprise grandiose du spectacle des planètes que j'avais donné devant la cour au château sforzesque. J'avais réclamé la toile qui protégeait le cortège au baptême du Dauphin afin de la disposer en demi-œuf. Elle était toute dorée à l'intérieur. Des serviteurs costumés qui figuraient les planètes tournaient sur une estrade cachant une mécanique circulaire, entraînée par des mulets noirs. La lumière de chaque flambeau était doublée par un miroir, et de nombreuses petites chandelles brûlaient dans des globes de verre, pour figurer la multitude des étoiles.

Au début, l'assemblée fut dans l'admiration de tout cela. Grâce à sa mémoire, si excellente qu'il s'en servait pour étonner les dames de la cour, Cortona avait fait réaliser des costumes d'une grande beauté. Il était parvenu en très peu de jours à reproduire mes inventions d'après des pages de mes carnets. Les musiciens ne jouèrent point trop fort. Aucune trompe de chasse ne résonna contre les façades. Dans la nuit fraîche s'éleva plutôt la délicate harmonie des cordes. Francesco avait composé en latin des poèmes pour plaire au roi, à la régente de Savoie sa mère, et surtout à la reine Claude, qu'il peignit en protectrice de tous les arts et qui s'entendait à dessiner des vergers. Elle s'en alla avant les autres, au moment où s'arrêta le mécanisme qui conduisait les planètes.

Il s'arrêta, hélas, avant que fût sorti le dernier page costumé. Parmi les quatre qui restaient prisonniers, l'un, un enfant tout bouclé qui avait un long nez, accrocha son costume en s'extrayant de sa niche. Il tomba dans la fosse. Les gentilshommes, profitant du retrait de la reine et de la mère du roi, donnèrent libre cours à leurs rires, car en plus de ce spectacle amusant le poème de Francesco en latin leur paraissait trop savant. Cortona fit entrer Marot, de qui le roi aimait les poésies. Il déclama une jolie chose à propos du prunier de la reine. Mais la cour était fort jeune et encline à l'ironie. Je m'avisai que mon art était, aux yeux de ces gentilshommes de vingt ans, tout solennel et ridicule. Alors Cortona fit lancer dix balles gonflées de vent, qui s'envolèrent vers les sièges des seigneurs de Saint-Pol et de Brissac. Ce divertissement eût emporté l'enthousiasme si l'une des balles de vent n'eût éclaté, à la flamme d'une torche. L'air souffla de la poix vive sur une servante de Mme de Châteaubriant. Elle fut brûlée au col et à la main. Alors la garde des gentilshommes, les suisses, les femmes de la cour et le roi lui-même (qui tient la comtesse de Châteaubriant en grande estime) se mirent à rire de moi de cette façon qui, tout en affectant le sérieux, répand le poison de la moquerie.

N'ayant point pris le parti de rire moi-même dès le commencement, je me trouvai fort empêché de le faire ensuite. Les rires s'augmentèrent à mesure que j'affectais d'être distrait. Tant qu'à la fin ma distraction passa toute vraisemblance. Dans ces rires, pourtant, il n'y avait point de malice contre moi. Rien de français non plus, et je ne crois pas que de jeunes Italiens se fussent conduits autrement. En vérité je ne devais reprocher cela qu'à moi-même. J'avais conçu le projet téméraire de donner une fête une fois de plus parce que je voulais jouir de l'éblouissement de ces jeunes seigneurs. J'aurais dû m'en garder. Sa Majesté réclama que l'on daignât ménager mon amour-propre en m'épargnant ces rires, mais il eut grand mal à ne point les partager lui-même.

Pendant que je m'affairais à préparer la suite de la fête, ma poitrine était pleine de sanglots. J'étais si affecté par la honte que mon esprit se brouilla. Francesco et Cortona s'occupèrent de faire bouger les lumières à ma place. J'en fus incapable. Je concevais toute l'ampleur de l'illusion dont j'étais victime et mes yeux s'ouvraient sur une vérité qui ne m'était point apparue. Cette fête ressemblait au dernier épisode des fables, où l'on voit quelque maître Zanobi puni par un dénouement qui contient une leçon.

Tu vois, il me suffit de livrer le récit de cette soirée ratée et soudain les convives du roi sont devant moi. Mon âme est toute mortifiée devant ce qui advient et que je ne peux empêcher. Oui, vraiment, cela ressemble à la mort lorsque l'on voit les choses passées et cachées, lorsqu'elles sont révélées ensemble. Je me vois à la fois dans la neige des montagnes, dans mon palais de Cloux, et devant toi, Salay, de qui je ne croyais jamais mériter les larmes en mon agonie. Tu pleures pourtant, je l'ai bien vu.

Tu veux savoir ce qu'il advient de ma fête italienne ? Vers minuit le cheval Mercure, que j'ai dressé pour le roi *di bacchetta e di voce* avec force méthode, sort de son écurie. Dieu seul sait comment.

Il échappe à tous. Il remonte vers le banquet par la rivière, trempé. Les gardes suisses ne parviennent point à l'arrêter. Il saute un mur, une table, il renverse un serviteur des offices. Le roi s'avise de sa présence et il ordonne, « foi de gentilhomme ! », qu'on laisse passer ce Mercure, qui a sans doute une requête à lui présenter.

Alors le cheval s'avance vers moi et il abaisse son front contre le mien en soufflant. « Voilà encore une facétie de Lyonard le Florentin », dit Sa Majesté. Il annonce qu'on ne me demandera point comment j'ai fait ce tour-là qui est fort réussi.

On emmène le cheval, à qui je n'ai rien ordonné et de qui j'ai grand-peur. Ne dirait-on pas qu'il est venu me chercher pour m'emmener au royaume des morts ?

Les rires se sont tus. Pendant le banquet, les moqueries ne parviennent plus à mes oreilles. Les airs de musique et les compliments au roi se succèdent. Les Français qui ont combattu devant Milan savent le toscan. Je les fréquente, d'ordinaire, plus volontiers que les autres. Mais cette fois il n'y en a presque aucun autour de moi. Ils aiment les plaisanteries propres à leur âge. Et leur âge n'est point le mien. Aucun de leurs propos qui n'ait trait à la chasse. Ils parlent de femmes, de faucons, de montures, de fers ou de cuirasses. Chacun est ici naturellement veneur. Mais nul n'est grand-chose d'autre. Le cerf pris à la vouge pleure, me dit-on, avant d'être amené. Je pleurerais volontiers aussi, mais je ne veux point montrer ma tristesse à ces jeunes seigneurs. Le lion de Naples que le roi naguère a fait entourer de ses chiens n'a pas pleuré non plus.

Domenico da Cortona et Francesco viennent me parler tour à tour pendant le repas. Je ne sais même pas de quoi. Francesco me pose de vaines questions afin de s'assurer que je ne vais point dormir. Non, je ne vais point dormir. Je vais mourir.

La mortification que j'ai subie tout à l'heure m'a causé un tel trouble que mon esprit ne peut s'arrêter à rien. En outre, j'ai grand besoin de pisser. Je ne puis me lever. Francesco revient vers moi souvent, car il croit que j'ai perdu l'esprit, mais c'est tout le contraire. J'ai retrouvé l'esprit. Ma cervelle sait et voit tout en même temps. Je me souviens de l'homme mort dans les neiges dont j'ai tracé la croix sur le granit. Je me souviens, Salay, de t'avoir vu monter et descendre un escalier, celui de la villa Martelli. Tu m'as crié que ma folie t'aura empêché de vivre. Tu ne viendras pas en France avec nous, car tu crains de mourir par ma faute, comme Michele.

Je n'ai pas fait mourir Michele. Je n'ai pas volé sur l'Acuto, mais ma seule faute est ce mensonge.

Fra Luca Pacioli m'a représenté l'instant où le passé et le présent ne sont qu'un. Il disait aussi que je devais traverser de grands doutes avant d'être consolé. L'esprit, libéré par la mort, se dégage des choses qui durent. À peine est-il dégagé qu'il ne connaît rien de ce qui s'écoule. Tout est écoulé. Les fleuves sont revenus à leur source. Les hommes ne vont nulle part. Ils sont partout allés. Le Jugement dernier a lieu pour chacun derrière l'huis. Chacun en le franchissant connaît le sort des autres et voit, de tous les autres, s'écouler l'instant ultime.

À la fin du banquet, le roi se lève avec Vendôme. Il est fort pris de vin. Il annonce qu'il s'en retourne au palais par le souterrain, car il pleut. On désigne ceux qui ouvrent et ferment le cortège, mais personne n'a l'esprit de se souvenir que je crains les souterrains.

Je fais mander Francesco pour qu'il le dise à ma place. Hélas ! après avoir veillé sur mon sort jusqu'à minuit, Francesco n'est plus là. On ne trouve pas Domenico non plus.

Je réclame donc les gens du maître d'hôtel, qui ne comprennent point ce que je veux. Nul ne m'ayant déchargé de l'obligation de raccompagner le roi sous la terre, je ne peux m'y soustraire. Et ceux qui connaissent mon aversion pour les souterrains sont trop ivres pour s'en souvenir.

On se rassemble devant la chapelle. C'est moi qu'on attend. Le roi plaisante sur le sujet des femmes. On l'avertit que la suite est au complet. Un suisse me tient le coude en marchant. Les cuirasses font un grand tumulte sous la voûte. Le roi annonce qu'on me dispensera d'aller plus loin, mais il est trop tard. Pendant qu'il fait l'éloge de ma fête italienne, en tous points réussie, il m'entraîne dans le sein de la terre.

Devant l'escalier, ils ne sont plus que cinq. Les autres remontent. De nombreuses torches éclairent les fentes de la pierre. Je passe la grille et le puits. Avant d'être en bas, je vais périr d'effroi.

Le roi a fini de me complimenter. Nous sommes au bas de l'escalier dans les profondeurs de la pierre. Il se penche vers moi pour me rendre mon salut. Je le remercie de l'honneur qu'il m'a fait. Ses suivants se mettent à rire. J'entends partout des allusions moqueuses à ma faiblesse. Mon esprit commence à défaillir. Heureusement, chacun croit à mon ivresse. Francesco survient et remplace le suisse qui m'accompagne. Je lui souffle à l'oreille en toscan que je n'en puis plus et qu'il doit m'aider à remonter au plus vite. Mon âme est révulsée par ce couloir et par cet escalier. Francesco s'avance vers le roi, mais Sa Majesté ne l'écoute pas. Il parle à Vendôme, lequel s'inquiète enfin de mon sort. On me prend sous les bras pour remonter. Le roi s'éloigne le long de la voûte en riant.

L'escalier est fort étroit. Francesco me pousse dans le dos. Mon esprit se déchire comme une étoffe usée. Me voici, je ne sais comment, dans le souterrain de Loches. *Il Moro* m'accueille. Comme tous ceux qui peuplent les songes, il est tantôt aimable et tantôt menaçant. Et moi je suis tour à tour Lionardo, le roi François et le gouverneur de la forteresse, tous trois fort embarrassés par les circonstances que connaît l'infortuné *Moro*.

Le voilà obligé de vivre sous la terre à la lueur des torches. Sa fosse prend le jour très haut. On guetterait en vain le moindre oiseau par l'ouverture. L'archière est si étroite qu'on ne distingue pas la couleur du ciel.

Il Moro peint des étoiles au plafond du cachot. J'ai grande compassion pour lui. Je le persuade que les espaces du ciel sont tissés de liens invisibles, croisés selon la même géométrie que le nid des abeilles et les étoiles de neige. Six triangles égaux réunis par la pointe.

Je soupçonne le contentement du roi Louis quand il le fit amener ici. Il offense mon esprit. Le gouverneur, croyant m'être agréable, m'a conté comment vivaient les captifs de Louis l'ancien, le Onzième, lequel se posait chaque jour la seule question qui vaille, sans l'avoir résolue : qu'est-ce qu'un homme ?

La Question. Il y a ici des chambres pour la Question. N'est-il point curieux qu'on appelle en français question ce lieu où l'on ouvre la poitrine des hommes, où l'on écrase leurs jambes, où le bourreau leur donne l'estrapade ? La Question est toujours la même. Qu'est-ce qu'un homme ? D'où vient le souffle qui l'anime, où s'en va-t-il ? Où se dissipe-t-il ? Derrière l'huis de la souffrance, de la folie et de la mort, qu'y a-t-il ?

Les princes qui mettent à la Question leurs ennemis ne disent point la vérité sur ce qu'ils font. Ils ne font rien d'autre que de refermer lentement la porte sur la vie des hommes afin de s'interroger à loisir sur le passage de l'huis. Ô infortuné *Moro* ! Comme tu as dû songer à Lionardo en peignant tes étoiles. Et comme il songe à toi.

Me voilà pareil à celui que je fus en naissant, lorsque la matrice faillit se refermer sur ma poitrine. L'air me manque. Je m'efforce de gravir cet escalier vers la lumière, mais il est trop étroit.

Calme-toi, Lion Ardent. Songe à des choses qui apaisent le cœur. Des fenêtres sur la campagne. Des oiseaux qui longent les crêtes. Un cheval qui baisse le front. Le regard d'un âne blanc. La dernière des *Histoires de ma main gauche*. Elle me fut inspirée par le cheval Mercure. C'était à l'époque où Filippo Visconti était duc de Milan. Dans une famille pauvre de Pavie vivait un jeune homme d'environ dix-sept ans. Pour un paysan il avait une figure d'ange et il excellait dans l'art de l'équitation. On le voyait toujours monter à cru et sans harnais les animaux rebelles. Par un prodige extraordinaire, les chevaux n'obéissaient qu'à ses jambes sans qu'il eût besoin de leur tirer la bouche et sans qu'il usât de rênes. Il plaçait ses mains sur le col de l'animal et lui faisait faire, par ce moyen invisible, les voltes les plus difficiles. D'illustres princes voulurent savoir d'où lui venait cette habileté. Ils le firent espionner, sans succès. Puis, l'un de ses rivaux tendit une corde sur le chemin pour effrayer sa monture. Il voulut voir comment le cavalier saurait la diriger sans les rênes et sans la parole. Or, il arriva que le cheval le jeta à terre. Que vit-on ? On vit que sous sa longue veste le jeune cavalier ne portait pas de haut-de-chausses. Il allait nu sur le poil de cet animal et lui donnait ses ordres par le séant. Voilà une mode qui inspira maint récit à Pavie où chacun l'appelait Centaurino.

Salay, te souviens-tu que je t'ai raconté cette histoire pour te guérir de ta peur des chevaux ? Tu avais quinze ans. Je t'ai appris à placer ton front bouclé sur le chanfrein de ce Sicilien que tu craignais tant. La première fois, il t'a presque assommé. Mais, la deuxième, tu l'as dompté. Plus tard il t'a suffi de poser ta main entre ses yeux. Toute crainte se dissipait, en lui comme en toi.

Je voudrais que tu voies ce Mercure. Il me suit comme un chien. C'est un prodige. Sa Majesté elle-même ne pouvait point le croire.

Mon bon Salay, il est inutile de toucher mon front pour dompter mes pensées. N'essaie pas de me persuader que je ne suis point dans le souterrain de Loches. Car j'y suis, je te l'affirme. Ce mystère est un sujet d'effroi que m'avait prédit Fra Luca : aux approches du trépas, toutes les propositions deviennent vraies à la fois, même les plus contraires. Il suffit de changer de vision pour changer d'âme. Je suis vieux et jeune. Homme et femme. Lion et agneau, eau et feu. Je suis l'homme des neiges qui périt avant d'aller en France. Je suis le *Lyonard* qui arrive un matin au bord du grand fleuve de Loire tout chargé de glace et survolé par de lents oiseaux. Je suis celui qui dessine des étoiles de neige à l'auberge sur un carnet à couverture blanche commencé chez les frères de Saint-Gervais. Une figure à six branches est de six triangles réunis par la pointe. Si l'on ne regarde que la pointe qui les réunit, on voit un cube.

En traçant ses étoiles au plafond de sa prison, *Il Moro* m'a fait entendre que nous sommes frères en esprit. Je ne saurais mourir sans passer par le chas de l'aiguille, l'escalier de la matrice. Mes ennemis me poursuivent dans cette hélice étroite. Mes jambes ne peuvent plus progresser. Mon corps ne parvient plus à tourner autour de l'axe de la vis. On me saisit les reins. On va me découper par le milieu.

Contre la cruauté des hommes, leur ignorance, leurs calomnies et leurs mensonges, je déchaîne la colère d'un démon venu de l'Orient, un géant terrible, un *Morgante* à figure noire et horrifique, aux yeux enflés et sanguins, aux sourcils froncés. Sous son regard effrayant, il n'est point d'homme courageux qui ne voudrait s'attacher des ailes pour fuir. Il balaye les multitudes, il se joue des arbres et des édifices, qu'il renverse sur son passage, il écrase les récoltes et franchit les fleuves. En soufflant sur les neiges, il les fait fondre et précipite dans les vallées étroites des torrents d'eau furieuse. À son approche, les nuages se rassemblent, tourbillonnent et s'élèvent en de puissants orages qui obscurcissent le ciel au milieu du jour. Les pluies qui tombent sur la terre détachent les ponts, arrachent les chemins, engloutissent les digues. Les chevaux sont emportés dans la boue. Les hommes luttent en vain pour trouver un sommet où se hisser. Les animaux morts tournoient dans le flot jaune. Les oiseaux sont contraints de nicher dans les grottes. Les mères doivent tuer ceux de leurs enfants qu'elles ne peuvent point sauver. On voit des foules se jeter des falaises plutôt que de souffrir les angoisses de l'agonie.

Ce géant est plus sauvage que les mahométans, il est plus vengeur que les Suisses, plus destructeur que les Français. Il est si grand que les plus hauts monts du Chianti lui arriveraient au genou. Il se présente devant Florence et ne l'épargne point. Les *buonomini*, les prélats, les régisseurs, les gouverneurs et les gens de cour s'en vont en gémissant par les rues. Ils n'échappent point à la vengeance des eaux. Sur la via dei Servi, les boutiquiers essaient de retenir leurs étals comme des araignées. Le flot heurte le pont vieux, abat les campaniles et les tours. Les morts sortent de leur crypte et se mélangent aux vivants en tournoyant dans la boue. Les cadavres s'entremêlent aux marches des églises et jonchent les marbres de Santa Croce. Par endroits, l'onde déchaînée rencontre une onde contraire et jaillit en l'air. Elle retombe, fend l'étang des eaux plus calmes et descend jusques à leur fond, entraînant hommes et débris, qui rebondissent ensuite avec elle à la surface. Les mères, les bras au ciel, pleurent leurs fils couchés sur le sable. D'autres, la poitrine contre les genoux, sont recroquevillées sur leur douleur. Au fil de l'onde, on voit passer des milliers d'embarcations, des caisses, des planches, des troncs morts, chargés de navigateurs épuisés. La profusion des objets imaginés par ces infortunés pour surnager inspire la pitié. Mais je n'en éprouve point. Cette humanité cruelle et misérable, apparue en vain à la surface de la terre, n'est bonne qu'à convoiter les plaisirs et les richesses. Pour la plupart, elle n'aura fait que remplir les latrines, souiller la nature et manger les cadavres des bêtes. Les soldats cruels qui pillent et qui violent, comment plaindrais-je leur infortune d'être à leur tour emportés, brutalisés, dépouillés ?

Le général qui ordonne de passer ses prisonniers par le fer. Le tourmenteur des hommes et des bêtes. Le brigand qui égorge un vieil homme pour prendre son bien.

Ceux-là, ne se réjouit-on pas de les voir rassemblés dans la crainte, sur les branches des arbres et au sommet des collines, parmi les noyés et les bêtes effrayées ? Peut-on éprouver pour eux de la pitié ?

Pour eux, je ne l'éprouve point, mais comment m'en défendrais-je devant cette femme qui marche sur la rive avec ses enfants ?

Je me souviens de Paola Ghibella, de Signa, dont le mari était de Faltognano. Elle est montée un jour chez ma mère pour lui demander la charité. Je ne sais ce qu'il advint de sa requête, car nous n'avions rien à lui donner, mais, trois semaines plus tard, on vit entre Pistoia et Signa la plus grande inondation depuis une génération. Paola et son époux furent sauvés par un morceau de charpente, puis par un arbre où ils se hissèrent. L'arbre était planté droit sur un roc, mais le roc était déjà noyé. L'arbre se coucha, il n'en dépassa plus que le sommet. La plus jeune de leurs filles était avec eux dans les branches. Elle périt la première. *Aiuto* ! *Aiuto* ! criait son père. Il essaya de la tirer par son vêtement, mais elle s'en alla dans l'eau furieuse. Elle périt même avant d'être noyée. Je n'ai point assisté à ce qui arriva. Mais ma mère, qui l'avait vu, me l'a raconté. Un tronc, lancé avec vélocité au milieu des eaux, la heurta au front. Ensuite une branche se brisa, le père tomba et il fut englouti.

Paola resta seule au sommet de l'arbre. Pendant deux jours elle vit passer des infortunés promis à la mort, qui lui criaient comme sa fille : « Sauvez-moi, attrapez-moi. » Mais elle ne pouvait sauver personne. Quand les eaux se retirèrent, quand chaque famille retrouva ceux de ses membres qui avaient survécu, Paola fut contrainte à mendier, car elle n'avait plus ni bien ni parents. Chacun connaissait son histoire et chacun la plaignait.

Où qu'elle allât, elle marchait toujours le long des eaux. On disait qu'elle conférait avec l'âme des noyés. Ma mère avait pitié d'elle. Quand les jeunes muletiers que nous avons vus à l'auberge ont été engloutis par le fleuve de glace dans la montagne, j'ai songé à elle. Lorsque nous sommes arrivés devant la Loire, j'y ai songé aussi. La première personne que nous vîmes au bord des eaux scintillantes fut une femme qui marchait sur la rive. Plus tard, quand je regardais par les fenêtres du palais d'Amboise, j'observais souvent une passante sur l'île Saint-Jean. Elle lui ressemblait fort. Il me semble que je la vis encore en allant relever la hauteur des eaux à Romorantin.

Allons, maître Lyonard, comment peux-tu déchaîner la vengeance des fleuves contre tes ennemis s'il reste, au milieu d'eux, une femme comme cette Paola et s'il y a tant d'innocentes créatures qui n'ont point mérité leur sort ?

Il faut donc renoncer à détruire la société des hommes, à noyer les cruels mahométans et à rappeler sur la terre les fureurs du Déluge. Il faut être livré comme le Christ. Il faut consentir à cette solitude, cet emprisonnement, cette mortification. Il faut souffrir les vexations dans le fond d'un cachot, l'angoisse de l'impossible fuite dans l'escalier en hélice et les cris des autres prisonniers. Quand je fus captif, rien ne m'effraya davantage que les plaintes des hommes livrés à la séparation. La femme en couches est divisée en deux. L'enfant subit cela aussi. N'est-ce point pourquoi je fus grandement effrayé d'entendre ma mère raconter comment les Turcs coupaient en deux leurs ennemis ? Quand je découpai mes premiers cadavres, j'y songeais sans cesse. Les hommes, pour une grande part d'entre eux, sont indignes des merveilles et des raffinements que le Créateur a réunis dans le secret de leurs entrailles.

Les êtres grossiers, de mauvaises mœurs et de peu d'esprit ne méritent pas d'être animés par la variété de tant de mécanismes.

Il me faut décidément un palais dont les escaliers soient assez larges pour qu'un équipage entier puisse y monter et descendre. Il faut que cette vis de pierre soit au flanc de l'édifice et qu'elle prenne le jour par des archières nombreuses. Il faut que le plafond soit peint d'étoiles comme celui du cachot d'*il Moro*. Des étoiles de six montreront au visiteur l'ordre premier, le chiffre des choses. Leurs branches s'uniront par le sommet selon un angle unique.

Je remonte dans l'escalier après les suisses. Le roi est parti. La lueur des torches s'éloigne. Francesco me pousse par les reins.

Mes ennemis renoncent. Comme dans le songe de Venise, dans l'escalier de la matrice à l'instant où je me crois perdu, où je me sens au bord de mourir dans le sein de ma mère, où je suis privé d'air, de lumière, d'espérance, l'huis devient large, plus large que la tour Heurtault. On y monte en carrosse. On y mène une troupe à cheval. Un attelage tire vers la terrasse un ornithoptère. Les ennemis, abusés par le plan des lieux, ne peuvent point atteindre les derniers étages. Leur progression est divertie vers les degrés inférieurs. Leurs attouchements ne m'effraient plus.

Je sais fort bien, Salay, que c'est toi qui me caresses, d'ailleurs tu n'es pas le seul : dans l'escalier du souterrain, Francesco me serre la taille, les Allemands du Belvédère à Rome m'agrippent à travers mes vêtements ; le jeune homme de Venise, tout griffé à l'aine, me lèche le ventre ; et Michele, à l'instant d'être emporté dans les airs, applique sa main sur ma braguette.

J'ai tant souffert du besoin d'intimité. Il fut trop peu comblé. Quand tu n'as plus dormi avec moi, j'ai cru que j'en périrais de dépit. Le souvenir des solitudes de mon jeune âge m'est revenu. Le dédain et l'abandon de mon père. Les paillasses où les apprentis toussaient dans la nuit en songeant à leur village.

On m'aura toujours pris pour hautain et froid, mais je suis le contraire, tu le sais. Avec mes amis et mes élèves les plus estimés, n'ai-je pas toujours été tendre et rieur ? Avec les autres, je montre une figure austère à dessein, afin que personne ne me soupçonne de sensualité ni de mollesse.

Quand on me mit au cachot devant la Badia, je ne me doutais pas que plus tard mon père aurait une maison près de la boutique de Vante di Gabriello, à cet endroit précis, n'est-ce pas curieux ?

Non, ce n'est pas curieux. C'est ainsi que les choses devaient être, il devait habiter à moins de cent brasses du lieu où son fils fut jeté dans une fosse. Il eut le loisir de songer souvent à ces traits de mon caractère qu'il jugeait odieux et qui me furent infligés à travers lui par son propre père. Il en fut marri plus que moi.

Quant à moi, je n'ai songé qu'à lui plaire malgré tout. Oui, si tu veux le savoir, Salay, si je voulais devenir aussi glorieux que le Botticelli ou le Raffaello Sanzio, c'était pour charmer mon père. Je voulais mériter l'estime qu'il me compta parcimonieusement.

Toute sa vie, cet homme terrible m'aura tantôt flatté et tantôt blâmé. J'ai fait autrefois, pour l'un de ses amis, une tête de lion ou de chimère. J'étais encore enfant. Elle lui plut tant qu'il la garda pour la montrer et se flatter d'avoir un fils habile. Quand plus tard je fus chez maître Andrea, il ne voulut point entendre les compliments sur mes dons et mon habileté, compliments qui couraient pourtant les monastères.

J'en eus la preuve le jour que la boule d'or de Verrocchio fut hissée au sommet du Dôme. Je fus témoin par hasard, et à leur insu, de la satisfaction qu'exprima un Medici à mon père à propos de son fils aîné Lionardo. « Vous avez là un garçon dont l'adresse est fort louée par son maître », lui dit-il.

Mon père y vit un trait d'ironie et fut embarrassé. Tu te demanderas pourquoi. Eh bien, quelques jours plus tôt, il y avait eu un scandale via dell'Agnolo. Notre Botticelli avait trouvé amusant de se moquer d'un voisin de la *bottega,* qui s'appelait Niccolo. Ce Niccolo protestait toujours contre le bruit que nous faisions. Depuis des mois, Sandro et d'autres lui répondaient par les fenêtres : « Nous faisons moins de bruit que toi quand tu pètes, Niccolo ! » Ce trait avait tant fait rire le Perugino et les autres que, en passant devant Niccolo, pendant plusieurs mois nous affections, tour à tour, de nous pincer le nez.

À la fin tout le quartier s'était mis à traiter l'infortuné de péteux d'église. Les enfants s'écartaient à son passage. Le couronnement de son calvaire fut un soir où Botticelli réveilla la ruelle à l'aide d'une machine à péter. C'était une outre en peau de chèvre que l'on tenait au bout d'un soufflet. Elle faisait un bruit si obscène et épouvantable que maître Niccolo avait été tiré de son lit par tous les cris du voisinage. Mais cette fois il s'était plaint et, dans l'enquête qui suivit, Sandro et les autres avaient promptement révélé que c'était moi qui avais eu l'idée de la machine à péter.

Mon père était navré que mon nom fût mêlé à cette affaire et, chaque fois qu'on lui parlait de moi, il avait l'impression qu'on se moquait de lui, à mots couverts, pour avoir engendré un garçon si fantasque. Je te laisse imaginer comment il accueillit le scandale de ma dénonciation comme sodomite.

Quand j'étais devant lui, mon père était rétif à me trouver le moindre mérite. Mais, quand je n'y étais pas, il était prompt à se prévaloir de mon talent. En l'espace d'une heure je l'ai entendu dire : « Seuls les frères Pollaiuolo sont dignes de l'intérêt des gens de goût », et à quelqu'un d'autre, croyant que je n'écoutais pas : « La *bottega* de Verrocchio est meilleure que celle de Pollaiuolo. » Tel était mon père. À l'âge où, Sandro Botticelli étant parti chez le pape, je ne savais que faire, ni même et surtout chez qui j'irais le faire, mon père prétendit me trouver un ouvrage tout de suite pour m'empêcher d'aller à Rome. Il m'a ménagé le séjour d'un couvent, où j'ai perdu mon temps. Ne dit-on pas que certains oiseaux, comme le milan noir des montagnes, donnent des coups de bec à leurs enfants quand ils les voient engraisser à leurs dépens ?

Mais je n'ai plus de rancœur contre mon père. Je n'en ai contre rien ni personne. La Bruna se sera trompée. La gloire qu'elle m'annonçait ne m'est point échue, tant pis. On dira de moi que mon ornithoptère a volé. On dira que, de tous les ingénieurs de l'Italie, je fus le moins comblé par la richesse. Que mes peintures étaient fort petites. Qu'aucun de mes livres ne fut achevé. Qu'aucun, d'ailleurs, ne fut commencé, et que j'ai tracé le plan de cent travaux sans les faire.

Ainsi de ce palais où je vois l'ornithoptère hissé sur son attelage. J'ai dessiné l'édifice sans l'avoir construit. Il est entièrement bâti avec toutes ses tours, ses voûtes, arcatures, pilastres et bandeaux. Dans mon imagination et ma mémoire, il est debout. Il possède certains traits des terrasses de la Corte Vecchia d'où je voulais prendre mon envol. Il est pareil à celui de Venise. Avec sa terrasse élevée, il ressemble à l'empyrée céleste où Platon conduisait les âmes ailées parmi les dieux. Platon disait que l'attelage des hommes peine à monter au ciel parce que leurs chevaux sont lourds et vicieux. Mon propre attelage ne penche déjà plus vers la terre.

Mon ornithoptère est prêt à quitter ce quai de pierre qui domine les canaux et les toits. Je me suis extrait de la matrice et je suis prêt à l'envol.

Quand Michele m'a étreint sur la montagne à l'instant de partir, d'une seule pression de sa main, pour me faire entendre ce qu'il ne disait pas, nous fûmes Dédale et Icare. Avec toi, Salay, je serai Jupiter. Continue à me frotter les hanches. Je te prends sous mes ailes. Vois comme l'hélice de l'escalier est devenue grande, et comme l'ornithoptère est monté sur la terrasse aisément. Il y a quatre tours d'angle que desservent quatre escaliers. Un cinquième au centre, qui est double, mène à la terrasse. De ce belvédère, on voit des verdures charmantes et des forêts profondes, et le troupeau des nuages est si nombreux qu'il dessine un jardin dans l'éther. La terrasse est hérissée de campaniles qui forment une ville céleste, avec ses placettes, ses courtines et ses ruelles.

Le soleil se lève à l'instant de l'envol comme il le fit sur la tour cardinale à Milan, et mes ailes sont guidées par la lumière. Par un prodige curieux, je ne tiens aucun gouvernail, je ne suis ceint d'aucun lien, d'aucune entrave, je suis enfin semblable à l'aigle qui déploie ses ailes et se laisse emporter sans effort sur les dômes du vent. Les campaniles défilent sous mes pieds, les forêts s'éloignent de mes yeux, j'entends sonner la trompe, aboyer les chiens d'Écosse, carillonner les clochers jusqu'à Blois. Salay, entends-tu ces cloches ? La terre vue d'ici paraît douce aux hommes. Les chaumières fument. Les eaux scintillent. On voit des processions de voyageurs sur les chemins. Sur la rivière, une barque solitaire. Et sur la chevelure des eaux, traversée par l'ombre véloce d'un nuage, un pont de pierre.

Aux esprits élevés, la vie est confuse et cruelle. À peine sont-ils jetés dans le monde qu'une humanité brutale les entoure. La richesse et la liberté ne leur échoient point. La fortune se joue de leurs mérites et la gloire couronne avant eux des scélérats.

Pendant que leur vie s'écoule, ils regardent les clartés du ciel comme si leur nom devait y rayonner un jour. Ils ne se trompent point. Mais, à l'instant de mourir, la félicité qui les récompense n'est pas celle à quoi ils songeaient d'abord.

Ils s'envolent. Ils vont librement dans l'éther. Ils s'élèvent comme l'eau des nuées qui se disperse, se reforme et s'écoule depuis la fondation du monde.

Ce palais plus grand qu'Amboise s'étend sur la plaine comme une île, et sur l'île est bâtie une cité de pierre blanche, faite pour être contemplée sous les ailes d'un oiseau. Ses ombres dessinent entre les cheminées des ruelles et des places qui forment de menus espaces. Mais chacun de ces lieux étroits regarde l'étendue du ciel. En sorte que les yeux embrassent à la fois le comble de l'étroitesse et celui de l'immensité. Cette blancheur est si douce, si soyeuse que je ne sens plus mes membres. Là est le pouvoir de ta caresse, Salay. Mes douleurs ont disparu. Je vole dans la clarté du jour au-dessus de cette ville familière. C'est Florence. C'est Milan et c'est Rome. C'est un palais français. C'est le flanc du Monte Boso, avec ses rocs couverts de neige.

J'ai longtemps cru que la mort était le mal suprême. Elle est enfantement.

Du même auteur :

Romans

Messieurs, Seuil, 1979.
Montefalco, Seuil, 1981.
Constance D, Seuil, 1982 ; Rocher, 1998.
Oncle Octave, Seuil, 1983.
La Compagnie des ombres, Seuil, 1985.
Le Cercle militaire, Seuil, 1987.
À ceux qu'on n'a pas aimés, Seuil, 1988 ; Fayard, 2000.
Chez Cyprien, Laffont, 1990.
Bal dans la maison du pendu, Laffont, 1991.
Franz, Laffont, 1995.
Une petite vie, Flammarion, 1996.
Jours de France, Rocher, 1998.
Le Seigneur d'Uranie, Flammarion, 1999.
La Barque de nuit, Fayard, 2000.
Une heure avant l'éternité, Fayard, 2001.
Nus et vêtus, Fayard, 2002.
La Compagnie des Ombres, Seuil, 1985 ; Fayard, 2003.
Messieurs, Seuil, 1979 ; Fayard, 2003.

Nouvelles

La Clémence de Neptune, Rocher, 1997.

Essais

Les Sabots d'Émile, Laffont, 1989.
Lettre à Raymond qui ne croit pas au bon Dieu, Laffont, 1990.
De l'Est, de la peste et du reste, Laffont, 1993.
Éloge de l'âge, Fayard, 2000.

Égaux et Nigauds, Rocher, 2001.
Enfants sans foi ni loi, Rocher, 2002.

Pour plus d'informations concernant les œuvres de Christian Combaz, consulter le site :
[pro.wanadoo.fr/combaz]

Composition réalisée par Asiatype

Achevé d'imprimer en février 2007 en France sur Presse Offset par

CPI
Brodard & Taupin

La Flèche (Sarthe).
N° d'imprimeur : 40046 – N° d'éditeur : 82249
Dépôt légal 1re publication : février 2007
LIBRAIRIE GÉNÉRALE FRANÇAISE – 31, rue de Fleurus – 75278 Paris cedex 06.

31/1424/6